AF552729

अस्थि फूल

उपन्यास

अस्थि फूल

अल्पना मिश्र

राजकमल प्रकाशन

ISBN : 978-93-88753-45-6

मूल्य : ₹ 995

पहला संस्करण : 2019
दूसरा संस्करण : 2026

प्रकाशक : राजकमल प्रकाशन प्रा.लि.
1-बी, नेताजी सुभाष मार्ग, दरियागंज
नई दिल्ली-110 002
शाखाएँ : अशोक राजपथ, साइंस कॉलेज के सामने, पटना-800 006
पहली मंजिल, दरबारी बिल्डिंग, महात्मा गांधी मार्ग, प्रयागराज-211 001
1, अनमोल सोराबजी सन्तुक लेन, धोबी तलाव, मरीन लाइंस, मुम्बई-400 002
वेबसाइट : www.rajkamalprakashan.com
ई-मेल : info@rajkamalprakashan.com

मुद्रक : बी.के. ऑफसेट
नवीन शाहदरा, दिल्ली-110 032

ASTHI PHOOL
Novel by Alpana Mishra

तीर की नोक पर टँगी
उन असंख्य जिन्दगियों के नाम,
जिनके जीने की जिद
समय की वर्णमाला रचती है....

हलफनामे सा कुछ...

यह रचना सुधी पाठकों की अदालत में है। अदालती कार्यवाही और पाठकों के फैसले से पहले पेश है हलफनामे सा कुछ...

— कि आगे के पन्नों में पृथ्वी की पीड़ा, प्रकृति की वेदना, जंगल के जख्म हैं। पृथ्वी सिर्फ ग्लोब नहीं है, न ही जंगल महज दरख्त, वे समय की सिसकियों में पूरे संसार की आवाज हैं।

— कि इसमें तीर भी है, तीरंदाज भी, धनुष भी, बाणों से बिंधे रक्त-रंजित अनगिनत बदन भी—सच यहाँ शब्दों और दृश्यों से बाहर शायद वहाँ छिपा है, जहाँ इन तमाम चीजों को रचा और नियन्त्रित किया जा रहा है। तय जानिए वह ईश्वर नहीं है।

— कि आपसे विनम्र अपेक्षा है कि सच तक पहुँचने की कंटकाकीर्ण यात्रा में आपका साथ बना रहेगा।

कार्तिक मास की अमावस्या

—अल्पना मिश्र

रात का स्याह रंग ललाती साँझ पर गिरता था

एक थीं सोनचम्पा। वन की दुलारी। वन की ऐश्वर्यमती।
जो छू दें वो कंचन हो जाए। जो रूठ जाएँ तो सब राख।
ऐसी मान्यता थी।
मान्यता युगों से चली आ रही थी।

सोनचम्पा की बड़ी बड़ी कजरारी आँखों में समुद्र तैरता था, तेज टप-टप टपकता था। कोई भर आँख देखने की हिम्मत नहीं कर पाता था। जो काली पूजा में काली की बड़ी बड़ी आँखें दिखती हैं न, वैसी चक चक जलती आँखें! एक बार घूर कर देख लें तो लोग वहीं खड़े खड़े भस्म हो जाएँ। साँवले रंग से जगमगाते गोल चेहरे पर गालों की हड्डियाँ उभरी हुईं और छोटी सी नाक इतनी साफ ऊपर को उठी हुई कि लगता था किसी कारीगर ने अभी-अभी ताजी काली मिट्टी से बनाया हो। बाल इतने लम्बे, कि लहराएँ तो नागिन शर्मिंदा होकर किसी गुफा गह्वर में जा छिपे। अंग अंग में लय और ताल मानो संगीत से बनी देह हो। यही देह ऐसी गठीली और ताकतवर दिखने लगे जब सामने कोई बाघ, भालू आ जाए, मानो संगीत नहीं पत्थर से बनी हो। पीठ पर हरदम तरकस बँधा, कमर पर उसकी रस्सी लपेटी हुई। पलक झपकते कोई डाल तोड़ कर, घड़ी भर में तेज मारक तीर बना दें। कभी कभी बनाने बैठें तो एक से एक नुकीले लोहे के फल तीर पर लगवाएँ और खुद अपने हाथों एक से एक जहरीला विषबुझा लेप तैयार कर फल की नोक पर लगाती जाएँ। कहीं दूर कोई आर्तनाद सुनाई दे जाए तो यही तीर आवाज की दिशा में झट कूच कर जाए...

फरियादियों की भी कोई कमी नहीं रहती सोनचम्पा के दरवाजे। फरियादी फरियाद सुनाता तो उसके दुख से सोनचम्पा का कलेजा दो फाड़ होने लगता।

सोनचम्पा का कलेजा दुखा कि जंगल हिलने लगता...

आँधी चलने लगती, बिजुरी चमकने लगती...

अपराधी किसी खोह से आकर सोनचम्पा के सामने हाजिर हो जाता।

सोनचम्पा न्याय करतीं।

न्याय सबसे ऊपर था।
सोनचम्पा से भी ऊपर।
न्याय भगवान था।
न्याय सिंहभूमि का कानून था।
न्याय स्वयं सिंहबोगा था।

सोनचम्पा जंगल की एक एक पत्ती, एक एक बूटा पहचानती थीं। कौन पेड़ इस साल फल देगा, किस पर बौर लगेगा, पेड़ देखकर बोल दें, किसकी गाय, किसकी बकरी, किसकी मुर्गी में बढ़ोत्तरी होगी, मवेशी देखकर बता दें, किसकी खेती लहेगी इस साल, खेत की मिट्टी छू कर बता दें। उनके रहते इस गाँव का एक पेड़, एक पत्ता, एक पक्षी बाहर नहीं गया। सारी दुनिया में सूखा पड़ा, यहाँ दस फीट, पन्द्रह फीट पर कुआँ ने पानी दे दिया। थोड़ी थोड़ी दूरी पर सैकड़ों ताल, तलैया, पोखरी, डाड़ी, बावड़ी तैयार हो गए। सारी दुनिया में अकाल पड़ा, यहाँ जंगल के पेड़ फलों से लद गए। अनाज की कमी होती तो फल उसे पूरा कर देते...

ऐसी सोनचम्पा, वन की दुलारी, वन की ऐश्वर्यमती, एक बार गई थीं बकरी चराने। आठ दस बकरियों का झुंड। साथ में गाँव के हमउम्र लड़के लड़कियाँ। एक छोटी बकरी बड़ी नटखट थी, नाम था चंचला रानी। चंचला रानी चरते चरते अपने झुंड से बिछड़ गईं, चली गईं घनघोर जंगल के बीच। लौटती बेरा सब संगी साथी लौटने की जल्दी में, सब अपने अपने मवेशी लेकर घर की तरफ भागे। मगर सोनचम्पा का हिसाब गड़बड़ा गया, बकरियाँ गिनीं तो एक कम। लगीं ढूँढ़ने, कहाँ गईं चंचला रानी! आवाज पे आवाज लगाएँ। चंचला रानी का कोई निशान नजर न आए।

ढूँढ़ते-ढूँढ़ते सोनचम्पा पहुँच गईं घोर जंगल के बीच। वहाँ देखा तो दृश्य दूसरा था। चंचला रानी की जान साँसत में फँसी हुई थी। एक बाघ ने उसे अभी-अभी दबोचा था। सोनचम्पा को देख लिया चंचला रानी ने। लगी गुहार करने—"बचाओ सोन दिदिया रे, दिदिया रे बचाओ..."

चंचला रानी की आँखें बाहर निकलने को थीं, लाल-लाल, डबडबाई-ताल तलैया का सब जल वहाँ इकट्ठा होकर मचल रहा था।

चंचला रानी की गुहार से सोनचम्पा का कलेजा दो फाड़ होने को आया।

जंगल हिलने लगा...आँधी चलने लगी, बिजुरी चमकने लगी...

करुणा और क्रोध से हाथ उठा कर उन्होंने बाघ को रुकने का इशारा किया। जाने कैसा प्रभाव पड़ा कि बाघ रुक गया लेकिन सोनचम्पा को पहचान न सका। खड़े खड़े बकरी की गर्दन दबोचे गुर्राता रहा।

तब सोनचम्पा ने पूरे धैर्य से कहा—"छोड़ दो हमारी चंचला रानी को और चले जाओ यहाँ से। माफ कर देंगे तुम्हें।"

बाघ बातों से डरने वाला नहीं था, खड़ा गुर्राता रहा। सोचता रहा कि पाँच फुट की पतली दुबली सी सोनचम्पा, भय खा जाएँगी। यहीं गलती कर गया बाघ। वहीं खड़े पेड़ की दो टहनियाँ सोनचम्पा की बाँह को छूती डोल रही थीं, उन्हीं को एक झटके में तोड़ा सोनचम्पा ने और पलक झपकते एक को धनुष की तरह टेढ़ा किया और दूसरे को तीर की तरह उस पर रखा। सोनचम्पा का टहनी को तोड़ कर तीर धनुष बनाते ही टहनी का रूप बदल गया। फूल के धनुष पर फूल का तीर चढ़ गया।

फूल का तीर, फूल का धनुष भला बाघ का क्या बिगाड़ेगा?

जरा सी चिरैया डराने से भाग खड़ी होगी। मगर सोनचम्पा तो ठहरीं वन की दुलारी, वन की बेटी। उनकी नाक लाल होकर जो जरा सा फड़की कि 'फूल धनुष' पर चढ़ा 'फूल तीर' छूट गया और ऐसा लगा, ऐसा लगा निशाने पर कि बाघ के सारे दाँत एक ही बार में छितरा कर नीचे आ गिरे। चंचला रानी छूट के सीधा सोनचम्पा के पाँव आ लगी।

तभी एक अचम्भा हुआ। शाम का आकाश सुनहली आभा में लिपटे सिन्दूरी रंग से भर गया। पेड़ों ने झुक झुक कर सिन्दूरी प्रकाश के धरती पर गिरने की जगह बना दी। हवा हल्के-हल्के चलने लगी। ठंड की हल्की शीतलता अंग सिहराने लगी। किसी नृत्य की लय में पत्ते डोलने लगे, फूल गुनगुना उठे...

"पुरवाये होय लेदा हिसिदे हिसिदे...
जुरी कारामडार लाडावेना..."
(पुरवैया हवा धीरे-धीरे बही...
दोनों करम की डाली झूमने लगी...)

बाघ ने अपना चोला छोड़ दिया और अपने असली रूप में प्रकट हो गया। अब वहाँ सूरज की सांध्यकालीन आभा से घिरा एक सुन्दर राजकुमार था। सिर पर हरे नीले पत्थरों और मोतियों से बना बँधा पट, उस पर छोटा सा सजीला मयूरपंख। गले में मूँगा और मोतियों की कई लड़ी माल। श्याम वर्ण के पत्थर से तराशा चमकता गठीला बदन। गोल चेहरे पर छोटी सुन्दर नाक और मोटे आकर्षक होंठ। बाँह की उभरी मछलियाँ, तनी हुई छाती, एक हाथ में पकड़ा भाला जमीन पर टिकाए खड़ा। कन्धे पर लटका विशालकाय धनुष, जिस पर करीने से टँके मणि माणिक्य चमक रहे थे। छाती से कमर तक बँधा था तरकस का पट्टा। तरकस में एक से एक तीर भरे थे—नुकीले, धारदार, अलग अलग चमक वाले। किसी का फल नीलमणि सा चमके तो किसी का लाल मणि सा।

राजकुमार की ऐसी धज देखकर सोनचम्पा मोहित हो उठीं। पूछा—"कौन हो वीर? बाघ का वेष धरने का प्रयोजन क्या है?"

राजकुमार मोहक मुस्कान से बोला—"सुन्दरी, यह सब तुम तक पहुँचने की साधना थी। 'चाय-चम्पा गढ़' से घूमता हुआ मैं चतरा के जंगलों के इस ओर आ पहुँचा हूँ। सिंहबोंगा की सौगंध खाकर मैं तुम्हें अपने बारे में सब सच बताता हूँ। मैं 'चाय-चम्पा गढ़' के किसकू गोत्रीय संथाल राजा का पुत्र सुरजू सिंहवान हूँ।

एक बार बचपन में मैंने एक ऋषि की तपस्या में विघ्न डाल दिया था। ऋषि ने वन की सबसे सुन्दर और सुरक्षित कंदरा पिता जी से माँग ली थी। वहाँ वे तरह तरह के प्रयोग करते रहते थे। उनके पास बहुत से नए और सुन्दर सामान थे। इस से पहले 'चाय-चम्पा' के लोगों ने ऐसी चीजें नहीं देखी थीं। उनके पास एक वाद्ययंत्र था जिस पर वे कोई अपरिचित सा संगीत बजाया करते थे। उनके पास आसन के लिए सुन्दर गिरराज बाघ की कई खालें थीं जिन्हें एक के ऊपर एक रखकर वे बैठते थे। ठंड के दिनों के लिए पर्याप्त ऊनी सामान रहता। उनकी कंदरा गर्म और आरामदेह थी। दो तीन सेवक हरदम उनकी सेवा में होते थे। ठंड के दिन थे और मैं सुबह सबेरे अपने गुरु से तीरंदाजी का विशेष अभ्यास करने के लिए उसी कंदरा के सामने से होकर गुजरता था। चूँकि मैं राजा का बेटा था इसलिए मुझे कोई रोकता नहीं था, अन्यथा उस कंदरा के आगे से सामान्य आदमी ऋषि की आज्ञा के बिना नहीं गुजर सकता था। तीरंदाजी के बाद मैं सारा दिन गाँव में घूमता और नए नए दृश्यों को देखता।

उन दिनों 'चाय-चम्पा गढ़' का हर पेड़, पत्ता मैंने अपने हाथों से छू कर जाना था। गाँव में एक बूढ़े गिरदा मांझी थे। वे बहुत अच्छा गीत गाते। उनके गीत पर सारा वन प्रांतर झूमने लगता। स्त्री पुरुष नाचने के लिए खिंचे चले आते। मुझे गिरदा स्नेह करते, कहानियाँ सुनाते, कुछ पका कर खिलाते भी। लेकिन उन्हीं सर्दी के दिनों में मुझे बूढ़े गिरदा पर बहुत दया आई। गिरदा के पास कुछ भी नहीं था। कई कई दिन तक वे अपना खाना नहीं ला पाते थे तो भूखे सो जाते थे। ओढ़ने बिछाने के लिए कोई बिछावन तक नहीं बचा था। जबकि ऋषि की कंदरा में खूब अनाज भरा रहता...

ऋषि के शाप का भय भी बहुत था। बहुत मामूली बातों पर आदिवासी समाज के किसी भी व्यक्ति को ऋषि शाप दे देते—किसी को बिल्ली, चूहा, कछुआ, छिपकली से लेकर चिड़िया बनाकर पिंजड़े में बन्द कर देने तक का दंड। ऋषि की कंदरा में जो वनस्पतियाँ और गोदाम में लकड़ियाँ भरी होतीं, वे बाहर पहुँचाई जातीं। इस बारे में ऋषि ने राजा को राष्ट्रहित, जनहित और क्षेत्र के विकास जैसी बड़ी बड़ी बातें समझा दी थीं। यह भी कि बाहर इस क्षेत्र का कैसा नाम हो रहा है..."

तभी इतिहास का चक्र घूम गया और उसके चक्र में पिसती, कराहती मानवता के साथ-साथ जल, जंगल और धरती पुकार करने लगी—मुझे

मिथकों से मुक्त करो...मुझे मुक्त करो दंत कथाओं से...शाप के भय से मुक्त करो...ये सब हमें वर्तमान की पहचान करने से रोकते हैं...हमें उलझाते हैं और किसी ऐसे अतीत की बात करते हैं, जो हमारा नहीं...
हमें काल प्रवाह से जोड़ो...हमें वर्तमान से जोड़ो...

"तब चीखों, कराहों से बेचैन मैं इधर-उधर भटकता आखिरकार ऋषि को पहचान गया। और तब मैंने बहुत साफ पिता जी से कहा कि ऋषि भी दिकू हैं और मिथकों को तोड़ कर उन्हें पहचाना जा सकता है। लेकिन पिता जी उस समय अपने राज्य में अनाज की समस्या से जूझ रहे थे। तिस पर बाहर से गोरे दिकू आकर परेशान करने लगे थे। पिता जी पहाड़िया विद्रोह के नायक तिलका मांझी से बात करने निकल गए थे...

इधर महेशपुर की रानी सर्वेश्वरी को दिकू अंग्रेजों ने उनके पद से हटा कर हमेशा के लिए बन्दीगृह में डाल दिया था। रानी की गिरफ्तारी हम सब के लिए किसी हादसे से कम नहीं थी। इसी के छः महीने के भीतर वह समय आया जब तिलका मांझी ने चिलमिली साहब क्लीवलैंड के सीने में विषबुझा तीर उतार दिया था। पूरा गाँव परेशानी भरी हलचल से घिरा था। लोग पकड़े जा रहे थे, मारे जा रहे थे, तीर, भाले चमकाये जा रहे थे। ऐसे में मेरी छोटी सी बात पर ध्यान नहीं दिया जा सकता था। एक दिन फिर मैं जब ऋषि की कंदरा के आगे से गुजर रहा था तो मुझे ऋषि कई खालों के ऊपर व्यायाम करते दिखे, उनकी नरमुंडों की माला एक तरफ रखी थी। सेवक छोटे से पात्र में तेल लिए खड़ा था। ऋषि का व्यायाम खत्म हो तो वह तेल मालिश करे! बगल में लकड़ी की तराशी हुई एक सुन्दर पीढ़ी पर दूध से भरा कटोरा रखा था। मैं रुक कर देखने लग गया। ऋषि नए नए बने भेड़ के ऊन वाले कम्बल पर उल्टा लेट गए और सेवक दौड़ कर तेल मलने लगा। मुझे यह नहीं भाया। जब सब परेशान थे तब ऋषि इतने इत्मीनान में कैसे हो सकते थे!

ऋषियों की परम्परा के ज्ञात चित्रों से यह ऋषि भिन्न लगता था। पता नहीं यह उनसे छिटक कर अलग जा पड़ा था या ऋषियों के बीच कुछ ऐसे ऋषियों ने प्रवेश पा लिया था या ऋषि के वेष में कोई ठग या व्यापारी आया था!!

कंदरा के बाहर बड़े पत्थरों और पेड़ों की छाया में बैठ कर एक औरत कुछ पका रही थी। सोंधी सी खुशबू उठ रही थी। पास जाकर देखा तो औरत लकड़ी के चमचे से बड़े से हड़िया में कुछ चलाती थी और रह रह कर अपने आँसू पोंछती जाती थी। चमचा चलाते हुए उसके कुछ आँसू हड़िया में गिर जाते। मुझसे रहा नहीं गया तो मैंने पूछ लिया। उसने धीमी आवाज में बताया कि उसका लड़का गोरे दिकुओं ने मार दिया है। वह ठंड से काँप रही थी और काँपते काँपते ही आँसू पोंछ कर बोली—"हमारे लड़के ने अपनों की जान बचाई, गाँव में दिकुओं को घुसने से रोका। बहादुर था।" उसके चेहरे पर एक क्षण के लिए गर्व का भाव आया फिर बुझ गया। वह

फिर ठंड से काँपते हुए हड़िया में चमचा चलाने लगी। मैं बहुत दुखी हो गया। मैं क्या करूँ? समझ में नहीं आ रहा था। मैं सीधा गिरदा के घर की तरफ भागा।

वहाँ कुछ अलग दृश्य था। गिरदा के एक मात्र दोस्त बूढ़े सौमदा मांझी अन्न के बिना प्राण त्याग चुके थे। उनका शव ले जाया जा रहा था। गिरदा की हालत भी ठीक नहीं थी। वे उदास और बेहाल से सिकुड़े हुए जमीन पर बैठे थे, न चल पा रहे थे, न उठ ही सके। मैं उनके पास गया तो मुझे देखकर मेरे सिर पर हाथ फिराने लगे। उनके हाथ काँप रहे थे और शरीर ठंड से अकड़ता हुआ लग रहा था।

लोग कहते कि गिरदा इस जाड़े को नहीं झेल पाएँगे। मैं गिरदा को बचा ले जाना चाहता था। इसलिए मैंने सोचा कि ऋषि के पास तो अफरात माल असबाब है, मैं एक खाल वहाँ से उठा लाऊँ और गिरदा को ओढ़ा दूँ तो ऋषि को भला क्या कष्ट होगा? एक खाल गिरदा को मिलनी ही चाहिए, ऐसा निश्चय करके मैं ऋषि की तरफ चला गया और उनकी कंदरा के आस पास छिप कर इन्तजार करने लगा कि कब ऋषि बाहर निकलें और कब मौका मेरे हाथ लगे। आखिरकार ऋषि दिशा मैदान के लिए निकले। हालाँकि यह दिशा मैदान जाने का वक्त नहीं था, पर जो खाना ऋषि ने खाया था उससे उनका पेट खराब हो गया था। खाने में, खाना बनाने वाली औरत के आँसू मिले थे। ऋषि ने आँसू की पहचान किए बिना खाना खा लिया, फिर क्या? आँसू नहीं पचा। यह मुझे बाद में समझ में आया। अगर ऋषि ने आँसू पहचान लिया होता तो जरूर वह आँसू पचाने वाली किसी तेज दवा के साथ खाना खाते और तब आँसू भी उनका कुछ नहीं बिगाड़ पाते। मुझे मौका हाथ लग गया था। झट से कंदरा के भीतर घुस कर मैंने एक खाल उठा ली और गिरदा की तरफ चल पड़ा। मुझे जाते हुए खाना बनाने वाली उसी स्त्री ने देखा मगर कुछ नहीं बोली।

गिरदा के पास पहुँच कर मैंने उन्हें खाल में लपेट दिया। कुछ देर काँपने के बाद खाल की गर्माहट से गिरदा को नींद आने लगी। उनकी आँखों के कोरों से दो बूँद आँसू गिरे फिर उनकी आँखें मुँदने लगीं। जैसे जैसे आँखें मुँदती थीं, गिरदा मुझे अशीषते जाते थे। गर्मी से बनी नींद में टहलते हुए कहने लगे—'सुरजू, तेरा वरण वनदेवी करेगी।'"

इतना कह कर राजकुमार साँस लेने को रुका।

राजकुमार के साँस लेने के लिए रुकते ही सारा दृश्य ठहर गया।

सोनचम्पा मुग्ध भाव से राजकुमार को निहारते हुए फ्रीज हो गईं।

उनके पाँव से लिपटी हुई चंचला रानी विस्फारित आँखों से राजकुमार को देखते हुए स्थिर हो गई।

पत्ते नाचते नाचते अलग अलग भंगिमाओं में रुक गए।

झुकी हुई डालियाँ झुकी रह गईं।

दूर बजती हुई बाँसुरी की गति कुछ मद्धम हो गई।

सुनहरी आभा में लिपटा सिन्दूरी आकाश पेड़ पत्तों से ढकने लगा।

तब साँस लेकर राजकुमार ने फिर कहना शुरू किया—"उधर ऋषि लौट आए थे। आते ही उन्होंने एक व्याघ्र की खाल की कमी को पहचान लिया। उन्होंने चारों तरफ हल्ला मचाया कि लुटेरों ने उनकी कंदरा लूट ली है। सेवक दौड़ आए, गाँव के लोग दौड़ आए और तब उन्होंने बिना सोचे समझे चोरी करने वाले को शाप दे दिया कि "व्याघ्र खाल चुराने वाला व्याघ्र योनि में पड़ जाएगा।"

खबर राजा तक पहुँची। राजा रास्ते में थे। गोरे दिकुओं के खिलाफ विद्रोह की योजना में शामिल होकर लौट रहे थे। उन्हें यकीन नहीं हुआ कि उनके राज्य में कोई लुटेरा भी हो सकता है! राजा ने कहलाया कि लूट-पाट सिर्फ दिकू करते हैं और गोरे दिकू इस दिशा में बढ़ चले हैं। उन्हें हमारी जमीनों के गर्भ से बहुत सा खनिज चाहिए और जंगलों से लकड़ियाँ, पानी से बिजली चाहिए। तीर धनुष, भाला, बरछी लेकर सेना तैयार हो जाए। लूट-पाट करने वाले का सिर ऋषि के चरणों में अर्पित कर दिया जाएगा।

चारों तरफ हल्ला मच गया। राजा के पहुँचने पर कोई उनसे ठीक ठीक कुछ बताने की हिम्मत नहीं कर रहा था। मेरा नाम कोई नहीं लेना चाहता था।

उधर गिरदा मेरे सिर पर स्नेह से हाथ फेर रहे थे, आशीष पर आशीष दिए जा रहे थे कि मैं बैठे बैठे बाघ बन गया।

गिरदा केवल यूँ ही बूढ़े नहीं हुए थे, अनुभवों से उनकी देह वैसे ही पक गई थी जैसे ऋतुओं के शीत, ताप, वर्षा झेलते हुए फल पक जाते हैं। गिरदा ने भाँप लिया कि कुछ गड़बड़ हो चुकी है। उन्होंने अपनी कुनकुनी नींद एक तरफ उतार कर रख दी और खाल लाने की असली कहानी जानना चाहा। मैंने सब सच कह दिया।

उसी समय उनके पास गाँव के एक और बूढ़े किसान हिम्मत मुरमू आकर बैठ गए। उन्होंने भी सारी कहानी सुन ली। वे गिरदा से पहले बोल उठे—'ये दिकुओं का षड्यंत्र है। वे नहीं चाहते कि हमारे बच्चे पढ़ें लिखें, इसलिए बात बात पर उन्हें दंड देते हैं। दंड भी कैसा? कि वे कहीं दूर भटकते फिरे, अपने गाँव समाज से कट जाएँ और कोई योग्यता हासिल न कर पाएँ। फिर कैसा भविष्य बनेगा इस देस का? दिकू मतलब ही 'दिक्कत' करने वाला। मैं इस पैंतरे को नहीं मानता माने कि इस शाप को नहीं मानता। तुम घर जाओ और राजा से माफी माँग लो।'

लेकिन यह सम्भव नहीं था।

अंधविश्वास मनुष्य का विवेक हर लेता है।

तब गिरदा ने लम्बी साँस भर कर कहा—"तुम सच्चे मानुष हो। ऋषि ने तुम्हें बाघ बना दिया है तो उसकी काट भी है। बिना काट का कोई भी काम नहीं है। आज जंगल पर खतरा है, वन्य प्राणियों पर खतरा है। जंगल को तुम्हारी जरूरत है। तुम जंगल में विचरो और अपनी वीरता और दयालुता से उनकी रक्षा करो। इसी विचरण में तुम्हारे युवा होने पर एक ऐसी वीर युवती मिलेगी जो तुम्हारे मुँह के शिकार को तुमसे छीन कर अपनी वीरता साबित करेगी। तुम उसकी वीरता के आगे जैसे ही नतमस्तक होओगे तुम्हारा शाप समाप्त हो जाएगा और तुम फिर से अपने असली रूप को पा जाओगे।"

शायद इसीलिए मैं 'चाय-चम्पा' से घूमता हुआ चतरा के जंगलों में इस तरफ निकल आया। अब चलो मेरे साथ। हम '**बाहा पोरोब**' (वसन्त का त्यौहार) मनाते हुए वन प्रान्तर की यात्रा करेंगे।"

इतना कह कर राजकुमार ने हाथ बढ़ा दिया।

बाँसुरी पर दिव्य संगीत बज उठा। पत्ते फिर नाचने लगे। हवा की गति मद्धम किन्तु सुहानी हो गई। डालियाँ एक दूसरे के गले मिलने लगीं। दूर कहीं मांदर की थाप सुनाई पड़ने लगी। पेड़ पत्तों ने झुक कर आकाश से झरते सिन्दूरी प्रकाश को राजकुमार और सोनचम्पा पर गिर जाने दिया। पक्षी गाने लगे–

'मोने रेयाक् काथाञ् बुज केदा आमाक्...
मिलान सिकड़ी काना चांदो एमाक्...
इञ् तेंगो दारे आम जापाक् नॉड़ी,
सेबेल आमाञ् मिरू आलोम आड़ी...'

(मैं मन की बात समझ गया हूँ...
यह मिलन ईश्वर की देन है...
मैं वृक्ष हूँ और तुम लिपटने वाली लता,
प्रिये, मैं तुम्हें प्यार करूँगा, रूठो मत...)

राजकुमार का सोहन रूप सारे वातावरण को सम्मोहित किए हुए था। सम्मोहन के इस जाल में सोनचम्पा भी उलझ गई थीं। अपनी बड़ी बड़ी सागर जैसी आँखों से एकटक राजकुमार को निहारे जा रही थीं। उनका मन चंचल हो उठा था। उनकी नियति उन्हें पुकार रही थी। एक सजीला वर बाँहें फैलाए सामने खड़ा था। उनका मन बढ़े हुए हाथ पर अपने को न्यौछावर कर देने का हुआ, तभी कैसी तो लज्जा उभर आई! गालों पर ललाई फैल गई। ऐसे में कैसे तो हाथ पकड़कर चल पड़ें! हवा में तेज गति से दौड़ने भागने वाले पाँवों पर जैसे लाज ने मन भर का कुंडा बाँध दिया हो! मन भागा जा रहा है, पाँव उठते नहीं हैं! आँखें उस मोहनी

मूरत पर टिकी रह गई हैं तो हाथ आगे बढ़ कर उन हाथों को समेट लेने में कैसे संकोच से जड़ हुए जाते हैं!...

उसी समय सोनचम्पा के पैरों पर पड़ी नन्ही बकरी की आँखों से जलबूँदें रिसने लगीं। हवा में नमी भरने लगी। जंगल में धीरे-धीरे उतर रही ललाती साँझ, पेड़ पौधों का रंग बदलने लगी। लालिमा में रात का स्याह रंग भरने लगा था। इस पूरे वातावरण में सिन्दूरी गाँव की सोनचम्पा सचमुच सुवर्ण चम्पा की तरह दमक रही थीं...

इसी बीच गाँव से उठता गहरा आर्तनाद पूरे वातावरण को चीरता सोनचम्पा के कानों में गिरा। यह कैसी गुहार थी? सोनचम्पा चकित हो उठीं। राजकुमार से नजरें हटा कर पीछे देखने लगीं—पूरा गाँव अपने 'सिन्दूरी' नाम को झुठलाता, लम्बे समय से लूटे, छीने, रौंदे जा रहे...अत्याचारों, अनाचारों की काली चादर में लिपटा उमड़ा चला आ रहा था...

"हमें बचा लो सोनचम्पा, हमें बचा लो सुनरी रानी..."

जैसे कोई अदृश्य आक्रमण हवा में तैर रहा था!

पुकार ही पुकार...

दिकू सारे जंगल खा जाएँगे!

सारी बस्तियाँ उजाड़ डालेंगे!

दिकू चले आ रहे हैं...दिकू काटते आ रहे हैं जंगल...दिकू खोदते आ रहे हैं पहाड़...

दिकू उठाते जा रहे हैं हमारे बच्चे...

हमारी धरती का गर्भ...हमारी औरतों का गर्भ लूटते जा रहे हैं...

दिकू नए नए तरह के हथियार लिए आ रहे हैं—फौज, पुलिस, गुंडे, नेता...

न जाने कितने रूपों में दिकू हमें बेदखल करने बढ़े आ रहे हैं...

तीर धनुष उठाओ चम्पा! मनुष्यता के लिए बलिदान करने का समय आ गया है।

चलो चम्पा! उठो चम्पा! मनुष्यता बचाओ चम्पा! जंगल बचाओ चम्पा! जल बचाओ चम्पा! धरती बचाओ चम्पा! औरत बचाओ चम्पा...

भविष्य बचाओ चम्पा...

अचानक पंक्षियों का स्वर बदल गया। वे मनोहर प्रेमिल गीत छोड़ कर युद्ध की रणभेरी सी ध्वनि सुनाने लगे—
उठो, उठो, युद्ध में तुम्हें झोंक दिया गया है...
उठो, विलम्ब करने का समय नहीं है...
उठो कि मौत बिल्कुल दर पर खड़ी है...
उठो कि अब पीछे लौटने की राह नहीं बची है...

सोनचम्पा पल भर को अनिश्चय में खड़ी रहीं।

लेकिन यह पल भर का समय एक लम्बा काल था, जो भूत भविष्य वर्तमान सब दबोचे लिए जाता था।

जो इतिहास से निकल कर वर्तमान के विकराल में प्रवेश कर गया था...

रक्त, रक्त और रक्त! बच्चों की लाशें, युवकों की लाशें, औरतों के क्षत-विक्षत तन मन...कटे जंगल...सूखे जलाशय...जहर उगलते कारखाने, गहरे खोद दी गई जमीनें...

टूटे हुए संगीत के वाद्ययंत्र...बिखरी हुई नृत्य की पोशाकें...भूख और लाचारी के आर्तनाद...सबसे आखिरी में थे हाथ में नवजात शिशु उठाये औरतों के विलाप...

पल भर के अनिश्चय के काल से सोनचम्पा बाहर निकल आईं।

नीचे गिरा तीर, उठा कर धनुष पर चढ़ा लिया—"बोलो सिंहबोगा की जय!"

आगे आगे तेज गति से सोनचम्पा बढ़ गईं।

पीछे पीछे गाँव वाले चल पड़े।

उसी समय उनके कान पर खोंसा वनचम्पा का हल्की पीली किनारी वाला दूधिया रंग का फूल गिर गया।

प्रत्यंचा पर चढ़े तीर की तरह

'सेदाय मारे हापड़ाम को,
दिसा कोम से मैरी हो,
जानाम दिसाम रोफाय लागित नालाय लेन को।
सिदो कान्हू चाँद भायरो,
नुयहार कोम से मैरी हो,
जात ञुतुम दिसाम दो को दोहोवात् बोन।'

('अपने पुराने पूर्वजों को,
प्रियतम, याद करो,
मातृभूमि की रक्षा के लिए उन्होंने अपने को न्यौछावर कर दिया था।
सिद्धू, कान्हू, चाँद और भायरो,
प्रियतम, इन सबका स्मरण करो,
वे लोग अपनी जाति के नाम से देश हमें छोड़ गए।')

"चलो, थोड़ा तेज चलो। दिन निकल आया है। गुरु जी चीरूडीह में पहुँचने ही वाले होंगे।"

"कल से चल ही तो रहे हैं। दस कोस का सफर है। हम तो रात को बेटी के यहाँ ठहर गए थे, सुबह उठते ही चल पड़े। बेटा जिदिया रहा था चलने के लिए।"

साथी ने अपने कन्धे पर बैठे बच्चे का पाँव हिला कर कहा।

बच्चा उसके सिर के बाल थपथपाता हुआ हँसा।

"हम तो काफिला के साथ ही चले। ठहर ठहर कर चले हैं तब भी बहुत समय हो गया।"

"रुकिए जी, जरा धीरे चलिए। आप जानते हैं मेरी हालत।"

"पहले ही मना किया था कि इस हालत में मत चलो, नहीं मानी।"

"हम भी गुरु जी को देखना चाहते हैं। पता नहीं हमारे इलाके में कब आएँ? हमारे भीतर जो है, वह भी इंकलाब जिन्दाबाद कह रहा है। पिछले जनम का कोई आदिवासी लड़ाका मालूम होता है।"

''अब वह नए झारखंड में आँखें खोलेगा। नया सबेरा देखेगा।''

''रुको सुजन, एक ठो बीड़ी पी लिया जाए।''

वे रुक जाते हैं। उनके साथ काफिला रुक जाता है। आदिवासियों के गाँव से चला काफिला। उनमें से कुछ लोग कोई लोकगीत गाने लगते हैं—

'सिदो कान्हू चाँद भायरो,
नुयहार कोम से मैरी हो,
जात अुतुम दिसाम दो को दोहोवात् बोन...'

लोग उनके स्वर से स्वर मिलाने लगते हैं—'सिदो कान्हू चाँद भायरो...'

कष्ट में रहने वालों का कोरस!

वे गा रहे हैं। वे अपने पूर्वजों को याद कर रहे हैं। वे अपने पूर्वजों के संघर्ष को याद कर रहे हैं। आज फिर एक ऐसा ही मौसम आया है...आज फिर संघर्ष की भाषा गूँजने लगी है...

ये गीत, उनके अपने गीत, मन को ऊर्जा से भर देते हैं। इसी गीत की ताकत को महसूस करते वे स्वर में स्वर मिलाने लगते हैं।

सुजन महतो की पत्नी शान्ति बड़ पेड़ की छाया में बैठ गई है। वहीं से पोटली खोलकर कुछ निकालती है।

''ये मूढ़ी ले लीजिए। गुड़ लीजिए। ठीक से खा लिया जाए, ज्यादा देर हो गया है।''

''ठीक कहती हो, पता नहीं वहाँ खाने का क्या आलम हो।''

''चिन्ता नहीं करिए। हम सत्तू, गुड़, चना, चूड़ा सब थोड़ा थोड़ा रख लिए हैं।''

''ए भीमा, अब उतर बाबा के कन्धा पर से। चल, कुछ खा।''

सुजन ने आवाज दी।

एक चार पाँच साल का बच्चा शान्ति के पास आकर ठिनमिनाने लगा। यह सुजन की बहन का लड़का था और अपने बाबा के साथ जिद करके आया था।

''चूड़ा गुड़ खा लो भीमा। भूख तो लगिए गया होगी। बस, पहुँचने वाले हैं। काहे अम्माँ को छोड़ के चला आया? यहाँ मेला थोड़ी न है।''

शान्ति ने दुलरा कर कहा।

लेकिन बच्चे को मेले में घूमने जैसा सुख मिल रहा था। सब कुछ नया और जोश से भरा हुआ। लोग मिल बाँट कर खा रहे थे। उसकी उम्र के एक दो बच्चे अपनी माताओं के पास से इधर चले आए थे और आपस में जरा सा मौका निकाल कर खेल लेना चाह रहे थे। बच्चा चूड़ा गुड़ खाते हुए उन्हीं बच्चों के साथ इधर-उधर भाग रहा था।

''एक बात बताओ सुजन?''

''पूछो।''

''गुरु जी क्या तुमको साधारण मानुष लगते हैं?''

“नहीं भाई, वह सिद्धू, कान्हू, बिरसा मुंडा के अवतार हैं। हम आदिवासियों को हमारा हक दिलाने के लिए इस धरती पर अवतार लिए हैं।”

“रुकम काका बता रहे थे कि गुरु जी की आँखों में गजब का तेज है। वे हमारे दुश्मन का नाश करेंगे। हमें हमारा देस दिला कर रहेंगे।”

“ठीक कहते हो सुजन, अवतारी पुरुष हैं दिशुम गुरु। सुना है इनके पिता को दिकुओं और महाजनों ने मार डाला था। वे भी हमारे हक के लिए लड़ रहे थे। इसीलिए तो दिकुओं को बर्दाश्त नहीं हुआ। उनके जैसे वीर पुरुष की हत्या कर दी।”

“उसी का तो बदला लेने उतरे हैं गुरु जी। उनके पिता की जब हत्या हुई तब उनकी माँ ने बाप की लाश छुआ कर बेटे को कसम रखाई थी कि तू उनकी हत्या का बदला जरूर लेगा। पिता की लड़ाई को जीत तक पहुँचाएगा।”

“हमारा तो मन भर आया जी। रोने का मन हो रहा है। कितना संघर्ष किया गुरु जी ने।”

शान्ति बोल पड़ी।

“उठो, अब जल्दी करो। उस अवतारी पुरुष की एक झलक तो देख लो।”

काफिला चल पड़ता है। वे तीनों भी उठ जाते हैं। इस बार सुजन महतो ने बच्चे को अपने कन्धे पर बैठा लिया है। बच्चा सुजन के गले में दोनों पैर लटकाए, सिर ऊँचा किए ऐसे बैठा है जैसे आकाश की सैर को निकला हो। पूर्वा हवा तेज बह रही है—हाड़ कँपा देने वाली ठंड है—सूरज का ताप मद्धम पड़ गया है—वैसे भी काफिले के जोश और रफ्तार पर मौसम असर नहीं दिखा पा रहा है। अलग अलग गाँवों से, जाने कितने कोस चल चलकर लोग पहुँच रहे हैं—सबके मन में नए सपने की कोंपल फूट रही है—महाजनी सभ्यता के खात्मे का सपना, विस्थापन के खात्मे का सपना, अलग झारखंड का सपना...सपने मन में उमंग भर रहे हैं...उमंगें कदमों की रफ्तार को तेज कर रही हैं...

लाउडस्पीकर की आवाज सुनाई पड़ने लगी है—‘जोहार, जोहार, साथियों के जल्दी पहुँचने की अपील।’ अपील सुनते ही, जोहार सुनते ही काफिले के लोगों का जोश बढ़ गया है—वे एक साथ हुंकार करते हैं—‘जय जोहार, जय झारखंड।’ दूसरी तरफ कुछ ही दूरी पर समानान्तर सभा चल रही है। वहाँ से भी लाउडस्पीकर पर गीत सुनाई पड़ रहा है—‘अब डेरे मंजिलों पर ही डाले जाएँगे...’

काफिले के उठते कदम मंजिल की तरफ ही तो हैं—वे अब रास्ता नहीं मंजिल बनना चाहते हैं...

‘जोहार झारखंड, इंकलाब जिन्दाबाद’ का गूँजता स्वर...और दूसरी तरफ फैज़ की ग़ज़ल...

एक ही वक्त में एक ही तरह की दो आवाजें—

एक दूसरे को काटती हुई—

काफिले के लोग हतप्रभ!

ये कौन लोग हैं? ये कौन हमें भरमा रहा है? ये कौन 'विलायती बोल' बोल रहा है? हमारी ही जमीन पर हमें कानून पढ़ा रहा है? काफिले के मन में आशंका के बादल छाने लगे...

यह दुश्मनों की नई चाल तो नहीं!

इधर जोहार, उधर गोहार!

इधर आदिवासी, उधर दिकू!

एक नए महाभारत की तैयारी...!!!

किसी को समझ नहीं आ रहा कि क्या हो रहा है?

काफिले में सरगोशियाँ...दुश्मनों ने हमेशा ही उलझाया है—हमें मंजिल से दूर कर, रास्ता बता कर पीछे छोड़ दिया गया...हमें ही रौंद कर, लूट कर दिकू मालामाल होते रहे...नेता सत्तासीन...

गुरु जी पधार गए। हलचल बढ़ गई। लोग उठ उठकर खड़े हो जाते हैं। उनसे बैठने की अपील लगातार हो रही है। सुजन भी अपने बहनोई के साथ उठकर खड़ा हो गया है—सचमुच ही अवतारी मनुष्य! लम्बा कद, बड़े बाल, लम्बी दाढ़ी, गठीला बदन...सचमुच ही तिलका माँझी के अवतार...

उनके साथ तीर धनुष लिए कुछ युवा हैं। गुरु जी अभिवादन कर रहे हैं—धनुष की प्रत्यंचा पर चढ़े तीर की तरह उनके शब्द कसे हुए हैं—आँखों में तेज...

'गुरु जी जिन्दाबाद' के नारे...

जयजयकार से जंगल काँपने लगा है।

"हमारे बुलाए पर आप सब यहाँ आए। बड़ा साथ दिया। यह हमारी लड़ाई को बहुत मजबूत और तेज करेगा...हमें गर्भ में ही खत्म किया जा रहा है...देश की सारी खनिज संपदा झारखंड के गर्भ में है...यह हमारी धरती है। इसे खोखला करके वे लोग खुद मालामाल हो रहे हैं। हमें भूखों मारा जा रहा है...हम अपना हक लेकर रहेंगे। पुकार से माँगेंगे, नहीं मिलेगा तो तीर चला के लेंगे...महाजन हमारी ही मेहनत और हमारे ही खेत के धान को काट लेते हैं...साथियो, आज हम कसम खाते हैं कि किसी भी महाजन को अपने खेत का धान नहीं काटने देंगे...अगर कोई महाजन हमारे खेत का धान काटने आता है तो हम उसका हाथ काट लेंगे, जरूरत पड़ी तो गर्दन भी..."

'जय झारखंड', 'जय गुरु जी', 'इंकलाब जिन्दाबाद'...

भीड़ उत्तेजना से भर गई है। उधर थोड़ी ही दूर पर चल रही समानान्तर सभा में भी भाषण की आवाजें टकरा रही हैं—

"कैसे हमें दुश्मन बताया जा रहा है...झारखंड को भी बाँटा जा रहा है...दिकू के मुद्दे को उछाल कर...झारखंड के बीच अपने और गैर का भ्रम पैदा किया जा

रहा है...हम सब एक हैं—एक रहेंगे...बाँटने वालों की एक नहीं चलने देंगे। यह लोकतंत्र है...ये लोकतंत्र के खिलाफ बोलते हैं...हत्या और गर्दन काटने की बात करते हैं...ये गुंडागर्दी है...हम भी देखते हैं कि कैसे कोई हमारे लोगों को छूता है..."

"शान्त हो जाइए, शान्त हो जाइए..."

गुरु जी समझा रहे हैं।

"जो आप सुन रहे हैं, वो हम भी सुन रहे हैं...हम से हमारे धैर्य की परीक्षा ली जा रही है...लेकिन हम कसम खाते हैं कि हम अपनी राह में रोड़ा अटकाने वालों को बर्दाश्त नहीं करेंगे। बहुत हो चुका...हम भी देखते हैं कि कैसे हमें कोई रोकता है? दिकू हमारे दुश्मन हैं...विस्थापन हमारा दुश्मन है...महाजन हमारे दुश्मन हैं...लोग बाहर से आकर हमें, हमारे जंगलों से दूर कर रहे हैं...हमें, हमारे जंगल, जमीनों को छोड़ कर, पेट भरने के वास्ते बाहर जाना पड़ रहा है...और वे...वे हमारी धरती लूट कर मालामाल हो रहे हैं...अब हम लूट के इस धंधे को बर्दाश्त नहीं करेंगे..."

अचानक मंच पर कोई पत्थर गिरता है। गुरु जी बाल-बाल बचते हैं। फिर भीड़ पर कुछ पत्थर...लोग अस्त-व्यस्त होने लगते हैं...भगदड़ मचने लगी...समझ में नहीं आता कौन किसे मार रहा है? भीड़ अब किसी के नियंत्रण में नहीं...न उधर के, न इधर के...हिंसा का साम्राज्य छाने लगता है...दोनों सभाओं के लोग भिड़ गए हैं...घर जलने लगते हैं...आग...रक्त...लपटें...लाशें...

छोटे बच्चे का पाँव भीड़ में दब गया है...सुजन उसे निकालने की कोशिश कर रहा है...तभी एक पत्थर उसके बहनोई की आँख पर लगता है...वह दर्द से बिलबिलाते हुए खून से भीगी अपनी आँख और गाल को लेकर सँभल ही रहा था कि दूसरा पत्थर बच्चे के सिर पर लगा—

"भीमा, अरे भीमा, मेरा बच्चा..." वह चिल्लाया। माथे से फिसलता, बहता खून आँखों तक चला आया है...बच्चे को कुछ दिख नहीं रहा...वह चीख रहा है...

"शान्ति, शान्ति...इधर, इधर..."

सुजन महतो की आवाज कहीं पहुँच भी रही है!

इतनी चीख पुकार है कि कोई चीख अलग से नहीं पहचानी जा सकती...सुजन महतो बच्चे को खींच रहा है...शान्ति अपने गर्भ का शिशु सँभाले अपने लिए सुरक्षित जगह खोज रही है...लगभग ग्यारह लाशें...सैकड़ों घायल...हजारों चप्पलें...

जमीन खून से लाल हो चुकी है...

काँपता जंगल अब विलाप कर रहा है...

'जय झारखंड' का नारा हवा में गूँज रहा है...

लोकगीत कहीं चुपचाप रिस रहा है—"**जाङ बाहाञ हालाङ लेत्... अस्थि फूल मैं लूँगी...**"

घड़ी में रुका वक्त

सुजन महतो अभी तक नहीं लौटा था। कह कर गया था कि पिसान लेकर साँझ तक लौट आएगा, मगर कन्धे पर कनस्तर उठाए उसकी आती हुई छवि नहीं दिखाई दी। अँधेरा घिरने लगा, फिर धीरे-धीरे गहराने लगा। पेड़ पल्लव अँधेरे की परछाइयों में लिपटे हल्की हल्की हवा में नाच रहे थे—क्या पता काँप रहे थे!

जमीन पर बिछी चटाई पर लेटी शान्ति बुखार के जाड़े से काँप रही थी। रह रह कर 'अरे मइया, अरे दइया' जैसी नम आवाजें उसके कंठ से फूट जाती थीं। बगल में छः दिन का नवजात शिशु बेसुध पड़ा था। इस शिशु के जन्मते ही इसका नाम 'रोली' रख दिया गया था। यह नाम भी सभी भाई बहनों में बड़ी लड़की रानी सुन्दरी ने बहुत मन से रखा था। रानी सुन्दरी ने यह नाम तब सुना था जब वह माँ के साथ जाड़े के दिनों में जलावन लेकर पैदल शहर गई थी और सड़क के किनारे बैठ कर किसी खरीदार का इन्तजार कर रही थी, वहीं एक औरत ने, एक गोल मटोल सी बच्ची को 'रोली' कह कर बुलाया था। रानी सुन्दरी को उसी वक्त यह नाम भा गया था। पहले उसने माँ से गुजारिश की थी कि उसका नाम बदल कर 'रोली' रख दिया जाए, लेकिन माँ ने ध्यान नहीं दिया था। तब वह बहुत दिनों तक खुद का नाम 'रोली' बताती रही। मगर पास पड़ोस और यहाँ तक कि बुआ भी याद नहीं रख पाईं। आखिरकार यह नाम उसके मन के भीतर छिप कर बैठ गया और जैसे ही छोटी बहिन के आने की सूचना उसे मिली, उसने बिना किसी की परवाह किए उसका नाम 'रोली' रख दिया। इस बार सबने इसे स्वीकार कर लिया।

बुआ अपनी झोपड़ी के काम निपटा कर रोज माँ का खाना बनाने आतीं और घर में घुसते ही लाड़ भर कर कहतीं—"का रे रोलिया, अभी तक न जागी?"

"काहेला जागेगी।"

बीजू जवाब में कहता।

"धुत्त! भाग त ओकरा पास से।"

बुआ अपनी साड़ी कमर पर कस के खाना बनाने की तैयारी करने लगतीं। देखतीं कि आटा सान के रख दिया है रानी सुन्दरी ने, तो दुलारने लगतीं। लेकिन ज्यादा देर यह नहीं चल पाता, पीछे से आकर छुटकी इनारा रोने लगती।

"इसे कोरा ले के बाहर घुमा दे सुनरी, तब तक मैं भात पका लूँगी।"

बुआ आदेश देतीं और सुन्दरी कमर पर छोटी बहिन को लटका कर इधर-उधर घुमाने लगती।

लेकिन आज यह सब कुछ नहीं हो रहा था। शान्ति चटाई पर लेटी कराह रही थी। सितम्बर का महीना था मगर ठंड से देह हिल रही थी। घर के सारे चादर कम्बल उसे ओढ़ाए जा चुके थे। लेकिन काँपना कम नहीं हो रहा था। बच्चे पगडंडी की तरफ आँख लगाए थे। न कोई डॉक्टर वैद्य का इन्तजाम हो सकता था, न वहाँ तक पहुँचने का कोई साधन था, न ही अंटी में रुपए पैसे धरे थे। जंगल से बीन बीन कर, घोट कर लाये साग से दोपहर में किसी तरह से काम चलाया गया था, अब वह भी नहीं था। माँ की बगल में बैठा बीजू भाई आज शान्त था, अपने घुटनों में मुँह रखकर सिर धँसाए बैठा बीच बीच में माँ को निहार लेता था। पेट में अन्न नहीं तो नींद भी रूठ गई थी। माँ के बार-बार मना करने पर भी छुटकी इनारा दुबक कर उसकी छाती में समाना चाहती थी। सुन्दरी उसे जब भी पकड़कर अपनी तरफ खींचना चाहती वह उसकी गोद से फिसल कर नीचे आ जाती और जाकर फिर माँ के पास दुबकने लगती। आखिर सुनरी ने उसे छोड़ दिया था और वह जाकर माँ की दूसरी बाँह से लिपटकर सो गई थी।

रानी सुन्दरी सब भाई बहनों में सबसे बड़ी थी। चौका लीप कर, थाली माँज कर, पिसान के आने की राह देख रही थी। बाबा लौटें तो वह दौड़ कर पिसान उतरवा ले और झटपट रोटियाँ उतार ले। लेकिन अँधेरा गहरा होता जा रहा था, बाबा सुजन महतो के आने के निशान दिखाई नहीं पड़ रहे थे। एक दो बार बीजू दौड़ कर कुछ दूर जाकर देख भी आया था मगर बेकार। रानी सुन्दरी माँ के पायताने आकर बैठ गई और कुछ समझ न पाने वाली असमंजस की स्थिति में माँ का पाँव सहलाने लगी। नवजात को कम्बल में समेटे माँ बीच बीच में पूछती—"क्या रे बाबा आ रहे हैं?"

बच्चे 'हाँ', 'न' कुछ भी कह पाने की स्थिति में नहीं रह जाते। तीनों उसकी देह से कहीं न कहीं सटे पड़े थे। बीजू अपनी सारी शरारत भूल कर इस क्षण माँ की उसी बाँह से छूता हुआ बैठा था जिस पर इनारा सो गई थी। शान्ति ने धीरे से बीजू को हिला कर कहा—"जा बीजू, बुआ को बुला ला।"

बीजू बाँह की गरमाई से सिकुड़ा बैठा था, उसे कष्ट सा लगा उठकर कहीं भी जाने में। दो क्षण वह अपनी जगह से हिला भी नहीं। फिर उसमें कोई बिजली दौड़ी और उठकर भड़भड़ाता सा जाकर बुआ के दरवाजे पर रुका।

"ए बुआ, काहे नहीं आई?"

उसकी शिकायत का कोई जवाब न देकर बुआ ने कराह कर उसे पास बुलाया और उसके सहारे से उठ बैठीं।

"चल, हमें ले चल।"

बुआ बीजू के सहारे से लँगड़ा कर चलते हुए शान्ति के पास पहुँचीं और घबड़ा कर चिन्तित स्वर में बोलीं—"अरे रे राम रे, बदन कैसा जल रहा है। आज ही हमें चोट लगनी थी।"

फिर बुआ ने जल्दी जल्दी बताया कि कैसे वो पेड़ के ऊपर कुछ पत्ते और लकड़ी पाने के चक्कर में चढ़ गईं और गिर गईं। एक तो जब से सरकार ने जंगल पर से हमारा अधिकार खत्म कर दिया है, लकड़ी तोड़ना मुश्किल। जो कोई एक टहनी भी काटता दिख जाए तो सीधा हवालात में। सरकार कौन देखने आती है मगर ठेकेदार के आदमी खबर कर देते हैं। जो एक बार हवालात में पहुँच गया उसके निकलने की सूरत भी नजर नहीं आती है। हम गरीबों के वश का कहाँ है इतनी दौड़ भाग! लेकिन जलावन तो चाहिए। केवल हमें ही नहीं, शहर के लोग भी जलावन खरीद लेते हैं। छुप कर लकड़ी तोड़ना बड़ा मुश्किल काम था। मगर लोग ऐसा करने के लिए मजबूर थे। बुआ भी अँधेरे का लाभ उठा कर कुछ मोटी टहनियाँ काट लेना चाहती थीं। लेकिन गिर गईं। सिर बच गया मगर टाँग टूट गई थी, सूज गई थी और भयानक दर्द से चलना मुश्किल था। इसी दर्द में वो किसी तरह घर आकर गिर गईं तो इतनी देर तक उठ न सकीं। उधर घर से सुबह के निकले उसके पति और दोनों लड़के भी अभी तक नहीं पहुँचे थे।

"जरा बाल बुतरू की तरफ देखो तो! कैसे बेचारा भूखा प्यासा फफन रहा है!"

शान्ति ने कराह कर कहा।

बुआ को अचानक अपने दर्द से निकल कर बच्चों का ध्यान आया।

घबड़ा कर बोलीं—"अरे सुन्दरी, जा पहले रुकमा चाची को बुला ला और हमारे डब्बा में जितना भी चावल है, उठा ला। यहाँ बाल बुतरू सब भूखा पड़ा है। हम कहाँ बना पाए अपना खाना। न तुमको देखने ही आ पाए।"

बुआ ने प्यार से अपनी भाभी का माथा सहलाया और कराहते हुए, लँगड़ाते हुए कोई काढ़ा जैसा द्रव्य तैयार करने की कोशिश करने लग गईं। लेकिन बुआ के पाँव जवाब दे जाते थे और भरसक बीजू उन्हें मदद करने में लगा था। उधर रानी सुन्दरी बुआ की झोपड़ी से कनस्तर उठा लाई थी और कुल चावल, जो कि इतना नहीं था कि सब पेट भर खा सकें, चूल्हा लहका कर चढ़ा दिया, ढेर सा पानी डाल दिया, जल्दी ही चावल खदकने लगा। चावल का खदकना और उसकी खुशबू बीजू को पागल कर रही थी। उसका पेट उसकी आँखों के रास्ते बाहर आ जाना चाहता था। जैसे तैसे अपने पर काबू किए वह रोने लगा।

"अब काहे पगला रहा है? थोड़ा धीरज रख!"

झल्ला कर बुआ ने उसे एक थप्पड़ मार कर कहा। वह अपने ही दर्द से बेहाल थी। तब तक गाँव से कई औरतें और दो चार मर्द इकट्ठा हो गए। सबने मिलकर

झट पट सब सँभालने की कोशिश की। सभी अलग अलग काम से लौट कर आए थे। इनमें से कोई कोई शहर की तरफ तरकारी बेचने भी गया था। उनमें से एक ने कहा—"महतो अभी तक नहीं आया?"

"आज तो उधर झामुमो की रैली है।"

दूसरे ने याद दिलाया।

"ये रोज रोज के बन्द से परेशान हो गए हम तो। कब बनेगा हमारा झारखंड?"

एक औरत ने परेशान आवाज में कहा और शान्ति को उठा कर काढ़ा पिलाने की कोशिश करने लगी।

"बन गया तो तुम्हें क्या लड्डू मिल जाएगा?"

गुस्सा कर बूढ़े सुमेर माँझी ने कहा।

"कुछ तो मिलेगा ही। अपना राज, अपना होता है।"

एक दूसरे आदमी ने टोका।

"हाँ, नेता लगे हुए हैं, लोग तीर धनुष लेकर निकले हैं। गुरु जी की आवाज में आग है। उनकी एक दहाड़ पर लाखों लोग जान हथेली पर लेकर निकल पड़ते हैं।"

फिर लोग आँखों देखी रैली की बात करने लगे।

"अरे कैसे सबको पकड़ पकड़कर रैली में ले जा रहे थे, हम तो निकल आए, हमारे जैसे बूढ़े से कहाँ होगा?"

सुमेर माँझी ने मानो सफाई दी।

"रहने दो बाबा, तुमसे क्यों न होगा? बाघ मार लोगे, आदमी मारने में घबड़ा जाओगे?"

"बहुत न सोचो। मुख्यमंत्री जी ललकार रहे हैं कि झारखंड उनकी लाश पर बनेगा।"

"यह तरफ का हमें समझ नहीं आ रहा है। कब कौन सी बात पर कौन पलट जाएगा, हमें, तुम्हें पता चलता नहीं है। क्यों गणेश?"

सुमेर बाबा की यह बात ऐसी थी कि गणेश काट न सका। उसे भी कहाँ पता थी सब बात, शासकों की सब बात कहाँ जानती है जनता! सो वे आराम से बोले—"हम तो जनता हैं बाबा, जिधर हमारे नेता जाने को कहेंगे, जाएँगे।"

नब्बे का तेजी से फैलता स्याह वक्त! तलवारों के लोहे चमकाने से छिटकी चिंगारी से कौंध उठी थी—एक तरफ लालटेन की रोशनी में तलवार की धार तेज की जा रही थी तो दूसरी तरफ कुछ लोग सिर आकाश की तरफ उठाए तीर के ऊपर मुकुट की तरह मढ़ा लोहा चमका रहे थे—निशाना साधने का अभ्यास!...

नरसिम्हा राव सरकार ने 'उदारीकरण' नाम का बड़ा सा 'इंडिया गेट' खोल दिया था, जिससे लपकती हुई विदेशी कम्पनियाँ घुसी चली आ रही थीं—अखबार शीर्षक लगा रहे थे—'विदेशी कम्पनियाँ भारत में...'

कुछ दूर अयोध्या हलचलों से भर गया था—बाबरी मस्जिद ध्वंस की तैयारियाँ तेज हो गई थीं...दिल्ली में लालकृष्ण आडवाणी का रथ सोमनाथ से अयोध्या तक की यात्रा के लिए सजाया जा रहा था—दुकानों से सारे फूल उठा लिए गए थे—शवों के ऊपर के फूल भी नहीं बचे थे—आम आदमी चलते हुए डरने लगा था...भारतीय रेलें भर भर कर, राम भक्तों को लेकर अयोध्या पहुँचने लगी थीं...किसी भी तरह के टिकट और सीट रिजर्वेशन का मतलब नहीं बचा रह गया था...और पूरा देश 'राम लला हम आएँगे, मन्दिर वहीं बनाएँगे' के युद्ध नाद में डूब गया था...

इधर कमंडल की काट के तौर पर मंडल का तीर छोड़ दिया गया। लोग मजहब के नाम पर पहले ही एक दूसरे के दुश्मन बन गए थे, अब जाति के मसले पर भी तलवारें खिंच गई थीं। देश दावानल की चपेट में धुँधुआ कर जल रहा था...

इसी समय बाम्बे में 'बाम्बे स्टॉक एक्सचेंज' की बत्ती बुझ गई थी और इधर-उधर सिर छिपाने की जगह ढूँढ़ने की बजाय हर्षद मेहता नाम का आदमी जेल में टेलीविजन आदि सुविधाओं का मुआयना कर रहा था!!! शेयर मार्केट डूब गया था और अकेले हर्षद मेहता को इसका जिम्मेदार ठहरा दिया गया था—लोग अपने डूबे हुए पैसों और कंगाली का रोना रो रहे थे पर केवल एक ही आवाज सुनाई पड़ती थी—'कसम राम की खाते हैं...'

औरतें लगी थीं कि नवजात शिशु और माँ को बचा लें मगर नवजात की नब्ज डूबी जाती थी। आदमियों ने इधर-उधर की बातें छोड़ दीं और चिन्ता करने लगे। गणेश ने उठकर तसले में लकड़ियाँ इकट्ठा कीं और जला कर बच्चे के कुछ पास रख दीं, इस ताप से कुछ राहत मिले लेकिन बच्चे में हरकत नहीं हुई। गर्म तेल लाकर बबलू की माँ नवजात के हाथ पाँव मलने लगी। वह पहले अपनी हथेलियों पर तेल लगाती फिर आग पर हथेलियाँ रखकर गर्म करती फिर बच्चे के तलुए हल्के हाथ से सेंकते हुए मलती।

"कहाँ रह गए सुजन महतो? रैली तो कब की निकल चुकी होगी।"

इधर शान्ति भात का माँड पीकर और काढ़ा से कुछ राहत पाकर उठ बैठी थी और अब नवजात को दूध पिलाने के लिए विकल हो रही थी। बार-बार नवजात

को उठा कर अपनी छाती से लगाती पर नवजात को इससे इंकार था! वह जैसे हाथ से छूट कर मिट्‌टी पर पसर जाना चाहता था। थक हार कर शान्ति ने उसे जमीन पर लिटा दिया।

सुन्दरी ने माँड के साथ एक एक कलछुल भात सबको दिया था। सबने उससे ज्यादा माँगा और इसी बात पर भाई बहनों में एक छोटा झगड़ा भी हो गया। सुनरी ने भरसक कोशिश की थी कि सबको बराबर मिले पर भात और माँड इतना था ही नहीं कि सबको सन्तोष मिले! और अब बचा खुचा लेकर वह खुद कोने में सिमट कर खाने बैठी थी कि माँ की जोर की चीखने की आवाज आई...

सुबह जब रानी सुन्दरी की आँख खुली तो उसने देखा कि तसले में जल रही आग सलेटी रंग की राख में बदल कर इतनी ठंडी हो चुकी है कि किसी भी क्षण उसे उठा कर बरतन माँजने के लिए ले जाया जा सकता है। कुछ लोग गुदड़ी में लिपटे एक छः दिन के बच्चे को उठाए उसकी झोपड़ी के दरवाजे से बाहर जा रहे हैं। बीजू उनके आगे पीछे चल रहा है और उनके बीच खुद का शामिल होना जता रहा है। बुआ लँगड़ाती हुई जाकर बीजू के कुछ पीछे रुक गई। माँ अचेत पड़ी थी और दो औरतें उसके पास बैठी उसे सहला रही थीं। कोई पानी दे रहा था, कोई पंखा घुमा कर हल्की हवा देने की कोशिश कर रहा था। मगर माँ न बोल रही थी, न डोल रही थी, न पानी पी रही थी। बाबा नहीं दिख रहे थे। तो क्या बाबा लौटे ही नहीं? कुछ देर तक उसे लगता रहा कि उसकी आँखें खुली ही नहीं हैं। वह जो देख रही है, वह सच में नहीं हो रहा है।

लेकिन जल्दी ही वह दृश्य के भीतर शामिल हो गई।

दौड़ कर उठी और बीजू के पीछे भागी।

''अरे, मेरी रोलिया को कहाँ ले जा रहे हैं? अम्माँ, ऐ अम्माँ, देख न...''

वह रोती जा रही थी और उन लोगों के पीछे भागती जा रही थी। बीच बीच में कोई आदमी झिड़क कर कहता—''लौट जा बच्ची! भागो, तुम दोनों, बच्चे नहीं जाते वहाँ!''

एक दो झिड़की पर वे रुक जाते मगर बीजू फिर दौड़ पड़ता तो वो क्यों रुकती। अपनी उस छः दिन की बहिन से उसे प्यार था। वह उसे वैसी ही गोल मटोल बच्ची की तरह देखना चाहती थी, जैसी लड़की कभी उसने बाजार में देखी थी।

ये लोग उसके सपने छीन कर लिए जा रहे थे और वह कितनी लाचार!

सिर्फ पीछे पीछे भागी जा रही थी!

निहत्थी!

अभी थोड़ा ही रास्ता चले थे कि शहर से लौटे सदानंद माँझी तेज कदमों से इधर ही आते दिखे। जोरदार आवाज में चिल्लाए—"जोहार काका, जोहार महतो, खबर बुरी है। सुजन महतो पकड़ गए।"

मतलब?

सारे लोग रुक गए। गुदड़ी में छः दिन के बच्चे का शव उठाए सुमेर माँझी रुक गए।

"एक तारीख को जौन रेल की पटरी उखाड़ी गई और जौन बम विस्फोट हुआ, वही में पुलिस धर पकड़ कर रही थी। रैली से बहुत लोगों को उठा ले गया।"

"अरे ऐसे कैसे? चार दिन से तो सुजन महतो यहीं थे। उनकी बीबी को बच्चा हुआ था। ई कैसे हो सकता है सदानंद?"

सुमेर माँझी हैरान से बोले।

"हम का जाने काका। हमें जैइसे खबर मिली दौड़ कर बताने आए।"

सदानंद ने कष्ट से कहा।

"पता नहीं क्या हो रहा है? कहाँ जा रहे हैं हम लोग?"

सुमेर काका ने बुझे मन से कहा और आगे बढ़ गए। उनके पीछे अन्य साथी भी और शहर से आने वाले सदानंद भी उन्हीं के पीछे पीछे चल पड़े।

लेकिन इस खबर ने जैसे रानी सुन्दरी के पाँव रोक दिए।

वह पीछे पलट गई।

आज बाजार में पा-ब-जौला चलो...

भर हथेली फूल उसने अपने गाल से सटा लिए। मोहक मुलायम से अहसास ने उसे कहीं अन्तरतम तक भिगो दिया। यह मोह गहरा, कितना गहरा, प्राण के भीतर समाया हुआ, इससे कभी अलग नहीं हुआ जा सकता। यह आत्मा का अंग, यह वन प्रांतर, ये शाल के बड़े पेड़, ये पीपल की घनेरी छाँव, ये तरह तरह के पौधे, ये फूल—इनकी अलग अलग खुशबू की पहचान, ये पत्तियाँ, ये साथ चलते कीट पतंग, ये तितलियाँ, ये रंग, ये फल टिकोरे, ये जलावन की लकड़ियाँ, ये टीले, ये झरने, ये ताल तलैया, ये साथ जी जातीं तकलीफें...इनसे अलग कभी हुआ जा सकता है! वह तो जैसे कुछ सोच ही नहीं पा रही थी, बस, एक अहसास था, जो छुड़ाए नहीं छूटता था...

उसने धीरे से हथेली के सब फूल अपने पास की जमीन पर बिखरा दिए और क्षण भर को आँखें बन्द कर लीं जैसे धरती को फूल चढ़ा कर प्रार्थना कर ली हो। फिर वह घुटने मोड़ कर जमीन पर बैठ गई और सारे फूलों को अँगुली से हिला हिला कर खेल सा करने लगी। गुलदाउदी, सदाबहार...गेंदा, गुड़हल, गुलनार...रंग बिरंगी खुशबू बिखर रही थी। उन पर अभी तक रात की ओस का कुछ कोमल, छूटा बचा सा तैर रहा था। गुलाबी, नारंगी गुलदाउदी ने दिन के उजाले को गुलाबी नारंगी कर दिया तो गुड़हल ने चटक लाल, गेंदा कत्थई और पीलेपन से भरने लगा तो गुलनार ने मिलकर सब सतरंगी कर दिया...लताओं पर टँगे छोटे छोटे पीले नीले फूल तोड़ कर चिड़ियों की तरह चहचहाती हुई दो छोटी लड़कियाँ आईं और उसकी हथेली को फिर भर गईं। उसने गुड़हल का एक चमकता लाल फूल उठा कर अपने कानों में खोंस लिया—अचानक किसी वनदेवी की छवि उतर आई उसमें! दोनों लड़कियाँ फिर भागती हुई आईं और उनमें से बड़ी इनारा पीछे से उसकी पीठ पर चिपक कर गले में बाँहें डालती इतराई और उसके गालों पर गाल रगड़ कर अपनी खुशी का इजहार करने लगी। दूसरी लड़की पलाश, जिसका नाम पलाश फूल पर रखा गया था और जो इनारा से उम्र में कुछ छोटी थी, सट कर बैठ गई।

''ए दिदिया, कैसी निम्मन लग रही है।''

उसने भी लाड़भर कर कहा।

एक पल को उसे अच्छा लगा लड़कियों का यह दुलार, लगा आँखें बरस पड़ेंगी, लेकिन दूसरे ही क्षण वह सिहर गई। क्या अब कभी इन्हें देख न सकेगी? पता नहीं कभी आ पाएगी कि नहीं? कुछ भी तो पता नहीं है उसे! अभी कल रात ही तो पता चला कि उसे जाना है, कोई उपाय नहीं है। इतने अचानक! इतनी जल्दी!

फट पड़ी वह, क्यों जाए अपनी धरती छोड़ कर वह भी? जब बाबा नहीं गए तो वह क्यों जाए? लेकिन उसकी बात बिना सुने, बिना उसकी तरफ देखे बाबा ने फैसला सुना दिया।

"बिआह करके भेज रहे हैं। इससे अच्छा कुछ नहीं होगा तुम्हारे लिए भी, हमारे लिए भी। और देख अगर भागने की कोशिश की तो यहीं काट के गाड़ देंगे। समझ ले।"

फिर कुछ नरम पड़ गया बाबा। जरा भावुक होकर बोला—"अब तुमको ही बचाना है हम सबको सुनरी। जाना पड़ेगा।"

तब भी वह बिफरी पड़ी रही। चिल्ला कर बोली—"यहीं रह कर हम काम कर करके सबका पेट पाल देंगे। बाबा हमको यहीं रहने दो।"

"यहाँ अब काम कहाँ? भूखों मरते तुम सबों को हम नहीं देख पाएँगे। भले से बिआह हो जाए, तुमरे खाने का इन्तजाम तो हो जाएगा। समझ रानी सुनरी!"

कह कर, बिना उसकी किसी बात का जवाब दिए बाबा रात ही में चला गया। जाते जाते उसने अम्माँ को बाँह पकड़कर कहा—"अगर यह कहीं भागी तो तुमरा नरेटी दबा देंगे। बेच देंगे सारे तुमरे टिल्ले पिल्ले!"

अम्माँ भी चिल्ला कर गालियाँ देते बोली—"जबरई हम न चलने देंगे। हमारे पिल्ले हराम के नहीं हैं।"

गुस्से में वह बाबा के जाने के बाद ही भाग निकली। करीब एक किलोमीटर तक चलती चली गई कि तभी सामने से एक मोटर साइकिल पेड़ पौधे से बचती पगडंडियों पर चली आ रही थी। उसकी तेज रोशनी जंगल के वजूद में धारदार दरांती की तरह चुभ रही थी। उसने खास ध्यान नहीं दिया और अपनी ही गति से बिना किसी गंतव्य के बढ़ती रही। मोटर साइकिल उस पर रोशनी फेंकती गुजर गई। मगर कुछ ही मिनट बाद लौट कर मोटर साइकिल उसके सामने आकर रुक गई। उसने तब भी मोटर साइकिल सवार की तरफ ध्यान नहीं दिया। तब मोटर साइकिल सवार ने चिल्ला कर उसे रोका—"ऐ रुक छोकरी।"

मोटर साइकिल पर बैठे बैठे उसने सुन्दरी को बाँह से पकड़ कर खींचा।

"चल तुमको घुमा लाता हूँ। करेगी मोटर साइकिल की सैर। बोल, बोल।"

वह उसके जवाब की प्रतीक्षा के बिना उसे जबरन मोटर साइकिल पर बैठाने की कोशिश करने लगा। सुन्दरी गुस्से में थी ही, इस अप्रत्याशित हमले के लिए तैयार भी नहीं थी। रोज सुनती थी कि ये ठेकेदार किसी की भी बहू बेटी पर हाथ

डाल देते हैं। गुस्से में उसने भी चिल्ला कर कहा—''छोड़ हमें। जा अपने रास्ते।''

सुन्दरी ने उसे धक्का दिया और अपने को छुड़ा लिया। मगर मोटर साइकिल सवार को इस सब की जैसे आदत थी। वह हँसा और टेढ़ा करके मोटर साइकिल किनारे लगा कर उसके पीछे दौड़ा।

''साली रात में शिकार ढूँढ़ने निकलेगी और हमको धक्का देगी। जानते नहीं हम तुम जैसियों को। ठीक से मान जा नहीं तो जबरई करनी पड़ेगी।''

इस धक्का मुक्की और जोर-जबरदस्ती में सुन्दरी पूरा युद्ध में उतर आई। बगल में पड़े लकड़ी के एक छोटे लेकिन मजबूत टुकड़े को उठा कर उसके सिर पर मारा मगर लकड़ी सिर की बजाय उसकी गरदन से होती हुई पीठ पर टकराई। तभी सामने से रुकम काका आते दिखे। जैसे ही कुछ नजदीक आए, उन्होंने सुन्दरी को पहचान लिया, दौड़ कर पास आए और लगे मोटर साइकिल सवार से अनुनय विनय करने। सुन्दरी ने उन्हें देखकर सोचा था कि उसकी लड़ाई में एक आदमी और शामिल होगा मगर उल्टा हुआ, अनुनय विनय से उसकी स्थिति कमजोर हो गई। मोटर साइकिल वाला लगा उसे तड़ातड़ थप्पड़ पर थप्पड़ मारने।

''इसे छोड़ दो मालिक। रहम करो! रहम करो!''

रुकम काका गिड़गिड़ा रहे थे। वह पिट रही थी। फिर अचानक मोटर साइकिल वाला रुक गया और एक भद्दी गाली देकर अपनी मोटर साइकिल स्टार्ट करके चला गया।

अब तक गिड़गिड़ाने वाले रुकम काका अब शेर बनने लगे। लगे उसे डाँटने—''काहे निकली इस बेरा? जान रही हो आज कल खराब समय है। चलो घर चलो!'' और वे पैदल चलते हुए उसे घर लाकर अम्माँ के हवाले करके चले गए।

अम्माँ ने अपने पाँव से रस्सी बाँध कर उसके पाँव में बाँध दी कि रात भर उस पर नजर बनी रहे। न उससे कुछ कहा न उसके कहे का जवाब दिया। रात भर वह माँ से सवाल करती जाती और माँ उधर मुँह करके कुछ और बोलती या कुछ नहीं बोलती। वह कहाँ भाग कर जाए? उसने बार-बार सोचा। कहाँ? कहाँ?

आधी रात को उसे किसी के सिसकने की आवाज सुनाई पड़ी। टटोल कर देखा तो अम्माँ सिसक रही थीं। उसके हाथ के स्पर्श से वे चौंकीं नहीं बल्कि खींच कर उसे चिपका लिया।

उसका मन बेचैन हो उठा। अम्माँ के प्रति सारा गुस्सा दुख में पिघलने लगा। यह था उसका परिवार। उसके अपने लोग। उसे बचाना है। सबको। उसने अपनी छोटी बहिन इनारा को देखा, छोटी सी जान। बीजू कहाँ है मेरा भाई? पिछले साल रोली का मरना उसे याद आया। लोगों ने बताया था कि उसकी पीठ पर का भाई भी नहीं बचा था। इसकी उसे याद नहीं थी। अब भी कोई भाई या बहिन आने की राह पर था। शान्ति फिर गर्भवती थी, इस जाड़े में उसकी उम्मीद बँधती थी...

उसने इस दुखद प्रसंग से अपना मन हटाने की कोशिश की और नन्ही लड़कियों की तरफ देखा।

पलाश अभी भी उसे छू छू कर अपने हिस्से का दुलार ले रही थी। उसने हल्के से खींच कर पीठ पर लदी इनारा को आगे कर लिया और कस कर छाती में भींच लिया।

''तुम हो हमरी सोनचम्पा!''

भरे गले से उसने कहा।

पलाश चाहती थी कि उसे पहले गले लगाया जाता, भले ही उसकी माँ अलग थी, भले ही उसका घर कुछ दूर था, मगर उसका तो दिलो जान का नाता इसी इनारा से था, सखी से ज्यादा बहिन थी उसकी, बहिन से ज्यादा सखी थी, सखी और बहिन का नाता मिलकर जो कुछ सुख में सान कर बनता होगा, वैसा ही कुछ नाता था, जिसके लिए उसके पास कोई ठीक शब्द नहीं था, इसलिए उसका भी उतना ही हक बड़ी बहिन के दुलार पर था, ऐसा उसे विश्वास था। रानी सुन्दरी ने भाँप लिया कि पलाश कुछ नाराज हो उठी है। ऐसी नाराजगी जो अधिकार से बनी थी। उसने पलाश को भी खींच लिया अपने पास और चूमने लगी दोनों को। चूमती जाती, रोती जाती। इस अतिरिक्त प्यार से लड़कियाँ घबड़ा गईं और उसकी पकड़ से निकल भागीं। अम्माँ का स्वर पीछे से सुनाई पड़ रहा था। वह बार-बार नहाने को कह रही थी।

डाड़ी से घड़ा भर पानी सुबह ही लाकर रख दिया था, उसे उड़ेल कर नहा लेने का जी नहीं कर रहा था। पर बार-बार के कहने पर नहा लिया था। अब बीजू जाएगा पानी लाने। अम्माँ तो आज निकल न पाएँगी और अब उन्हें मुश्किल भी होने लगी है घड़ा उठा कर चलने में। इनारा छोटी ठहरी। मुझे तो मना कर दिया है कहीं जाने को। नहीं तो पलक झपकते एक घड़ा उठा लाती।

सुन्दरी ने धीरे से पिछवाड़े के बाँस के दरवाजे को धक्का दिया कि आवाज न हो, फिर भी बाँस को सटा सटा कर बनाए गए दरवाजे ने काँप कर और चर्र की हल्की आवाज से अपने होने को बता दिया। वह अपने घर की सीमा से बाहर निकल आई और कुछ दूर उस ऊँचाई पर बनी झोपड़ी की तरफ बढ़ी जो अब उजाड़ पड़ी थी। कहने को कभी वहाँ जीवन खिलता रहा होगा। उसके दरवाजे की लकड़ियाँ लोग ले जा चुके थे। फूस की छत धसक चुकी थी। यही था उसका सबसे निकट पड़ोस, यहीं था उसका सबसे निकट दोस्त! सुरजू। कोई दो साल पहले इसमें रहने वाला पूरा परिवार ही निकल पड़ा था किसी दूसरे शहर कमाने। यह कोई अकेला घर नहीं था जो निकल पड़ा था—गाँव के बहुत से लोग भागे जा रहे थे। शहर के साथ एक आस जुड़ी थी कि मेहनताना तो मिलेगा कि पेट तो भरेगा। पता नहीं उन्हें कितना मेहनताना मिलता है? कोई लौट कर आए तो बताए, पर एक बार जो गया इस गाँव की दहलीज के पार तो बताने आने के लिए उसके पाँव वापस न मुड़ सके।

फिर भी क्या यहाँ से बेहतर हो गया?

हुआ ही होगा?

यहाँ छूट गए लोग बैठे रहे बाट जोहते।

मगर लौटने की बजाय लोग चले ही जा रहे हैं!

क्या उसकी माँ का यह बच्चा भी मर जाएगा?

छिः, कैसा उसका मन हो रहा है! सुन्दरी ने सोचा, मगर कुछ भी उसके मन में साफ न हो सका।

वह सब कुछ से छूटती जा रही है।

फिर वह रुक गई।

उस झोपड़ी को उसने ऐसे देखा जैसे उससे अब कोई नाता याद न रहा। दूर दिखते जंगलों में छिपे अँधेरों को चीर कर अपना होना बताते दरवाजों से कभी कोई रोशनी आएगी, क्या वह भी उम्मीद बाँधे बैठी थी! क्या उसे भी किसी के लौट आने का इन्तजार था! कहीं दूर कोई ट्रक खड़ा था, जहाँ तक सुरजू को अपने परिवार के साथ कुछ दौड़ते, कुछ चलते हुए पहुँच जाना था। चलते हुए और भी बहुत से लोग आ मिलते थे। पूरा काफिला ही गाँव से निकला जा रहा था। इस दल में से निकल कर अचानक ही सुरजू उसके सामने खड़ा हो गया। इसी पीछे के बाँस वाले दरवाजे पर झूलती सी वह उदासी के घने वन में लटकी खड़ी थी।

"हे रे सुनरी! ढेर भात!"

सुरजू ने हाथ से अभिनय करते हुए चिल्ला कर कहा। उसके चेहरे पर किसी अनजानी दुरूह यात्रा का रोमांच और किसी आसान भविष्य में प्रवेश का रास्ता पा जाने का उत्साह था।

सुनरी अचंभे में पड़ गई। हैरान होकर उसने पूछा—"इ अचानक? कहाँ हो?"

सुरजू कुछ पास आकर बोला—"असम।"

फिर हाथ के अभिनय से बताया—चाय पत्ती चुनने।

वह सुरजू के उत्साह में एकदम शामिल नहीं हो पाई। सुरजू है ही उससे कितना बड़ा! बस, छः महीना। वह बारह की है तो सुरजू बस, साढ़े बारह का। मगर अपने को बड़ा बताने से चूकता नहीं है। उसे अच्छा नहीं लगा। उसके उत्साह से जी दुखा भी और कुछ ईर्ष्या भी हुई।

"पहिले से पता नहीं था। रतिए पता चला। काका सबको हाँके लिए जा रहे हैं।"

सुरजू दल की गति को आँखों से नापते हुए और जाते हुए दल की तरफ मुँह करके बोला।

"जा!"

उसने गुस्सा कर कहा।

सुरजू ने उसके गुस्से की जरा परवाह नहीं की। दौड़ कर दल में घुस गया। फिर चिल्ला कर वहीं से बोला—"ऐ सुनरी, दौड़ के आ जा! चल तुहूँ!"

सुरजू ने इस बार हाथ के इशारे से बुलाया भी।

मगर यह जाना सुरजू के साथ जंगल में महुआ बीनने जाना नहीं था।

यह चलना डाड़ी से पानी लाने जैसा चलना नहीं था।

पहाड़ पर चढ़ते हुए किसी लाल नीले फूल का पीछा करना भी नहीं था।

न ही जलावन की लकड़ी सिर से उतार कर या न ही मवेशी के लिए घंटों काटी गई घास का विशाल गट्ठर सिर से पटक कर, बीच रास्ते छोड़ कर तितली पकड़ने की बेपरवाह दौड़ थी, किसी जल स्रोत के कल कल ध्वनि का पीछा करते हुए उसके सोते को ढूँढ़ लेने की कोशिश में अचानक दूर निकल जाना भी नहीं था।

यह अचानक किसी ऐसे भविष्य में कूद पड़ना था, जिसका कुछ पता नहीं था, जहाँ से यह घर, यह अम्माँ, यह भाई बहिन...हमेशा के लिए बिछड़ जाने थे।

उसने पीछे मुड़ कर देखा—घर अपने सबसे दयनीय और सबसे विकट रूप में उसके सामने खड़ा था। वह असमंजस में पल भर ठिठकी रही फिर पलटी और बाँस के दरवाजे की चर्र-चिर्र की आवाज से बेखबर काफिले की दिशा में भागी। मगर काफिला निकल चुका था। वह दौड़ती रही कितनी ही दूर, मगर जाने किस रास्ते से इतनी जल्दी पन्द्रह सोलह लोगों का वह दल अलोप हो गया था। रास्ता भटकती वह जंगल में खड़ी कुछ देर रोई भी, फिर रास्ते का कुछ अनुमान करती दौड़ने लगी। अंततः थक कर महुए के पेड़ के नीचे बैठ गई और कुछ ही देर में सो गई।

सुरजू ने उसे साथ ले जाने के बारे में क्या सचमुच सोचा था?

या खेल भर था?

इस दो साल में उसने कितनी ही बार सोचा मगर समझ न आया। आज रह रह कर सुरजू का बुलाता हाथ उसे साल रहा था। सुरजू, इस मृत पड़े झोपड़े से कुछ सुन्दर झोपड़े की चाह में, मेहनत मजदूरी से बने एक भविष्य में छलाँग लगा गया था। और वह छूट गई थी। उस झोपड़े को निहारती। अतीत से बाहर।

क्या उस दिन उसे पीछे पलट कर नहीं देखना था?

क्या उस दिन उसे क्षण भर की देरी नहीं करनी थी?

एक पल के विलम्ब ने उसे यहीं छोड़ दिया था और सुरजू आगे निकल गया था—असाम। शायद असाम ही। उसने बाबा को पाते ही सवाल किया था—"हम काहे नहीं जा रहे असाम?"

बाबा ने कोई ध्यान नहीं दिया। तो उसने जिद की।

"बाबा, हम भी जाएँगे असाम। बहुत लोग चले गए। वहाँ चाय की पत्ती देखेंगे और बड़ी बड़ी चिरैया।"

बाबा हँस दिए पर माने नहीं। ठेकेदार के ट्रक पर बैठ कर जाने के बारे में सोचते ही उनका दिल बैठ जाता। अम्माँ जब ज्यादा परेशान हो जाती तो उन्हें कहीं निकल चलने के लिए उकसाती। तरह तरह से चोट करती। ललकार कर कहती—''कहीं घूमने के लिए नहीं कहते। सिंगार-पटार को नहीं कहते। रोजी-रोजगार के लिए निकलने को कहते हैं। यहाँ एक एक निवाले को बाल बुतरू तरसते हैं, तुम्हारे जैसा कठकरेजउ नहीं पिघलता।''

''बंद कर बकवास! तुमरे कहे से बाप दादों की धरती छोड़ दें? यहीं जनम लिए हैं यहीं मरेंगे।'' बाबा मुँह घुमा कर सूखी लकड़ियाँ तोड़ते हुए कहता।

''अरे करमजले, तुमको बच्चों का रोना नहीं दिखता! बेच दिया रुकम ने अपनी लड़की, तुमहूँ बेच दो! बेटीबेचवा बन जा!''

अम्माँ और तेज होकर गरियाती।

तब बाबा का गुस्सा फूटता, वह सूखी लकड़ियों को तोड़ कर गट्ठर बनाते हुए रुक जाता और उसी में से एक लकड़ी निकाल कर अम्माँ की तरफ झपटता।

''साली! गाली देती है। तुम ठेकेदार के आदमी के साथ जाती हो हम देखते नहीं क्या?''

''जाते नहीं हैं लेकिन अब जाएँगे। तुम्हरे सामने जाएँगे। अपने बच्चन की खातिर जाएँगे।'' अम्माँ पिटते हुए पूरा बौरा जाती और अपनी जान लगा कर लड़ती। बाबा पीटते हुए अचानक छोड़ कर भाग जाता। फिर कब आएगा? कुछ नहीं कहा जा सकता। बीजू बाबा के पीछे भागता मगर कुछ दूर जाकर लौट आता। इनारा वहीं अम्माँ से सटी खड़ी रहती। फिर चूल्हा नहीं जलता। सन्नाटा देर तक पसरा रहता...

फिर सुन्दरी धीरे से बेआवाज उठती और आटा सानने लगती...

फिर धीरे-धीरे घर हिलने डुलने लगता...

फिर जीवन।

उसने दूर अपनी बुआ की उदास पड़ी झोपड़ी को देखा, उनके भी दोनों लड़के चले गए थे शहर। गए हुए भी साल भर हो गया था पर न कोई खबर आई न कोई पैसा, न ही लौटने की कोई सूरत दिखाई दी। दोनों प्राणी बचे रह गए। फूफा को आँख से अब बहुत कम दिखता। पैर भी अकड़ रहे थे, जाने कौन बीमारी लग गई। कहीं आना जाना मुश्किल हुआ। उसे फूफा पर एक क्षण के लिए दया आई। वह झोपड़ी में घुस गई और देखा कि फूफा चारपाई पर दूसरी तरफ मुँह किए पड़े हैं। वह बिना कुछ बोले ही लौट आई।

तभी एक गाड़ी आकर रुकी और उसमें से एक मोटा आदमी पैंट शर्ट पहने उतरा। उसने आनन-फानन सबको लारी में तुरन्त बैठने का इशारा किया। उसने अम्माँ के हाथ में एक पॉलिथीन का पैकेट पकड़ाया। अम्माँ उसे लेकर आईं और बुआ को

बुलाने के लिए इनारा से कहने लगीं। बुआ लँगड़ाती हुई भरसक तेज चलकर आई और लपक कर पॉलिथीन का पैकेट पकड़े उसकी तरफ बढ़ीं।

इधर वह धीमी और प्राणहीन चाल से पिछवाड़े के रास्ते अन्दर आई। देखा कि अम्माँ माछी राँध रही थीं। सोंधे मसाले और माछ की खुशबू नाक में भर रही थी। इतने दिनों बाद भरपूर खाना बन रहा था। वहीं खड़े खड़े उसे माछ की खुशबू भीतर तक उतरती लगी। छोटे भाई बहनों को सब्र नहीं हो रहा। उसे भी मन था कि थाली भर माछ भात मिल जाए पर आज जब माछ की खुशबू से घर भर उठा था तो उसका दिल तड़् तड़् धड़क रहा था। सुरजू से जो कुछ छूट गया था अपना जंगल, अपनी दौरी, अपनी पहाड़ी, अपना पेड़, अपने फूल, अपनी लाठी, अपना तीर, अपना धनुष...उससे भी बस छूटने छूटने को था। उसकी आँखों से जल नहीं टपका, जैसे कुछ सूख गया हो। पीछे से लँगड़ाती बुआ ने आकर उसे खींच लिया—"जल्दी चल सुनरी, पंडित चिल्ला रहा है। अभी तक साड़ी नहीं बाँधी?"

कह कर बुआ ने एक पॉलिथिन के पैकेट से लाल रंग की सिंथेटिक साड़ी, वलवेट का चमकदार रेडीमेड ब्लाउज और रेडीमेड लाल पेटीकोट निकाला। यह पैकेट उन्हीं लोगों ने भिजवाया था। बुआ ने पेटीकोट की तह खोलकर उसके सिर के ऊपर से डाल दिया। ढीला ढाला ब्लाउज खींच खाँच कर काम चलाया गया। बुआ को जैसा आता था वैसा उन्होंने उल्टे पल्ले की साड़ी बाँध दी। फिर देवता को याद कर कुछ मनौती मानने लगीं। उनकी आँखों से लोर चूने लगी।

उसने बिना किसी हिचक के कहा—"हम नहीं जाना चाहते बुआ। कुछ करो!"

बुआ ने तुरन्त आँख पोंछ ली—"छी: छी: ऐसा नहीं बोलते रानी। बिआह हो रहा है। और देख, देख, तुमरे भाई बहिन जी जाएँगे। तुमहूँ खाती पीती रहोगी। चलो, चलो, पंडित जी बुला रहे हैं।"

बुआ उसे खींचती ले आईं। वह खिंचती चली आई। उसकी दुबली पतली छोटी सी काया लाल साड़ी में ढक गई थी।

गाड़ी में बैठ कर अगले आधा घंटे में वे लोग शहर से सटे एक छोटे से मन्दिर में पहुँच गए। मन्दिर अधिक पुराना नहीं था पर रख रखाव के अभाव में इतना टूटा फूटा लगता था जैसे सहस्राब्दियों पहले बना हो। वहाँ कोई पुजारी नहीं था। पैंट शर्ट पहना मोटा आदमी ठेकेदार के लिए दलाली का काम करता था। वह इधर-उधर बेचैनी से टहल रहा था।

पता चला बाबा उन्हीं लोगों के साथ आएगा। कभी भी लोग पहुँच जाएँगे। बड़ी दूर हरियाणा वाले हैं। डर से छाती दहल रही है। न जाने कैसा देश, न जाने कैसे लोग? मन्दिर के पिछवाड़े की जमीन पर बैठी सुन्दरी ने उठकर झाड़ियों से झाँक कर देखा—चार लोग आते दिख रहे थे। पतला दुबला हाड़ हाड़ दिखता

उसका बाप सुजन महतो अजीब चाल में, कुछ गुमा गुमा सा चला आ रहा था। लगता था पिछली रात उसने कुछ ज्यादा पी ली होगी और अब तक ठीक से होश नहीं पा सका होगा। उसे बाबा के लिए चिन्ता हुई मगर अजनबियों के आने की धमक से वह कैसे कूद कर बाबा के सामने जाए? कैसे उसे झिंझोड़ कर जगा दे? कोई उसे खट्टा खिला दे या नीबू चटा दे तो सब नशा हिरन हो जाए, उसने मन ही मन सोचा।

मन्दिर के पास पहुँच कर बाबा रुक गया। बिना किसी आवाज के ही अम्माँ से कुछ कहा। अम्माँ हड़बड़ाई हुई थी। दलाल ने एक चादर झट से मन्दिर में बिछाई। उसी पर धम्म से दो लोग बैठ गए। चार लोगों में एक पंडित है। मोटा, तोंदुल। रंग गोरा है, कद मझोला है। उम्र से अधेड़ जान पड़ता है। सफेद कुर्ता धोती पहने है। गले में लाल गमछा लटक रहा है। पंडित का शरीर बता रहा है कि वह खूब खाता पीता रहा है और चेहरे की चमक बता रही है कि खेती बाड़ी का काम कुछ उसके हिस्से नहीं लगता। खाली कथा बाँचता होगा, मन्दिर में बैठा रहता होगा। सुन्दरी ने पंडित का एक खाका मन में तैयार कर लिया। आते ही पंडित एकदम जल्दी में हो गया, जैसे उसके पेट में कुछ गुड़गुड़ा रहा हो, जरा सा रुकने को तैयार नहीं। गुस्से में डाँटते हुए आदेश दे रहा है—"जल्दी लाओ लड़की! बिआह शुरू करें।"

अब उसने देखा कि पंडित के चमकते गोरे चेहरे पर जरा भी नर्मी नहीं थी, वह रूखा और आक्रान्त करता चेहरा था। भयभीत कराता, डराता। उसे पंडित अपने पूरे व्यक्तित्व में नहीं भाया। उसने दूसरे व्यक्ति पर नजर डाली—लम्बा, चौड़ा, बड़ी मूँछों वाला अधेड़ उम्र का आदमी, जिसने सिल्क का दूधिया रंग वाला कुर्ता और सफेद पैजामा पहन रखा था। सिर पर बड़ी सी पगड़ी बँधी थी और चेहरा सख्त था। सख्त चेहरे वाले माथे पर तनाव की कुछ लकीरें लिए वह चादर पर बड़ी मुश्किल से बैठा था और पंडित की हरकतों को गौर से देख रहा था। उसी की बगल में एक और भारी भरकम शरीर वाला, पैंतीस से चालीस के बीच की उम्र वाला लम्बा आदमी बैठा था। उसकी भी बड़ी बड़ी मूँछें और छोटी-छोटी दाढ़ी थी। वह सिर नीचे किए था। उसका रंग पंडित की तरह ही गोरा था और उसने भी सफेद पैजामे के ऊपर सिल्क का लाल रंग का कुर्ता पहन रखा था। वह पत्थर की तरह एक जगह पर स्थिर था। तो यही था वह, जिसे आज दूल्हा होना था। इतना भारी भरकम आदमी! उसे देखकर सुन्दरी के मन में कोई भाव, कोई विचार नहीं उठा। चौथा आदमी जाना पहचाना सा लगा। उसे याद नहीं आ रहा था कि कहाँ देखा है? शायद शहर के बाजार में! या शायद ठेकेदार के साथ जंगलों की लकड़ी की कटाई में झगड़े के समय! वह बेचैन सा डोल रहा था। बाबा कुछ दूर पीपल के पेड़ के नीचे जाकर बैठ गया।

''माथा ढक लो!''

पंडित चिल्लाया तो बुआ ने झट से उसका पल्ला खींच कर माथे पर डाल दिया।

उसे मन्दिर की जमीन पर पूर्व दिशा की ओर मुँह करके बैठा दिया गया। उसकी बगल में वही भारी भरकम दाढ़ी वाला आदमी आकर बैठ गया। पंडित कोई मंत्र पढ़ता रहा। फिर उसने दूल्हा बने आदमी को एक गुलाबी दुपट्टा ओढ़ा दिया। फिर उसके पल्लू के किनारे से उसी गुलाबी दुपट्टे से जोड़ कर गाँठ लगा दी। मन्दिर में एक तसला था। कुछ छोटी लकड़ियाँ तोड़ कर आग बनाई गई थी। तसले में आग जल रही थी। उसी के चारों तरफ बैठे ही बैठे दुपट्टे को घुमा कर सप्तपदी करा दी गई। पंडित फिर कुछ जपने लगा। अपना नाम और बाबा का नाम बोलने को कहा। सुन्दरी को न अपना नाम याद आया न बाबा का। बुआ झट से कान में बोलीं तो उसने भावहीन तरीके से दोहरा दिया।

तभी पंडित ने घोषणा कर दी—''विवाह सम्पन्न हुआ। अब आप दोनों पति पत्नी हुए।''

कुल आधा घंटा भी नहीं लगा कि विवाह सम्पन्न हो गया।

बीच में तसले में जल रही अग्नि चिंगारी वाली राख में बदल कर सुलग रही थी। बाबा पेड़ के नीचे से उठ आया था और मन्दिर के भीतर ही जमीन पर दोनों पाँव जोड़ कर बैठा था। उसकी साँस से रह रह कर भभका फूटता था। अभी भी पूरी तरह होश में नहीं लग रहा था। छोटा भाई बीजू पास की हाट तक गया था, अभी तक नहीं लौटा था।

पंडित ने चलने का हुक्म दे दिया था। सुन्दरी लाल साड़ी में अस्त व्यस्त सी हड़बड़ा कर खड़ी हो गई थी। बुआ ने उसे गिरने से सँभाला और अम्माँ ने अपने लकड़ी के बक्से से निकाल कर लाई हुई, कभी पुराने दिनों में सँजो कर रखी रंग बिरंगे पत्थरों की माला उसे पहना दी। तेल फुलेल के बिना रूखे बँधे बालों पर हाथ फेर कर आँसू बहाने लगी। बुआ ने तुरन्त अम्माँ के कन्धे पर हाथ रखकर कहा—''खूब धन देखेगी। खाएगी, पीएगी तो देह निकल आएगी।''

इनारा दुबक कर सबके पीछे खड़ी अपनी दिदिया को छूना चाहती थी। मगर आगे नहीं आती थी। तभी दौड़ता हुआ बीजू आ पहुँचा।

हल्ला सा मचाते हुए बोला—''सिंहबोगा की ललकार है। तीर धनुष चल गया। झारखंड राज्य बन के रहेगा। सब दुकान बन्द करा दिया है। कुछ न मिल सका। सब अपने घर भाग रहा है। खाली सिपाही डटे हैं। ऐ बाबा, हम भी लालखंडी सेना में जाएँगे।''

वह बाबा को हिलाने लगा।

''ऐ चुप रह! चल हरामी, भाग यहाँ से!''

बाबा की जगह पैंट शर्ट वाला आदमी गुस्साया।

लेकिन बीजू का जोश उसके डाँटने से कम न हुआ। लहक कर बोला—"अभी नहीं तो कभी नहीं। बन के रहेगा झारखंड।"

दलाल हल्का सा मुस्कराया। अम्माँ ने उसे हाट भेज कर कुछ मँगाया था मगर वह खाली हाथ चला आया था।

"चुप! कौन भूत सवार हो गया तुम्हरा पर? देख नहीं रहा दिदिया जा रही है।"

बुआ ने बीजू को कन्धे से पकड़कर कहा। अचानक बीजू चुप हो गया। इधर-उधर देखने लगा।

"का रे झामुमो का बन्द है कि बी जे पी का?"

अजीब हँसी हँसते हुए दलाल ने उसे कन्धे पर एक चपत लगा कर कहा।

एक पल बीजू चुप रहा फिर धीरे से बोला—"झामुमो का।"

"कितना बढ़े हैं? मोटर गाड़ी जाने दे रहा है?"

"दुकान का शटर सब गिरा दिया है। घूम रहा है बाजार में।"

बीजू ने धीरे से अपना ज्ञान दिखाया।

"अच्छा, चल अब भाग!"

दलाल ने गम्भीर होकर कहा।

ये सब बातें सुन कर पंडित बेचैन हो उठा, पगड़ी बाँधे बड़ी बड़ी मूँछ वाले आदमी से बोला—"चौधरी जी, देर न करो।"

पंडित ने झट से दूल्हे के गले से गुलाबी दुपट्टा निकाल कर उसे भी सुन्दरी के गले में डाल दिया और तेज कदमों से दूल्हे के साथ आगे बढ़ गया। उसके पीछे चौधरी जी भी चल पड़े। अम्माँ-बुआ लोर चुआतीं गले लगाने लगीं। सुन्दरी पर जैसे किसी भी चीज का कुछ असर नहीं हो रहा था।

बेटी की विदाई पर गाए जाने वाले सब गीत कहीं खो गए थे—ये न जाने कौन सा हथौड़ा था, जो दिल पर ठकठकाता सुनाता चला जा रहा था, अपना ही मन, अपना ही राग...

'बाबा, तोल गिरा बाबा राड़ा रूआड़ पे...
टाका पे चाल केदा बाअ् बाडाय लेत्
गिरा पे तोल केदाअ् बाडाय केदा...
बाबा, तोल गिरा बाबा राड़ा रूआड़ पे...
निञ्रेन जुरी दो नातो रेगे...'

(बाबा, बाँधे हुए लगन को खोल दो
रुपया कब लिया, मुझे नहीं मालूम
लगन बाँधा तो मुझे मालूम हुआ...
बाबा, बाँधे हुए लगन को खोल दो...
मेरा जीवन साथी तो गाँव में ही है...)

"बस करो अब, ट्रेन छुटवा दोगी तुम सब। हजारीबाग जाना है। पता है न कितनी दूर है!"

रानी सुन्दरी चौंक गई। यह दलाल की आवाज थी, जो सबको किनारे हटा रहा था और पीछे खड़े सुजन महतो के पास चला आया था। धीरे से उसने दो हजार की गड्डी सुजन महतो की हथेली में छिपा दी और उसी के गमछे से ढक दिया फिर रानी सुन्दरी को साथ लिए कुछ दूर खड़ी जीप की दिशा में जाते लोगों के पीछे चल पड़ा।

"काहेला अम्माँ? दिदिया क अस बिआह काहेला कर रही हो?"

बीजू ने अचानक जाकर अम्माँ को हिलाया।

अम्माँ से कोई बोल नहीं फूटा। वह अँचरा में मुँह ढाँप के रोने लगी।

तब बीजू बाबा के पास गया—"ऐ बाबा, हमको तुम कुछ बताया नहीं? बताओ, कौन देस है? कहाँ डेरा?"

बीजू पूछ रहा था और उत्तर नदारत था!

उधर बिहार के मुख्यमंत्री लालू प्रसाद की ललकार हवा में तैर रही थी—"बिहार का विभाजन मेरी लाश पर होगा।" और इधर उसकी काट गरज रही थी—"अभी नहीं तो कभी नहीं...बन के रहेगा झारखंड..." झामुमो से अलग बी जे पी ने भी अलग वनांचल राज्य की माँग का आन्दोलन तेज कर दिया था। इधर खबर आई कि दिल्ली के गलियारे में झामुमो नेता शीबू सोरेन साफ-सफ्फाक कुर्ता पहन कर और गले में खास झारखंडी गमछा डाले चहलकदमी कर रहे थे। उनके तीन साथी शैलेन्द्र महतो, साइमन मरांडी, सूरज मंडल उनके साथ चल रहे थे।

अपने साथियों के साथ मिलकर उन्होंने नरसिम्हा राव सरकार की कुर्सी के हिलते हुए पाए को पकड़ लिया था और पता चला कि अचानक सरकार बच गई। खबरों में यह भी था कि हर्षद मेहता सूटकेस में एक पेटी यानी एक करोड़ रख रखकर अन्दाज कर रहे थे कि सूटकेस में एक पेटी समाता है कि नहीं!

इधर जीप में रानी सुन्दरी गुलाबी दुपट्टा और फिसलती सी साड़ी सँभाले जैसे तैसे पैर उठा कर चढ़ रही थी। साड़ी थोड़ा उठ गई, पैर दिखने लगा...

उधर झामुमो के नेता संसद की सीढ़ियाँ ठकाठक चढ़ रहे थे...

खबर आई कि चारों नेताओं के एकाउंट में करोड़ों रुपए, उसी दिन, एक साथ जमा हुए और इतने चमचमा उठे कि उनकी चौंध दूर तक दिखाई पड़ी!

जनता आँखें मल मल कर देख रही थी—

चौंध के भीतर मायूसी का घना अँधेरा था...

इसी चौंध को बाद में सी बी आई के सवालों ने घिस डाला, तब एक बड़े दिमाग को बड़ा मासूम जवाब सूझा था—'बड़ी पार्टी ने छोटी पार्टी को चन्दा दिया है! सब कुछ झारखंड के हित में है।'

सब चुप! हो गई तसल्ली!!!

इधर साड़ी पूरी समेट कर रानी सुन्दरी बैठ गई थी। चुप का रुदन भीतर था। जीप सर्र से चल पड़ी थी। रानी सुन्दरी ने पीछे मुड़ कर नहीं देखा। अचानक बीजू बाबा को छोड़ कर भागा और जीप के पीछे दौड़ पड़ा—''दिदिया रे...''

सूटकेस लेकर मदमस्त चाल से चले नेताओं ने अचानक पाया कि उनके बीच से एक नेता छिटक गया है!

इधर रानी सुन्दरी की जीप चली गई थी मगर जीप में चढ़ने की जद्दोजहद में उनके कान में खोंसा वनचम्पा का फूल गिर गया था...

हजारीबाग रोड रेलवे स्टेशन

कान के पास खोंसा वनचम्पा का फूल, उतरते हुए अचानक जीप के पास गिर गया। इनारा चुपचाप दुबकी सी पीछे बैठी थी। उसके सामने ही कुछ देर पहले दूल्हा बना आदमी बैठा था। जीप के रुकते ही वह कूद कर उतर गया और उसने बिना बोले इशारे से इनारा को उतरने को कहा। इनारा अपनी लाल साड़ी माथे तक ढके, पैर पर से थोड़ा बटोर कर और थोड़ा पैरों को ढके रहने की कोशिश करती हुई आगे बढ़ आई मगर उस आदमी के सामने उतरने में बड़ी उलझन सी मालूम हुई। उसने शायद इनारा की परेशानी समझ ली और झट से अपनी बलिष्ठ बाँहें आगे करके उसे लगभग उठा कर नीचे उतार दिया। इसी उतरने में उसके कान में खोंसा वनचम्पा का फूल जीप के पास गिर गया।

आगे बैठे पगड़ी बाँधे चौधरी बन्नाराम उतरे और उनके साथ ही एक आदमी उतरा, जो उनका खास था और जींद से ही उनके साथ आया था। सामने हजारीबाग रोड रेलवे स्टेशन था। जीप कुछ पीछे हुई फिर आगे बढ़ गई। इनारा इतनी परेशान और भयभीत थी कि देख न सकी कि उसके कान में खोंसा वनचम्पा का जो फूल जीप के पीछे गिर गया था, जीप उसे कुचलते हुए आगे बढ़ गई थी।

अँधेरा घिर रहा था और हजारीबाग रोड रेलवे स्टेशन पर सन्नाटा था। ट्रेन के आने में अभी बहुत समय था। इनारा पहली बार किसी रेलवे स्टेशन पर आई थी। सिर पर आँखों को कुछ ढँकता पल्ला था। मन होता था सिर का पल्ला झटक कर खूब ध्यान से हर चीज देखे, लेकिन ऐसा करना मुश्किल था। तीन आदमी उसके साथ थे। अकेले चौधरी बन्नाराम का व्यक्तित्व ही दहशत भरने के लिए काफी था, तीन मिलकर दहशत को तीन गुना बढ़ा रहे थे। स्टेशन पर कुछ देर इधर-उधर घूमते हुए प्रतीक्षालय खोजा गया। उसमें पहले चौधरी बन्नाराम ने घुस कर निरीक्षण किया फिर उस दूसरे आदमी से कुछ कहा, वह दौड़ कर कुछ दूर रुके हुए इनारा और उसके पति के पास आया। तुरन्त उसका कोई अनकहा इशारा पाकर उसका पति प्रतीक्षालय की तरफ चल पड़ा, वह भी उसी के पीछे चली।

वहाँ एक तरफ, एक दुबला पतला जवान आदिवासी लड़का हाथ में कपड़े का झोला पकड़े और बगल में स्कूल बैग जैसा बैग लिए सिकुड़ कर बैठा था। एक

आदमी जमीन पर चादर बिछाए, मुँह तक ढँके सो रहा था। इसलिए यह पता नहीं चल रहा था कि वह कैसा है? किस उम्र का है? प्रतीक्षालय साफ सुथरा था। कुछ पुरानी सी लोहे की बेंच जैसी कुर्सियाँ, तीन एक में लगी हुई थीं। उसी पर इनारा को बैठने का इशारा उसके पति ने किया और खुद बाहर टहलने लगा। जहाँ इनारा बैठी, वहीं बगल में टॉयलेट था। पहले पता नहीं चला लेकिन जब कुछ देर बाद कोने में बैठा लड़का उठकर उसके अन्दर गया और उसके दरवाजा खोलते ही बदबू का झोंका आया तब इनारा ने अन्दाजा लगाया। हजारीबाग में अपने चचेरे काका के यहाँ कुछ समय रहते हुए उसने नए ढंग के बन्द टॉयलेट जान लिया था।

"ताऊ, के देरा लागै?"

बाहर टहलते हुए उसके पति की आवाज हवा में गूँजी। चूँकि सन्नाटा था तो आवाज बहुत बड़ी और जगह घेरने वाली लग रही थी।

"दुखी न हो विजय बाबू, कोई न, आ जावैगी, दस मिन्ट लेट है। 11:42 टाइम है तो 11:52 तक जावैगी।"

उस आदमी ने कहीं दूर से आते हुए की तरह उत्तर दिया।

इसी उत्तर से उसे यह भी पता चला कि उसके पति का नाम विजय बाबू है। इस से पहले जब मन्दिर में पंडित ने बार-बार चौधरी साहब कह कर उसके ससुर को बुलाया था तो वह भी ससुर का नाम समझ गई थी पर पति का नाम पता नहीं चल पाया था। कहा गया था कि हरियाणा जाना है पर यहाँ तो सब दिल्ली जाने वाली गाड़ी का इन्तजार कर रहे थे! उसे कुछ समझ में नहीं आ रहा था।

कुछ देर बाद अचानक चौधरी बन्नाराम अन्दर घुसे और ताऊ कहे गए आदमी से कुछ कहा, वह तुरन्त ही दूसरी दिशा में लगी कुर्सी पर अखबार बिछा कर खाना निकालने लगा। फिर विजय बाबू अन्दर आए।

"बाबू जी, इस बखत तो एक आदमी टीशन पर न है। किवाड़ सब बन्द है। यहाँ तक कि रेलवे निरीक्षक तक के किवाड़ में ताला बन्द है। एक मुर्गा मुर्गी न दिख रहा। अब्ब किस से क्या पूछैं? पूछताछ काउंटर बन्द है। बस, सबर रखिए, ताऊ कहीं से पता कर आए हैं कि दस मिन्ट लेट है।"

विजय बाबू ऐसा कहते हुए खाना रखी कुर्सी के दूसरे भाग पर बैठ गए और अखबार के ही एक टुकड़े पर पूरियाँ रखकर दोने में सब्जी लेकर खाने लगे।

"जे अच्छा हुआ ताऊ कि तन्नै बाजार से पूरियाँ और सब्जी रखवा लिए।"

विजय बाबू खाते हुए बोल रहे थे। लेकिन चौधरी बन्नाराम बहुत मुश्किल से कोई कोई शब्द बोलते थे। ऐसा लगता था कि वे तौल कर अपने शब्द रख रहे हैं। उनके बोलने के तरीके से इनारा अन्दाज लगा रही थी कि वे बड़े रसूख वाले आदमी होंगे। और बहुत इज्जत वाले भी। इतनी गम्भीरता ऐसे लोगों पर सोहती है। इनारा को भूख प्यास लगी थी मगर भय और संकोच उसे जकड़े हुए था। एक बार उस

टॉयलेट में भी जाना चाहती थी पर लाज के मारे बोलना मुश्किल लग रहा था। तभी खाना खाकर चौधरी साहब तेजी से उसी टॉयलेट में घुसे और कुछ देर बड़ी तेज आवाज में कुल्ला करने के बाद अपने गमछे से मुँह पोंछते तुरन्त बाहर चले गए। चन्द मिनटों बाद ताऊ भी उसी टॉयलेट से मुँह धोकर बाहर निकल गए। फिर विजय बाबू उठे, तेजी से उसी टॉयलेट में घुसे और मुँह धो कर निकले तो बाहर नहीं गए।

''बॉथरूम जाणा हो तो चाल जा, मुँह हाथ धोय आ, बेसिन सामने ही है, टोंटी में पाणी है। मैं याणै खड़ा हूँ।''

विजय बाबू ने धीरे से कहा।

वह हड़बड़ा कर उठी। इतनी देर से रोकी पेशाब एकदम से दबाव बनाने लगी। वह झट से उसी टॉयलेट में घुसी। जब बाहर निकली तो देखा विजय बाबू उसी प्रतीक्षालय के खालीपन में धीमे कदमों से टहल रहे थे। उसे देखते ही खाने की तरफ इशारा करके प्रतीक्षालय के दरवाजे से बाहर खड़े हो गए। इनारा झट से लगभग गिरती हुई सी खाने तक पहुँची, देखा तो एक खाली दोना शायद उसी के लिए छोड़ा गया था, पॉलिथीन में थोड़ी सी सब्जी थी और कागज पर पाँच छः पूरियाँ बची थीं। उसने सोचा पॉलिथीन से सीधा ही सब्जी खा ले मगर फिर लगा कि जो विजय बाबू पलट पड़े तो क्या कहेंगे ? इसलिए जिस तरह वे लोग खाते हुए दिखे थे इनारा उसी तरह सब्जी को दोने में निकाल कर खाने लगी। हालाँकि वह इतनी तेज खाती थी कि आँखों में पानी आ जाता था। सदियों के भूखे आदमी जैसी भूख थी और खाना अमृत जैसा। ऐसा अद्‌भुत स्वाद था ! जीवन में ऐसा खाना वह पहली बार खा रही थी।

उसे अपनी 'भात, भात' चिल्लाती छोटी बहिन याद आई। पड़ोस की 'नीतिया' तो 'भात भात' माँगते मर ही गई थी। उसकी भूख से बिलबिलाती और अकड़ती देह उसने भी देखी थी। लेकिन गाँव में उन दिनों किसी के पास खाना नहीं था। शहर में आर्थिक नाकेबंदी चल रही थी और काम बन्द था। रोज आठ दस किलोमीटर पैदल चलकर गाँव से लोग आस सँजोये शहर जा रहे थे मगर कुछ काम न मिलता तो लौट आते। बहुत से लोग लौटते भी नहीं, वहीं जुलूस में शामिल होकर एक दो रुपए पा जाते तो मूढ़ी लाकर चुपके से अपने घर के लोगों को खिला देते। उन दिनों खाना दिख जाए तो इसी के लिए रार मार होने लगती। ऐसा नहीं हुआ कि फिर सब ठीक हो गया। ये हालात तो बिगड़ते ही चले गए। उसे भी तो मजबूर होकर हजारीबाग, कुंडू काका के यहाँ करीब एक महीना रहना पड़ा। इस एक महीने में उसने क्या क्या नहीं देखा ! हजारीबाग का बड़ा बाजार देखा, टेलीविजन देखा, रेडियो दूर से देखा था, अब पास से देखा, कुर्सी पर बैठना जाना, रसोई में तमाम बरतन जान लिया, घड़ी देखना सीख लिया, बादाम बाजार के सिनेमा हॉल

का नाम सुना पर पिक्चर देखने नहीं जा सकी, शहर के रंग ढंग को जरा कुछ निकट से देखा...

लेकिन कहाँ पता था कि यह देखना, यह जानना, कुछ सचमुच देख लेना, जान लेना नहीं था!

तभी दरवाजा खड़का तो वह चैतन्य हो गई। पूरियाँ इतनी लम्बी भूख के लिए काफी नहीं थीं मगर और माँगने के बारे में सोचा नहीं जा सकता था। उसने इधर-उधर देखा तो बगल में पानी की एक बोतल में थोड़ा सा पानी भी बचा दिखा। उसने मान लिया कि यह भी उसी के लिए छोड़ा गया है और पी लिया। पहली बार उसका दहशत से काँपता मन कुछ स्थिर जान पड़ा। पहली बार लगा कि वो किसी भयानक जंगल में गुम नहीं हुई है। पहली ही बार उसे विजय बाबू से कहीं अपना कुछ जुड़ा होना भी महसूस हुआ। उसने अधखुले दरवाजे की तरफ देखा, विजय बाबू रेल पटरियों की तरफ मुँह किए दरवाजे के पास ही खड़े थे। उसे फिर कुछ दया भी आई कि बेचारा, अब तक बिन ब्याहा रह गया था, इसके जितने बड़े आदमी की तो उसकी जितनी बेटी होती। फिर वह खाने का कागज वगैरह समेट कर कहीं फेंकने की जगह न पाकर कुर्सी के नीचे ही खिसका कर, वापस अपनी जगह पर आकर बैठ गई।

''सुणा था के पुरुषोत्तम एक्सप्रेस लेट न होवै कदे। यहाँ तो नजारा ही कुछ और दिखै है। जाणै कितना लेट होवैगी इब। कब ते दस मिन्ट कह रहै!'' विजय बाबू की आवाज गूँजी।

इसी आवाज से उसे समझ आया कि वे लोग किसी 'पुरुषोत्तम एक्सप्रेस' नाम की गाड़ी से जाएँगे। प्रतीक्षालय की दीवारें सूनी थीं। सिर्फ एक फटा हुआ बहुत पुराना बीते हुए पीले रंग का कोई परचा एक जगह चिपका रह गया था। बल्ब की पीली और हल्की रोशनी में बस यूँ ही वह अपना सिर का पल्ला कुछ खिसका कर पढ़ने लगी। धीरे-धीरे उसने पढ़ा—

'सरगुजा का तेल, सरसों का तेल, डोरी महुआ का फल का तेल और कुसुम का तेल—ये सब तेल खाने के लिए हैं, जो यहाँ के लोग बनाते थे। करंज और नीम का तेल बदन पर लगाने और दवाई बनाने के काम आता था। करंज का तेल घर में दीपक जलाने के काम में भी आता था। कोंइड़ी का तेल बैलगाड़ी के चक्के में डाला जाता था। रेंड़ी का तेल दीपक जलाने और चक्के में डालने के काम में आता है...'

बीच में एक लाइन दिख रही थी—

'केंदू से जेली बन सकती है। कटइ, मुनगा, चाकोड़ तथा शकरकंद के साग से...'

बाकी फट चुका था। उसे अटपटा लगा। ये क्या फटा चिटा यहाँ लगा है। फिर याद आया कि एक बार उसने सुना था कि झारखंड की वनस्पतियों की उपयोगिता बताने के लिए मुहिम चली थी, तब इस तरह के खूब पर्चे चिपकाए जाते थे। शायद वही पुराना पर्चा अभी भी कुछ बचा रह गया है।

कुछ देर पहले कपड़े का झोला हाथ में पकड़कर बैठा लड़का पैर ऊपर करके सिकुड़ा हुआ सो रहा था। हल्की हल्की ठंड थी। एक स्वेटर की दरकार उसे भी लग रही थी या शायद खाना खाने के बाद उसे ठंड का अहसास हो रहा था। रात का एक बज चुका था और सन्नाटा गहरा गया था। एक कोने में आकर विजय बाबू सोने की कोशिश करने लगे। उसने तुरन्त पल्ला खींच लिया और उसी बैग और झोले वाले लड़के की तरह पैर ऊपर करके बैठ गई। उसे अपनी बहन रानी सुन्दरी की याद आने लगी। क्या रानी सुन्दरी भी ऐसे ही गई होगी? क्या रानी सुन्दरी ने हजारीबाग रोड रेलवे स्टेशन पर ऐसे ही खाना खाया होगा? क्या उस दिन भी ऐसे ही ट्रेन लेट हुई होगी? बचपन के बहुत से चित्र उसके सामने घूमने लगे। गोल चेहरे पर बड़ी बड़ी आँखें लगाए रानी सुन्दरी उसे मुस्कराती हुई नजर आ रही थी। क्या उसने ठीक किया? दिदिया से बात हो जाती तो कैसा अच्छा रहता! मगर कहाँ होगी दिदिया? कैसी होगी? इतने बरस में बदल गई होगी? मोटी सेठानी जैसी तो नहीं? उसे अपनी कल्पना अच्छी नहीं लगी। काम काज करने वाला आदमी कहाँ मोटाता है! लेकिन अब कहाँ काम करती होगी दिदिया। उसकी आँखें अचानक प्रतीक्षालय में दिदिया को ढूँढ़ने लगीं। ढूँढ़ते हुए फिर उसी पर्चे से टकराई—'केंदू से जेली...'

एकाएक 'जय झारखंड' का नारा सुनाई पड़ा। झुंड के झुंड आते हुए लोगों और नारों की ध्वनियाँ दूर से पास आती लग रही थीं। तभी बैग वाला लड़का भड़भड़ा कर उठा और बॉथरूम में घुस गया। विजय बाबू भी उठकर बाहर भागे। बाहर सन्नाटे में लगता था स्टेशन किन्हीं आवाजों और पदचापों से हिल रहा है और आवाजें धमधमाती हुई बढ़ती आ रही हैं। अजीब डर हवा में तैरने लगा। विजय बाबू भाग कर अन्दर आए। उनके पीछे चौधरी बन्नाराम और ताऊ भी लगभग दौड़ते हुए अन्दर घुसे। झटपट प्रतीक्षालय का दरवाजा बन्द कर दिया गया। सोया हुआ लड़का भी घबड़ा कर उठा और उसी बॉथरूम में घुस गया।

"साणे ने हमको अच्छा फँसा दिया। याणै या सब कुछ हो रहा है, हमको बताया न।"

ताऊ शादी लगाने वाले आदमी को धीमी आवाज में गालियाँ देने लगे।

"चुप हो जा ताऊ! घणा न बोल्लै?"

विजय बाबू ने बरजा।

सन्नाटे के बीच रह रह कर कई तरह के नारे गूँज रहे थे। लगा कहीं फायरिंग हुई है। तभी बिजली कट गई। सब खामोश। रह रहकर कुछ लोगों के भागने और चिल्लाने की आवाजें दूर आती हुई लगतीं—

''ऐं एं छोड़ मत साले को...''

''पकड़ ले...धुन दे...चीर दे हरामजादों को...''

फिर कुछ आवाजें पास आने लगीं—

''जो भी जहाँ मिले काट दो, बी.डी.ओ., सी.ओ. कोई भी मिले...''

''हम तीर धनुष से सबको चीर देंगे। झारखंड में किसी विधायक, सांसद को घुसने नहीं देंगे।''

''हमारा नेता! शीबू सोरेन!''

''दिशुम गुरु, जिन्दाबाद!''

''जिन्दाबाद, जिन्दाबाद...''

लगा कोई दल तीर धनुष लिए गुजर रहा है...

फिर तलवारों की गरज, चमक, रगड़ की टकराती हुई आवाजें आईं...

फिर भगदड़...फिर मारो, काटो, धुन दो...

'कामरेड इधर से...'

मिलिट्री पोशाकों में भागते, खदेड़ते...

'जय झारखंड, जोहार झारखंड...'

फिर धड़ धड़ कुछ लोगों के आने और दरवाजे से भिड़ने की आवाज आई। कोई दरवाजा पीट रहा था। दरवाजे की भीतर से बन्द सांकल जोर जोर से हिलने लगी। एक नहीं कई लोग दरवाजा पीटने लगे। खिड़कियाँ हिलने लगीं जो मोटे लोहे की जाली से बन्द थीं, अन्दर से उनका दरवाजा भी बन्द था। कुछ दिख नहीं रहा था। तभी ऊपर के रोशनदान पर लगा लकड़ी का किवाड़ धड़ाम की आवाज से बन्द हो गया। सबका दिल 'धक्' कर गया। साँस रुक गई।

''खोलो, खोलो...''

''आग लगा दे टीशनवा...स्वाहा कर दे सब कुछ...''

''साला कौन गद्दार अन्दर छिपा बैठा है...''

सबके चेहरे स्याह! साँस लेना भी मुश्किल। सब बिना हिले डुले बुत पड़े हैं। मृत्यु साक्षात सामने नाच रही है। जल्दी में किसी ईश्वर का नाम भी नहीं सूझ रहा!

फिर तेज तेज बूटों की आवाजें...पुलिस का सायरन...सीटियाँ, दौड़ते लोग...फायरिंग...भगदड़...सरसराहटें...

कौन किधर जा रहा है, कुछ पता नहीं चल रहा...

तभी दरवाजे पर पड़ती भड़भड़ाहट बन्द हो गई। अचानक सन्नाटा खिंच आया।

दहशत का सन्नाटा!

तभी कोई दर्द से चीखा, लगा कि उसे किसी ने चाकू मार दिया है। जितनी तेज धड़ धड़ आवाजें आई थीं उतनी ही तेज दूर जाती मालूम हुईं।

फिर वही नारे, वही जयजयकार...वही मारो-काटो-मारो...

कुछ देर में पहले जैसी शान्ति छा गई।

थोड़ी देर बाद लाइट आ गई। लाइट के चमकते ही जैसे सब जाग गए। लेकिन भय कम न हुआ। सबके दिल अभी भी दहशत के घेरे में थे।

''राम जी!''

बहुत धीमी आवाज में चौधरी बन्नाराम ने लम्बी साँस छोड़ कर कहा।

''बच गए आज तो भाई।''

ताऊ ने जोड़ा।

उसी समय बॉथरूम से निकल कर दोनों लड़के आकर वापस अपनी कोने की कुर्सियों पर बैठ गए।

''क्या था भाई? शरम आवै थे के बॉथरूम में आ के मुँह लुको लिया?''

ताऊ ने बनावटी नाराजगी से कहा।

लड़कों ने कुछ नहीं कहा। केवल एक दूसरे को देखा और सिर झुका कर बैठे रहे।

''तुमसे से पूछ्छू मैं, तेरे मुँह में जुबान को न के?''

ताऊ ने इस बार और उकसाने वाले अन्दाज में कहा।

''सर, ऐसा ही है यहाँ। डर तो लगता ही है।''

बैग वाले लड़के ने धीमी आवाज में कहा।

''कित जावो हो तुम लोग?''

इस बार विजय बाबू बीच में आए।

''दिल्ली। हम लोग स्टूडेंट हैं।''

''पुरुषोत्तम से ही जावोगे?''

''हाँ सर।''

''ट्रेन आवैगी भी? रात बीत रही है।''

''पटरी तो न उखाड़ दी?''

''के जाणै?''

''शुभ बोलो ताऊ!''

''यो के लगा रखा है भाई? तुम्हारी राजधानी तो बणा दी सरकार ने। इब के है?''

ताऊ अपने गुस्से और नफरत को छिपा नहीं पा रहे थे। उठकर खड़े हुए और अचानक उसी फटे हुए पर्चे की आखिरी लाइन पढ़ने लगे—''केंदू से जेली बन सकती है। कटइ, मुनगा, चाकोड़ तथा शकरकंद के साग से...'

"यो के लगाया है भाई?" कह कर उन्होंने पर्चे को और फाड़ दिया।

उस पर्चे से इनारा का कोई नाता नहीं था, मगर उसे अच्छा नहीं लगा। उसने भीतर से महसूस किया कि दोनों लड़कों को भी यह अच्छा नहीं लगा था।

"आप लोग भी दिल्ली..."

लड़के अभी बात पूरी भी नहीं कर पाए थे कि चौधरी बन्नाराम अपनी गम्भीर आवाज में बोले—"आप लोग अपना काम करौ जी। हम कित जावैंगे, आप लोगों को जानने की कोई जरूरत न सै।"

चौधरी बन्नाराम की बात से ताऊ को हौसला मिल गया। लड़कों के नजदीक जाकर बैठ गए।

"इब बताओ जरा, बॉथरूम में क्यों लुका गए? हम भी तो याणै बैठे थे, जे कोई अन्दर घुसता तो जैसे हम्मैं मारता, वैसे तन्नै मारता।"

लड़के परेशान होने लगे। इस बार दूसरे लड़के ने अपना मेमने जैसा मुँह खोला और बहुत पतली आवाज में फिर से वही बात दोहराई—"सर, डर गए थे।"

"छोड़ न ताऊ, क्यों सिर में दर्द करै है।"

कह कर इस बार विजय बाबू खुद ही आगे बढ़ गए।

"अच्छा बताओ, तुम्हारी तो सरकार बण गई। राज्य बण गया। मुख्यमंत्री मिल गया। इब जल्दी से जल्दी यो सब तमाशा बन्द करो भाई।"

लड़के उनकी तरफ देखते रहे। कुछ नहीं बोले।

"अच्छा के दुख है तन्नै? यो तो बताओ।"

कुछ नरम होकर विजय बाबू ने कहा।

लड़का कुछ सहम गया। कुछ नहीं बोला तो फिर ताऊ ने जरा तेज आवाज में कहा—" बता दे, हम कुण सा तन्नै मार डालैंगे? वैसे हथियार लेकर हम भी घुम्मा हाँ। चाकू छूरा साथ रखा है।"

लड़कों के चेहरे पर फिर भय।

"सब दुख ही है सर। कुछ बदला कहाँ अभी! ये लोग दोनों तरफ के लग रहे थे। पुलिस भी आई और बीच में लगा कि लालखंडी सेना के लोग भी थे। हम ज्यादा तो नहीं समझते सर, लेकिन लगता है शायद इसमें एक तो राज्य बनने पर मरांडी सरकार के लोग होंगे, शायद भाजपा के और शायद झामुमो के भी हों। सुने हैं कि शीबू सोरेन मुख्यमंत्री नहीं बन पाए तो हंगामा खड़ा कर दिया। हाथ में तीर धनुष लेकर दिशुम गुरु ने बिरसा चौक पर उलगुलान छेड़ने की घोषणा की है। उन्होंने अपने लोगों से कहा है कि जो मिले उसे मार दो। झारखंड में किसी विधायक को घुसने नहीं देंगे। शायद यही लड़ाई चल रही है सर।"

लड़के ने बड़ी मुश्किल से अटक अटक कर बताया।

"अरे कुण दिशुम गुरु भाई? कुण सा उलगू, के बोला भाई? उलगू..."

फिर वे हँसे। कुछ देर पहले की दहशत से उबरने की कोशिश थी ये।

"तुम लोग कित के हो भाई?"

फिर कुछ सुधार कर कहा—"किसे मानते हो?"

विजय बाबू ने धीरे से पूछा। दहशत अभी भी कम नहीं हुई थी। एक डर अभी भी हवा में तैर रहा था।

"ला दिखा अपना झोला, के ले के जा रहा है?"

ताऊ को लड़के कुछ अजीब लग रहे थे।

"और इ तेरे साथ-साथ मरकिल्ला सा, यो भी दिल्ली पढ़ै से के?"

"हाँ।"

"के पढ़ै हो भाई?"

"बी. ए. कर रहे हैं।"

उनमें से बैग वाले लड़के ने कहा।

"जी—माँस तो है न, इतना सफर हो जावै तेरे से?"

अब वे दोनों लड़कों में रुचि ले रहे थे और अपना टाइम पास कर रहे थे। चौधरी बन्नाराम उन्हें ऐसा करते हुए देखकर हल्का सा मुस्करा उठे।

'ठक्-ठक्' किसी ने दरवाजा खटखटाया, सबकी बात रुक गई।

'ठक्-ठक्' खटखट तेज होने लगी।

दहशत फिर फैल गई। सबने साँस रोक ली।

अब कौन?

लड़के एकदम सतर्क हो उठे। चौधरी बन्नाराम उठकर खड़े हो गए। विजय बाबू और ताऊ दरवाजे के पास जाकर परखने की कोशिश करने लगे कि कौन हो सकता है?

"चाय साहब!"

बाहर से थकी सी आवाज आई।

इतनी सुबह! थोड़ा हैरानी के साथ विजय बाबू ने घड़ी देखी। पाँच बज रहे थे। अभी अँधेरा मिटा नहीं था, जरा सा कमजोर भर पड़ा था। ताऊ ने धीरे से घबड़ाते हुए दरवाजा खोल दिया। किसी भूत की तरह केतली में गरम चाय लिए, सिर पर कनटोप और गले में मफलर लपेटे, कन्धे से ओढ़ कर लगभग शरीर को कम्बल से ढँके हुए वह अन्दर घुसा। उसके घुसते ही तेज ठंडी लहर कमरे में दाखिल हुई साथ ही चाय की खुशबू, जिसे उसने बिना अनुमति लिए सबके पास आकर प्लास्टिक की गिलास में ढाल कर दिया। इनारा के पास पहुँचने के पहले ही विजय बाबू ने चाय का गिलास उससे झपट लिया और उससे धीरे से कहा कि "चाय लो!"

उसने झट से ठंड से जकड़ता हाथ बढ़ा कर गरम चाय पकड़ लिया।

"उन छोरों को भी दे दे भाई!"

चौधरी बन्नाराम चाय वाले की तरफ घूम कर बोले। लेकिन लड़के कहीं दिखाई नहीं पड़े। न जाने कब, जब चाय वाला अन्दर घुसा, लड़के सर्र से बाहर निकल गए। सबके मन में था कि घूम कर अभी अन्दर आ जाएँगे, इसलिए ताऊ ने चाय वाले को रोक लिया।

"कित थे तुम? रात में दिखै को न?"

"साहब हम कहाँ जाएँगे। यहीं चाय बनाते हैं। आज से नहीं बहुत साल से। हमने आप लोगों को देख लिया था। सोचा कि सुबह तक ट्रेन आएगी तो आप सबको चाय पिला देंगे।"

निराश आवाज में उसने बताया।

"मन्नै तो न दिखे। कित जगह बणाये हो अपणी?"

ताऊ उसकी बात से सन्तुष्ट नहीं हुए।

"साहब, हम तो वहीं, जहाँ पीने के पानी का नलका लगा है, वहीं की कुर्सियों के नीचे सो जाते हैं। वहीं बगल में अँगीठी रखे रहते हैं। जैसे भोर होती है, अँगीठी सुलगाने लगते हैं। कभी ग्राहक मिल जाते हैं। कभी नहीं भी मिलते हैं मगर साहब, चाय बनाने के लिए हम रेडी रहते हैं।"

उसने एक गिलास चाय और ताऊ को पकड़ा दी। ताऊ इंकार न कर सके। मगर झुँझला कर बोले—"अच्छा तरीका है भाई तेरा। काम निकाल लिया बातों बातों में।"

"अरे भाई, लड़के कित चले गए?"

चौधरी बन्नाराम की गम्भीर आवाज फिर गूँजी।

सब इधर-उधर देखने लगे। इतनी जल्दी लड़के कहाँ अदृश्य हो सकते थे!

"भाग गए होंगे साहब।"

चाय वाले ने एकदम निर्लिप्त भाव से कहा।

"भाज गए?"

"उनको तो गाड़ी पकड़नी थी!"

चौधरी बन्नाराम हैरान थे।

"और यो रातभर के था भाई?"

"ये तो रोज की बात है साब। कभी घट जाता है कभी नहीं। कल तो कई लोग मारे गए।"

"क्या?"

विजय बाबू और ताऊ एक साथ बोल पड़े।

"कल कई जगह कोहराम था। लोहरदगा का एस पी भी मारा गया।"

"क्या?"

"एस पी! लेहरदगा! हत्या?"

इस बार ताऊ आश्चर्य और चिन्ता में बोल पड़े।

"हाँ साब।"

कनटोप स्वीकृति में हिला।

"कैसे रह लेवै हो तुम सब?"

"हम तो तलवार की धार पर जीते हैं साब।"

कनटोप से आवाज निकली।

"मन्नै कहाँ फँसा दिया साणे ने..."

धीमी आवाज में अफसोस और चिन्ता से घिर कर चौधरी बन्नाराम उसी प्रतीक्षालय के भीतर इधर से उधर, उधर से इधर घूमने लगे।

"अब परेशान होने से क्या होगा? चाय पीजिए।"

"अब तो फँस गए हैं।"

भुनभुनाहट।

तभी किसी अदृश्य जगत से रेलवे का एनाउंसमेंट होने लगा जैसे रेलवे भी सोते से जागा हो। पुरुषोत्तम एक्सप्रेस आने वाली थी। अचानक ही एकाध लोग स्टेशन पर आते जाते दिखने लगे। वे लोग झटपट सामान समेट कर बाहर आए। तभी एक लड़का हाथ में लाल रूमाल लिए मिलिट्री ड्रेस में दौड़ता हुआ उनके सामने से गुजर गया।

बीजू!

पहाड़ दरकता है

एक थे बीजू महतो। तेरह चौदह साल की उम्र में ही वंशी बजाने की कला में मास्टर हो गए थे। गोहाल से मवेशियों को लेकर बड़े सबेरे जंगल निकल जाते थे। गायों को एक तरफ तो बकरियों को दूसरी तरफ चरने के लिए छोड़ कर बीजू केंदू की छतनार छाया में बैठ जाते और बाँसुरी की मधुर धुन छेड़ देते...

बच्चे उनके इर्द-गिर्द इकट्ठा होने लगते। पेड़ पर चढ़ती उतरती गिलहरियाँ रुककर उनकी तरफ देखतीं और उनकी देह छूकर गुजर जातीं। कहीं से निकलकर एक भूरा खरगोश आता और पल भर को ठिठक कर बीजू को निहारता फिर अपने पंजों से अपनी देह खुजला कर झाड़ियों में छिप जाता। बीजू अपने में मगन होते। उनके लम्बे बाल हवा में झूलते। कोई हिरण अपना रास्ता भूलकर इस संगीत के पीछे चला आता और पल भर अपने को भूलने के बाद चौंक कर अपने को आदमजात के बीच पाता और फुर्ती से भाग खड़ा होता। जाने कौन कौन से जीव जन्तु इसी धुन के मतवाले कहीं अपने बिलों से झाँकते, कहीं पक्षी अपने घोसलों से। एक नीलकंठ कुछ दूर दूसरे पेड़ पर तब तक बैठा रहता, जब तक कि वंशी बजती रहती। जंगल की साँय साँय करती हवा मानो साँस रोक कर वंशी की इसी धुन पर बेसुध हो जाती। फिर उसे ख्याल आता कि उसने अपने इस गोपाल का श्रृंगार नहीं किया तो ढेरों पत्तों से वह बीजू के लिए आसन बना देती। उनके खुले लम्बे बालों को तरह तरह के तिनकों, पत्तों, फूलों की महक और रंग से भर देती।...

यही धुन लौटती बेरा मवेशियों को वापस बुलाने के काम आती। जैसे ही वंशी पर शुरू होता...

"पुरवाये होय लेदा हिसिदे हिसिदे...
जुरी कारामडार लाडावेना..."
(पुरवैया हवा धीरे-धीरे बही...
दोनों करम की डाली झूमने लगी...)

चुम्बक की तरह खिंचती हुई गाय, भैंसें, बकरियाँ जाने कहाँ कहाँ से भागती चली आतीं। फिर परियों का एक दल हल्ला मचाता, सूखे पत्तों पर पाँव धरता खड़

खड़ सर सर ध्वनियों में तिरता आता। उनके हाथों में दौरी होती। वे फटाफट इधर-उधर पड़ा गोबर उठातीं और दौरी में डालती जातीं। घर ले जाकर उन्हें किसी झोपड़े की दीवार पर, किसी पेड़ की देह पर, किसी ऊँचे छोटे टीले के किनारे पर...गोल, चिपटे, तिकोने, लम्बे आकारों में तरह तरह की कलाकृतियों की तरह पाथेंगी। कोई चाँद बनायेगा, कोई सूरज, कोई तारे टाँकेगा। कोई एक के ऊपर एक धरते हुए इल्लियों जैसी शक्लें तैयार कर देगा तो कोई सीधा गोल गोल अर्द्धचन्द्राकार। फिर पापड़ की तरह सुखा कर उतार लेंगी और चूल्हे के ईंधन में झोंक देंगी। इस तरह गोबर सने हाथों वाली परियाँ पत्तों में अपना हाथ पोंछते हुए आकर बीजू से चम्पा रानी वाला गीत बजाने का अनुरोध करने लगतीं। बीजू अक्सर मान जाते। अपनी वंशी की धुन रोककर एक नजर परियों के झुंड पर डाल कर मुस्कराते। कभी नहीं भी मानते और अपनी वंशी कमर में खोंस कर पेड़ की डालों पर चढ़ जाते। उनके पीछे पीछे कई लड़के भी चढ़ते। अलग अलग शाखाएँ सबका अलग अलग घर हो जातीं। इन्हीं के बीच चन्दा आती। बड़ी बड़ी आँखों वाली, गोल मटोल चेहरे वाली, छोटे छोटे दाँतों वाली, दुबली पतली चन्दा। वह हमेशा कुछ ढूँढ़ती हुई सी आती। कुछ ढूँढ़ती हुई और कुछ परेशान। कमर पर दुपट्टा बाँधे रहती। दुपट्टा नहीं रहता तो कोई कपड़ा, गमछा या घास या लकड़ियों का गट्ठर बाँधने के लिए कोई रस्सी। उसमें बहुत सी चीजें खोंसी होतीं।

"ए बउधी चन्दो!"

साथी चिढ़ाते।

चन्दा एकदम बुरा नहीं मानती। भोलेपन से पूछती—"उधर को तुम लोगों ने देखा है?"

सब उसके उठे हुए हाथ की दिशा में देखने लगते। फिर 'न' में सिर हिला देते। चन्दा इसका भी बुरा नहीं मानती। उसकी उम्मीद नहीं टूटती कि एक दिन वह उस दिशा की चीजों को, जगहों को जान लेगी।

"तुम उधर जाओगी?"

एक लड़का खींसें निपोर कर कहता।

"उस पार सोना चाँदी लेने जाएगी?"

कोई कोई चिढ़ाता।

"जा, जा, अभी चली जा। देख, सीधे जाना। इधर-उधर मुड़ेगी तो बाघ खा जाएगा। पहड़िया के ऊपर चढ़ के नीचे उतर जाना। पहुँच जाएगी उस पार।"

लड़के जोर जोर से हँसते और हाथ के इशारे से उसे उधर जाने के लिए उकसाते। बीजू की हँसी सबसे तेज होती।

चन्दा हैरान परेशान उस दिशा में देखती, मानो यकीन कर लेना चाहती कि रास्ता ऐसा ही होगा कि तभी उसे लड़कों के मंतव्य में कुछ गड़बड़ लगने लगती।

गड़बड़ी भाँप कर वह रुआँसी होने लगती और झुक कर अपनी गोबर वाली दौरी उठा लेती।

बीजू बिना वंशी बजाए गला फाड़ के गाते—

"चाँदो रे...चांदो रे...
तोय कोड़ा मइत जाबे चाँदो हमर प्रेम तोड़ी...
हमर प्रेम तोड़ी...
जाबे जहाँ, पाबे कहाँ निज झार पानी...
सात सुन्दर हित अ...प्रेम मधुर बानी...
तोर बिना सूना सूना कुआँ, पोखर, डाड़ी...
तोय कोड़ा मइत जाबे चाँदो हमर प्रेम तोड़ी...ई...
चाँदो हमर प्रेम तोड़ी...ई..."

लड़के तालियाँ बजा कर, नाच कर नगाड़े और माँदर की ध्वनि की भरपाई करने लगते। समवेत स्वर में गूँजता—"चाँदो...ओ...ओ...चाँदो...ओ...हमर प्रेम तोड़ी...ई...

हमर प्रेम तोड़ी...ई...
कइत दिना अलग जिन्दा जनम छाँव छोड़ी...
कोड़ा तोय कोड़ा मइत जाबे चाँदो हमर प्रेम तोड़ी..."

"तू जा! ये क्यों जाएगी उधर?"

अचानक पीछे से एक तेज आवाज आती।

सब चौंक जाते।

"लो आ गई टाँग अड़ाने प्यारी सखी रानी।"

कोई मुँह बनाकर बिराता।

पीछे इनारा खड़ी होती। अपनी गोबर भरी दौरी को वहीं जमीन पर पटक कर सबकी खबर लेने लगती।

"ये पेड़ तुम्हारा नहीं है। हम भी चढ़ेंगे। चढ़ चन्दो! उधर की डाल हमारी रहेगी।"

लड़कियाँ अपनी अपनी दौरी वहीं रखकर पेड़ पर चढ़कर अपनी डाल घेर लेतीं।

"तुमरा भाई बीजू, बड़ा ऐत्थी है।"

चन्दा थोड़ा प्यार, थोड़ा गुस्सा, थोड़ा शिकायत से कहती और अपनी कमर में बँधी पोटली से कैथा निकाल कर आधा तोड़ कर अपनी सखी को दे देती।

"ई बीजू! हमारी तरफ रहेगा। रहेगा न बीजू?"

इनारा पूरे विश्वास से पूछती जैसे इसमें कोई सन्देह हो ही नहीं सकता था। बीजू को उसी की तरफ होना था।

बीजू संकट में पड़ जाते।

इधर दोस्तों की फौज थी तो उधर चन्दा की डबडबाई आँखें।

इधर बहिन का विश्वास था तो उधर साथियों का समर्थन।

"बरोबर बाँटो भाई। कोई देश है कि जैसी मर्जी बाँट दो।"

बीजू कुछ क्षण चुप रहने के बाद बोले।

"काउन देस की बात करता है तुम बीजू? झारखंड?"

"इ देस कउन बताया तुमको?"

"मास्टर साहब ने।"

बीजू आत्मविश्वास से भर गए।

"अरे कौन मास्टर? स्कूलवा के उ लंगड़वा कि बुढ़बा?"

जिज्ञासा फूट पड़ती।

नया नया एक स्कूल सात आठ किलोमीटर दूर खोला गया था, जिसका भवन नहीं था। भवन के नाम पर एक कमरा और कुछ दूर तक बाँस से घेर कर बाउंड्री का घेरा बन पाया था। इसलिए कभी किसी पेड़ के नीचे बच्चे और अध्यापक इकट्ठे हो जाते थे, कभी कोई बात हो जाती थी माने कि पढ़ाई। कुछ अक्षर ज्ञान। लेकिन वहाँ तक आने जाने वाले साधन के अभाव में न छात्रों का रोज पहुँचना सम्भव था न मास्टरों का। मास्टर अपने खेत और गाय गोरू की देखभाल करके आते या नहीं आ पाते। छात्रों का भी यही हाल था। सभी मास्टर टेम्परेरी रखे गए थे। उन्हीं में एक लंगड़ मास्टर थे, जो कभी कभार आते और एक बुढ़वा मास्टर थे, जो जब भी आते, सामने पड़ जाने वाले किसी भी बच्चे को कोई न कोई काम पकड़ा देते। बच्चे उनका काम खुशी से करते मगर स्कूल नया था। पूरे इलाके के लिए उसका आकर्षक बहुत बड़ा था। बच्चे उसमें से कुछ 'पढ़ने' जैसी चीज भी पा लेना चाहते थे। भैंस बकरी चराना वे स्कूल के होने के पहले से जानते थे मगर पढ़ने के इस नए चलन को नहीं जानते थे। इसलिए अध्यापकों से ज्यादा दिलचस्पी विद्यार्थियों को अध्यापकों में थी। कौन अध्यापक कैसे बोलता है, कौन कैसे कान खोदता है, कौन कैसे पेशाब जाने के लिए विकल होता है, कौन कैसे अपनी रोटी बाँध कर लाता है, यह सब किसी महान जिज्ञासा का विषय था...

कभी कभार बड़ी मुश्किलों से स्कूल के चक्कर लगा पाने वाले दोस्तों के बीच भी ये अध्यापक चर्चा के सबसे दिलचस्प विषय थे। खासकर लंगड़ मास्टर, जो भचक कर चलते मगर उनके आस पास से गुजरने वाला उन्हें कमजोर समझने की भूल नहीं कर सकता था। उनके बारे में बहादुरी के कई किस्से जाने कैसे प्रचलित हो गए थे। इसी तरह बुढ़वा मास्टर अपनी उम्र से पहले बुढ़ापे को ओढ़ चुके थे और

उनके सामने पड़ते ही करेजदार बच्चा भी सिटपिटाया रहता। इसी स्कूल के कुछ मास्टर, स्कूल का रजिस्टर लिए दिए किसी की स्कूटी से चलकर गाँव आए थे और गाँव के सभी बच्चों का नाम स्कूल के रजिस्टर में लिख कर ले गए थे। इसी लिखे नाम के आधार पर कभी कभी इनारा, चन्दा और पलाश अपना दल बनाकर हँसते गाते स्कूल की परिक्रमा कर आती थीं। इसी तरह बीजू और उनके दोस्तों का दल भी कभी कभार घूम आता। अगर कोई मास्टर मिल जाता तो कुछ अक्षर ज्ञान भी मिल जाता नहीं मिलता तो स्कूल का अहाता खेलने कूदने की एक सुन्दर और उतनी ही दिलचस्प जगह तो थी ही। यही उनका बाहरी दुनिया से पहला और आखिरी वास्ता होता था।

''न लंगड़ मास्टर न बुढ़वा मास्टर। ये है इधर। हमरा भेजा।''

बीजू ने अपना सिर ठोंक कर दिखाया। एक बार फिर उनका सिक्का जम गया।

''सोलह है।''

तभी किसी लड़के ने डाल गिन कर बताया।

''अरे सोलह कैसे? कमजोर डाल छोड़ देगा का?''

''सचमुच का बुड़बक है बिजुआ।''

किसी ने परेशान होकर कहा।

''चाँदो, तोर बिना सूना सूना...''

बीजू के मन से गाने की टेक दूर नहीं जा पाई है। वे मन ही मन गा रहे हैं। अचानक उन्होंने चन्दा की ओर देखा।

''कितना ऐत्थी है ये बीजू राम!''

चन्दा आँखों से टप्प से एक बूँद गिरा कर मुस्कराती। बिना कुछ कहे ही तय हो जाता कि बीजू इनारा और चन्दा की तरफ रहेंगे। उनकी तरफ से बोलेंगे। तब चन्दा अपने खाये कैथा में से एक हिस्सा और तोड़ कर बीजू को पकड़ा देती। इसी समय बीजू सब साथियों को पत्तों के अपने अपने गट्ठर बना लेने के लिए उकसाते और खुद इधर-उधर पेड़ों पर चढ़ कर कभी यहाँ से, कभी वहाँ से कुछ न कुछ तोड़ते बीनते।

''ए रोनीमूरत, जा पत्ते बटोर!''

चन्दा को हल्का सा धक्का देकर बीजू आदेश देते।

''दूसरा आदमी के बोल! हम तो गोबर ले जाएँगे।''

चन्दा इठला कर कहती और उनके आदेश को नकार देती।

लेकिन पत्ते बटोरने में वह अपनी सखी की मदद करने लगती।

''पहाड़।''

एक लड़का कहता।

''जंगल।''

दूसरा कहता।

"नदी।"

एक छोटा लड़का पत्तों के ढेर के बीच कूद जाता। सब उसे डाँटते। 'पत्ते टूट जाएँगे' की चिन्ता घिरने लगती।

"चिरैया।"

एक लड़की हवा में तैरने की तरह हाथ फैला कर दौड़ती।

"रोटी।"

एक लड़की एक ढेला जोर से पेड़ पर मार कर हँसती।

"भूख लग आई।" जैसी याद खेल को भंग कर देती।

बीजू महतो सबकी पत्तों की गठरी बँधवाने में मदद करने लगते कि उनकी पुरानी सूखे बीजों की माला पत्तों और टहनियों में उरझा कर टूट जाती। सब मनके इधर-उधर। लोग बिखरे मनके समेटने दौड़ते।

"तुमरी माल नकली बीजों की है।"

चन्दा ढूँढ़ती हुई आँखों से कहती।

बीजू गुस्सा कर उसकी गोबर की दौरी उलट देते।

इनारा पीछे से हँसने लगती।

"उसकी तरफ हो गई तुमहू। हँस लो, तुमरा भाई है न! एक दिन हम इसकी बहुत कुटाई कर देंगे।"

चन्दा अपनी सखी से नाराज होने का दिखावा करने लगती।

"ए रोनीमूरत! हमको कूटेगी तो तुमरी ही देह दुखाएगा! कूटने के लिए भी ताकत चाहिए।" कहते हुए बीजू उसकी पकड़ से बाहर चले जाते।

चन्दा के दुबले होने को लेकर अक्सर ही सब चिढ़ाते मगर जब बीजू चिढ़ाते तो उसे लाल मिर्च की तरह तीखा लगता। फिर भी चन्दा बिखरे बीज इकट्ठा करती जाती।

"अब तू यही काम करेगी? कर ले उसका चौका बासन। रोज रोज की तुमरी शिकायत मिट जाएगी।"

इनारा फटकार कर कहती और हाथ बढ़ा कर चन्दा द्वारा इकट्ठा किए गए सारे मनके लेकर दुपट्टे के किनारे में बाँध लेती।

इधर बीजू अँगोछे में कुछ न कुछ बाँध लाते। कभी जंगली बेल से रसभरी तोड़ लाते, कभी खट्टे मीठे बेर हाथ लग जाते। कभी बीज वाले लाल लाल फल तोड़ लाते, जिनके मुँह पर काली बिन्दी सी बनी होती। इन्हें पानी में फुला कर, गूँथ कर माला बनाने की कोशिश होती। ये बीज पानी में फूल जाता तो उसका लाल रंग कुछ धुँधला हो जाता मगर गूँथने में आसानी हो जाती। शोभा चली जाती मगर माला बन जाती। इस माला को पहनकर बीजू कुछ खास महसूस करते। मगर माला के भीतर

की शोभा जा चुकी होती और शोभाहीन होकर वह बहुत कुछ प्रसन्नता के भाव को भी सोख लेती। फिर कहीं वन से बीन कर लाए मोरपंख का आगे का हिस्सा तोड़ कर, सिर पर बँधे गमछे में लगा लेते और पलाश के एक लाल फूल को कानों में खोंस कर कर्ण फूल की तरह धारण कर लेते। बाँसुरी पहले से ही कमर में खुँसी होती। छोटी-छोटी चमकदार आँखों के साथ उभरे हुए गाल और चौड़े जबड़ों में करीने से लगे दाँतों के साथ वे अपने श्याम वर्ण में दमक उठते।

"एकदम किसन कन्हैया!"

अम्माँ उनकी बलैया लिए बिना न रह पातीं।

"खाक किसन कन्हैया! नया-नया सीख कर आई हो शहर से। हम लोग नहीं जानते किसन कन्हैया।"

"रहने दो तुम। ऐसी ही मूरत देखी है हमने फोटू में। बाजार में। अखबार में। कागज बचाकर लाई थी मगर तुमने उसे चूल्हा में झोंक दिया।"

सुजन महतो हाथ में बेहया की छड़ी लिए हाजिर हो जाते।

"अब यह भी सुन ले, कौन नाटक करके आया है तुमरा दुलरुआ! हरिया मुंडा को जानती नहीं हो। नेता आदमी है। उनपे गुलेल चला कर आया है। अगर गुलेल लग गया होता तो भूचाल आ जाता, समझो। बाल बाल बचे हम। बौड़म है, बौड़म तेरा बचवा। उनको मारने की हिम्मत करता है। अपनी औकात नहीं देखाता।"

बेहया की छड़ी फटकारते हुए सुजन महतो चिल्लाते।

डर से अम्माँ दौड़ कर सामने आ जातीं। वे बीजू को बचा ले जाना चाहतीं। मगर बीजू की जवानी उठान पर है। वे कोई बुजदिल, डरपोक नहीं। अम्माँ को धकिया कर सीधा सीना ताने खड़े हो गए।

"मारो हमें बाबा। मगर पहले सही बात जान लो। वो हमारे बारे में झूठ बोले तो हम मारे।"

"क्या झूठ बोले रे? तुम्हारे बरोबर हैं वो? बच्चा बुतरू हैं वो? नेता आदमी हैं, तुमको तनको डर नहीं रह गया है!"

बीजू अपनी मुद्रा में जमे खड़े रहे।

"न्याय की बात करो बाबा। डर की बात तो सब करके डराता है। तब सही बात कैसे कोई कहेगा? तुम्हीं नहीं समझते। हमको डर क्यों लगे? हमने गलत नहीं किया है।"

"बड़का करेजगर बना है! बोल, काहेला मारा? क्या बोले उ ऐसा?"

सुजन महतो की छड़ी एकदम लपकती सी रुकी थी कि झूठ निकले तो सटाक से छूटे।

"वो बोले कि..."

बीजू रुक गए।

''हाँ, हाँ, बता क्या बोले? तुमही बने हो न बड़का न्याय अन्याय समझनेवाला! तुम गरियाने चले हो बड़का लोगन को?''

सुजन महतो की लपकती छड़ी छूट गई...

बीजू हाथ ऐंठते और इधर-उधर कूद फाँद कर चिल्लाते हुए अपने पाँव छड़ी के निशाने से बचाते जाते।

''बिना सुनले मारने लगे। ऐ बाबा! उ बोले कि ये जंगल नहीं बचेगा। हम इस धरती की सन्तान नहीं रहेंगे।...''

सटाक! छड़ी घूमी।

''तुम भी न मानेगा।''

''उ बोले कि उस तरफ हमारे घरों की औरतें हैं। चन्दा की बुआ वहीं है। वो तो गन्दा इलाका है बाबा। इसलिए हमारा गुलेल उठा।''

लेकिन बाबा रुके नहीं। उनकी छड़ी लपलपाती हुई घूमती जाती—सटाक् सटाक्...

''रुक जा बाबा! गलती हमरी नहीं है।''

बीजू बाबा को रोकने की कोशिश करते। छड़ी सट् से आकर उनका पैर चीर देती। आखिरकार वे बिलबिला कर दौड़े और गरज कर बाबा की छड़ी वाली बाँह पकड़कर उनकी गति रोक दी।

''अब अगर उठाया छड़ी तो तुमरा नरेटी टेप देंगे।''

बाँह जोर से मरोड़ कर, सुजन महतो को तेज झटका देकर, उनके हाथ की छड़ी एक झटके में छीन कर, उसके दो टुकड़े करके हवा में उछालते हुए बीजू गरजे।

''तुमको का लगता है? सब अत्याचार सहन करने के लिए हमीं पैदा हुए हैं? सँभल कर रहो सुजन महतो!''

बीजू ने बाप की गर्दन छोड़ दी और गुस्से से तमक कर बाहर निकल गए तो सुजन महतो टूटी हुई छड़ी के टुकड़ों को पैर से दूर फेंकते हुए झोंपड़े की दीवार से सिर पटक पटक कर रोने लगे।

अम्माँ एक कोने में खड़ी फटी फटी आँखों से बीजू का जाना और सुजन महतो का रोना एक साथ देखती रही थीं।

रिवाज है कि मरने वाला कहीं नजर आए

''बनणा बुलावै बनणी नहीं आवै, चली आवौ धीरे से...''

''माता के गीत गाओ पहले!''

एक बूढ़ी औरत ने गाने वाली को टोक दिया। गाने वाली रुक कर दूसरी औरतों की तरफ देखने लगी।

''बोलो सन्तोष, कोई माता का गीत गवाओ।''

''एक पैरा उठा ले, बाकी मैं आप लूँगी।''

औरत ने अपने बगल में बैठी पतली दुबली सी लड़की जैसी दिखती औरत से कहा।

''हूँ, कुण सा गाऊँ? जरा याद करण दे बाभी।''

सन्तोष ने इधर-उधर की औरतों से कहा।

''अर लुगाइयों, माता रानी वाला गवाओ कोई।''

''उठवाओ, तुम उठवाओ पहले।''

''माँ की लाल चुनरिया सितारों लड़ी...''

सन्तोष ने गीत उठा दिया। उसका साथ देने कोरस में कुछ औरतें गाने लगीं।

''अरे बहूराणी, नये जमाने का कोई गावौ।''

किसी ने एक जवान दिखती औरत को उकसाया।

''बनणो तेरी अँखियाँ सूरमेदानी...बनणो तेरा लहँगा लाख का है...बनणो तेरा कंगणा है हजारी...बनणो तेरी...''

''या छोरी नाचैगी, चल, खड़ी हो जा पिंकी राणी।''

पिंकी एक छोटी सी लड़की थी। चमकदार लहँगा और कुर्ता पहनकर लश्कारे मारता दुपट्टा लिए आई थी। तुरन्त उठकर नाचने के लिए तैयार हो गई।

''पल्लो लटके हो म्हारो पल्लो लटके...''

खुद ही गा कर नाचने लगी। सब हँसने लगे। तालियाँ भी बजीं।

अचानक ढेर सारी महिलाएँ घर में पहुँच आई थीं। और गाने बजाने का कार्यक्रम पलक झपकते शुरू हो गया था।

इनारा जैसे ही घर में अपने साथ तीन पहलवान जैसे आदमियों के साथ दाखिल हुई थी, उसे एक बूढ़ी औरत ने तुरन्त खींच कर अपनी तरफ कर लिया था। और लगभग खींचते हुए ही लाकर एक कमरे में खड़ा कर दिया था। कमरे में कुछ ज्यादा अँधेरा था कि अचानक भक्क से बल्ब जल गया और सब साफ दिखने लगा। यह एक छोटा कमरा था, जिसमें शायद कभी सामान रखा जाता रहा होगा, स्टोर जैसा लेकिन अब उतना सामान नहीं था। कमरे के किनारे कुछ पुराने कनस्तर और एक ड्रम रखा था। एकाध और छोटे सामान थे। एक सूप और एक चक्की भी वहीं पड़ी थी। इसके बावजूद इतनी जगह थी कि आराम से एक चटाई वहाँ बिछी हुई थी। चटाई पर एक धुली हुई चादर बिछाई हुई थी। चादर का रंग बीत चुका था मगर चादर देखने में साफ लग रही थी। एक पुराना बहुत चुभनेवाला कम्बल भी उस पर रखा था। कम्बल भूरे रंग का था। तभी बूढ़ी औरत ने चमकदार पीले रंग का एक जोड़ी सलवार कुर्ता, चमकते हुए दुपट्टे के साथ उसके सामने रख दिया। चमकने वाले ये कपड़े उसके लिए थे, उसे सहसा यकीन नहीं हुआ। कुछ पल वह उन कपड़ों की छुअन को ही महसूस करती रही। अपनी भूख प्यास भी फिलहाल उसे याद नहीं रही।

इशारे से बूढ़ी ने उसे नहाने की जगह दिखाई। भीतरी बरामदे के सामने बने आँगन में एक तरफ घेर कर बनाई जगह थी।

''पाणी रख दिया है। जा के सिर से नहा कर इसे पहर ले। अड़ोस पड़ोस की लुगाइयाँ आणै लगैंगी। मुँह दिखाई करैंगी।''

बूढ़ी ने कुछ अजीब भाव से कहा, जिसमें स्नेह और प्रसन्नता दोनों को ढूँढ़ना मुश्किल था।

वह कपड़े लेकर नहाने चली गई और आदेशानुसार आकर उसी कमरे में खड़ी हो गई। उसे एक पुरानी कंघी दी गई, जिससे उसने अपने बड़े दिनों के उलझे बाल थोड़ा सुलझाए और कपड़ों के साथ दिए गए एक पुराने गमछे में बाल लपेट लिए थे। फिर गीले बालों को मोड़ कर चोटी बना ली। हवा में ठंड थी और वह हल्का हल्का काँप रही थी।

''याणै जंगल की तरह तेरे को खुला आसमान न मिलैगा बहूणी। और ये नाज नखरे आज के खातिर हैं, कल ये नखरे न चलणैं। कल से घर का भार उठाना पड़ेगा। उठ इब।'' कह कर उसे बाँहों से लगभग खींचते हुए लाकर भीतरी बारामदे में एक पीढ़े पर बैठा दिया गया।

''यो ओढ़ ले बहूणी!''

एक कढ़ाईदार सिंथेटिक लाल रंग की चमकदार शाल उसे मिली। उसने झट से किसी राहत की तरह उसे लपेट लिया।

''माथा ढक ले!''

उसने माथा ढक लिया। उसके साथ आए तीनों पुरुष न जाने कहाँ चले गए थे। घर में साथ ही घुसे थे पर उसके बाद से इस बड़े घर में कुछ पता नहीं चला कि वे किधर हैं? अकेले बूढ़ी औरत मोर्चा सँभाले थी। उसका साथ देने के लिए एक वैसा ही बूढ़ा आदमी था जो मजदूर जैसा लग रहा था। वही कभी पानी भरता, कभी उनके आदेशानुसार इधर-उधर दौड़ता।

अभी उसे वहाँ बैठे मुश्किल से दस मिनट हुए थे कि सचमुच औरतें आने लगीं थीं। हलचल सी हो गई। इसी बीच कोई उसकी बगल में एक गिलास पानी रख गया। लेकिन संकोच और लाज ने जैसे उसके हाथ रोक लिए। इतने अपरिचितों के बीच गिलास उठा कर पानी पीते नहीं बना। पता नहीं कब गिलास रखने वाला बिना पिया पानी उठा ले गया, उसे पता ही नहीं चल पाया। पता चलता भी तो उसे रोक लेना मुश्किल ही होता।

"अरे हो पंडिताइन, अरे हो चौधराइन..."

बूढ़ी औरत बाहरी दरवाजे तक जा जाकर किसी किसी को आवाज देकर बुलाती थी।

औरतें गाना गाने लगीं। देवी गीत से शुरू करके बन्ना बन्नी और फिर नाचने की बारी आ गई। छोटी लड़कियों से नाचने को कहा जाने लगा। एक से एक फिल्मी गीत चलने लगे। कई औरतें जो अधेड़ हो चुकी थीं, इस मौके पर उठकर, कमर मटका कर नाचने की कोशिश करने लगीं। जितनी औरतें आतीं, उसकी गोद में कोई न कोई सामान रख देतीं। कोई गिफ्ट, कोई शगुन का लिफाफा, कोई कोई गहने भी लाया जैसे छोटी सी अँगूठी या कान के बुन्दे, बाली या झुमका। इस तरह के सोने का सामान लाने वाली औरत उसकी गोद में रखने के बाद डिब्बे में से अँगूठी या बुन्दे या झुमके निकालती, सबको दिखाती और फिर उसी डब्बे में बन्द करके गोद में छोड़ देती। एक औरत चाँदी की पायल लेकर आई और तुरन्त पहनाने पर जोर देने लगी। बूढ़ी औरत, जिसे सब मौसी बुला रहे थे, आगे बढ़कर बात सँभालने लगी कि "बहूणी अभी शरम की मारी मर रही है। इत्मीनान से पहर लैगी। अभी बेचारी को ज्यादा न छेड़ो। सबने तेरा लेन देन देख लिया है।" कह कर मौसी हँसी।

बाकी औरतें भी हँसने लगीं। लेकिन एक औरत ने अँगूठी उसकी अँगुली खींच कर पहना दी। शायद वह कोई नजदीकी रिश्तेदार थी। उसी के साथ आई औरत सोने की बहुत पतली सी चेन ले आई थी। उसने भी गले में चेन डाल दी। इस बार बूढ़ी मौसी ज्यादा नहीं बोलीं।

"बोलती है के न?"

किसी ने चुटकी ली।

"बोल कै दिखा, तेरे याणै कैसा गीत होता है, वही सुणा।"

"हिन्दी जाणै सै के?"

''आजकल तो कित कित से लै आवै हैं कि न हिन्दी समझ में आवै न अपणी मातृभाषा।''

''हाँ, एक तो उडी़सा की लै आए, बेचारी को हिन्दी तो आवै न, हरियाणवी क्या जाणैगी!''

''एकाध महीना में सीख जावैगी मौसी।''

किसी ने इनारा की तरफ से प्रतिवाद किया।

''बिहारिन तो हिन्दी जाणै हैं। ये क्यों न जाणैगी?''

''कुण सी भाषा बोल्लै हो? बता बहूराणी?''

जब कई बार यही बात पूछी गई तो उसने बहुत धीरे से कहा—''संथाली।''

''कुण सी?''

''या कुण सी भाषा है?''

''अच्छा, भीलनी जाति?''

''संथाली भी एक भाषा है ताई।''

सन्तोष की जरा तेज आवाज आई।

''या तो घणी काल्ली सै।''

अचानक छोटी लड़की ने कहा। एक मिनट को सब हँसे फिर एक मिनट के लिए खामोशी छा गई।

''चुप रह नासपीटी! हर जगह बकर बकर करै है।''

लड़की की माँ ने लड़की को एक थप्पड़ मारा। लड़की जोर जोर से रोने लगी।

''मारै क्यूँ सै ताई? बच्ची तो है।''

चारों तरफ से यही बातें होने लगीं। लड़की की बड़ी बहन किसी कोने से निकलकर आई और उसका हाथ खींचते हुए जबरन उसे बाहर लेकर चली गई। रोने की आवाज के बीतते ही औरतें उठने लगीं। इस बीच लड्डू और पेड़े बँटे और चाय बिस्कुट भी आया। सबने खाया पर किसी ने इनारा की तरफ नहीं बढ़ाया। दो घंटे में पूरा मेला खत्म हो गया था।

सब चले गए तो मौसी इनारा के पास आई और उसकी गोद से सब सामान समेट लिया।

''या सब न्यौता है बहूणी! हमणे भी दिया था इन सबके यहाँ, वही लौटाया है।''

कहते हुए मौसी ने इनारा के हाथ से अँगूठी निकाल ली और गले की चेन उतार ली।

''मालिक पूछैंगे तो दिखाणा पड़ैगा। समझी!'' और सारा सामान बाँध कर न जाने कहाँ रख आई। पीढ़े पर बैठे बैठे इनारा की पीठ अकड़ रही थी। ऊपर से गीले बाल शाल के भीतर से ठंड को बढ़ा रहे थे। सबके जाने के बाद मौसी का आदेश आया कि वह उसी अपने कमरे में जाए, जब बुलाया जाएगा, तब आएगी।

वह उठकर जाने लगी तो मौसी दौड़ कर आईं—"कल से ये नौकर भी काम करणै न आवै बहूराणी, कल से सारा काम तमने ही संभालना है। गाय भैंस का सानी पानी करणी आवै है?"

मौसी ठेठ गँवई लहजे में बोलीं।

वह न समझने वाले भाव से देखने लगी तो वे समझ गईं।

"धीरे-धीरे तमने या भाषा समझ में आ जावैगी।"

फिर मौसी भरसक हिन्दी की सहज क्रिया में बात करने लगीं—"कल सुबह पाँच बजे से काम शुरू होगा। घबड़ा मत, सब काम सीख जावैगी। और देख, इधर रसोई है। आजकल लोग अपणी रसोई में चप्पल लेकर जाणै लागै हैं। पढ़ी लिखी लुगाइयाँ जो न सत्यानाश करैं। लेकिन हमारे याणै न चलैगा। मालिक चौधरी साहब बहुत सख्त हैं इस मामले में। नहा कर, बिना चप्पल पहणे रसोई में जाणा है। चाल, इब जा अपनी कोठरिया में। जाकर जरा कमर सीध्धी कर ले।"

इनारा ने कोई जवाब नहीं दिया। चुपचाप कोठरिया में आकर उसी चटाई पर बैठ गई। फिर धीरे-धीरे लेट गई, हल्की सी झपकी ने उसे घेर लिया। पता नहीं कब उसने पैरों के पास रखे भूरे रंग के बहुत रफ और चुभने वाले उस पुराने कम्बल को खींच कर ओढ़ लिया।

नींद में उसे अपना बाबा हरे रंग का पुराना वेस्पा स्कूटर चलाता दिखा। उसने कब सीख लिया स्कूटर चलाना? जरूर बीजू ने दादा को सिखाया होगा। और बीजू है कहाँ? घर लौट आया क्या? उसे पकते हुए भात और सुगंधित मसालों वाली तरकारी की खुशबू आई। बीमार और हाड़ हाड़ दिखती अम्माँ चूल्हे पर तरकारी चढ़ा कर बैठी थी। चूल्हे के पास ही भात का गरम पतीला रखा था। ढक्कन की किनारी से हल्की हल्की भाप उठती दिख रही थी। सपने के भीतर चलती हुई वह अम्माँ के पास पहुँची और भात माँगने लगी। अम्माँ कह रही थीं—'तनिक रुक जा, बस, पक ही गई है तरकारी।' मगर उसे धैर्य नहीं लग रहा था। भात का गरम पतीला खोलने के लिए उसने हाथ बढ़ाया ही था कि उसे अम्माँ की आवाज में मिली जुली कई आवाजें सुनाई पड़ने लगीं। उसने पीछे मुड़ कर देखा कि आखिर कौन है जो शोर मचाए ही जा रहा है? इस पीछे मुड़ने में उसकी आँख खुल गई और सामने अपनी कोठरी का आधा खुला दरवाजा दिखने लगा। तब बहुत साफ आवाज उसके कान में गिरी।

"ए छोरी, घोड़ा बेच के सो गई के?"

आवाज इतनी कर्कश थी मानो कोई तेज चुभता तीर उसके कान में गिरा हो। वह हड़बड़ा कर उठ बैठी। हजारीबाग आकर उसने घड़ी देखना सीखा था मगर कहीं कोई घड़ी नहीं दिखाई पड़ी। एक बन्द खिड़की थी जिसमें काँच के दरवाजे लगे थे और वह किसी पुरानी गुलाबी रंग वाली सिंथेटिक साड़ी से ढँका था। उसी के पीछे

से जाती हुई धूप पता चल रही थी। वह अपने कपड़े ठीक करती दरवाजे पर आकर खड़ी हो गई और आवाज की दिशा का अन्दाज लगाने लगी।

''बहूणी, इतना सोवैगी तो हो लिया काम धाम।''

कहीं से आकर बरामदे में वही मौसी प्रकट हो गई। आँगन में बरतनों के ढेर की तरफ हाथ उठा कर कहा—''चल, लग जा!''

''देख, तेरा भाग, आज नौकर से बरतन मँजवाणे की सोची थी, मगर नासपीटा, दोपहर का गया तो वापस मुड़ कर न आया। जहाँ कल से शुरू करणा था, इब आजै से ही कर!''

इनारा ने एक नजर अपने नए चमकीले पीले कपड़ों की तरफ देखा, लेकिन दूसरे ही क्षण जाकर बरतन माँजने लगी। फिर आटा गूँथने बैठी, फिर जैसा जैसा बूढ़ी मौसी निर्देश देती जाती, वैसा-वैसा वह करती जाती।

''चौदह साल की हो ली के?''

अचानक मौसी ने पूछा।

पहले उसे समझ में ही नहीं आया कि क्या मतलब है? फिर कुछ देर बाद समझ आया कि उम्र के बारे में पूछ रही हैं। मन ही मन उसने कोशिश की कि सही सही उम्र का हिसाब लगा सके मगर नहीं हो सका। उसने कुछ जवाब न दिया।

आखिरकार रात का खाना खाने के लिए मर्द आ गए और बरामदे में ही एक तरफ लगी डाइनिंग टेबल की कुर्सियों पर बैठ गए। इनारा के लिए यह एकदम नई बात थी। एक फ्रिज था जिसे कुछ ही देर पहले उसने अलमारी समझा था। उसने हजारीबाग में अपने चचेरे रिश्तेदार के यहाँ रहते हुए पहली बार टेलीविजन देखा था और पहली बार उसी पर, इसी तरह कुर्सी मेज पर बैठ कर खाते लोगों को देखा था। उसे बहुत नया, बढ़िया और टेलीविजन से निकल कर एक दृश्य हकीकत में बदलता हुआ लगा। थालियाँ उसने पहले ही लगा दी थीं, जैसा मौसी ने कहा था। सब्जी बड़े एहतियात से कटोरियों में परसी थी कि जरा सी गिरने न पाए। अब उन लोगों के बैठते गरम रोटियाँ डालनी थीं। रोटियाँ चूल्हे पर बन रही थीं, मोटी और करारी, फिर उन पर घी डाला जाता।

कोई स्वर्ग में चलता हुआ दृश्य था!

तभी गाँच भीमकाय पहलवान जैसे लोग आकर कुर्सियों पर धमाधम बैठ गए।

उनके आने की धमक इतनी तेज थी कि इनारा का स्वप्न तुरन्त टूट फूट कर छितरा गया। उसने सपने से निकल कर देखा—उसके ससुर चौधरी बन्नाराम एक तरफ बैठे थे। उनके सिर पर अब पगड़ी नहीं थी और सिर के बाल आगे से काफी झड़ चुके थे। अब उन्होंने सूती सफेद कुर्ता पैजामा पहना था और उस पर खादी की दूधिया रंग की सदरी डाली थी। उसका पति विजय बाबू हल्के नीले रंग का कुर्ता और सफेद पैजामा पहने था। उसने भी भूरे रंग की खादी की सदरी डाली थी। बाकी

के तीनों ने सदरी नहीं डाली थी। कुर्ता पैजामा सबने पहना था। चौधरी बन्नाराम की तरह मूँछें विजय बाबू और साथ बैठे एक और आदमी ने रखी थीं। एक की छोटी मूँछें थीं और एक बिना मूँछों के था। बिना मूँछों वाला ज्यादा गम्भीर और बड़ा दिखाई पड़ रहा था। उसका रंग औरों से ज्यादा साफ था। मौसी ने झट से उसे बता दिया—'चार भाई है तेरा बटेउ। बटेउ मतलब पति। विजय बाबू सबसे छोटे हैं। बिना मूँछों वाले हरिन्दर बाबू हैं, सबसे बड़े। दूसरे नम्बर पर शिवराम बाबू हैं, बड़ी मूँछें रखे और तीसरे नम्बर पर गोकुल बाबू हैं।'

वे लोग इतनी गम्भीरता से खा रहे थे कि रोटी लेकर इनारा पीछे खड़ी रह जाती। तब मौसी कहतीं—''रोटी ले लो मालिक, रोटी ले लो भइया जी।''

''कल से घर का सब काम इसे सिखाऔ कान्ता!''

अचानक चौधरी बन्नाराम ने धीर गम्भीर आवाज में कहा।

''कोई न, सब सीख लैगी।''

मौसी ने उन्हें आश्वस्त किया।

''रोटी तो बढ़िया बणावै है।''

चौधरी बन्नाराम ने फिर कहा।

बाकी लोग चुप खाते रहे। इनारा को तसल्ली हुई कि उसकी बनाई रोटी पसन्द की गई थी। जब सब खाकर उठ गए और मौसी भी खा चुकीं तब बचा हुआ खाना मौसी ने निकाल कर इनारा को दिया। दिन भर के बाद रात में मिला यह बचा खाना किसी दिव्य भोजन से कम नहीं था। इसी तरकारी की सुगन्ध उसे सपने में आ रही थी। यही भात खदक खदक कर उसे सपने में खींच रहा था और वह अम्माँ से माँगे जा रही थी। वही तरकारी, रोटी, दाल, भात सपने से निकलकर उसके सामने भर थरिया रखा था। यह खाना हजारीबाग रेलवे स्टेशन पर खाए गए खाने से भी ज्यादा स्वादिष्ट लग रहा था। खाकर उसने पूरा चौका साफ किया। बरतन माँजे। सामान सहेजा। काम खत्म हुआ के भाव से मुड़ी ही थी कि मौसी ने आकर पाँच बड़े गिलास रख दिए। गरम करके रखा दूध एक गिलास में डाल कर कहा—''जा बहूणी, सबसे पहले अपणा बड़े जेठ नै दे आ। बाद में सारे नै दिए।''

गिलास उसने अपने दुपट्टे के सहारे से पकड़ लिया और बिना कुछ समझे दूध का गिलास थामे जेठ जी के दरवाजे पर खड़ी हो गई। भय और संकोच से कुछ बोलना मुश्किल हो रहा था। लेकिन जेठ जी तो मानो इन्तजार कर रहे थे। उसकी आहट पाकर उठ आए और ''आ, अन्दर आ, रख दे याणै।'' कह कर उसे अन्दर आने दिया।

अन्दर एक बड़ा पलंग लगा था। साफसुथरी छोटे छोटे लाल पीले फूलों वाली चादर बिछी थी। दो मोटे सफेद तकिए रखे थे। पैरों के पास खादी भंडार का एक कम्बल रखा था। पलंग के बगल में एक मेज थी और सामने एक अल्मारी। अल्मारी

के बगल में एक बन्दूक टँगी थी और उसके पीछे केलेंडर लटक रहा था। उस पर किसी हिरोइन की तस्वीर छपी लगती थी। इनारा ने कमरे की तरफ से झट अपना ध्यान हटाया और उसी पलंग के बगल वाली मेज पर गिलास रखकर पलटी मगर तब तक दरवाजा बन्द हो चुका था।

"दूध लाने का मतलब न बताया मौसी ने के?"

वह हँसा।

दारू की तेज लहर उठी—एक अजीब मटमैली बदबू से कमरा भर गया।

"हमें जाने दो साहब।"

इनारा ने कुछ गड़बड़ भाँप कर, घबड़ा कर विनती के स्वर में कहा और दरवाजे की तरफ बढ़ी। तब जेठ ने जबरन उसे रोकने की कोशिश की। इस कोशिश से इनारा अपने पुराने गँवई रूप में लौट आई और विरोध में हाथ पाँव चलाने लगी।

"नहीं साहब, ऐसा न करो। मेरा बिआह विजय बाबू से हुआ है।"

वह विरोध के साथ अनुनय भी करती जाती।

"चुप रह! मोल भाव करके ल्या रखी है। दस थोड़ी खरीदी जायैं? एक लुगाई ते सबका काम चलणा है। समझी।"

हरिन्दर बाबू पहलवान थे। उसका बाल पकड़कर घसीटा और ताबड़ तोड़ थप्पड़ मारने लगे। वह कभी 'मौसी' 'मौसी' चिल्लाती कभी विजय बाबू का नाम ले कर। मगर मौसी न जाने कहाँ अन्तर्धान हो गई थीं और विजय बाबू का कहीं पता नहीं था। हरिन्दर बाबू ऐसे उस पर झपट रहे थे जैसे बाज चिड़िया पर। लेकिन चिड़िया भी आखिर तक लड़ लेना चाहती थी—कोई उपाय न पाकर इनारा ने अपनी बाँह छुड़ाने की कोशिश में उनकी बाँह पर काट लिया और दरवाजे की तरफ लपकी। अभी जो हरिन्दर बाबू उसे काबू करने में कुछ कम कड़ाई से काम चला रहे थे, अपना आपा खो बैठे। लात, घूँसों से तब तक पीटते रहे जब तक कि वह जमीन पर गिर नहीं गई।

कुछ देर बाद हरिन्दर बाबू अपना काम कर उठे और उसे नंग धड़ंग छोड़ कर दरवाजा खोलकर बाहर निकल गए। उनके जाते ही शिवराम बाबू अन्दर घुसे और दरवाजा बन्द कर लिया। तीसरी बार किसी के आने की आहट तक उसे कुछ ज्ञान था उसके बाद उसे कुछ होश नहीं रह गया...

जब उसकी आँख खुली तो सूरज की रोशनी दरवाजे की फाँक से आती दिखी। इनारा ने याद करने की कोशिश की। बदन हिलाया नहीं जा रहा था। दर्द से कराह कर उसने अपने ऊपर पड़ी चादर को देखा। फिर महसूस हुआ कि वह एक तख्त पर लेटी है। तख्त पर पतला गद्दा पड़ा लग रहा था। तख्त के ठीक सामने खड़े

होकर चौधरी बन्नाराम कपड़े पहन रहे थे। उनका बदन भीगा हुआ था। शायद अभी नहा कर आए थे। वे कोई हरियाणवी गीत गुनगुना रहे थे, जिसके धीमे बोल उसे समझ में नहीं आ रहे थे। सामने ही दीवार पर एक छोटा आईना लटका था। चौधरी बन्नाराम कपड़े पहनने के बाद उसी आईने में देखकर बाल बनाने लगे। यह वह कमरा नहीं था, जिसमें वह रात में दूध का गिलास लेकर घुसी थी। तो फिर कहाँ थी वह? क्या अपने ससुर चौधरी बन्नाराम के कमरे में! उसे रात की घटना याद आने लगी। दर्द और घृणा से उसकी आँखों से आँसू झरने लगे।

''ए कान्ता! आ तो।''

चौधरी बन्नाराम ने उसकी खुली हुई आँखें देख ली थीं और दरवाजा जरा सा खोलकर आवाज दी थी। उनकी आवाज का असर इतना तेज था कि मौसी दौड़ती हुई सी आईं और झटके से दरवाजा खोलकर कमरे में घुस गईं। इनारा के शरीर पर कोई कपड़ा नहीं था। पूरा शरीर चिंथा पड़ा था। जरा सी हरकत करने में लगता था मर जाएगी। मौसी ने उसी चादर में, जो उसके ऊपर पड़ी थी, उसी में इनारा को लपेटा और बड़ी मुश्किल से जमीन पर उसे कुछ चलाती, कुछ घसीटती सी आँगन में ले आई। पीछे से चौधरी बन्नाराम ने, उसके पीले रंग के चमकदार लगने वाले सलवार कुर्ते को पैर से उछाल कर, कमरे से बाहर कर दिया।

सुबह का सूरज तेजी से बढ़ कर सब कुछ को अपने उजाले से भर देना चाहता था। ठंड भीतर तक कँपा रही थी। मौसी ने उसे आँगन की दीवार के सहारे खड़ा करने की कोशिश की मगर उसके लिए खड़ा होना मुश्किल हो रहा था। तब मौसी ने उसे एक हाथ से पकड़ा और दूसरे हाथ से बाल्टी में भरा पानी, लोटा भर भर कर उस पर डालने लगीं। इनारा ठंड से काँपने लगी। आँखों की कोरों से पानी गिरता जा रहा था और मुँह से शब्द निकलने से इंकार कर रहे थे। मौसी ने उसे जैसे ही छोड़ा वह उसी दीवार के सहारे गिरने की तरह बैठ गई। ''ले, कुर्ती डाल ले।'' कहते हुए एक पुराने कपड़े से मौसी ने उसे पोंछा और एक कुर्ता उसके गले में डालते हुए नीचे सरक जाने दिया। गीली चादर खींचकर हटा दी। जगह जगह नोंचने, खरोचने से खून की बूँदें चिपक गई थीं और जाँघों के पास से टप् टप् कर सिमेंटेड जमीन पर गिरती लहू की बूँदों से पैर चिपचिपा रहा था। मौसी ने पूरा बल लगाकर उसे किसी तरह थोड़ा सा उठाया और उसकी कोठरिया में लाकर छोड़ दिया। फिर सलवार, दुपट्टे और कुछ फटे-पुराने कपड़ों के साथ एक पुरानी चादर लाकर मौसी ने उसकी कोठरिया में फेंक दिया और कोठरिया का दरवाजा बन्द कर दिया।

बड़ी देर तक झाड़ू से किसी के आँगन धोने की आवाज सुनाई देती रही।

बारे इतात् : उपहार

सुबह सुबह सुजन महतो ढीली ढाली चाल से खेत की तरफ जाते दिखते। नन्हे कामगार उस वक्त अपने काम पर निकल चुके होते। कोई पत्ता बटोरने के काम पर लगा होता, कोई गाय गोरू चराने निकला होता, कोई लकड़ियाँ चुन रहा होता, कोई गोबर उठा रहा होता, कोई घास काट रहा होता...सुजन महतो अपनी आदत के मुताबिक रास्ते में मिलने वाले नन्हे कामगारों को जल्दी काम करने के लिए उकसाते चलते। उनके हाथ में हँसुआ होता और शरीर पर लुंगी। कन्धे पर गमछा लटक रहा होता और नंगी छाती पर मिट्‌टी से मिले पसीने की बूँदें चिपकी होतीं। सुजन महतो अपने खेत पर पहुँच कर इधर-उधर परेशान से देखने लगते।

खेत अब पहले जैसे नहीं रह गए थे। उनमें कुछ भी उगाना मुश्किल होता जा रहा था। उन तक पानी पहुँचाना भी मुश्किल हो गया था। जमीन भी कम होते होते बस एक **बिस्वा** बची रह गई थी। इस पर भी बहुत तरफ से निगाहें लगी थीं। पहले साहूकार, महाजन की निगाहें होती थीं, अब कम्पनी और सरकार की मेहरबानी थी। फिर भी यह थोड़ी सी जमीन सुजन महतो के लिए बहुत मायने रखती थी। इसी में कुछ उगा ले जाने की जद्दोजहद में वे लगे रहते। कभी कोहड़ा, लौकी, बैंगन, कभी मूली, गोभी, देसी टमाटर, आलू...

सहजन का एक पेड़ भी इसी खेत के किनारे लगा था। किसी किसी साल वह टूट कर फलता। इतना फलता कि गाँव भर बाँटते बाँटते थक जाते। मगर पिछले कई साल से वह भी अपना रंग बदलने लगा था। किसी साल फल जाता तो कई साल टकटकी लगाए देखता खड़ा रहता। इस साल उसकी जड़ जमीन को छोड़ने की तैयारी करती लग रही थी। सुजन महतो उससे लम्बे समय से साथ रहे साथी जैसा रिश्ता महसूस करते थे। इसलिए उसकी जड़ के पास जाकर मिट्‌टी से उसे ढँक कर अपनी तरफ से मजबूत करने की कोशिश करते।

मगर उनकी अकेले की कोशिश जड़ छोड़ते जीवन के लिए बहुत मामूली होती।

फिर भी छोटी कोशिशों को नजरअन्दाज नहीं किया जा सकता था।

वे लगे रहते और इस तरह सहजन के पेड़ को कई साल से टिकाए चले आ रहे थे।

आज फिर उसे देखकर उनका मन भर सा आया। कुछ मिट्टी उन्होंने उसके आस पास अपने हँसुआ से खिसका दी। उसी के कुछ दूर अपने आप निकल आई लौकी की लतर पर छोटी–छोटी बतिया खिलखिला रही थीं। कुछ दूसरी लताएँ उसे उलझाए फैली थीं। उन्होंने मन ही मन सोचा कि अच्छा होता इस बार सब लौकी ही लगा देते। लेकिन फिर ख्याल आया कि वे अपने साथ फेंटा में खोस कर जो बीज लाए थे, वे लौकी के नहीं थे। तमाम तरह की सब्जियाँ उगा लें तो उन्हें ही खोंपा में रखकर शहर के बाजार बेचने जाएँ।

लेकिन आज काम शुरू करने के पहले उन्हें अपनी कुल्हाड़ी जोड़नी थी। सबसे पहले उसके हत्थे के लिए बढ़िया लकड़ी चाहिए थी, जिसमें फाल लगाया जा सके। एक ठीक ठाक लकड़ी मिल जाने पर, उसे घिस घिस कर चिकना कर लिया गया, फिर वे फाल ढूँढ़ने लगे इधर–उधर। कभी दक्षिण खोजें, कभी उत्तर खोजें, कभी पूरब खोजें, कभी पश्चिम खोजें, मगर फाल जाने कहाँ हेरा गया। परेशान होकर वे झाड़ झंखाड़ काटने लगे। बड़े–बड़े सरपत ऐसे मुट्ठी में पकड़ते कि वे उनके हाथ चीर न पाते और अपने तेज धार हँसुआ से खट्ट से काट देते। मगर वहाँ भी फाल न मिला।

तब परेशान और दुखी सुजन महतो उन्हीं झाड़ियों के पास जमीन पर बैठ कर रोने लगे।

आज का दिन बीत रहा था।

फाल न मिला तो क्या खेत गोड़ा जाएगा?

कि क्या खेत बोया जाएगा?

तभी झाड़ियों के पीछे से आवाज आई।

"क्या खोज रहे हो महतो?"

सुजन महतो मुड़ कर देखे तो होश उड़ गए। झाड़ियों के पीछे से निकल क़र एक बाघ खड़ा मुस्करा रहा था। इससे पहले सुजन महतो ने ऐसा बाघ नहीं देखा था। बाघ का मुस्कराना कभी सुना नहीं था। अब जो कि बाघ मुस्करा रहा था तो कुछ अघटित घटित हो सकता था। उनका मन काँप उठा। घबड़ाहट में कंठ से आवाज न फूट सकी।

"घबड़ाओ नहीं। बताओ क्या परेशानी है।" बाघ ने फिर पूछा।

हालाँकि सुजन महतो घबड़ा गए थे मगर बाघ की आवाज इतनी मधुर और इतनी हितचिन्ता में डूबी हुई थी कि महतो अपना दुखड़ा रोने लगे–

"कैसे खेत गोड़ाएगा, कैसे बीज बोआएगा? कैसे उपजेगा अन्न? कैसे बालक बुतरू पोसाएगा? एक फाल था तो वो हेरा गया, जैसे हेराया हमारा चित्त!"

बाघ निकट चला आया और स्नेह से बोला—"जो मैं तुम्हारा फाल ढूँढ़ दूँ तो तुम मुझे क्या दोगे?"

"हमारे पास है ही क्या। एक गरीब खेतिहर हूँ।"

सुजन महतो को अपनी फटेहाली याद आई।

"लेकिन इस दुनिया में बिना लेन देन के कोई काम होता नहीं। एक बार सोच लो। मैं तुम्हारी मदद कर सकता हूँ।"

बाघ ने दुनिया का नियम समझाया।

"आधी फसल ले लेना।"

बाघ ने 'न' में सिर हिलाया।

"तुम्हारे लिए लकड़ी काट दूँगा।"

बाघ ने फिर 'न' में सिर हिलाया।

"कुएँ का मीठा जल निकाल दूँगा।"

बाघ ने फिर 'न' में सिर हिलाया।

परेशान सुजन महतो ने हार कर कहा—"अच्छा तुम्हीं बताओ तुम्हें क्या चाहिए?"

बाघ ने कहा—"पहले किरिया उठाओ कि जो माँगूँगा, दोगे।"

सुजन महतो ने किरिया उठा लिया।

"मुझे तुम्हारी बेटी चाहिए। मैंने उसे कुएँ पर पानी भरते देखा है। अभी-अभी जवान हुई सुन्दर कन्या का माँस खाने का मेरा मन है।"

बाघ ने कुटिलता से कहा।

सुजन महतो की जान सूख गई। लगे गिड़गिड़ाने—"ऐसा न कहो बाघ भाई। यह कैसे हो सकता है?"

बाघ ने तुरन्त अपने पंजे उठाए और तेज नाखून दिखाते हुए बोला—"सोच लो। मैं तो तुम्हारा साथ देना चाहता था। तुम मेरी इतनी सी बात नहीं रख रहे! अब मुझे मजबूर होकर बाघ वाला काम करना पड़ेगा, मतलब तुम्हें मार कर खाना पड़ेगा।"

बाघ ने समझाने वाले दार्शनिक भाव से कहा।

सुजन महतो थर थर काँपने लगे। बाघ हँसने लगा। बाघ जितना हँसता, सुजन महतो उतना थरथराते। बाघ ने अपने पैने नाखूनों वाले पंजे बढ़ाए तो सुजन महतो ने घबड़ा कर कहा—"मंजूर है, पहले मेरी कुल्हाड़ी का फाल लाओ।"

बाघ झटके से उठा और झपट कर उनकी कमर में बँधे लुंगी के फेंटे में खुँसे फाल को निकाल कर उनके हाथ में थमा दिया।

"महतो, तुम घबड़ाहट में इसे देख नहीं पाए। अब इसे रखो और अपनी बेटी यहाँ भेजो! अगर नहीं भेजा तो अगली बार यहाँ आकर तुम वापस नहीं जा पाओगे। न खेत बचेगा, न तुम।"

फाल वापस पाते ही सुजन महतो का होश लौट आया। वे अपनी भूल पर पछताने लगे। पछताते जाते, चलते जाते। रोते जाते, चलते जाते। रास्ते भर अपने आप को कोसते और लगभग दौड़ते हुए घर आए। घर आकर देखा कि गोहाल में लेरू पठरू समेत मवेशी बाँधे जा चुके थे। बीजू दिखाई नहीं पड़ रहे थे। इनारा भात रांध चुकी थी और जमीन पर घुटनों के बल बैठी माचिया की रस्सी कस रही थी। बाप के आने की आहट से उठकर लोटा भर पानी ले आई। सुजन महतो ने कुल्हाड़ी किनारे रखी और लोटे के जल से हाथ पाँव धोए। मुँह धोने के लिए और पानी माँगा। इनारा फिर दौड़ कर आई और एक लोटा और पानी ले आई। अब भलीभाँति मुँह धो पोंछ कर सुजन महतो पीढ़े पर बैठे। इनारा ने काँसे की थाली में, थरियाभर भात कुल्थी की दाल के साथ परोसा और लोटा भर पीने का ताजा जल, बगल में रख दिया। थरियाभर भात और कुल्थी की दाल देखकर सुजन महतो हमेशा प्रसन्न हो जाते थे। लेकिन आज और दिनों की तरह भात देखकर प्रसन्न नहीं हो पाए।

एक अजीब चिन्ता से घिर कर उन्होंने पानी भरा लोटा उठा कर पूछा—"बिटिया रानी, यह पानी कहाँ का है?"

बिटिया रानी कुछ देर को चकराई। आज तक कभी उसके बाप ने पानी के बारे में नहीं पूछा था। पानी पर शक सुबहे का कभी कोई सवाल नहीं उठा था फिर आज क्यों? फिर भी उसने लापरवाही से कह दिया—"कुएँ का है।"

"उँह, उसी कुएँ का?"

सुजन महतो ने मुँह बनाकर कहा।

"हाँ।" सिर हिला कर बिटिया रानी ने जताया।

"आज मैं बहुत थक गया हूँ। सुना है कि उस पहाड़ की तराई वाले गड़िए का जल बहुत मीठा है, सब थकान उतार देता है। जाकर जल्दी से वही पानी लेती आ।"

अपने आँसू छिपा कर सुजन महतो ने समझाया।

बिटिया रानी थोड़ा कुनमुनाई। पानी तो यह भी ताजा था। इसे लाने में मेहनत भी लगी थी। दूर उस कुएँ से पानी खींचकर, सिर और कमर पर गगरे लादकर पानी लाना मेहनत का काम था।

मगर बाबा ने सुना है कि उस गड़िए के पानी से थकान उतरती है तो सही सुना होगा।

बाबा की थकान सौ मेहनत पर भारी थी।

और बाबा की बात शक सुबहे से परे थी।

बिटिया रानी का दिल पसीज गया।

उसने घड़ा उठाया और गड़िए का पानी लाने चल दी।

बीजू उसी समय घर पहुँचा था। इस अन्हरिया बेरा में घड़ा उठाए बहिन को जाते देखा तो अचरज में पड़ गया। पानी भरने जाने की यह भी कोई बेला है? पहले उन्हें

अजीब लगा इस समय बहिन को ऐसी क्या जरूरत पड़ गई पानी लाने की? इस समय जंगली जानवर आजादी से घूमते हैं। बहिन को तत्क्षण रोक देने के विचार से बीजू एक दो कदम बढ़ भी गया, लेकिन तभी उसके चंचल मस्तिष्क में एक शरारत चमकी। वह दबे पाँव बहिन के पीछे पीछे चलने लगा। चलते समय उसने अपनी धनुहीं उठा ली और मन ही मन बहिन को चौंका कर डरा देने की योजना बनाते, छुपते, रुकते उसी गड़िया पर पहुँच गया, जहाँ बहिन पानी भरने पहुँची थी।

बहिन तो घड़ा लेकर पानी भरने झुकी, इधर बीजू बहिन के कुछ दूर पीछे के पेड़ पर चढ़ गया। बीजू ने देखा कि किनारे के झाड़ झंखाड़ पर दो बगुले ध्यानमग्न बैठे थे। उसे मौका हाथ आया सा लगा और अपनी धनुहीं पर चढ़ा कर एक साथ दो तीर बगुले को निशाना बनाकर चला दिया। बगुला तो उड़ गया मगर उसी झाड़ी के पीछे छिपे बाघ की दोनों आँखों पर दो तीर लगे। बाघ पलभर में अन्धा हो गया। दर्द से चिल्लाता हुआ झाड़ियों से बाहर चला आया। दर्द भरी दहाड़ और छटपटाते हुए झाड़ियों से बाहर निकल कर भागते बाघ को देखकर इनारा डर कर चीख पड़ी। लेकिन इनारा से ज्यादा तेज बाघ चीखा और भागता हुआ जंगल में लोप हो गया। बीजू हाथ में तीर धनुष लिए पेड़ से उतर आया। इनारा ने बीजू को देखा तो सब समझ गई कि आज बाघ से उसे बचाने वाला बीजू ही था।

''बीजू तू मेरा सच्चा भाई है।''

उसने गर्व और लाड़ से भरकर भाई की बाँह पकड़ ली।

''बहिन, तू जल्दी से पानी भर और घर चल!''

बीजू ने हँसकर कहा।

इनारा ने जल्दी से घड़ा उठाया और गड़िया का पानी भर कर चल दी। दोनों भाई बहिन रास्ते भर बाघ की बातें करते जाते थे।

अब बीजू बड़े और बाघ छोटा हो चुका था।

आदमी का सहयोग और विश्वास हमेशा बड़ा हो जाता है और उसकी दुरभि-संधियाँ, षड्यंत्र नीच रूपक बनकर लोक में विख्यात हो जाते हैं।

इनारा बार-बार भाई की बलैया लेती जाती थी। बार-बार महसूस करती जाती थी कि अब कोई है जो उसके बगल में उछल उछल कर चलते हुए भी पूरे सिन्दूरी गाँव को बाघ से बचा लेगा। दोनों भाई बहिन चहकते, आत्मविश्वास से भरे घर पहुँचे। सुजन महतो सूनी आँखों से छत की तरफ निहारते, सामने भात की थाली लिए, दीवार से पीठ टिकाए बैठे थे। उन्हें देखकर कोई भी कह सकता था कि उनके घर कोई अनहोनी घट चुकी है और विलाप के बाद पसरे सूनेपन में लिपटे वे पड़े हैं।

''बाबा, ए बाबा!''

सुजन महतो आवाज को सुन कर भी नहीं सुन पाए।

तब दोनों उनके सामने आकर खड़े हो गए। दोनों के एक साथ घर में घुस कर सामने खड़े हो जाने से सुजन महतो चकरा गए। जैसे खुली आँखों का सपना हो। वे घूर घूर कर सामने के दृश्य को पूरा देख लेना चाहने लगे। सहसा वे इनारा का होना समझ ही नहीं पाए। सामने का दृश्य भ्रम का दृश्य लगा। सामने खड़ी इनारा भ्रम की बिटिया लगी। सामने अपनी धनुही लिए खड़े बीजू उन्हें किसी देवता का अवतार लगे। आँखें मलकर उन्होंने दुबारा खोला। बिटिया रानी ठीक सामने साक्षात थीं।

इनारा ने झट से घड़ा से पानी लोटे में उझीला और बाप के आगे धर दिया। सुजन महतो ने फटी फटी आँखों से पानी भरा लोटा देखा, उसे हाथ से छू कर देखा और कुछ पूछने के लिए मुँह खोलना चाहने लगे, मुँह तो खुल गया पर बोल न फूटे।

तब तक बीजू ने धनुही रख दिया और ताली बजा कर जोर की आवाज में बोलने लगा—''आज देवता साक्षात उतरे गड़िया पर। बोले कि आज चन्द्रमा की रोशनी कम नहीं होने पाएगा। भर लो जितना पानी गड़िया से भरना है। लबालब उजाला नाच रहा था। इनारा देवी पानी भर रही थीं। अब पीओ देवता का दिया पवित्र जल! पीओ बाबा, पीओ!''

सुजन महतो ने हड़बड़ा कर लोटे का पानी मुँह से लगा लिया। इनारा हँसने लगी तो उनकी जान में जान आई।

''क्या बोलता है तुम सब, कठकरेजई करता है। यहाँ हमारी जान निकल गई थी।''

सुजन महतो थोड़ा आश्वत हुए कि सामने का दृश्य भ्रम नहीं था और कि जो सोचकर भेजा था, वह नहीं हुआ।

''हाँ, हाँ, तुमरी जान की चिन्ता तुम्हें है! हमारी जान की चिन्ता किसे होगी?''

बीजू ने प्रश्न उछाला।

''जा, खाना खाये दे।''

''महतो, इस अँधेरी रात में बेटी को गड़िए से पानी लाने भेजने के पीछे तुमरी मंशा कोई नहीं बूझेगा, यही सोचकर बैठे हो? वहाँ क्या क्या हुआ, नहीं जानोगे? भात खाने की जल्दी है? कि मांस खिलाने की?''

सुजन महतो का कलेजा धक्क!

''क्या बोलता है इ लड़का? जान का दुश्मन है।''

सुजन महतो कुछ खिसियाए से बीजू की तरफ देखना बचाने लगे।

''बाघ का निवाला बनाने भेजा था बेटी को? बाप हो कि दुश्मन हो? सब ईमान धुल गया तुम्हारा। क्या भला किया बाघ ने तुम्हारा? कि तुमने अपना घर ही उसे सौंप दिया? अपनी पीढ़ियाँ सौंप दी उसको? कैसे उसे टिकने दिया अपनी

जमीन पर ? भसम क्यों नहीं कर दिया उसको ? कि तुमको भरोसा नहीं रह गया, न अपने पर न अपनी सन्तान पर ?''

बीजू प्रश्न पर प्रश्न उछालता, फिर हँसकर नाचने लगता।

''कैसे करोगे भसम उसको ? लालच ने घेर लिया तुमको ? तुमको सिर्फ अपना पेट दिखा। गाँव घर नहीं दिखा। बेटा बुतरू नहीं दिखा। महतो, लालच सर्वनाश का घर है। लालच सब नष्ट कर देता है। लालच में घिर कर तुम अपनी बेटी भूल गए ? अपने बेटे के तीर धनुष पर तुम्हारा भरोसा नहीं रहा ? अपना इतिहास तुम्हारी नसों में बहते खून से लोप हो गया ? महतो, जिसकी स्मृति बाघ ने छीन ली, उसके पास न कुछ पिछला रह जाता है न कुछ आगे का। न अतीत न भविष्यत।''

बीजू के इस रूप को मानो पहली बार सुजन महतो जान रहे थे। हरदम पगला, बौड़म कहते कहते वे भूल गए थे कि कोई उनकी गतिविधियों को भाँप सकता है! थाली परे सरका कर वे रोने लगे।

''हमसे भारी भूल हुई बीजू।''

सुजन महतो रोते जाते और अपनी बेवकूफी की दास्तां पर पछताते जाते।

''धत् बाबा! ई बीजू तो तुम्हें डरा दिया।''

इनारा ने बाबा की थाली फिर से आगे खींच कर पूरे उत्साह से कहा।

''अब क्या डरना! बीजू के तीर धनुष पर **देवता** का आशीर्वाद है। एक बाघ क्या, जंगल का कोना कोना साध लिया है हमारे भाई ने। भात खाओ बाबा।''

इनारा के विश्वास से सुजन महतो ने फिर से बीजू को देखा। उन्हें इस बार बीजू साक्षात सिंहबोगा का आशीर्वाद लगे। बेकार इसे सब बौड़म कहते हैं! आज इसने हमें बाघ के डर से मुक्त कर दिया। उन्होंने थाली से कौर तोड़ लिया।

यह घटना बिजली के करंट की तरह फैल गई। कई कई गाँव में इसके कई कई रूप प्रचलित हो उठे। किसी में तीर धनुष उठाए साक्षात सिंहबोगा के रूप में बीजू आ बिराजते तो किसी में वे एक बहादुर सैनिक के रूप में प्रतिष्ठित किए जाते। किसी किसी में तो वे सिद्धो, कान्हो की तरह अचानक प्रकट होकर बाघ से उसके नख दन्त छीन लेते। किसी में बहिन दुनिया की सर्वश्रेष्ठ सुन्दरी होती, जिस पर बाघ रीझ गया था और भाई ने बाघ को मार कर उसे बचाया तो किसी में बहिन भाई दोनों बाघ से साथ लड़ पड़े थे। सारे ही रूपों में भाई की बहादुरी साफ होती और बहिन पर बाघ की नजर की आलोचना।

इस तरह भाई बहिन की ख्याति ने कई गाँव के लोगों को ऐसे घर से रिश्ता जोड़ने के लिए उकसाया। नतीजा कि बहिन की शादी के लिए दूर दूर के गाँवों से रिश्ते आने लगे। बहिन ने भी शादी के लिए शर्त रख दिया। शर्त थी कि जब तक उसके भाई को उपहार में बैल नहीं दिया जाता, तब तक वह शादी नहीं करेगी। बहुत मान मनौवल हुआ। बाप ने समझाया, माँ ने समझाया, रिश्तेदारों ने समझाया, छोटे

भाई बहिनों का वास्ता दिया गया। खुद भाई ने कहा कि उसे कुछ नहीं चाहिए, मगर बहिन अपनी शर्त से टस से मस न हुई। आखिरकार हार कर बहुत से वर पक्ष वाले लौट गए। लेकिन एक गाँव से बड़ा तगड़ा बैल लेकर वर पक्ष के लोग हाजिर हो गए और भाई के हाथ में उसका पगहा थमा कर बोले—"ये लो अपना टेंडार आक्सार मतलब ओंठगाया हुआ धनुष बाण। यह सांकेतिक उपहार है कि तुमने बहिन को बाघ के मुँह में जाने से बचाया था। तुम्हारी बहिन ने यह शर्त रखकर तुम्हारी बहादुरी का मान किया है। हम भी तुम्हारी बहादुरी को मान देते हैं।"

भाई ने पगहा पकड़ लिया और मन ही मन खुश होते हुए बहिन की शादी करवा दी।

लेकिन बीजू के साथ ऐसा नहीं हो पाया। जब बहिन की शादी की बेला आई तो बीजू वन वन भटक रहे थे। उनका रास्ता देखते देखते सहजन का पेड़ अपनी मिट्‌टी छोड़ चुका था और गुड़हल का पेड़ कई कई बार फूलों से भर चुका था। झोंपड़े का नया छप्पर छाया जा चुका था। बहुत पहले असाम गए सुरजू का झोंपड़ा इधर-उधर बिखरते अपने फूस से अब पूरी तरह अलोप हो चुका था और केवल स्थान की दूरी के हिसाब से ही उसे याद करने की कोशिश की जा सकती थी। छुटकू और नन्ही अब 'बीजू बीजू' कह कर नहीं जिदियाते थे। अम्माँ कई बार बाहर बैठी जंगल की तरफ देखते हुए अपने को खो देती थीं। सुजन महतो दिन में भी हड़िया पीने से अपने को रोक नहीं पाते थे और 'बारे इतात्' माने बहन की शादी में भाई को दिया जाने वाला उपहार, जिसे बहिन ने जिद करके खास उसी के लिए रखवाया था, झोंपड़े के बाहर, बीते हरे रंग की लोहे की देह लिए, टूटा-फूटा-मुरचाया सा पाँव में रस्सी बाँधे, गाय गोरू बाँधे जाने वाले खूँटे से बँधा रह गया था।

मौत का एक दिन

''बाभी, ए बाभी! ए झारखंडी बहूणी!''

सन्तोष धीमी आवाज में भैंसों के अहाते में लगी चारदीवारी में अटके लोहे के गेट से झाँकते हुए बुला रही थी।

इनारा ने हाथ में लगा गोबर धीरे-धीरे झाड़ा और गेट के पास आकर सट गई। गाय भैंसों का यह अहाता घर के पिछवाड़े था। इसमें घुसने के लिए घर के पिछवाड़े एक छोटा सा लोहे का गेट लगा था जो दोनों को जोड़ता था। रात में भैंसों के अहाते के साथ-साथ इस दरवाजे में भी ताला जड़ दिया जाता था। भोर में ही उठकर चौधरी बन्नाराम 'कान्ता, ऐरी कान्ता' की आवाज देते हुए चाभियों का गुच्छा मौसी को सौंप देते थे। मौसी इस गेट को खोलने के लिए बढ़ते हुए इनारा को आवाज लगाती जातीं। हालाँकि किसी की हिम्मत नहीं थी कि बिना किसी वाजिब वजह के गाय भैंसों के इस अहाते में घुस आए, मगर फिर भी रात में इस पर ताला जड़वाया जाता।

अब इस अहाते का लगभग सारा काम इनारा के जिम्मे आ चुका था। इनारा से पहले यह अकेले मौसी की जिम्मेवारी थी मगर अब वही मौसी इधर झाँकना भी नहीं चाहती थी। गाय भैंसों की झोपड़ी की दीवारें मिट्टी की बनी थीं और उन पर लाइन से ढेरों पाथे हुए उपले चिपके रहते थे। कभी कभी मौसी उपले उठाने के बहाने इनारा का काम देखने आ जाती और एक खँचिया उपले उठाते उठाते कभी अपनी कमर में दर्द, कभी घुटनों में दर्द के कई कराहते रहने वाली आवाजों के साथ बहाने बनाते हुए लौट जाती।

लोहे का गेट दूर दूर लगी मोटी छणों वाला था। उनके बीच इतनी जगह थी कि कुत्ते के पिल्ले आसानी से अन्दर चले आते थे। लेकिन कोई कुत्ता इस अहाते में नहीं घुसता था। खाली गेट पर अपनी थूँथन रगड़ कर, कभी कभी मूत कर चला जाता था। इतने में ही गाय भैंसें अपना सिर हिला हिलाकर, रंभा कर उसे चेताना शुरू कर देती थीं कि अगर अन्दर आया तो खैर नहीं!

कभी कभार एक बन्दर भी चला आता था। एक बार बन्दर आया तो गाय भैंसें चिल्लाने लगीं लेकिन घर के लोग एकदम परेशान नहीं हुए। उस दिन चौधरी बन्नाराम घर पर ही थे। वे बाहर निकल कर आए और भक्तिभाव से हाथ जोड़

कर बन्दर को प्रणाम करने लगे—"हे भगवान, हे हनुमन्त..." कह कर कुछ प्रार्थना करने लगे। इसे देखकर इनारा हैरान रह गई। उसे चौधरी बन्नाराम का ऐसा चित्र देखने और बनाने में बड़ी दिक्कत महसूस हुई। उनके पीछे बाकियों ने भी बन्दर का आना शुभ माना। किसी ने यहाँ तक कहा कि उन पर जो जमीन का मुकदमा चल रहा है, वह जरूर इस बार कुछ राहत लेकर आएगा, इसी का संकेत देने हनुमान जी आए हैं।

एक गाय गाभिन थी। उसकी देखभाल कुछ मुश्किल थी, वह कभी भी सानी पानी से अपना मुँह मोड़ कर रूठ जाती थी। उसे मना कर खिलाना पड़ता था। मौसी को उसे देखकर बड़ी झुँझलाहट होती। लेकिन इनारा ने उसे सँभाल लिया था। उसकी पीठ पर हाथ फेरते हुए उसे अपने जंगल की महक महसूस होने लगती। अहाते के एक तरफ दो पेड़ थे—एक नीम का और दूसरा अमरूद का। अमरूद बारहमासी था और हर समय, कभी उसकी पत्तियाँ, कभी पके फल, कभी बौर आदि गिरते ही रहते थे, उन पर आने वाली मक्खियाँ गाय भैंसों को परेशान करती रहती थीं। नीम की पत्तियाँ गिरतीं पर इन दिनों नीमकौड़ियाँ भी गिरा करतीं।

"बाभी!"

इनारा चौंक गई। हाथ का गोबर झाड़ती वह गेट की तरफ बढ़ कर, उसी से सट कर खड़ी थी। मगर जाने कहाँ उसका ध्यान था! अपने आप पर शर्मिंदा होते हुए उसने आँखों से पूछा—"इतने सुबह कैसे?"

"इब तो हिन्दी बोल लिया कर बाभी। तुझे तो अच्छे से आती है। मैं आज जल्दी जा रही हूँ। यूनिवर्सिटी में आज परीक्षा है। प्रेक्टिकल समझो। प्रेक्टिकल जाणै सै?"

"हाँ।"

इनारा ने सिर हिलाया तो सन्तोष को आश्चर्य हुआ।

"पढ़े लिखै है के तू?"

"थोड़ा सा।"

"कितनी?"

"पाँच तक।"

"अच्छा!"

"प्रेक्टिकल होवै वहाँ?"

"हाँ।"

"क्या करवावैं?"

"मिट्टी के फल बनाना होता।"

सन्तोष को हँसी आ गई। लेकिन तुरन्त ही फिर गम्भीर होकर पूछा—"आगे क्यों न पढ़ी?"

"पाँचवीं तक था। छठीं पढ़ने के लिए हजारीबाग आई थी।"

''सरकारी स्कूल थे के वहाँ ?''

''दूर था। सात किलोमीटर पैदल जाते थे।''

''बाप रे! तू रोज जावै ?''

''न, कभी कभी।''

''स्कूल यूनीफार्म पहन कर जावै ?''

''हमारे पास कहाँ।''

''हूँ।''

फिर सन्तोष गम्भीर हो गई।

''तुझे कुछ और बताने आई हूँ बाभी।''

फिर सन्तोष फुसफुसाने लगी तो इनारा ने अपना मुँह उसके पास कर लिया। बीच में बस छड़ों का अन्तराल रह गया।

''रात पुलिस आई कुछ पता चला के तन्नै ?''

उसने 'न' में सिर हिलाया।

''कल भयानक कांड होया है। बलजिन्दर चौधरी की 'मोल की बहू' आई थी न। वो नेपालन। मैंने तुझे बताया था न। तेरे बाद आई थी वो। मैंने तो देखी थी। गई थी मैं मुँह दिखाई करणे। हमारे लड़के के मुंडन पे पाँच सौ रुपए दिए थे उन लोगों ने तो मैं भी पाँच सौ दे आई थी। तभी देखी थी। क्या सुन्दर थी वो। गोरी सी। एकदम मक्खन जैसी। छोटी सी बच्ची लागै। चौहद पन्द्रह से ज्यादे की न रही होगी। छोटी-छोटी सी पतली सी आँख। पूरा मोहल्ला टूट पड़ा था देखणे। तब तो कैसे शान दिखा रहे थे कि पूरे मोहल्ले में किसी के पास न होगी ऐसी लुगाई और देखो क्या किया उसका!''

''क्या किया ?''

आश्चर्य से इनारा ने सन्तोष को देखा। याद आया कि कैसे मौसी कई दिन तक उसके रंग रूप की तारीफ करती रही थी। कैसे चौधरी बन्नाराम ने मुँह दिखाई करने के लिए ग्याहर सौ रुपए दिए थे।

''हमारी बारी कितने आए थे बलजिन्दर चौधरी के यहाँ से ?''

चौधरी बन्नाराम ने पहले हिसाब पूछा था।

''ग्यारह सौ दिए थे मालिक।''

मौसी याद करते हुए बोली थी।

''तो तू भी ग्यारह सौ दे आ।''

और लिफाफे में ग्यारह सौ रखकर, चिपका कर चौधरी बन्नाराम ने मौसी को पकड़ाए थे।

''क्या किया ?''

उसने घबड़ा कर पूछा।

"रात काट के गाड़ दिया।"

इनारा सन्न रह गई!

यह सुबह सुबह क्या सुनाई पड़ा! क्या सचमुच! भीतर तक कँपकँपाती हुई एक लहर दौड़ गई।

फटी फटी आँखों से वह सन्तोष को देखे जा रही है। सन्तोष है कि बोले जा रही है।

"वो अहाता दिख रहा है न बाभी, तुम्हारी दाईं तरफ, उसी में। सुणा है कि रात दो बजे की बात है। बेचारी!"

कुछ दूर दाईं तरफ उसे ऐसी ही झोपड़ी वाला अहाता दिख रहा था। बाँस का बना हुआ गेट भी दिख रहा था। जुगाली करती भैंसें भी दिख रही थीं। यह झोपड़ी जिस घर की पीठ पर बनी थी, वही बलजिन्दर चौधरी का घर था। इस तरह बलजिन्दर चौधरी का घर अपनी पीठ पर झोंपड़ी चिपकाए हुए लग रहा था।

"अभी उसके आए दिन ही कितै हुए थे!"

उसने झोपड़ी देखते हुए धीरे से कहा और अन्दाज से दिन गिनने की कोशिश करने लगी।

"वही तो। पन्द्रह दिन हुए होंगे। इन्हें तो तुरन्त चाहिए। मोल का आदमी, आदमी थोड़े न होवै।" सन्तोष फुसफुसाई।

फिर और झुक कर बोली—"रात भर पुलिस वाले लगे रहे। जाने किस दुश्मन ने खबर कर दी थी। न तो कौन जान पाता कि कहाँ गायब कर दिया है! मोल के आदमी की तरफ से कौण एफआईआर कराणे जाता? एफआईआर जाणै है?"

"नहीं।"

"पुलिस में शिकायत।"

"पकड़ा गए वे लोग?"

भय से बने शब्द निकले।

"न, न, पकड़ायेंगे भला? थाणे में बैठे होंगे। पुलिस वालों को पैसा देकर सब रफा दफा हो जावैगा। यही जमाना है। लेकिन थोड़ा तो परेशान हो ही गए। पैसा अलग खिलाणा पड़ रहा होगा।"

"ए री सन्तोष!"

इनारा को अभी भी सन्तोष का नाम लेने में झिझक होती थी। मगर यहाँ ऐसे ही बुलाने का चलन था।

"मगर काटा क्यों?"

अन्दर तक दहशत से भर कर उसने पूछा।

"काटते नहीं! सब लोग जाणै हैं। एक मोल आती है तो सबका काम उसी से चलणा है। सबके लिए अलग अलग मोल क्यों लावैंगे? जब एक से ही निपट

जावैंगे सब। न बाल बच्चों का झगड़ा, न जमीन जयदाद में कोई बँटवारा। समझी। वो तो ये नेपालण मान न रही थी।''

''क्या?''

''भोली न बन, तू जाणै सै। वो केवल लल्लन सिंह को अपणा पति माणै, बाकी पास आएँ तो काटे, नोंचे, तो उसी बेचारी को काट दिया। जल्लाद हैं सब जल्लाद।''

सन्तोष बहुत धीमी लेकिन गुस्से से भरी आवाज में गालियाँ देने लगी।

इनारा सन्न खड़ी।

''देखो बाताँ बाताँ में देर हो गई। मेरी बस निकल जावैगी।''

सन्तोष जल्दी से मुड़ी और जाते जाते बोली—''बेचारी! मेरा मन घणा दुखी है बाभी। इससे तो अच्छा होता वो भाग गई होती।''

सन्तोष इतनी तेज चली कि देखते ही देखते ओझल हो गई।

इनारा अपनी दाईं दिशा में दूर दिखती गाय भैंसों के उस झोपड़े को, उस अहाते को देखती खड़ी रह गई। अहाते में सन्नाटा था। पगुराती हुई भैंसें दिख रही थीं। सुबह का वक्त जल्दी जल्दी काम निपटाने का हुआ करता था मगर वहाँ ऐसा सन्नाटा पसरा हुआ डरा रहा था। फिर अपने ठीक सामने का दृश्य उसके आगे उभरा। गाभिन गाय थक कर बैठी हुई थी। भैंस अभी तक हौदे में अपना मुँह डाले भूसा खाए जा रही थी और इतना झाड़ू देने के बावजूद नीम और अमरूद के पत्ते गिरे हुए थे। कोई कोई नीमकौड़ियाँ भी झर कर गिर रही थीं। हरी घास का मोल खरीदा एक गट्ठर किनारे पेड़ की छाया में पड़ा था। उसी की बगल में एक नारियल के सींक की झाड़ू छूटी हुई सी लेटी थी। पानी का नल चुपचाप खड़ा था और उसके पास लोहे की दो बाल्टियाँ रखी थीं। उसने अपने पास, जमीन की मिट्टी को पाँव से रगड़ा।

यही अहाता, यही मिट्टी, यही गोबर, इसी के पास, उसे किसी रात...

हाँ, यही है उसका समाधि स्थल! यही...

यही उसकी जगह...यही उसका अन्त...यही आखिरी...

यही, दिमाग में गूँज रहा था कि तभी एक कर्कश आवाज आकर उसके कान से टकराई—''ऐ बहूणी! आज वहीं मरेगी क्या?''

मौसी की आवाज! इस आवाज के साथ ही एक दूसरा वाक्य उसके दिमाग में कौंध गया। उसने सन्तोष के जाने की दिशा को देखा। सन्तोष जा चुकी थी मगर जाती हुई उसकी आकृति जैसे हवा में टँगी रह गई थी।

पलाश एक फूल का नाम था

दिलल्ली के रोहिणी इलाके के बड़े से सरकारी पार्क के एक कोने में दुबक कर वह बैठी हुई थी। वहाँ पार्क की घास कुछ कम हो गई थी और सख्त जमीन झाँक रही थी। जाने कौन से पेड़ के पत्ते थे, जाने कौन से फूल, जाने कौन सी गंध...उड़ उड़ कर उस तक आते थे। केवल दूर कोने में खड़ा नीम का पेड़ उसकी पहचान का लगता था। दो एक रेड़ के पेड़ कहीं कहीं किनारे में जबरदस्ती उग आए थे, वे भी पहचान वालों की तरह उसकी तरफ देखकर झूम रहे थे। फल के पेड़ पार्क में नहीं थे। शायद जरूरत नहीं थी। हरे रंग की बेंचें कहीं बीच में, कहीं किनारे लगी थीं। उन पर कुछ लोग बैठते फिर कुछ देर में चले जाते। इस तरह थोड़ी ही देर में उन पर भाँति भाँति के लोग बैठ चुके थे।

उसने जमीन को छूआ—निकहरी और शान्त। न उसका रोने का दिल होता था न कुछ देखने का। न किसी की याद सता रही थी न उठकर खड़े होने की इच्छा होती थी।

न जाने कौन से सुबह की ये शाम थी! न जाने कौन देस का यह बगीचा था! इतना अनचीन्हा। इतना अनजाना। राह जाने किधर जाती थी...

कुछ संज्ञा शून्य सी बैठी वह देर तक अपने घुटनों में ही मुँह छिपाए रही। सामने से कितनी हरकतें गुजरती थीं, उनकी कोई चाप, कोई ध्वनि उसके कानों से टकरा कर लौट जाती थी, प्राणों में नहीं समाती थी। बस, केवल एक ही आवाज थी, जो वह अभी, एकदम अभी सुन पा रही थी, वह आवाज उसकी आँतों से उठती थी और कानों के भीतर गूँजती हुई प्राणों को हिला जाती थी। उसने फिर से चकत्ते की तरह उभरी, घास से छूटी हुई पृथ्वी को छूआ, हल्का सा खुरचा, मगर पृथ्वी सख्त थी।

कितनी ही जगह पृथ्वी अपने वाशिन्दों के लिए सख्त थी!

उसने नाखूनों में चिपक आए पृथ्वी के कण को अपनी जीभ से सटाया। न वह स्वाद था न वह महक!

पृथ्वी जैसे अपना रूप रंग स्वाद भूल गई थी!

गाँव में पानी की बूँद पड़ते ही कैसी सोंधी खुशबू पृथ्वी के भीतर से उठती थी कि बड़े-बड़े उसका स्वाद लेने से अपने को नहीं रोक पाते थे। कितनी ही बार बूढ़े पुरनिया लोगों को उसने पहली बरसात की भूमि का चुटकी भर स्वाद लेते देखा था। मगर यहाँ यह सख्त पृथ्वी अपने स्वाद में भी बेस्वाद, फीकी और कुछ तिक्त हो उठी थी!

उसने अपने नाखून अपने कुर्ते में पोंछ लिया और जमीन पर अधलेटी हो गई। लेकिन अधिक देर तक अधलेटी स्थिति में रहना तकलीफदेह होने लगा तो पाँव सीधा करके पूरा लेट गई। उसे अन्न के भाँति भाँति के आकार याद आने लगे। मूढ़ी, झाल मूढ़ी, चावल, उसना भात, लाल लाल, गेहूँ...सुन्दर, गोरी, गोरी फूली हुई रोटियाँ...

यह सपना नहीं था। क्योंकि भूख और नींद की दोस्ती नहीं थी।

भूख आँतों में कुलबुलाती थी तो नींद दिमाग से उचट कर पेड़ों की ऊँची शाखाओं पर जा बैठती थी।

कब की चली थी वह, उस घर से! सुबह का कोई वक्त था! घर से निकल पाने का यह मौका मुश्किल से हाथ लगा था। वह बस, दौड़ पड़ी थी, कुछ भी निश्चित नहीं था, कहाँ के लिए? बस, चलना था। चलते चलते पैर थक गए तो देखा इस पार्क में लोग घूम रहे थे। कुछ देर उनका आना जाना देखती रही। फिर वह भी अन्दर चली आई। किसी ने रोका नहीं। जाकर उस कोने में बैठ गई तो किसी ने ध्यान नहीं दिया। सामने ही जमीन पर बैठ कर एक आदमी अपना टिफिन खोलकर खा रहा था। वह खाकर ऐसे उठ गया जैसे वह उसके सामने हो ही नहीं! अभी भी कुछ बच्चे दौड़ते हुए उसके सामने से गुजर गए थे। कुछ बूढ़े आदमी भी अकेले या दो तीन साथ में बतियाते हुए गुजर रहे थे। एक औरत अपने बच्चे की अँगुली पकड़े पकड़े गुजरी। तमाम लोग, जिन्हें वह देख भी नहीं पा रही थी, गुजरते चले जा रहे थे।

क्या कोई उसे देख रहा था?

क्या कोई उसे नहीं देख रहा था?

क्या वह समय के वर्तमान चित्र से छूट कर गिर गई थी!

कैसा है यह वर्तमान?

क्या इसमें ये आते जाते लोग हैं?

क्या ये भी छूट कर बिखर गए हैं और अब इधर-उधर उड़ रहे हैं—आ रहे हैं, जा रहे हैं, बिना किसी संज्ञान के, बिना किसी उपस्थिति के बोध के...

ब्रह्मांड में घूमते असंख्य पिंड, असंख्य तारागण की तरह...

आकाशगंगा में तैरते असंख्य टिमटिमाते ताराजगत...जो कहाँ से आकर कहाँ जा रहे हैं...जिनका रहस्य नहीं खुलता...जिनका रहस्य, रहस्य है...

और एक वह है...

किसी भी रहस्य का हिस्सा बना दिए जाने से विलग...

पेड़, पल्लव, फूल, धरती से अनुपस्थित वह अँधेरे के घिरते हुए शून्य से ढँकती जा रही थी...

कोई कुत्ता घुमा रहा है। कुत्ता मालिक के हाथ में फँसी जंजीर को खींचता हुआ उसकी तरफ दौड़ा है—कुछ सूँघता, कुछ खोजता। वह भयभीत हो उठी है। मगर कुत्ते का मालिक सतर्क आदमी है। उसने कुत्ते की जंजीर कस कर खींचे रखी और कुत्ता जंजीर की तय कर दी गई परिधि में घूमकर वापस चला गया है। उसका भूँकना बेकार गया है! उसके मालिक ने वर्तमान के चित्र से छूट पड़ी उसको नहीं जाना है!

वह अपनी अनुपस्थिति से निकल कर, इस समय में हस्तक्षेप की तरह गिरना चाहती है।

उसने कुत्ते की तरफ भर आँख देखा भी, अपने पैर भी हिलाए, जो चोटों से दुख रहे थे, मगर कुत्ते का मालिक वर्तमान के तय चित्र में कोई छेड़छाड़ नहीं करना चाहता। वह कुत्ते की जंजीर पकड़े, खींचते हुए आगे निकल गया है!

भूख और नींद के संघर्ष में वह अपनी चोटों को भूल गई थी। चोटें, जो पाँवों को हिलने नहीं दे रही थीं। जिन पर पड़ी मार ने, रास्ते भर चलने और दौड़ने में उसे कितना कष्ट दिया। जब सुबह वह, अपनी मालकिन मैडम के घर से निकल भागी थी, तो लगा नहीं था कि इतना पिराएगा रोम रोम! गर्दन, पीठ, बाँह सब सुन्न पड़ा है। मैडम ने ऐसा धुना कि क्या धुनिया रुई धुनेगा!

अम्माँ रे! अम्माँ, तुम कहाँ जान पाओगी, तुम्हारी दुलारी रानी कहाँ पड़ी है?

हम सब हेरा गए हैं अम्माँ! कहाँ ढूँढ़ने जाएँ एक दूसरे को?

किससे सन्देशा कहलवाएँ? किसका रास्ता देखें?

हम सब छितरा गए हैं अम्माँ...

कौन बताएगा तुमको हमारे देहिया के जख्म, कौन हमारा पिराता मन बूझेगा रे...

बिना आवाज उसकी आँखों की कोरों से खारा जल बहने लगा।

"बाहर निकलो! निकलो भाई! पार्क बन्द होने का समय।"

तेज सीटी की चीरती हुई आवाज के बाद गार्ड का स्वर गूँजा।

"थोड़ी देर रहने दो भैया। कोई कोई पार्क तो रात भर खुला रहता है।"

एक औरत ने मनुहार सा किया।

"अँधेरा हो रहा है मैडम। लाइट पूरी है नहीं। अँधेरे में कीड़े मकोड़े आने लगेंगे। साँप बिच्छू भी। लेकिन उनका उतना डर नहीं, जितना कि जोड़ों का है। यहीं सारी रासलीला करने लगेंगे। फिर पुलिस आ जाएगी। सबसे बड़ी मुसीबत यही है।"

गार्ड ने सीधे अपनी समस्या कह डाली।

''बच्चे इतने दिनों बाद बाहर निकले हैं भइया। झूल लेने दो।''

एक दूसरी औरत, जो नाटी और मोटी सी थी, बोल पड़ी।

''हमें तो बन्द करना पड़ेगा।''

गार्ड ने बड़ी रुखाई से कहा और सीटी बजा दी।

सीटी बजाता गार्ड चलते हुए वहाँ पहुँच आया। एक हाथ में पकड़े मोबाइल से टार्च जलाता और दूसरे हाथ में पकड़ी सीटी मुँह में रखकर बजाता। 'चलो', 'चलो' की आवाज के साथ गार्ड इतनी हड़बड़ी में था कि लड़की के पैर से टकराने से बच गया। पर उसके टार्च की पतली सी रोशनी लड़की के पैर को उजागर कर गई। पाँव के तलुए काले चीकट पड़े थे। एड़ियों पर फटी बिबाइयाँ चमक उठीं। टाँगों को ढकने वाली गहरे नीले रंग की सलवार अपने धुँधले रंग और पुरानेपन के बावजूद गार्ड को चमकदार लगी। पतली पलती टहनियों जैसे पाँव ऐसे दिखे जैसे मीठी नीम के पेड़ से तोड़ कर यहाँ सजाई गई हों। ककड़ी जैसी पलती और सूखी बाँहें चेहरे के नीचे दबी थीं।

लड़की पेट के बल लेटी थी। उसके शरीर को कमजोर पड़ चुके हरे रंग का सादा कुर्ता ढँके हुए था मगर गार्ड को वह खिलता हुआ हरा रंग लगा जैसे हरी घास के साथ टार्च की रोशनी में नहाया हरा भरापन। लड़की का मुँह नहीं दिख रहा था। मुँह पर बाल चिपके हुए थे। छोटे छोटे घुँघराले काले बाल रबड़बैंड से बँधे थे पर बँधे से ज्यादा खुले लग रहे थे और बेतरतीब से चेहरे पर फैले थे। लगता था कितने ही दिनों से उन्हें तेल, पानी नसीब नहीं हुआ है। मगर गार्ड को वह काले पानी भरे बादलों की नाचती हुई छल्लियों जैसे लगे। एक दो क्षण गार्ड असमंजस में खड़ा रहा। फिर उसे अपने कर्तव्य का कुछ भान हुआ। उसने लड़की के पैरों पर धीरे और फिर कुछ जोर से थपक कर उठाया।

''हे, अरे, लड़की, कहाँ से आ गई? चल, उठ यहाँ से! पार्क बन्द होने का टेम हो गया।''

लड़की ने हिलने की कोशिश की पर उठकर खड़ी नहीं हो सकी। उसके पाँव कुछ अकड़ रहे थे और सिर घूम रहा था।

लगता था पृथ्वी पर अभी भूकम्प आया हो।

लड़की भूकम्प में घूमती हुई पृथ्वी पर उठकर खड़ी हो जाना चाहती थी और नहीं हो पा रही थी।

''ऐ महारानी, अरे ऐ देवी जी, उठो! यहीं पड़ी रहोगी तो कोई उठा ले जाएगा।''

गार्ड सारी चमकती चीजों से बाहर आ गया और अपनी छड़ी से लड़की को जगह जगह कोंचने लगा जैसे कोई जन्तु हो जो छड़ी से कोंचने से या तो भाग जाएगा या मर जाएगा!

उसके छड़ी से कोंचने का चाहे जो असर हुआ हो मगर झल्लाहट से कहे गए आखिरी वाक्य का बहुत तेज असर हुआ। लड़की उठकर बैठ गई। धूल और आँसुओं से सना हुआ चेहरा उसने गार्ड के सामने कर दिया।

''भाग यहाँ से!''

गार्ड ने दुरदुराने वाले अन्दाज में उसका चेहरा देखकर कहा।

पहले की हल्की सी नरमी अब खत्म हो चुकी थी, उसकी जगह रुखाई और भय पैदा करने की इच्छा उभर आई थी। लड़की उसके डराने और कोंचने से सचमुच डर गई और हल्की हल्की आवाज में रोने लगी।

''अरे, अरे, रोने लगी! रो मत! कहाँ है तेरा घर?''

लड़की चुप।

''कहीं से भाग आई है? कोई भगा लाया है? अक्सर होता है यहाँ। अक्सर भाग जाती हैं तेरी जैसी लड़कियाँ।'' गार्ड गुस्से में था।

लड़की चुप!

''तब तेरे पीछे पुलिस पड़ी होगी। पुलिस तो यहाँ तक आ जाएगी। उठा कर ले जाएगी। फिर सोच ले, तेरी क्या गत बनाएगी।''

गार्ड को अब उसे डराने में मजा आने लगा।

पुलिस के नाम से लड़की सहम गई। उठकर खड़ी हो गई। मगर जाने की जगह सोचना उसके लिए मुश्किल था। वह रोना रोक कर, खड़ी खड़ी गार्ड के पैरों की तरफ देखने लगी।

''इस शहर की नहीं है? हँ, बोल। बता जरा।''

लड़की ने इस बार 'हाँ' में सिर हिलाया।

''किसी हरामी के साथ भाग के आई?''

लड़की ने 'न' में सिर हिलाया।

अब गार्ड ने कहा—''अच्छा, जरा रुक जा।''

गार्ड इधर-उधर देखने लगा। लोग पार्क से जा चुके थे। अँधेरे में मिला हुआ सन्नाटा हवा के साथ हिलता था।

''किसी के घर नौकर रखा था तुझे?''

लड़की ने 'हाँ' में सिर हिलाया।

''ऐजेंसी वाले लाए होंगे।''

लड़की ने फिर सिर हिला कर सहमति जताई।

''कौन सी एजेंसी वाले? कुछ याद है?''

लड़की असमंजस में पड़ गई। जो नाम उसे कुछ कुछ पता था या उसने सुन लिया था, वह ऐसी कठिन अंग्रेजी में था कि याद करना मुश्किल और बोलना भी। उसने कई तरह से सोचा पर एक तो पूरा नाम पकड़ में नहीं आता था, दूसरे जो

पकड़ में आता था, वह गलत था, जैसे 'आई एस ओ एस सी एल' का फुलफार्म उसे लाख याद करने की कोशिश पर भी समझ नहीं आया और दुबारा किसी ने बताया नहीं। जो पकड़ में आया, वह स्कूलों का रटा रटाया 'ए बी सी' ही था। तो यह एजेंसी का नाम बताना उसके लिए सम्भव ही नहीं हो पाया। लड़की को असमंजस में पड़ा देख गार्ड समझ गया और उसने तुरन्त लड़की को उस प्रश्न से उबार लिया।

"किसके यहाँ काम करती थी? पता चले तो।"

लेकिन लड़की के लिए यह बताना भी मुश्किल था।

वह यह तो समझ पाई थी कि जिसके यहाँ काम करती थी, वो मालकिन मैडम नौकरी करती थीं। उनके दो बच्चे थे जिनमें से एक गोद में था। मालिक वाहियात किस्म का आदमी लगता था। दोनों में रोज लड़ाई झगड़ा होता था। मगर इससे लड़की को क्या लेना-देना! लड़की की मुश्किल तब बढ़ जाती जब मैडम काम ठीक से नहीं होने पर मारतीं। मैडम पैर पर मारतीं। कभी कभी पीठ पर मारतीं। कभी झोंटा भी खींच देतीं। जरा सी एक काँच की प्लेट गिर कर क्या टूट गई, मैडम ने पहाड़ सिर पर उठा लिया। खूब पीटा, उस दिन खाना बन्द हो जाता। यहाँ तक वो सह रही थी मगर मालिक जल्लाद था। उसने तो सारी हदें पार कर दीं।

"ऐ मुन्नी, चल मेरे साथ। तुझे ऐसी जगह रख दूँगा कि पुलिस ढूँढ़ नहीं पाएगी।"

गार्ड ने अचानक बोल कर उसे बहुत से प्रश्नों के उत्तरों से मुक्ति दे दी। फिर उसे हाथ के इशारे से अपने पीछे चलने को कहा।

"साहब, हमें हमारे घर भिजवा दो।"

बहुत मरियल और रोने से घुटी आवाज में आखिरकार लड़की बोली।

गार्ड रुक गया।

"अभी तो चल। पुलिस से बचना है कि नहीं? नहीं तो यहीं बैठ जा पार्क के गेट के आगे। कर ले पुलिस का इन्तजार, मुझे क्या?"

गार्ड फिर झल्लाया।

लड़की के पैर आगे न बढ़ता देख गार्ड फिर बोला। इस बार थोड़ा प्यार से, उसके निकट आकर बोला—"कहाँ है तेरा घर?"

"बरका गाँव, हजारीबाग।"

"हजारीबाग। बिहार, न, न, झारखंड। अच्छा। बड़े किस्से सुने हैं वहाँ के।"

गार्ड फिर कुछ सोचता हुआ बोला—"आती हैं झारखंड से लड़कियाँ। उड़ीसा से आती हैं, छत्तीसगढ़ से, बांग्लादेश से, नेपाल से...बहुतेरी आती हैं। मुझे सब पता है मुन्नी।"

गार्ड ने 'सब कुछ जानने वाले' अन्दाज में उसे पीठ पर हल्का सा थपका।

"देख मुन्नी, यहाँ रहना ठीक नहीं है। अभी मेरे साथ चल। फिर तेरे घर भिजवाने की व्यवस्था करूँगा।" गार्ड और नम्र हो उठा।

लड़की सहमती हुई सी उसके पीछे चल पड़ी।

गार्ड ने पार्क के गेट में ताला लगाया और चाभी उछाल कर, नचा कर अपनी जेब में डाली।

"इतनी बड़ी जगह देख। मैं न खोलूँ तो कोई इसके अन्दर न घुस सके। समझी। इतनी बड़ी जगह है मेरे हाथ में।"

उसने चहक कर लड़की की तरफ बिना देखे कहा।

"मेरी मर्जी चलती है यहाँ। आठ बजे आऊँ तो आठ बजे खुलेगा पार्क। मगर मैं छः बजे आकर खोल देता हूँ।"

गार्ड कुछ कुछ आनन्द में तिर रहा था। उसने लड़की का भय भाँप लिया था।

"डर मत मुन्नी। जब कहा है तो करूँगा तेरा काम।"

मगन मन वह आगे आगे चलता फिर पीछे मुड़ कर देखता कि लड़की ठीक उसके पदचिह्नों पर चल तो रही है। लड़की चल रही थी चुपचाप। उसके कदमों के निशान पर पाँव धरती।

"बेचारी।"

वह मन ही मन दया और प्रसन्नता के मिले जुले भाव से मुस्कराया।

गार्ड कोई जवान छोकरा नहीं था। अच्छा खासा उम्रदराज पचास के आस पास का आदमी था। किसी समय कहीं सुदूर से मजदूरी करने दिल्ली आया था। धीरे-धीरे इस शहर से टकराते, जूझते गार्ड की नौकरी तक पहुँचा था। इसके लिए उसने सम्पर्कों का लाभ उठाने की जी तोड़ मेहनत की थी और अपने गाँव के ही एक अफसर की सेवा कम और चापलूसी ज्यादा करके इस नौकरी को पाने में सफल हुआ था। और भी अनेक जुगाड़ जतन उसने बना डाले थे, जिससे उसका गुजारा इस शहर में चल रहा था और साथ ही कुछ न कुछ गाँव में रहने वाले अपने परिवार को भेजने में सफल हो जाता था।

आज वह कुछ इस भाव से चल रहा था मानो उसे कोई पुरस्कार मिल गया हो। सुनता था कि ऐसी लड़कियाँ फँस जाती हैं, उसके दोस्तों ने कई बार ऐसी घटनाएँ सुनाई थीं। 'दिल्ली नगरी की माया' सोचकर वह रह जाता था, ऐसा कोई मौका उसके हिस्से कभी नहीं आया था। उसने फिर पीछे मुड़ कर लड़की को देखा। छोटी दिख रही है। कोई बारह तेरह की होगी। इसकी छातियों में मौसमी तो लटक आए हैं। मन ही मन गार्ड ने उसकी उम्र तौली। 'बेचारी' फिर उसके मन में गूँजा। उसने जल्दी से इस विचार को झटका और दूसरी दिशा में सोचने लगा—हम क्या करें? जो पैदा करके सड़कों पर भटकने के लिए छोड़ देते हैं, वे जानें! हमें जो मिलेगा, ईश्वर का प्रसाद समझ कर ग्रहण कर लेंगे। कौन सा हम खुद आगे बढ़ कर किसी

को दलदल में घसीट रहे हैं। ये तो दलदल में फँसे लोग हैं, जिन्हें हम खाना खिला कर पुण्य कमा रहे हैं। देखो तो, कैसी बीमार दिख रही है। अभी रोटी खाएगी तो जान आ जाएगी। इस विचार से उसे कुछ राहत मिली। मन ही मन अपने काम के औचित्य को, खुद को समझाता गार्ड अपने कमरे के निकट पहुँचा।

उसका कमरा सँकरी गलियों वाली घनी बस्ती के आखिरी किनारे पर था। बस्ती जितनी घनी थी, उतनी ही गन्दगी से पटी हुई लगती थी। वहाँ नालियों के निकास की कोई व्यवस्था नहीं थी। नालियों का पानी गलियों में उतराया हुआ अपनी बदबू से पूरी बस्ती को आक्रान्त किए रहता था। कूड़े के ढेर के ढेर लगभग दरवाजों से सटे हुए थे। कूड़े के ढेरों की भी समस्या थी, यहाँ से उठा कर वहाँ रख देने से समस्या सुलझती नहीं थी। कूड़े ले जाने के लिए कोई नगरपालिका भी काम करती है, इसे वहाँ रहने वाले लोग या तो जानते ही नहीं थे या जान कर भी कुछ कर सकने की स्थिति में नहीं थे और कूड़ा उठा कर अपने छोटे छोटे से, घेर घार कर बनाई कोठरियों में से बाहर निकाल कर ही काम चला लेते थे। नतीजा कि कूड़ा हवा के साथ खेल खेलता हुआ इधर-उधर बिखरता रहता था। इस पर किसी का वश नहीं था न ही किसी की जिम्मेदारी बनती थी कि गलियों में फैले कूड़े को बटोर दें। कुछ ऐसे लोग भी वहाँ रहते थे जो प्राइवेट तौर पर सफाई कर्मचारी का काम करते थे और मन ही मन सरकारी सफाई कर्मचारी बनने की इच्छा रखते थे। मगर वे भी इस बात के आदी हो चुके थे कि कूड़ा इसी तरह बिखरा रहता है। कभी कभी वे कहते भी थे कि 'यहाँ तो ऐसा ही है' ऐसा कह कर मानो वे अपने आप को कुछ दिलासा सा दे रहे होते थे।

झुग्गी झोपड़ियों में कहीं कहीं एसबेस्टर की सीटें भी लगी हुई दिखती थीं और कहीं बरसाती से भी काम चलाया गया था। इसी के बीच में कई घर सीमेंट और ईंटे के भी बने हुए थे। इन झुग्गियों में लोगों ने किराएदार भी रखे थे। कई ऐसे भी थे, जो खुद कहीं और रहते थे और यहाँ की अपनी झुग्गी किराए पर चढ़ा रखे थे। उसका कारण वाजिब था कि यहाँ किराया अच्छा मिल जाता था, यहाँ की झुग्गी शहर के बहुत खास इलाके से जुड़ी थी, इसलिए इन झुग्गियों की माँग भी बहुत थी। इन्हीं के आखिरी किनारे पर सीमेंट से बनी पक्की झुग्गी में गार्ड किराए पर रहता था। उसका कमरा आखिर में था और किसी पुरानी बिल्डिंग की टूटी हुई दीवार की आड़ में पड़ता था। इस दीवार की आड़ होने से किनारे के कमरे में मिलने वाली धूप नहीं आ पाती थी, उल्टा दुनियाभर के मक्खी मच्छर मानो इधर ही दौड़ते हुए आते थे, गार्ड को इसकी बहुत शिकायत भी थी।

लेकिन आज गार्ड को इस दीवार की आड़ भली मालूम हो रही थी। कोई इस तरफ से उसका घर में घुसना नहीं देख सकता था। एक कुतिया अपने छः पिल्लों के साथ यहीं टिकी हुई थी, उस पर कभी गार्ड का ध्यान नहीं जाता था मगर आज

उसे कुतिया का उसे देखकर लेटे लेटे ही यूँ पूँछ हिलाने लगना और अपने पिल्लों को निश्चिन्त भाव से उसकी तरफ आने देना अच्छा नहीं लगा।

''देखकर मुन्नी, पिल्ले हैं। हरामी कहाँ जाएँगे, यहीं के रहवासी हैं।''

उसने खीसें निपोर कर लड़की से कहा।

गार्ड जैसे-जैसे सँकरी गलियों में उतरा आए नाली के पानी से भरसक बचते हुए अपने कमरे तक पहुँचा, लड़की भी उसी तरह बचते हुए कमरे तक आकर उसके पीछे रुक गई। गार्ड ने एक नजर खुद को देखा। सिक्यूरिटी गार्ड की वर्दी। वाह! उसे अपनी स्लेटी रंग की घिसी हुई वर्दी पर पहली बार नाज हो आया। लड़की इसी के कारण शायद उससे भय खा रही थी। शायद इसी के कारण उसने 'साहब' कहा था। उसने फुर्ती से कमरे का ताला खोला और एक सरसरी नजर से कमरे का मुआयना सा करते हुए जल्दी से लड़की को अन्दर आने को कहा।

''जल्दी आ।''

उसने कहा।

लड़की के घुसते ही उसे याद आया कि पानी का नल बाहर है। उसने हाथ के इशारे से फिर लड़की से कहा—''उधर। हाथ मुँह धो ले।''

लड़की एक आज्ञाकारी बच्ची में बदल गई। उसने वैसा ही किया। पानी सरकारी सप्लाई का था और नल की टोंटी बिना खोले ही लगातार चू रही थी, इससे नलके के चारों ओर पानी इकट्ठा हो गया था। यह पानी भी धीरे-धीरे तिरता हुआ गली के पानी में मिलता जाता था। लड़की ने नल खोला तो पानी के बहुत से छींटे तेज धार से उसकी सलवार को भिगा गए। मुँह हाथ धो कर लड़की अन्दर चली आई। गार्ड ने तत्परता से झाँक कर इधर-उधर देखा और दरवाजा भिड़का दिया।

''कोई देख ही लेगा तो क्या? कह देंगे गाँव की रिश्तेदार है। भाई की लड़की कह देंगे और क्या?''

गार्ड खुद से ही बड़बड़ाया।

''ऐ, हे मुन्नी। वैसे तो कोई इधर आता नहीं। दिन भर मेरा कमरा बन्द जो रहता है। मगर औरतें यहाँ की बड़ी बदमाश हैं। किसी की नजर पड़ सकती है। देख, तुझे छिप कर रहना है, जब तक तुझे तेरे घर भेजने का इन्तजाम नहीं कर लेता। समझी। अगर फिर भी कोई पूछ दे तो कह देना मेरे चाचा हैं। समझी!''

गार्ड ने लड़की को समझाया।

लड़की ने सिर हिला दिया।

''गुड! समझदार है।''

गार्ड खुश हो गया।

''रोटी थापना जानती है? ये ले।''

लड़की ने सिर हिलाया।

गार्ड ने एक थाली और एक टिन के डब्बे की तरफ इशारा किया। टिन का डब्बा और थाली ही उस कमरे में सबसे चमकीली चीजें थीं। गन्दे गन्दे दो पुराने शीशे के डिब्बों में भी कोई चीज पड़ी थी। एक छोटा सा गैस-चूल्हा उसी के बगल में रखा था। दीवार से टिका कर एक चौका और उसी के पास लुढ़का हुआ सा बेलन पड़ा दिख रहा था। दो तीन और बरतन थे। हैंडल टूटे हुए दो कप थे, एक शीशे का गिलास था, पॉलिथीन में बँधे हुए शायद कुछ मसाले रहे होंगे। बिना धुली एक कढ़ाई भी कोने में पड़ी थी। लड़की अपनेआप में इतनी बदहवास थी कि उसे एकाएक कुछ भी दिखाई नहीं पड़ा। न टिन का डब्बा न थाली। एक अजनबी दुनिया में ढकेल दिए गए आदमी की तरह वह सब कुछ पहचानने की कोशिश कर रही थी। कुछ देर बाद जाकर उसे आटे का डब्बा और थाली समझ में आई। लड़की बिना कुछ बोले डिब्बे से थाली में आटा निकालने लगी। आटे की खुशबू पूरे कमरे में बिखर गई। हालाँकि खुशबू इतनी तेज नहीं थी, पर भूखे के लिए तो यह दुनिया की तमाम खुशबुओं को मात करने वाली खुशबू थी, इसी की हल्की सुगन्ध से लड़की की आँखों में आँसू आ गए। गार्ड ने उसकी तरफ नहीं देखा।

"सारा दिन ससुर खड़े खड़े बीत जाता है।"

उसने लड़की के काम पर नजर रखे रखे कहा और जमीन पर बिछी चटाई पर लेट गया।

चटाई बिछ जाने के बाद कमरे में बहुत कम जगह बचती थी और अगर कोई दूसरा वहाँ खाना बनाए तो लगता था चटाई के सिर पर बना रहा है। लड़की चुपचाप आटा सान रही थी। कुछ ही देर में गार्ड उठकर कोने में पड़े छोटे से सिलिंडर वाले, एक बर्नर वाले गैस चूल्हे को माचिस से जलाने लगा। गार्ड ने दरवाजा जरा सा खोल दिया, लेकिन इतना नहीं खोला कि अन्दर का कुछ बाहर दिख जाए, बल्कि इतना जरा सा कि भीतर की हवा बाहर जाने का एक सँकरा रास्ता पा जाए।

"तुझे गैस चूल्हा जलाना आता है?"

गार्ड ने यूँ ही मजे में पूछा।

"न।" लड़की ने सिर हिलाया।

"ओह! देखा नहीं होगा कभी। क्यों नहीं देखा? जहाँ काम करती थी, वहाँ गैस पर खाना बनता होगा। है न?"

लड़की चुप रही।

"अच्छा, तू झटपट रोटियाँ बना। ये रहा तवा। मैं दो मिनट में आता हूँ।"

गार्ड ने तवा चूल्हे पर चढ़ाया और दरवाजा बाहर से बन्द करके चला गया। कमरे में एक रोशनदान था, जो आधा खुला और आधा बन्द था मगर धुएँ, धूल ने उसे इतना भर दिया था कि वह बन्द ही लगता था। कोई खिड़की नहीं थी। लड़की परेशान हो रही थी कि गार्ड सचमुच दो मिनट में लौट आया। उसके हाथ में

पॉलिथीन का थैला और दारू का अद्धा था। उसने कोने में पड़े शीशे के गिलास में झट से दारू डाली और वहीं पड़ी एक स्टील की प्लेट में, पॉलिथीन में रखी झालदार नमकीन उलट दी। पॉलिथीन में छोले का एक दोना भी था। कुछ देर तक वह 'वाह', 'आह' जैसे शब्द उचारते हुए नमकीन खाता रहा और दारू पीता रहा। लड़की दीवार से टिकी सिर झुकाए जमीन की तरफ देखती बैठी रही। खा पी चुकने के बाद गार्ड ने एक थाली निकाली, जिसमें दोना रखकर रोटी खाने लगा।

"तू भी खा ले।"

उसने लड़की को भी दोने से निकाल कर छोला दिया।

"खा ले मुन्नी। अरे तेरा नाम तो मैंने पूछा नहीं! बता क्या है तेरा नाम?"

गार्ड ने पुचकार कर कहा।

"पलाश।"

"हा, हा, हा, ये भी क्या नाम है। मुश्किल है। जबान पर चढ़ता नहीं न। पलाश। क्या मतलब हुआ? छोड़ो, छोड़ो, मैं तुझे मुन्नी ही बुलाऊँगा।"

गार्ड नशे के सुरूर में था।

"और वो क्या जगह बताई थी तूने? हजारीबाग। है न?"

"उधर तो बड़ा खराब है, मार काट चलती रहती है, नक्सल वगैरह...कभी पुलिस वालों को वो मारते हैं, तो कभी पुलिस वाले उनको। सुनते हैं गाँव में घुस कर पुलिसवाले बहुत उत्पात मचाते हैं? मने वही, मर्दों को रेतते हैं और गाँव की औरतों की इज्जत...माने समझ रही है न तू। कभी तेरे गाँव पर भी आए ऐसे पुलिसवाले...हँ?

"मैंने तो न्यूज चैनल से सुना है। पूरा गाँव ही नक्सल हो जाता है, हं, ऐसा क्या? तेरे गाँव में कितने नक्सल हैं बता?"

"पता होगा उन्हें कि वो उधर बन्दूक लेकर ठाँय ठाँय करें और इधर लड़कियाँ लाई जाएँ, धड़ाधड़। सुना तेरे इलाके से पिछले दिनों कोई पाँच सौ लड़कियाँ दिल्ली लाई गई थीं।"

गार्ड ने अपने सुरूर में लड़की की तरफ देखा।

लड़की नीचे सिर किए एकटक जमीन देखे जा रही थी।

"अरे सुन भी रही है? क्या होता है इन सबका? पता है मुझे। कोठे पर बैठाई जाती हैं और क्या?"

गार्ड अपनी जाँघों पर हाथ मार कर हँसा।

लड़की कब से अपनी भूख को स्थगित किए बैठी थी। आटे की सोंधी सी खुशबू और पकती हुई रोटी के बावजूद अपने को जब्त किए हुए थी। ओंठ सूख जाते थे तो हल्का सा जीभ फिरा कर चाट लेती थी। हाँ, यहाँ आकर गार्ड के आदेश पर जब उसने मुँह हाथ धोया तब मन भर पानी जरूर पी लिया था। अब, जब कि

गार्ड ने उसे खाने की इजाजत दे दी थी तो लड़की ने जरा सा विलम्ब नहीं किया और झट से एक थाली उठा कर उसमें रोटी रखकर खाने लगी। रोटी का एक एक कौर लगता था सोने का है। ऐसा कीमती और स्वादिष्ट भोजन आत्मा के भीतर तक भूख को तृप्ति से भर रहा था। गार्ड ने उसे सूखी रोटी खाते देखकर दोने से कुछ छोला उसकी थाली में डाल दिया।

''अब खा। यहाँ के छोले का स्वाद देख। दिल्ली के छोले खाए हैं तूने?''

गार्ड मुस्कराया।

छोला रोटी में लपेट कर खाने से स्वाद कई गुना बढ़ गया था। लेकिन लड़की को जैसा खाने के पहले लगा था कि वह इतनी भूखी है कि कितनी ही रोटियाँ चट कर जाएगी, अब जब खाने बैठी थी तो गार्ड के बार-बार कहने पर भी तीन रोटियाँ ही खा सकी।

भूख का लम्बा स्थगन खाने की क्षमता को मार देता है।

गार्ड ने अपनी थाली में रखे दोने के छोले थोड़े से जानबूझ कर बचा दिए और उसकी तरफ बढ़ा कर कहा—''ये भी खा ले मुन्नी। तुझे पसन्द आ रहा है न।''

दोने में मुश्किल से दो चम्मच छोले बचे थे। दोना इतना बड़ा था भी नहीं कि उसमें से दो आदमी पेट भर कर खा सकें। बस, काम चलाने लायक ही था, पर गार्ड ने इतने भाव से खाया था मानो कितना सारा खा लिया हो और अब जरा सा बचा कर उसे उपकृत भी कर रहा था। फिर भी गार्ड ने जिस तरह छोले बचाकर उसे दिए, उसकी स्मृति में उसके बाबा कौंध गए। अपने हिस्से में से थोड़ा सा महुए का लट्ठा देते हुए। इसी गार्ड की तरह पतले दुबले नाटे कद के बाबा। कमर पर चारखाने की लुंगी कसे और निकहरे बदन पर लाल गमछा डाले।

खाते हुए, सोचते हुए उसने देखा ही नहीं कि इस बीच कब गार्ड ने अपनी बर्दी उतार कर बाबा की तरह चारखाने की लुंगी बाँध ली थी।

''कहाँ से आई तू अब बता? कैसे आई?''

गार्ड ने खाकर अपनी उँगलियाँ पानी भरे गिलास में डाल कर धो लीं और लुंगी के कोने में पोंछ लिया। लड़की को फिर अपने बाबा याद आए, महुए की महकौवा पोचई पीते हुए।

''बरतन इसी बेरा धो के रख दे।''

अचानक गार्ड की आवाज सुनाई पड़ी।

कमरे में बरतन धोने की जगह नहीं थी। एक बाल्टी में जरूरत भर का पानी रखा रहता था। बरतन धोने के लिए कहाँ जाए? लड़की ने गार्ड की तरफ पहली बार ध्यान से देखा लेकिन गार्ड का ध्यान जाने कहाँ था। कुछ देर बाद जाकर गार्ड देख पाया कि लड़की बरतन धोने की जगह खोज रही है। गार्ड ने फिर इशारा किया—बाहर और उठकर दरवाजे के पास बैठ कर नल की ओर देखने लगा।

अँधेरा खूब घिर चुका था। कोई आवाज अब नहीं थी। ज्यादातर घरों से आने वाली रोशनी बन्द की जा चुकी थी। गार्ड ने राहत की साँस ली। वह उठा और झट से कमरे में पहले से रखी बाल्टी उठाई और नल से पानी भरा और अन्दर लाकर रख दिया। लड़की कमरे के एक कोने में सिमट कर उसी पानी से बरतन धोने लगी। कमरे के उस कोने में नाली के लिए एक छेद किया गया था मगर चूहे आदि के आने के कारण उसे एक ढेला से अटका कर बन्द किया गया था। ढेले को निकाल देने पर भी उससे पानी ठीक तरह से नहीं निकलता था, रुक रुक कर जाता था। इस तरह कुछ देर के लिए उस कोने में पानी भर गया सा लगता था। लड़की बरतन माँज कर वापस अपनी उसी जगह पर उकड़ूँ होकर बैठ गई। इस बार का बैठना अलग था। इस बार उसके पेट में अन्न था और वह चुप आँखों से कमरे का अन्दाजा ले पा रही थी।

चटाई भी उसे अब साफ दिखाई पड़ी। चटाई के पास मुड़ा तुड़ा रखा एक छींटदार चद्दर भी दिखा और उसी के साथ लगी दीवार में जगह करके बनाई गई एक रैक दिखी, जिस पर गार्ड के एक दो कपड़े और सामान बेतरतीबी से पड़े थे। गार्ड ने कमरे में घुसने के बाद अपनी वर्दी और सीटी भी उसी पर फेंक दी थी। कुल मिलाकर छोटी सी दमघोंटू जगह में बेतरतीबी फैली हुई थी। लैट्रिन बाहर थी। ऊपर जाने वाली सीढ़ियों के नीचे की खाली जगह में बनाई गई थी। उसमें सिर उठाए हुए घुसना मुश्किल था। शायद उसे कई लोग इस्तेमाल करते होंगे, इसलिए गार्ड बाहर आकर खड़ा हो गया और उसे इशारे से जाने के लिए कहने लगा।

लड़की को सचमुच रोटी खाने के बाद महसूस हुआ कि आज दिन भर बीत जाने के बाद भी उसे पेशाब जाने की जरूरत महसूस नहीं हुई थी और अब अचानक ही पेशाब की याद ने उसे बेचैन कर दिया था। भला हो गार्ड का कि उसने इस बात का भी ख्याल रखा वरना संकोच से उसके मुँह से तो निकलता ही नहीं। वह लगभग दौड़ती हुई घुस गई। जब निकली तब भी गार्ड बाहर तैनात था। नल की टोंटी के पास रखे किसी छोटे से साबुन से उसने हाथ मले और अन्दर आ गई। उसके अन्दर आते ही गार्ड ने चट से दरवाजा बन्द किया और चटाई पर लेट गया।

"गर्मी गजब की है। जरा पंखा तेज कर दे मुन्नी!"

उसने लेटने के बाद लड़की से कहा।

अब लड़की ने देखा कि ऊपर 'टिटिर' 'टिटिर' की आवाज करता एक छोटे डैनों वाला मटमैलेपन से ढँका कभी सफेद रहा एक पंखा भी चल रहा था। उसे समझ में नहीं आया कि तेज कैसे किया जाए? वह जिस घर से भाग आई थी, उस मालकिन मैडम के यहाँ पंखा तेज करने की बटन दूसरी तरह की थी। उसने गार्ड के हाथ की दिशा में देखा और एक गोल बटन को घुमाने की कोशिश की।

"जरा जोर से मुन्नी। बाएँ घुमा। शाबाश।"

लड़की ने जोर से बाएँ घुमाया तो बटन निकल कर हाथ में आ गया।

लड़की सहम गई। डर से उसकी आँखें पानी से भर गईं।

"हो जाता है मुन्नी। निकल जाता है इसका खोल। कभी कभी तो पंखा भी हाथ में आ जाता है।"

लड़की को लगा था कि गार्ड अब तो उसकी मरम्मत करके रहेगा लेकिन आशा के विपरीत गार्ड बहुत प्यार से समझाते हुए और कुछ हँसते हुए बोला। गार्ड जब हँसता था तो उसके खरगोश जैसे दाँत बाहर निकल आते थे। वैसे गार्ड बहुत कम हँसता था। जब से लड़की ने उसे देखा, वह मुश्किल से दो बार हँसा था।

गार्ड ने खोल को बटन के ऊपर लगा कर बाएँ घुमा दिया। पंखे की रफ्तार कुछ तेज हुई और आवाज भी।

"आ, अब सो जा!"

गार्ड ने लड़की का हाथ खींच कर चटाई पर उसे लेटने का इशारा करते हुए कहा।

लड़की सिकुड़ कर गार्ड की तरफ पीठ कर के, उसी चटाई पर लेट गई, जिस पर लेटते हुए उसे बहुत संकोच हो रहा था। वह निकहरी भूमि पर सो जाना चाहती थी मगर गार्ड की बात न मानना सम्भव नहीं था, तिस पर वह गार्ड के प्रति बहुत कृतज्ञ भी महसूस कर रही थी। एक और भी बात थी कि अगर चटाई के बाहर लेटा जाए तो इतनी जगह नहीं थी कि गैस चूल्हा से सिर या पैर न टकराए और जो कुछ बरतन आदि कमरे में थे, वे बिना साथ दिए रह जाएँ। तो विकल्प की कमी ने भी उसे उसी चटाई के कुछ हिस्से पर लेट जाने को विवश किया।

गार्ड ने अचानक उसके रूखे उलझे बालों को सहलाया। लड़की की आँखों के कोरों से छिटक कर कुछ बूँदें चटाई में समा गईं। अचानक लड़की का मन हुआ कि वह गार्ड के गले लग कर खूब रोये और अपना अब तक का संचित दुख उसके आगे उड़ेल दे। बाँहों और पैरों पर कई जगह जले, कटे के निशान थे, वे दुखते थे और एक जगह तो पक भी गया था। यह सब वह इस पिता जैसे लगने वाले आदमी के आगे रख दे कि उसने इस शहर में अब तक किसी को जाना ही नहीं था, कि अब तक उसकी बात सुनने वाला कोई था ही नहीं। हजारीबाग से आते हुए भर रास्ते और उसके बाद की यातनाओं का पूरा संसार था, जो इस संसार के सारे भाव अभाव से भारी हो गया था। उसने अपना हाथ पैर इतना सिकोड़ लिया कि गार्ड को सोने में कोई तकलीफ न हो। गार्ड की सुविधा का पूरा ख्याल रखते हुए जिस क्षण वह अपना मुँह गार्ड की तरफ घुमा कर अपना दुख खोल देना चाहती थी, कि गार्ड उसकी जाँघों पर हाथ फिराते हुए बोल पड़ा—

"पलाश! यही बताया था न? कोई फूल है क्या? कुछ ऐसा ही लग रहा है, सुना सुना सा। अब जो हो मैं फूल मान लेता हूँ। मेरा फूल तो तू है।"

''क्या आइटम है तू। भगवान ने साला तुझे क्या फुरसत से बनाया है। बम का गोला। आह! मेरी हीरोइन है तू। मुन्नी, इधर आ।''

गार्ड उसकी सलवार उतारने लगा।

''लड़कियाँ इसी लिए होती हैं। तुझे तो अब सब पता चल ही गया होगा? हँ? बता, मुझे भी।'' गार्ड रस में डूबा था। लड़की बड़े असमंजस और परेशानी में उसे रोकने लगी।

''साहब, ऐसा न करो। रहम करो। आपकी बेटी जित्ती हूँ।''

लड़की उसे पाँव मारती, रोकती, गिड़गिड़ा रही थी।

वात्सल्य और वासना का भेद मिट गया...

वासना के अजगर ने वात्सल्य को निगल लिया...

''बेटी होगी किसी और की? हँ, साला कहाँ है तेरा बाप? है भी कि नहीं? प्यार से मना रहा हूँ तो पाँव चला रही है।''

गार्ड पर कुछ देर पहले पी गई दारू का नशा भरपूर हो चुका था। कई गालियाँ देने के बाद वह चीखा—''तेरे बाप ने तुझे फेंक दिया तब नहीं सोचा, क्या होगा तेरा? बाप की दुहाई देती है साली? मैं तेरा बाप नहीं हूँ।''

लड़की गिड़गिड़ाती जाती, कहती जाती—''हमारे बाप को मत बोलो। उसने नौकरी करने भेजा था। हम नौकरी करने आए थे। हमें नहीं पता था। हमारे ऊपर रहम कर दो। हम बहुत दुखियारे हैं बाबू। बहुत गरीब हैं।''

वह कमरे में इधर-उधर जाने की कोशिश करते हुए दरवाजे की तरफ बढ़ने लगी तो गार्ड झपट्टे से उठा और ताबड़तोड़ मारने लगा—थप्पड़, मुक्का, झोंटा खींच कर जमीन पर पटका और कपड़े उतार कर फेंक दिए। ऐसे भयानक आक्रमण से पलाश का चेहरा लाल हो गया, नाक से खून की एक बूँद आ लगी, सिर कई जगह दीवार की टक्कर से चकराने लगा, बाँह पर जलने और पक जाने वाली पुरानी चोट से पीप बह निकला। पैर का अँगूठा ऐसा मुड़ा कि लगा टूट गया। नंगी छातियों के कुछ देर पहले उपमा पाए मौसमी जगह जगह दाँतों के प्रहार से लहूलुहान हो गए। उन पर टँगा कालापन लिए भूरा मोती लाल रंग से भर गया। मुँह, जो कुछ देर पहले तक गिड़गिड़ा कर रहम की भीख माँग रहा था, गार्ड के अँगोछे से बँधा कराह रहा था। टाँगें खींच कर जबरन फैला दी गई थीं, लगता था बीच से चीर दी जाएँगी, ऐसा बिलबिलाता दर्द उठता था। गार्ड उसकी जाँघों को चाटता, काटता अपना तना हुआ लिंग थपथपा कर लड़की के लार से सने बँधे मुँह के आस पास घुमाता लगभग हर्षनिनाद करता उसके ऊपर चढ़ बैठा।

''तुझे तो खूब एक्सपीरियेंस हो गया होगा। हँ, ऐजेंसी वाले छोड़ते हैं क्या? हँ, जब तक काम नहीं मिलता, तब तक यही तो होता है। मुझे नहीं पता क्या? बेवकूफ समझती है मुझे! हँ, नाटक करती है। सब मजे ले चुकी है। हँ।''

अजीब सी आवाज निकालता, हाँफता, लड़की को उलटता पलटता, झिंझोड़ता गार्ड अंततः स्खलित होकर, थक कर उसी चटाई पर लेट गया, जिस पर लड़की लस्त पस्त निर्जीव सी पड़ी थी, दर्द और दुख से बेहोश। चूँकि चटाई पर अब लड़की पहले से ज्यादा जगह घेर कर चित पड़ी थी, इसलिए गार्ड के लिए पहले जैसी जगह नहीं रह गई थी। तब गार्ड ने जगह की सुविधा पाने के लिए लड़की को धक्का देकर चटाई से नीचे खिसका दिया और खुद पूरी चटाई पर आराम से सो गया।

गार्ड ने अपनी ड्यूटी से लौट कर कमरे का ताला खोला। अँधेरा खूब घिर आया था। उसके कमरे के कुछ आगे लगे नल से पानी 'टप्प' की आवाज करता बूँद बूँद टपक रहा था। किनारे का मकान होने के बावजूद धूप इधर कम आती, कोई खंडहर हुई इमारत कुछ इस तरह इस मकान की तरफ झुकी थी कि आने वाली सारी धूप को सोख लेती थी। इससे बूँद बूँद टपकता पानी सूखने की कोई राह नहीं पाता था और कई बार अपने चारों तरफ फैल कर पानी का एक उथला सा तालाब रच देता था। यही तालाब तब अचानक सूखने लगता जब नगरपालिका वाले पानी की सप्लाई नहीं करते। कभी एक दो वक्त पर और कभी एक दो दिन भी। कहने वाले कहते कि कहीं पानी का पाइप फट गया है इससे सप्लाई बन्द है मगर कई दिन गुजर जाते और पानी का फटा पाइप रिपेयर नहीं हो पाता, नतीजा पानी भी नहीं आ पाता। ऐसे बहुत से वक्तों में दूर कहीं चापाकल की याद आती और झुग्गी के सब औरत मर्द, बाल-बच्चे अपना अपना गगरा, मटका, बाल्टी लोटा लिए चापाकल पर लड़ने भिड़ने लगते। पानी सप्लाई नहीं आने से किसी की भी रोजी रोजगार के समय में कोई फेर बदल नहीं होता और दिन में झोंक दिए जाने की हड़बड़ी पहले जैसी ही बनी रहती।

तो गार्ड कमरे के सामने बने उस उथले तालाब से यथासम्भव बचते हुए कमरे तक पहुँचा था फिर भी एक पानी के किनारे पर उसका पाँव बिछल पड़ा, 'चट्ट' की आवाज से उसकी चट्टी चिल्लाई। लेकिन नल के साथ ही एक दीवार भी थी, उस दीवार ने गार्ड के बिछलने को सँभाला।

"जरा सँभल के..."

गार्ड ने अपने पीछे आ रहे एक आदमी को चेताया।

घने अँधेरे में भी पानी चमकता था और उसमें कई कई परछाइयाँ आकार लेती थीं। गार्ड ने दरवाजा खोलने के पहले अपनी परछाईं देखी थी। वह फैल कर हिलती हुई काली सी अजनबी परछाईं थी, जिसे गार्ड पहचान नहीं पाया पर अपनी परछाईं मान कर ही दरवाजे तक पहुँचा। दरवाजे तक पहुँचते ही ख्याल आया कि यह परछाईं साथ वाले आदमी की भी हो सकती थी। उसने पीछे मुड़ कर देखा।

पीछे रुके आदमी का चेहरा मोटा और सूजा था। आँखें पूरी तरह खुली नहीं लगती थीं, पतली और बन्द सी। तम्बाकू से काले तीन दाँत उसके बन्द मुँह से बाहर निकले हुए थे। भारी तोंद अभी तक हल्का सा थिरक रही थी। उसने आधी बाँह की भूरे रंग की शर्ट और काली नीली जींस पहनी थी, जिस पर लगी चौड़ी बेल्ट का बड़ा सा **बकल** चमक रहा था। मुँह में तम्बाकू भरे होने के कारण उसे तुरन्त बोलने में कुछ दिक्कत सी हुई। उसने मुँह से 'हूँ, हूँ' जैसी कोई ध्वनि निकाली और जहाँ नल लगा हुआ टपक रहा था, उसी के पीछे की दीवार को लक्ष्य करके तम्बाकू की पीक उगल दी। पीक का कुछ हिस्सा दीवार पर एक चित्र रचता हुआ उसी उथले जल वाले तालाब में गिर गया। इससे तालाब अपनी चमक में कुछ धूमिल हो उठा और उसका उथला जल अपनी रंगत में काले के ऊपर एक और काली परत से भर गया। उसी को लाँघ कर पीछे का आदमी आकर गार्ड की बगल में रुक गया।

गार्ड रोज सुबह कमरे पर ताला लगा कर जाता और कई जरूरी चीजें जैसे माचिस, चाकू, गमछा आदि अपने साथ ही ले जाता। खाना भी सुबह बनवा लेता, जिससे उसके पीछे से लड़की गैस चूल्हा जला कर कोई खतरा न कर बैठे। कोई भी ऐसी चीज वह कमरे पर नहीं छोड़ना चाहता था, जो किसी रूप में लड़की के काम आ सके। वही लड़की कमरा खोलते ही दिखाई नहीं पड़ी। अँधेरे का सन्नाटा कमरा खोलते ही खुला और फैल गया। गार्ड ने झट से लाइट जलाई। साठ वॉट का पीला बल्ब भक्क से जल गया। गार्ड ने हड़बड़ा कर इधर-उधर देखा। एक कोने में दीवार का सहारा लिए एक आकृति अपने ही कदमों पर झुकी थी। बल्ब का प्रकाश जितना चटाई पर पड़ रहा था उतना आकृति पर नहीं पड़ रहा था।

''बल्ब क्यों नहीं जलाया? हँ।''

गार्ड ने अपनी खुशी छिपाते हुए पूछा।

आकृति नहीं हिली।

''अच्छा, कोई बात नहीं।''

गार्ड ने भरसक उदारता से उसे माफ किया।

''ये देख किसे लाया हूँ? आ गया तेरा हजारीबाग का टिकट।''

उसने मुलायम स्वर में लड़की की तरफ देखते हुए कहा।

''आ जा। अन्दर आ भाई।''

उसने तुरन्त ही दूसरा वाक्य उस आदमी से कहा जो दरवाजे पर खड़ा इधर-उधर मुआयना सा कर रहा था।

''देख, कैसी मस्त चीज है!''

उसने अन्दर आ गए आदमी से कहते हुए हाथ से उधर इशारा किया, जिधर लड़की सिकुड़ी हुई बैठी थी।

''मेरी रानी मुन्नी, मैंने कहा था न कि कर दूँगा तेरे जाने का इन्तजाम। देख, हो गया।''

उसने लड़की को उठा कर खड़ा किया और अपनी दोनों हथेलियों में उसका चेहरा भर कर उस आदमी की तरफ कर दिया।

''देख ले भाई। मस्त चीज है कि नहीं?''

गार्ड ने साथ वाले आदमी को उकसाया और लड़की का चेहरा छोड़ दिया।

साथ आए आदमी ने एक नजर लड़की पर डाली और गार्ड को इशारा करता हुआ तुरन्त बाहर निकल आया। उसके चेहरे पर कुछ परेशानी की रेखाएँ उभरी थीं।

''अब यूँ क्या बैठी है! झट से तैयार हो जा। जा, दौड़ कर बाथरूम चली जा। सफर में क्या पता मौका मिले न मिले? और कंघी वंघी कर ले।''

गार्ड पूरे उत्साह से कहे जा रहा था।

''टिकस!''

लड़की मन में बुदबुदाई।

वह सचमुच जाने के लिए एक कदम चलकर गार्ड के पास खड़ी हो गई।

''टीसन पर लोग देखेंगे तो क्या कहेंगे, कंघी तो फिरा ले।''

गार्ड ने दुबारा जोर दिया। मगर लड़की तब भी कंघी कर लेने को तैयार नहीं हुई। उसके पास अपनी कोई कंघी थी भी नहीं। गार्ड समझ गया, उसने अपनी वर्दी वाली पैंट की पिछली पॉकेट से छोटी सी लाल रंग की, मैल से भरी कंघी निकाल कर उसे थमा दी। लड़की तब भी कोई उत्साह नहीं दिखा सकी। कंघी उसने ले ली और ऊपर से बालों में फिराने लगी। बाल काढ़ना आसान नहीं था। कंघी अटक अटक जाती थी।

कितना कुछ ऐसा नहीं रह गया था, जिसे अचानक सुलझा लिया जाए!

''हूँ, हूँ'' जैसी ध्वनि फिर उस आदमी ने निकाली, जिसे तम्बाकू की वजह से अभी भी बोलने में दिक्कत हो रही थी।

''कपड़े तो ठीक ही लगे हैं।''

गार्ड अपने आप से बुदबुदाया और सबके बाहर निकलते ही ताला लगा दिया।

साथ आए आदमी ने फिर ''हूँ, हूँ'' की आवाज निकाली, जिससे ध्वनित हुआ कि अब वह इस देरी से ऊब चुका है। उसने फिर उसी नल से बने उथले जल की दीवार पर तम्बाकू की पीक थूक दी। फिर थूक का बड़ा हिस्सा जल में तैरने लगा। पर इस बार किसी ने उस पर ध्यान नहीं दिया। थूकने वाला आदमी बहुत हड़बड़ी में आगे बढ़ गया। उसके पीछे जल्दी जल्दी तालाब को लाँघ कर गार्ड और लंगड़ाती चाल से लड़की भी।

कुछ दूर चलने के बाद मुख्य सड़क आ गई। वहाँ एक बड़ी सी गाड़ी रुकी हुई थी। कोई आदमी उसमें पहले से बैठा था। गार्ड दौड़ कर उसके पास गया और कुछ बात करने लगा। फिर लड़की उसमें चढ़ाई गई, फिर साथ आया आदमी लड़की से कुछ दूरी बनाकर बैठा। गार्ड ने गाड़ी के पास खड़े होकर उस आदमी को सलाम किया।

"चलता हूँ भाई। मुन्नी, अच्छा चलता हूँ।"

कह कर गार्ड मुड़ कर अपने कमरे के रास्ते की ओर चला गया।

गाड़ी धीरे-धीरे घने होते जाते अन्धकार में विलीन हो गई।

आकाश बस एक हाथ पर था

चौधरी बन्नाराम के घर की घड़ी में चार बज कर दस मिनट हो रहे थे। लाल और पीली रोशनी मिल जुल कर आकाश पर छा रही थी। लगता था आकाश छत पर झुक आया है। मार्च की सुबह में हल्की सी ठंड का अहसास बसा हुआ था। इनारा हड़बड़ा कर उठी थी और इतने एहतियात से बाहर का दरवाजा खोला था कि आवाज न हो। बड़ी मुश्किल से सुबह का यह सुनहरा हिस्सा उसके हाथ लगा था। परसों बड़े सबेरे ही चौधरी बन्नाराम जमीन के किसी मुकदमे की सुनवाई के लिए अपने एक बेटे के साथ हिसार चले गए थे। ऐसा घर में होने वाली बातचीत से उसने पकड़ा था। बाकी तीनों में से एक रात का खाना जल्दी खाकर कहीं निकल गया था। वह रसोई में चूल्हे के पास बैठे बैठे, विजय बाबू और उनके भाई के आने का इन्तजार करते करते ऊँघने लगी थी। यहाँ सोने की इजाजत नहीं थी। दिन के किसी वक्त समय चुरा कर या काम करते हुए कहीं लुढ़क कर ही कुछ नींद हो पाती थी। एक बार तो इनारा भैंसों का सानी पानी लगाते हुए वहीं लुढ़क गई थी। उसे खोजते हुए मौसी वहाँ आईं और झकझोरते हुए उसे उठा कर, घर के भीतर ले गईं। यह सोचकर उसे अपने आप से बड़ी खीझ हुई। साथ ही मौसी की आँखों के नीचे काला गहरा घेरा और सूजन का कारण भी उसे कुछ कुछ समझ आने लगा। मौसी अपने को इन लड़कों की माँ जैसी और चौधरी बन्नाराम की मरहूम बीबी की चचेरी बहन बताती थीं। चौधरी बन्नाराम और उनके लड़कों से बहुत अदब से बात करती थीं और कभी तो बहुत डर कर। जब तक लड़के या चौधरी घर में होते, मौसी की निगाहें उनके खातिर तवज्जो में लगी रहतीं और उसे लगातार आदेश दे देकर दौड़ाती रहतीं। उनके बाहर जाते ही मौसी महारानी हो जातीं और तब उनकी ठसक देखते ही बनती। बहुत गुरूर के साथ, बाहरी दरवाजे के पास खड़ी होकर, पास पड़ोस की आती जाती औरतों से बतियातीं। उसके आ जाने से उनके गुरूर में इजाफा हो गया था। अब उन्हें हजार कामों से मुक्ति मिल गई थी। नौकर को आदेश देने के सुख से भर कर खटिया पर बैठे बैठे हुक्म चलाती रहतीं। पहले की अपेक्षा अब कपड़े भी साफ रहते थे। हालाँकि बहुत सामान्य होते थे पर उनके रंग तेज होते थे। साज श्रृंगार करने की कोशिश किसी नवेली से कम नहीं थी। माथे पर कुमकुम से छोटी सी बिन्दी और

कान में सोने के बूँदे पहने रहती थीं। गले में कुछ नहीं रहता मगर नाक में बड़ी सी सोने की लौंग दिखती।

कल रात की बात थी कि इनारा चूल्हे के पास बैठी इन्तजार कर रही थी कि मौसी कराहती हुई आईं और बारामदे में पड़ी अपनी खटिया पर लेट गईं। फिर उन्हें कुछ ठंड मालूम हुई तो पुकार कर कहा कि किनारे वाली कोठरी में रखे उनके बिस्तर में से उनका कम्बल लाकर ओढ़ाया जाए। इनारा ने कम्बल लाकर ओढ़ा दिया तो फिर हुक्म मिला—"बहूणी, जरा मेरा पैर दाब दे। जैसे दर्द लहर मार रहा है।"

वह कम्बल के ऊपर से पैर दबाने लगी। कुछ देर बाद एक अलग तरह की आवाज में मौसी ने कहा—"आज मैं न खाऊँगी। मेरी रोटी न बणा। बचा आटा फ्रिज में जरूर रख दे। और बहूणी, जरा तेल गरम करके मेरे तलुओं में मल दे।"

वह कटोरी में तेल गरम करके ले आई और तलुओं में मलने लगी। उनका तलुआ गरम था। बुखार लग रहा था। मौसी फिर उसी आवाज में कहने लगीं—"सारी जिन्दगी खट खट के चालीस बयालीस की उमर में ऐसी बुड्ढी हो गई मैं। घुटनों में तकलीफ होने लगी। तीस साल से यहाँ एक पैर पर दौड़ रही हूँ। तू तो अब आई न, क्या जाणैगी मेरा हाल? अब तो भगवान सूँ जैसा राखैगा, उसकी मर्जी।"

इससे पहले कभी मौसी ने अपने बारे में इस आवाज में बात नहीं की थी। तभी एकदम से विजय बाबू बरामदे में पहुँच गए। कुछ देर खड़े होकर देखते रहे। इनारा को कुछ सूझा नहीं कि क्या करे तो मौसी का तलुआ मलना छोड़ कर खड़ी हो गई। मौसी ने बिना उठे कहा—"आज तबियत ठीक न लागै है लल्ला जी।"

"हाल ठीक न है तो या जगह मिली है लेटन नै? हम खाना खा लें फिर लेटणा। जा, यहाँ से अभी!"

विजय बाबू भड़क कर बोले। मगर मौसी जल्दी से उठकर खड़ी नहीं हुईं।

विजय बाबू ने बैठने के लिए डाइनिंग टेबल की एक कुर्सी खींच ली मगर बैठे नहीं। मौसी का तुरन्त न उठना उन्हें चुभ गया था। गुस्से में बोलने लगे—"हरदम तमाशा नाधे रहती है बुढ़िया। और ऐ इनारा, इधर चाल! तू याणै हमारी सेवा के लिए आई है और इसकी सेवा टहल में लागै है। किसने तेरे पे पैसा लगाया है? बोल! कुण मोल लाया है? ये बुढ़िया? हम लाए हैं। हमारे पैसे पे खाती है तू। और ये बुढ़िया..."

विजय बाबू कुर्सी छोड़ कर मुड़े—"बाबूजी के तरयाँ हम जरा प्यार से क्या बोल देते हैं, सिर चढ़ गई है। यहाँ हमारे सिर पर लेट के सेवा करवावै है। उठा, इसका कपड़ा लतड़ा यहाँ से!"

विजय बाबू ने अचानक गुस्से में इनारा की बाँह पकड़कर खींचा। इससे उसके हाथ में पकड़ी तेल की छोटी सी कटोरी 'झम्म' से गिर गई और उसका तेल छिटक कर इधर-उधर फैल गया। उन्होंने परवाह नहीं की और बाँह झिंझोड़ते हुए चीखने

लगे—"सुण ले इसकी असलियत तू भी। इसे बाबू जी अम्माँ के गाँव से उठा लाए थे। कोई सती सावित्री न है बुढ़िया ये। हमारे नाना ने इसे रख छोड़ा था। और सुण तेरा काम हमें खुश करणा है। हमें रोटी खिलाणा है। समझी!"

फिर उन्होंने बाँह छोड़ दी और पहले से खींची हुई कुर्सी पर बैठ गए।

मौसी इस बीच जैसे तैसे उठकर अपनी कोठरी में जाकर छिप गईं। इनारा हतप्रभ! जो औरत पिछले तीस साल से इन सब की सेवा में लगी थी उसके लिए ऐसी बातें! लेकिन तुरन्त ही विजय बाबू के बढ़ते क्रोध से डर कर एक फटा पुराना कपड़ा लाकर फर्श पर गिरा तेल पोंछने लगी।

"ये काम बाद में करणा! पहले रोटी लगा।"

विजय बाबू का स्वर गूँजा।

घबड़ाहट में इनारा ने तेल में लिपटा कपड़ा वहीं छोड़ दिया और चौके में घुस गई।

"क्यूँ रोड़ा मचा रखा है विजय बाबू?"

इसी बीच तीसरे नम्बर के भाई गोकुल बाबू पधार गए।

"के बोल्लूँ भाई! रंडियों का बसेरा हो गया है घर में!"

विजय बाबू ने गुस्से भरी पर किंचित धीमी आवाज में कहा। इनारा थाली लिए पीछे ही खड़ी थी।

"चल, आज एक बढ़िया फिलम दिखा कर लाते हैं। तेरा मूड ठीक हो जावैगा।"

फिर उन्होंने आँख मार कर धीरे से कहा—"एडल्ट सै।"

"रहण दे।"

"चाल तो।"

"कब?"

"बस अभी, खाकर निकलते हैं।"

"यहाँ कुण रहैगा? बाबू जी कल न जाणै कब तक पहुँचें?"

"याणै की फिक्र न कर। बाहर से ताला लगा कर चलैंगे। लौट आवैंगे जल्दी।"

"किसी की हिम्मत न है, इधर आँख उठा के देख ले। काट कर फेंक न दैंगे।"

यह बात गोकुल बाबू ने जरा जोर से कही।

दोनों भाई फिर चुपचाप रोटी खाने लगे।

इनारा चौके में लौट गई थी। गरम रोटियाँ खुद ही उठकर ले आती और फिर जाकर अगली रोटी उतारती।

खाना खाकर दोनों भाई उठे और दस पन्द्रह मिनट में ही कहीं जाने के लिए निकलने लगे। गोकुल बाबू मौसी की कोठरी के पास जाकर दहाड़ कर बोले—"ऐ माउसी, माउसी, क्यों बुरा मानती है अपणे छोरों का। अम्माँ की तरियाँ तू ही देखै है सारा काम धाम। चाल, उठ जा! जा रहै हैं हम कुछ काम से। घंटे दो घंटे में आ जावैंगे। सोइए न, जागती रहिए।"

इस दहाड़ में आतंक पैदा करने की ताकत के साथ कुछ पुचकार और कुछ फुसलाना भी शामिल था।

मौसी की तरफ से कोई जवाब नहीं आया। लेकिन जवाब का इन्तजार था भी किसे!

वे घर के बाहरी दरवाजे और गेट पर ताला लगा कर चले गए।

तब कुछ झिझकते हुए इनारा मौसी की कोठरी के आगे खड़े होकर 'रोटी', 'रोटी' कह कर पूछने लगी। मौसी ने एक दो बार पूछने पर धीरे से 'न,न' कह कर आँखें बन्द कर लीं। भीतर अँधेरा था। भीतर का दृश्य दिखाई नहीं पड़ रहा था। इनारा बाहर ही खड़ी रही। भीतर जाने की कोशिश नहीं की। फिर उसे अपना नया चमकता पीला सलवार कुर्ता याद आया और उस रात आँगन में बाल्टियों पानी डालने का दृश्य आद आया। बिना पानी के छुअन के ही एक सिहरन उसे भीतर तक हिला गई। उसने कदम मोड़ लिए और सब काम खत्म कर अपनी कोठरिया में आकर लेट गई। मगर आँखों में नींद कहाँ थी!

हल्की सी खटपट हुई तो इनारा के कान चौकन्ने हो गए। ताला खोलकर वे लोग भीतर आए और सीधा अपने कमरे में जा पड़े। लाइट नहीं जलाई मगर इनारा ने अँधेरे की आँख से देख लिया। वे नशे में धुत लग रहे थे और मौसी अपनी कोठरी में पड़ी थीं। इनारा अँधेरे में उठ बैठी। समय का अन्दाज लगाने लगी। भोर होने को है, ऐसा उसे लगा।

कुछ देर तक उधेड़बुन में पड़े पड़े वह उठी और दबे पाँव बरामदे से होते हुए बाहरी दरवाजे तक गई। दरवाजा चिपका तो था मगर ताला नहीं था। पास ही चाभियों का गुच्छा और ताला पड़ा था। तो मतलब गेट पर भी ताला नहीं लगाया गया था। वह वापस लौटी और एक पुराना हवाई चप्पल, जो वह अपने गाँव से पहन कर आई थी, आँगन के एक कोने से उठा कर पहन लिया, फिर भरसक आवाज को दबाते हुए दरवाजा थोड़ा सा खोला। थोड़ी सी आवाज हुई। मौसी के जागने का डर अधिक था। दरवाजा पूरा खोलने से चरमराता था और किसी न किसी को जगा सकता था। इसलिए जरा सा दरवाजा खोलकर उसमें से अपने को टेढ़ा करके निकाला और अपने शरीर को किसी चोर की तरह छिपाती हुई खुले अहाते में दाखिल हुई। चार बज कर दस मिनट हो रहे थे जब इनारा ने अहाते का गेट खोला।

अभी आने जाने वाले दिखाई पड़ना शुरू नहीं हुए थे मगर उसे पता था कि कुछ ही मिनटों बाद लोग अपने मवेशियों के काम काज से इधर-उधर दिखने लगेंगे। दूध की बड़ी सी गाड़ी आने लगेगी और लोग दूध के कंटेनर उन पर लाद कर दूर दूर निकलने के लिए जुटने लगेंगे। औरतें मवेशियों के सानी भूसा और दूध निकालने जैसे कामों के लिए उठ आएँगी। हो हल्ला शुरू हो जाएगा। छः बजते बजते तो पूरा शहर अपनी रौ में आ चुका होता है। जो दोनों भाई नशे में धुत, भोर

में घर लौटे थे, जरूर कुछ देर तक सोते थे मगर चौधरी बन्नाराम छः बजे छत पर टहलने लगते थे। दूध वाली गाड़ी में सामान लदवाने नीचे उतर आते थे और सब्जियों आदि को अलग अलग रिक्शों पर लदवाने लगते थे। उनके साथ उनके बड़े लड़के भी पूरी तन्मयता से जुटे रहते थे। उस वक्त केवल मजदूर औरतें ही बाहर दिखती थीं। घर की जनानियाँ घर के भीतर से काम सँभाल रही होती थीं। मौसी पाँच बजे से ही चिल्लाने लगती थीं। वह यंत्रवत गाय भैंसों की तरफ बढ़ जाती थी। लेकिन अभी यह सब सोचने का समय नहीं था। उसे अहाते का गेट लगाने का भी होश नहीं रहा। जिस रास्ते इस घर में आई थी, उसी का कुछ कुछ अन्दाजा करते हुए तेज चाल से भागी।

भागती जाती थी, सोचती जाती थी कि हे भगवान! कोई पहचाने न! कौन उसे पहचानेगा? घर की औरतों ने उसे देखा है, बाकी कौन जानता है कि वह कौन है? किसके घर की है? कि हे भगवान वह सही सलामत बस अड्डे पहुँच जाए। पता नहीं कितना लम्बा चलती गई। चौड़ी साफ सड़क पर आ गई थी। बस, एक ही बात याद आती थी सन्तोष की 'भाबी, बस अड्डे तो बहुत दूर है।'

भोर का उजाला बढ़ कर सबेरे की रोशनी तेज कर रहा था। कुछ लोग आ जा रहे थे। समझ में नहीं आता था कि किसी से रास्ता पूछे कि नहीं? जींद जैसी जगह में उसे रास्ते पहचान में कैसे आते? फिर उसे अपने कपड़ों का ध्यान आया। कपड़ों के नाम पर था ही क्या? एक वह पीला चमकीला सा सलवार कुर्ता, जिस पर जगह जगह खून के निशान सूख कर नासूर धब्बा बन चुके थे और जिसे पहन कर दूध का गिलास लेकर जाना पड़ता था। एक पुरानी सूती धोती थी और एक यह पुराना सिंथेटिक छींटदार सलवार कुर्ता। एक लाल शाल और एक स्वेटर, जो शायद मौसी का ही पुराना था या शायद किसी कबाड़ी वाले से सस्ते में खरीदा गया था। ये पुराने कपड़े पहन कर काम करना होता था। लेकिन आज इतना वक्त ही कहाँ था कि कपड़ों पर ध्यान दिया जाता! ऐसे पुराने धुराने कपड़े पहन कर कोई यात्रा पर निकला हुआ माना जाएगा? क्या पता?

उसने चलते हुए ही अपनी अँगुलियों से अपने बालों पर ऊपर से ही कंघी जैसा फिरा कर कुछ ठीक किया। उसके पीछे पीछे कोई आदमी चल रहा था। उसने अपनी चाल धीमी कर दी और उस आदमी को आगे बढ़ जाने दिया। आदमी लम्बा चौड़ा नौजवान था और नए चलन की पैंट शर्ट पहने हुए था। देखने से पढ़ा लिखा मालूम हो रहा था। कुछ देर सोचने के बाद आखिरकार वह अपनी चाल तेज करके उस आदमी के बगल तक पहुँच गई। फिर कुछ झिझकते हुए पूछा—''भाई जी, बस अड्डा इधर ही पड़ेगा?''

आदमी चौंक कर रुक गया। उसने ध्यान से इनारा को देखा।

''कित जावैगी?''

"दिल्ल...ली।"

लगा कि इतना कहने में ही वह रो पड़ेगी।

"अकेल्ली जावैगी?"

अब तक अपने को सँभाल लिया उसने।

"हाँ।"

"गल्त रास्ता पकड़ा सै तैने छोरी। वापस अद्धा किलोमीटर, फिर एक मोड़ आवैगा, राइट को। सीद्धा बस अड्डे निकलैगा।"

थोड़े असमंजस में पड़ कर आदमी ने रास्ता बताया।

वह पलट पड़ी। आधा किलोमीटर वापस! कितना चल चुकी है? कुछ अन्दाजा नहीं!

सुबह छः बजे की बस, सन्तोष की बात याद करके सोच रही है, जो न मिली, सुबह छः बजे की बस, तो क्या होगा?

हे भगवान, जींद से बाहर कैसे निकले?

तभी वह आदमी भी मुड़ गया।

"चाल, मैं तन्नै छोड़ आऊँ।"

कहता हुआ वह इनारा के साथ चलने लगा।

"दिल्ली में कित?"

इनारा इस प्रश्न के लिए तैयार नहीं थी। उसे बस, इतना पता था कि दिल्ली से ही हजारीबाग जाने वाली ट्रेन मिलेगी। इसी ट्रेन के सहारे उसे अपने घर तक पहुँचना था।

"हैं हमारे भाई? लिवाने आएँगे।"

उसने जल्दी से एक बहाना बनाकर कहा।

लेकिन आदमी इस उत्तर से सन्तुष्ट नहीं हुआ।

"आणै कित रहै है?"

यह तो बड़ा कठिन सवाल था। झूठ क्या बोला जाए?

इनारा सोच में पड़ी रही तो आदमी ने फिर पूछा—"कुण से घर की है?"

कोई नाम उसे याद नहीं आया। किसका घर बताए?

सन्तोष के अलावा उससे बात भी कौन करता था! उसे सन्तोष के पति का नाम पता था, उसका नाम लेने का मतलब अपनी जान के साथ सन्तोष की जान भी साँसत में डालना था। वह टालती रही तो आदमी ने फिर जोर से गुस्सा कर पूछा। अब उसे खतरा दिखाई पड़ने लगा। बस अड्डे तक पहुँचना तो मुश्किल लग रहा है।

"बाबू, हम अब बस अड्डे चले जाएँगे।"

उसने अपना डर और गुस्सा दबा कर कहा।

"अकेल्ली दिल्ली जावैगी के? कोई साथ चला जाता?"

आदमी ने कुछ चिन्ता जताई।

इनारा का डर कुछ कम हुआ। यह तो शायद सचमुच की चिन्ता कर रहा है!

सामने अब बसें आती जाती दिखने लगीं। सचमुच यह आदमी उसे बस अड्डे ही लाया था। वह जरा सा खुश हो गई पर डर अभी भी पूरी तरह खत्म नहीं हुआ था।

तभी सामने से दिल्ली जाने वाली बस गुजरी।

''दिल्ली, दिल्ली।''

एक आदमी उसके दरवाजे से लगभग बाहर गिरता हुआ, हाथ हवा में लहराते हुए पूछ रहा था। इनारा झट् से उस आदमी को वहीं छोड़ कर बस की तरफ भागी। बस कुछ आगे जाकर रुक गई। इनारा दौड़ कर उसमें चढ़ गई और एक खाली सीट पर बैठ गई। यही है वह छः बजे वाली बस! उसने एक गहरी साँस लेकर मन ही मन सोचा। आदमी भी दौड़ कर बस तक आया पर चढ़ा नहीं।

''याणै बैठी रह! यही बस जावैगी।''

उसकी तरफ देखकर आदमी ने कहा और बस के नीचे उतर कर खड़े कंडक्टर से कुछ बात करने लगा।

बस का ड्राइवर आकर बस में बैठ गया और लोग तेजी से आकर सीटों को भरने लगे। कंडक्टर भी बस में घुस आया और लोगों से टिकट लेने के लिए कहने लगा। फिर ड्राइवर के पास जाकर धीरे से कुछ बोला और दोनों बस से उतर कर किनारे की एक दुकान पर चाय पीने लगे। इनारा ने खिड़की से उन्हें चाय पीते देखा। बस में कोई भी उन्हें जल्दी चलने के लिए नहीं बोल रहा था। फिर उस आदमी को देखा, वह इधर-उधर यूँ ही टहल रहा था। समय बीत रहा था। इनारा का दिल धक धक कर रहा था। कहीं अब तक जग कर मौसी ने हल्ला न मचा डाला हो? कहीं मौसी ने दोनों भाइयों को जगा कर उसे ढूँढ़ने न भेज दिया हो? मन काँप रहा था। आधा घंटा बीत गया था। तब किसी ने कंडक्टर को जोर की आवाज देकर बुलाया और उसके मन की बात अपने शब्दों में कह दी।

''के भाई! आज चाय पीणे में एक घंटा लगा देगा के? हमने भी काम धाम देखणा होवै सै।''

''हमें ऑफिस पहुँचना होता है। चाल भी अब!''

उसके पीछे एक दो लोग और बोलने लगे।

कंडक्टर बस के अन्दर चढ़ आया और आते ही तेजी से टिकट काटने लगा।

''रोहतक, हाँ रोहतक वाले!''

''ऐ दिल्ली वाले, दिल्ली, दिल्ली।''

लोग उछल उछल कर टिकट लेने लगे। कुछ लोग आलस में नहीं उठे तो कंडक्टर उनके पास गया।

''दिल्ली?''

''रोहतक तीन।''

''दो दिल्ली।''

''एक...''

उसका जी घबड़ाने लगा।

''कब चलैगी बस कंडक्टर साहब?''

''बस, पाँच मिन्ट।''

''कब ते पाँच मिन्ट कहण लाग रहै हैं? बुला ले गड्डी वाले को।''

''बहुतेरा हो गया, उतर जाते हैं इस बस से इब।''

लोग मानो इनारा की ही बात कर रहे थे।

''सात बज गए भाई, देरी क्यूँ करण लाग रहै हो?''

''मैडम टिकट।''

अचानक उसके पास खड़े कंडक्टर की आवाज सुनाई पड़ी।

''टिकस!''

उसने धीरे से कहा।

तभी सामने से चौधरी बन्नाराम, हरिन्दर बाबू और ताऊ कहलाने वाला उनका लठैत एक साथ आते दिखे।

उसका जी धक् से रह गया।

बस अड्डे पर टहलता आदमी तेजी से उनकी तरफ लपका और तभी बस का ड्राइवर आकर बस में बैठ गया।

मौलश्री की झुकी डाल

'निञाक् मोने मुनी नाम रे...
नामाक् मोने मुनी निञ् रे...'

(मुनी, मेरा मन तुझमें...
मुनी, तेरा मन मुझमें...)

बाँसुरी की ध्वनि पर तैरती सुर लहरियाँ...

भोर के उजास में महुआ वृक्ष के नीचे चारों तरफ बिखरे पीले, दूधिया फूलों के बीच बैठा कोई पुरुष होंठों पर बाँसुरी रखे था...गले में लाल पत्थरों की माला हिल रही थी और खुले लम्बे बाल हवा में झूम रहे थे...बगल में एक दौरी रखी हुई थी, जिसमें ऊपर तक भरा महुआ गम गम गमक रहा था। उसकी गमक गीत की धुन को और भी मादकता से भर रही थी। तभी दूर से सुर के डोर पर चलती हुई एक तरुणी आगे की पंक्ति गा पड़ी...

'तोड़े सुताम लेका तोलेना रे...'

(सुवर्ण धागों के समान दोनों उलझ गए हैं...)

पुरुष ने बाँसुरी बगल में रख दी और कान पर एक हाथ रखकर तान से तान मिलाई—

'अरे हो...ओ...ओ...हाने ञेलोक कान आदा सिमोल गाछ, ताले दारे, तोड़े सुताम...

हो...ओ...ओ...तोड़े सुताम बिन्दी गानाक् झिक मिक...तोड़े सुताम लेका बाजेना रे...ए...ए...'

(वह देखो, आधा सेमल का गाछ, ताड़ का वृक्ष, मकड़ी का जाल स्वर्ण के धागे के समान चमक रहा है...

स्वर्ण के धागे के समान उलझ गया है...)

स्त्री निकट चली आई। उसने अपने सिर पर उठाई महुए से भरी दौरी नीचे उतार दी और पुरुष के कन्धे को छू कर मुस्कराई। उसकी मुस्कान से भोर का उजास सुनहरे पीलेपन में ओस से भीगे फूलों की मिठास से भर गया...लगा कि तरुण अरुण सूर्य को इस भोर बेला में पोचई का तपान यानी महुए की बनी दारू का अर्घ्य चढ़ाया जा रहा हो...मतवाला सूर्य अपनी तरुणाई में सलोना हो उठा...भोर का सारा सिन्दूरी रंग धरती पर बिखर गया...

स्त्री ने फिर तान उठाई—'निञाक् मोने मुनी नाम रे...'
प्रकृति गा उठी...
पुरुष ने भी तान मिलाई—'नामाक् मोने मुनी निञ रे...
नामाक् मोने चन्दो निञ रे...'
प्रकृति नाच उठी...
फिर समवेत तान उठी—'नामाक् मोने मुनी नाम रे...
तोड़े सुताम लेका तोलेना रे...'
जीवन थिरक उठा...'नामाक् मोने मुनी नाम रे...'

संगीत की स्वर लहरियाँ स्वर्ण के धागों के समान उलझ गईं—स्वर्ण के धागों के समान चमक उठीं—महुए की मतवाली गंध और उलझे धागों की चमक से सैकड़ों रंगों का मतवाला लोक फैल गया—सबको ढकता, सबको सुहाता सा...स्त्री ने महुए का एक फूल उठाया, पुरुष ने अपनी हथेली आगे कर दी—उसकी हथेली अचानक नील कमल की पंखुड़ी में बदल गई। स्त्री ने महुए का फूल नील कमल की पंखुड़ी पर रख दिया और भीना भीना मुस्कराई—पुरुष ने नील कमल की पंखुड़ी से एक पीलापन लिए दूधिया फूल उठाया और उसे रक्त कमल से मिला दिया...

स्त्री के होंठ सरगम से बन गए...फूल की छुअन से तरंगित...मानो चाँदनी में शहद घुल रहा हो...

भोर के सुनहरे पीले और सिन्दूरी उजास में चाँदनी झर झर झर रही थी...चमकती...सम्मोहित करती...मानो रात भर उसने विश्राम करने के सब तरीके ठुकरा दिए हों और बस, अभी इसी पल प्रकृति के इन दो रूपों पर सर्वस्व न्यौछावर कर देना चाहती हो...चमकती...सम्मोहित करती...झर झर झरती...

स्त्री ने अपना सिर पुरुष की बाँह पर टिका दिया था, इसलिए होंठ नहीं खोल पाई, फिर भी तमाम चाँदनी छिटक कर बिखर गई...पुरुष ने चाँदनी और शहद से भीगे फूल अपने होंठों पर रख लिए तो स्त्री झट से उठी और अपने होंठ से फूल को पकड़ लिया—इस पर पुरुष हँस पड़ा...अब वे गा नहीं रहे थे—अब पेड़, पौधे, जीव जन्तु, वनस्पतियाँ गा रहे थे...'तोड़े सुताम लेका तोलेना रे...'

एक तितली भ्रमित सी घूम रही थी। वह आकर कभी पुरुष की पीठ पर, कभी स्त्री के कंधे पर बैठ जाती थी...फूल ही फूल थे, खुशबू और आलोक था...'नामाक् मोने मुनी नाम रे...'

पुरुष ने अपने पास रखी चम्पा के फूलों की माला उठाई और स्त्री के बँधे बालों में लपेट दी...'नामाक् मोने मुनी निञ्रे...'

स्त्री ने अपनी कंचुकी में सँभाल कर रखी रक्त चन्दन की पुड़िया निकाली और पुरुष की छाती पर कोई चित्र बना दिया...'तोड़े सुताम लेका बाजेना रे...'

"बीजू, तुम पूरा महुए का पेड़ हो गया है, गमक रहा है ऐसे..."

"और चन्दा तुम, महुआ के पेड़ की जान, उसका फूल—उसी से महकता है महुआ, उसी से जीता है महुआ रे..."

बीजू ने उसका हाथ पकड़कर अपने सीने पर रख लिया। उसने हाथ धीरे से खींच लिया और हँसती हुई एक हाथ में अपनी दौरी लेकर उठ खड़ी हुई। पुरुष भी उठ खड़ा हुआ था। दोनों भोर के सुनहरे पीले और कुछ सिन्दूरी उजास में धीरे-धीरे चलते हुए सखुआ के पेड़ों के पास की घनी झाड़ियों के पीछे पहुँच कर रुक गए।

स्त्री हँसने लगी। हाँफते हुए पुरुष ने स्त्री को आलिंगन में भींच लिया। स्त्री ने उसकी छाती पर अपने होंठों से चित्र बनाए...पुरुष ने अँगुलियों से बाँहों पर चित्र बनाए...फिर चित्र ही चित्र बनने लगे...पुरुष ने आवरण का एक पर्दा खींच दिया—उभरे हुए सुन्दर, सुडौल दो कबूतर फड़फड़ा कर जागे, उन पर बैठे भौंरे उड़ जाने को विकल...पुरुष ने उन्हें उड़ जाने से रोकने के लिए झट अपनी हथेलियों से ढक दिया—स्त्री सिहरी—उसने भी सामने वैसे ही दो भौंरों को पुरुष की छाती पर किंचित संकोच से बैठे देखा और उन्हें जगाने के लिए पत्थर की लाल माल को किनारे करते हुए अपने तप्त होंठ उन पर जड़ दिए...वीणा के तार बज उठे...पोर पोर में संगीत उतरने लगा...साड़ी कहीं और जा पड़ी...कंचुकी कहीं और...लुंगी कहीं और छिटक गई...प्रकृति और पुरुष...निरापद...अनावरण...फूलों की डालियाँ झुक आईं...हरसिंगार ने नाच नाच कर पूरी पृथ्वी फूलों से भर दी...पशु पक्षी, जीव जन्तु हर्ष निनाद करने लगे...डाल पर छिप कर बैठी कोयल कुहुकने लगी...मैना और सुगना पक्षी चहचहा कर कहीं दूर मानो सन्देशा देने उड़ चले...

पुरुष पास पड़ी दौरी से अंजलि भर भर कर महुआ स्त्री पर डालने लगा जैसे कामदेव कोई मंत्र पढ़ रहा हो...कोई प्रकृति यज्ञ में पुष्प आहुति डाली जा रही हो...देखते ही देखते स्त्री महुए की बन गई...देखते ही देखते पुरुष महुए का बन गया...महुए की सेज पर लेटे महुए से बने स्त्री और पुरुष...महुए के रस से भीगे...महुए के रस से मदमस्त...स्त्री और पुरुष ने एक दूसरे के हाथ पर हाथ रखा और स्त्री ने उसे अपने ऊपर खींच लिया...पुरुष ने काँपती, सिहरती, लरजती आवाज में कहा—

"चन्दो रे..."

पक्षी गुनगुना उठे—

'जुरी पारवा लेका आलाङ मेनाक् लाङ..'
(हम दोनों कबूतर के जोड़े के समान हैं...)

पेड़ झूम उठे— 'हापाटिञ आलाङ उरगुम एलाङ..'
(एक दूसरे की ठंड और गर्मी को बाँट लेंगे...)

फूल मुस्करा उठे—'भाक भाकुर आलाङ बाहा बाँदेला रे...'
(फूलों के बागान में हम दोनों गाना गायेंगे...)

हजारीबाग—यहाँ सपना था

बस, इसी में आलस आता था, यही, रोज का नहाना। नहाओ और काकी की दी हुई सलवार कमीज पहन लो। कोई न कोई आता है रोज ही काका के साथ। जब से आई है यहाँ, अभी चार दिन भी नहीं हुए, मेहमानों को चाय पानी देने का जिम्मा उसी का हो गया है। काका उसी को टेरते हैं। उसे तो गाँव से लेकर आए थे यहाँ पढ़ाने के लिए मगर कहते हैं कि अभी स्कूल बन्द हैं। पता नहीं कितने दिन में खुलेंगे। उसका तो मन बहुत ललचाता है स्कूल जाने को। जब भी खुलेंगे, जाना तो होगा ही। शहर का स्कूल। हजारीबाग का स्कूल। नई ड्रेस बनवानी पड़ेगी, नई किताबें आएँगी...सोचकर मन उछालें मारने लगता है...लेकिन...लेकिन...यहाँ तो काकी के दिए कपड़े पहन कर काम चल रहा है, फिर...

"हमको साइकिल चाहिए बाबा। बहुत बेइज्जती लगता है। रोज भप्पी हमें बैठा कर ले जाता है। हम कभी चलाने नहीं पाते। हम नहीं जानते कैसे आएगा? तुम जानो कैसे आएगा? हमको चाहिए तो चाहिए।"

अचानक गोपाल कुंडू काका के बड़े बेटे की आवाज गूँजी। इनारा समझ गई कि अब रोज का झगड़ा शुरू है। स्कूल से छुट्टियों के दिन में यह सम्भव ही नहीं था कि बिना किसी झगड़ा झंझट के दिन गुजर जाए।

"कहाँ से आई एतना पैसा? फालतू के शौक पे बर्बाद करने के लिए नहीं न है। लड़के सब शहर की हवा सूँघ कर नालायक हुआ जा रहा है।..."

कुंडू काका दहाड़े।

"बात बात पे गाली गलौज करने से हम शान्त नहीं हो जाएँगे। अपने लिए तो स्कूटर रखे हो। हम एतना दूर पैदल चल के जाएँ! छोड़ देंगे पढ़ाई। वैसे भी कौन पास हो जाएँगे एह बार भी। घर में कोई पुछवइया तो है नहीं! का करेंगे ऐसी पढ़ाई कर के?"

बात बढ़ती जाती और आखिर में कुंडू काका अपना आपा खो देते और दनादन लड़के को झापड़ रसीद करने लगते।

"और जो तुम चुपके से हमारा स्कूटर उड़ाया तो समझ लो ससुर तुम्हारा टाँग चीर के रख दूँगा। टँगवा दूँगा लहास बड़के चौराहे पे। समझा। बाप को गाली दे के निकर जाएगा?"

कुंडू काका और उनके पन्द्रह साल के बड़े लड़के में हाथा पाई जोर पकड़ने लगती। लड़का मौका मिलते ही उनका स्कूटर उड़ा लेता था और अपने साथियों के साथ कहीं इधर-उधर घूमते हुए अपने पास स्कूटर होने के गर्व से भर जाता था। साथियों के बीच भी उस समय तात्कालिक रूप से उसकी इज्जत कुछ बढ़ी हुई लगने लगती थी। इस कृत्य में काकी का मौन समर्थन प्रायः ही उसे प्राप्त रहता था या फिर काकी इस पूरे मामले से निर्लिप्त बनी रहती थीं। जो भी हो स्कूटर चलाते हुए अपने लड़के को देखना काकी के लिए खुशी का एक सुनहरा पल होता था।

इनारा के मन में भी हरे रंग के इस स्कूटर की घर्र घर्र ने अपनी जगह बना ली थी। स्कूटर पुराना था। किसी कबाड़ी से खरीद कर मरम्मत कराया गया था। उसे स्टार्ट करने में बड़ी मशक्कत लगती। देर तक किक मारनी पड़ती, तब कहीं जाकर स्कूटर अपनी लय में आता। इस मशक्कत में ढेर सा धुआँ उसके पीछे के पाइप से निकलता, लगता कोई भीतर बैठा चूल्हा सुलगा रहा है! यह इनारा के लिए एक नई और दिलचस्प चीज थी। कभी कभी शहर में माँ के साथ बैठ कर तरकारी या जामुन बेचते हुए उसने लोगों को स्कूटर से आते जाते देखा था। उसके गाँव में नई चमकती स्कूटर और मोटर साइकिल से आते जाते हुए कोई अनजान आदमी या ठेकेदार या कम्पनी या सरकार के आदमी दिख जाया करते थे। तब भी इनारा के लिए वह एक जादुई मशीन थी, जिससे कितनी ही दूरी पलक झपकते तय की जा सकती थी। यही मशीन हजारीबाग में कुंडू काका के पास देखकर उसकी खुशी का ठिकाना न रहा। मगर अब इसी के लिए रोज बाप बेटे में झक झक...सुबह सुबह का अमृत वचन बन गया था।

कहीं जाना होता तो बाहर खड़े इस जादुई मशीन को किक मार मार कर गोपाल कुंडू हलकान होने लगते, तब कहीं जाकर स्कूटर स्टार्ट लेता—ढेर सा धुआँ उगलता हुआ। सारा घर निकल कर उनका किक मारना देखता। जैसे नौटंकी का नाच या फिर बंदरिया का तमाशा या नट का करतब या मेले ठेले का तमाशा...कुंडू काका को किक मारने में पसीना आ जाता लेकिन सारा घर मिलकर उन्हें उत्साहित करता हुआ तमाम तरह के सलाह विचार रखता जाता। काका की दो छोटी जुड़वाँ लड़कियाँ उछल उछल कर कुछ न कुछ बोलतीं...

"ऐ लो बाबा, अबकी होगा स्टारट...घूँ...घूँ..."

"एँ...हुआ...हुआ...धत् तेरे की!"

"रात भर में ठंडा हो गया होगा इंजन। जरा धूप निकलने दो, गरम हो जाएगा, फिर देखना, सट्ट से स्टार्ट होगा।"

"ठीक से किक नहीं मार रहे हो जी।"

"अरे बाबा, हटो तो हम मारते हैं।"

इस तरह किक मारना उत्सव की तरह रोचक हो उठता।

स्कूटर के शरीर पर कहीं कहीं पड़े भूरे रंग के उचाट और कहीं कहीं जरा सा पिचकी हुई त्वचा को देखकर भी उसकी रौनक किसी के दिल से कम नहीं होती थी। घर का हर आदमी यहाँ काम से खाली नहीं था, इसलिए यही किकमार रोचकता की अवधि अगर बढ़ जाती तो भीड़ छटने लगती। सब अपने अपने काम की याद से घबड़ाने लगते। दो कमरों का यह मकान हजारीबाग मेन शहर के पास था और एक घनी बस्ती के भीतर पड़ता था। तब भी यहाँ से शहर तक पैदल जाने में आधा घंटा से कम का समय नहीं लगता था। हजारीबाग रोड रेलवे स्टेशन उससे भी दूर था। कम से कम साठ पैंसठ किलोमीटर की दूरी थी। वहाँ तक जाने के बारे में कभी कोई सोचता नहीं था। जरूरत भी नहीं पड़ती थी। इस घनी बस्ती की ज्यादातर औरतें दूर कोठियों में काम करने जाया करती थीं। काकी भी।

कुंडू काका की दोनों छोटी लड़कियाँ किसी प्राइमरी पाठशाला में जातीं, जिसके चिह्न सिर्फ इतने से दिखते थे कि उनके पास एक फटा पुराना बस्ता होता था, जिसमें कुछ किताबें होती थीं, कुछ कापियाँ और पेन, जो टूटी होती...दोनों लड़के कहीं दूर किसी सरकारी माध्यमिक विद्यालय में पढ़ने जाते, उनके पास भी एक बस्ता होता। उसमें कुछ कॉपी किताबें भी होतीं। बस्ते की ज्यादातर किताबें फटी हुई होतीं। कॉपी के पन्ने जहाँ तहाँ से फाड़ कर अक्सर ही नाव बना ली जाती या चिड़िया या दूरबीन। ये चीजें कागज से बनाना इनारा ने भी सीख लिया था। ऐसे बस्ते को स्कूल ले जाना अक्सर ही ये लड़के भूल जाते थे! बस्ते में रखी बॉल पेन कभी चलती नहीं! उसे झटक झटक कर, झिड़क झिड़क कर चलाने की कोशिश की जाती मगर वह इंक पेन नहीं थी कि झिटकने से स्याही का रिसाव शुरू हो जाए बल्कि वह नई तकनीक की स्याही से भरी होती, जिसे कितना भी झटका, झिटका जाए, अपनी जगह से टस से मस नहीं होती थी।

नई चीजों को अपने मन माफिक चलाना आसान नहीं था!

कभी कभी यह भी होता कि ऐन स्कूल जाने के वक्त पेंसिल या रबड़ की खोज बीन होने लगती। कभी पता चलता कि छोटे लड़के को हथेली पर मास्टर साहब ने पटरी से मारा था तो दुखी होने की बजाय इनारा रोमांच से भर जाती। इस बात को लेकर छोटे लड़के का बिसूरना उसे बिल्कुल अच्छा नहीं लगता। वह मन ही मन मास्टर साहब की पटरी से मार खाने के लिए अपने को तैयार कर लेती। हालाँकि वह ऐसी शरारती बच्ची कभी नहीं थी जो गलतियाँ करती हो और उसे इस कारण मार खानी पड़ती हो। फिर भी स्कूल जाने में वह किसी भी तरह के कष्ट को बीच में नहीं आने देना चाहती थी। जब वह स्कूल जाएगी तो हँसते हँसते मास्टर साहब की पटरी की मार सह लेगी। उसे याद आता कि कैसे सात किलोमीटर का रास्ता,

कभी दोस्तों के साथ तो कभी अकेले पार करके स्कूल पहुँचती, जहाँ अक्सर ही उसके पहुँचने तक कोई शिक्षक नहीं पहुँचा होता।

"आज तोरई का बीजा छींट रहे थे।"

मास्टर पहुँचते ही बताते।

स्कूल की न कोई छत होती न कोई हद। आवश्यकतानुसार एक दूरी को स्कूल का अहाता मान लिया जाता। इसी तरह एक कमरे को पूरा स्कूल। यह कमरा बड़ा था और उसके आगे बरामदा था, जिस पर पक्की छत डाली गई थी। उसे ही स्कूल ऑफिस और मास्टरों के बैठने या बरसात में सिर ढकने की जगह के रूप में जाना जा सकता था। इनारा सचमुच पढ़ना चाहती थी। इससे कुछ बेहतर चाहती थी। इसलिए जब कुंडू काका ने गाँव आकर सुजन महतो से कुछ बातें कीं, न जाने क्या क्या समझाया और बाबा ने उसे बुला कर हजारीबाग पढ़ने जाने की बात कही तो उसे समझ न आया कि कैसे और क्या बोले? सिर नीचा किए अचरज से मुस्कराती, इठलाती, शर्माती वह अन्दर भाग गई।

कैसे तो उसके भाग खुले!

बार-बार वह ऊपर वाले किसी अदृश्य बोंगा देव को धन्यवाद भेजती।

लो सुनी गई हमारी!

उसका दिल धड़ धड़ बजता!

"लेकिन बाबा, तुम्हारा भात कौन राँधेगा?"

उसने अचानक ही अपने को चिन्ता और मोह में घिरा पाया।

"कर लूँगा। तुम जाओ बच्ची। इतना बढ़िया मौका किसे मिलता है! दू आखर ढेर सीख जाओगी। शहर के स्कूल का बात औरो है! घर का दुख दारिद्र्य दूर हो जाएगा।"

वो बाबा के कन्धे पर दुलार से लटक गई।

"सही में!"

यह आश्चर्य और सुख उसकी आँखों में टँग गया।

"ए दिदिया, एस बना के दिखाओ तो जाने।"

कुंडू काका का छोटा लड़का, जो उससे उम्र में लगभग एक साल छोटा था, कागज पर कुछ न कुछ बनाकर उसे हैरानी में डाल देता। अभी वह कॉपी के एक पन्ने पर एक बिन्दु बनाकर, उससे बिना पेंसिल उठाए चिड़िया बनाकर दिखा रहा था। इनारा ने भी जल्दी जल्दी ऐसा करना सीख लिया था और खुश हुई थी। बदले में उसने काँटे के पीले फूलों की पंखुड़ी से सीटी बजाना सिखाया था।

"तुमको एक बात बताएँ?"

"क्या?"

"हजारीबाग ऐतिहासिक जगह है, समझी? हमारे मास्साब ने बताया था।"

इनारा हैरान! ऐतिहासिक शब्द ही नया था, तिस पर हजारीबाग के साथ जुड़कर रोमांचक भी हो गया था। फिर उसे ऐतिहासिक का अर्थ पता चला।

"मामूली बात नहीं है।"

कुंडू काका के छोटे लड़के ने उसके चेहरे का आश्चर्य भाँपते हुए समझाया।

"कैसे?"

"कैसे क्या? यहाँ का जो सेन्ट्रल जेल है, उसमें किसी समय महापंडित राहुल सांकृत्यायन रहे थे और किताब भी लिखी थी—'वोल्गा से गंगा।'"

इनारा मुँह बाये देखती रही। एक नई सूचना ने हजारीबाग के लिए उसके दिल में जगह बना दी थी लेकिन वह अब भी नहीं समझ पाई कि कौन थे महापंडित राहुल सांकृत्यायन और क्यों लिखी उन्होंने जेल में बैठ कर किताब?

कुछ भी हो, कोई विद्वान आदमी यहाँ उतरा था! इस धरती पर!

"इसी जिले में गुरु जी शिबू सोरेन का भी जन्म हुआ था।"

इनारा फिर हैरान!

"जब यहाँ का इतिहास पढ़ोगी तब जानोगी।"

यह कुछ तसल्ली की बात थी। मगर इन्तजार की बात भी थी।

इन्तजार!!!

इसी इन्तजार में इनारा अपने स्कूल जाने के सपने का इन्तजार करती और रोज दिन बीत जाता।

मोहल्ले का लड़का भप्पी साइकिल लेकर आता और कुंडू काका का बड़ा लड़का उसके पीछे बैठ कर चल देता। कभी कभी दोनों भाई उसके पीछे लटक जाते। दोनों लड़कियाँ भी किसी दिन चीख चीख कर उस पर बैठने की जिद करतीं और अक्सर ही भविष्य का आश्वासन पाकर शान्त हो जातीं। तब इनारा का मन भी इस रोमांचक सवारी के लिए छटपटा कर रह जाता। उसने एक दिन काकी से कहने का मन भी बनाया लेकिन उसी दिन कुंडू काका का बड़ा लड़का हत्थे से उखड़ गया। किसी बेहद मामूली बात से शुरू हुआ युद्ध इतना भयानक होता चला गया कि लगने लगा कि आज कोई न कोई हताहत होकर रहेगा। पूरा परिवार दो पक्षों में बँट गया। मोहल्ले के सयाने और बच्चे इकट्ठा हो गए। लोगों के तरह तरह के विचार विमर्श समझौअल बुझौवल का दौर भी शुरू होते होते नहीं हो पाया और आखिरकार युद्ध अशान्ति फैला कर स्थगित हो गया। बाप बेटे अलग अलग दिशाओं में घर से निकल कर चले गए।

शाम आई और गोपाल कुंडू लौट आए। बड़ा लड़का उनसे पहले लौट आया। दोनों ने एक दूसरे की शक्ल नहीं देखी। गोपाल कुंडू कुछ अलग अन्दाज में लौटे। बहुत नशे में लड़खड़ाते हुए भी सतर्क कदमों से घर में घुसे। खाना खाने बैठे तो काकी से कहने लगे।

"हाथ हरदम तंग रहता है तो दिमाग गरम होगा ही। क्या करें? कहीं कारू का खजाना तो है नहीं कि काम चलता रहे। इनारा बड़ी हो गई है। उसे भी काम पर लगाओ। बैठे बैठे अनाज तोड़ना किसे भायेगा? घर में अकाल है। समझाओ कि वही है जो अपने बाप का दुख दारिद्र्य दूर कर सकती है।"

कुंडू काका इतना पीकर भी बात सयानो जैसी होशियारी से कर रहे थे। इनारा ने साफ सुना। दिल में कुछ गहरे चुभ गया। 'बैठे बैठे अनाज तोड़ना किसे भाएगा?' गूँजता हुआ सा यह वाक्य जितना कचोटता था उतना ही उसके भीतर से निकल कर एक सच आग की तरह जलने लगता था। कुंडू काका के लिए उभरा गुस्सा उसी आग के भीतर पिघलने लगता। मन ही मन वह अपने को काम करने के लिए, यहाँ तक कि मजदूरी करने के लिए भी तैयार करने लगती...और जो पढ़ाई करनी थी...पढ़ाई और मजदूरी...

घर दिन भर इतनी हलचलों से भरा था और अब जो ये रात आई थी तो सन्नाटे से भी ज्यादा शोर करती लग रही थी! बेहद उदासी में डूबे मन से वह नींद को बुला रही थी पर नींद रूठी रानी की तरह दूर जा बैठी थी... । तभी अचानक काकी आकर उसकी बगल में जगह बनाती लेट गईं। उनके लेटने से इनारा को थोड़ी हैरानी हुई मगर उसने इसे अच्छा मौका माना कि अब वह काकी से मन की कुछ बात कह सकेगी।

"लाडो रानी, किस सोच में पड़ी है?"

काकी की आवाज में नरमी थी कि उसका मन भर आया।

"काकी, हमें बताओ कि कुंडू काका क्या कह रहे थे?"

काकी ने उसका कन्धा छुआ, कुछ ऐसी सहानुभूति से, जो शोक में सान्त्वना के काम आती है।

"तुम्हारे काका तो कुछ न कुछ बोलते ही रहते हैं। मैं कहाँ तक उनकी बातों पर ध्यान देती रहूँ? मगर कभी कभी बहुत गहरी बात कह जाते हैं। तब सोचना पड़ता है बिटिया।"

"हम भी सोच में पड़ गए हैं काकी। लेकिन हमें ठीक से समझ में नहीं आ रहा है।"

उसने काकी से मनुहार सा किया।

"घर की बहुत सी बातें बिटिया अभी तुम नहीं जानती हो। तुम्हारी माँ ने कितने दुख झेले। दो बच्चे उसके पेट में सट कर मर गए थे। तुम तब छोटी थीं, क्या जानतीं! बिना खाए पेट में बच्चा कैसे जीएगा? यही हम सबका हाल है। क्या करें? हम भी कम मुसीबत में नहीं हैं। सरकार ने जंगल से लकड़ी काटने और बेचने पर रोक लगा दी। जंगल हमारे कहाँ रहे लाडो?"

काकी ने बहुत दुख से गहरी साँस लेकर उसे थपका।

इनारा का चेहरा रात के अँधेरे में फक्क पड़ गया!

यह क्या जान लिया उसने!

"तुम्हारी बहिन पैदा होकर क्यों मर गई? सोचो। अपनी अम्माँ की बीमारी तो तुम देखी हो। याद होगा किस तरह गई वो हम सबको छोड़ कर। सोचो लाडो। तुम तो अपने बाबा का हाथ पकड़े ही लौटी थीं अस्पताल से अपनी अम्माँ को ले कर। सब जानते हैं अस्पताल वालों ने क्या सुलूक किया था! मगर कुछ हुआ? नहीं न। उनका कुछ नहीं बिगड़ेगा। हम गरीबों का बिगड़ेगा। डॉक्टर क्या, अस्पताल क्या, वकील क्या, अफसर क्या, सरकार क्या...सबका यही रवैया है...गरीबी लाडो। गरीबी है हमारा रोग। यही है सबकी जड़। यही है हमारी दुश्मन..."

और भी जाने क्या क्या काकी कहती रहीं, समझाती रहीं मगर इनारा अब कुछ सुन नहीं पा रही थी। वह भीतर तक गुजर चुके भूकम्प से आक्रान्त थी।

गरीबी।

हाँ, गरीबी ही।

यही है असली कारण।

यही है असली रोग।

उसे अपने बाप की पीठ पर लदी अपनी माँ की याद आई—लाश, नहीं माँ...जो जब तब रास्ते में लुढ़कने लगती थी, तब वह कैसे अपनी जिम्मेदारी मानते हुए बाबा की मदद को खड़ी हो जाती थी और अम्माँ का अकड़ा हुआ पैर पकड़कर सीधा करती। कैसे बीच बीच में सड़क किनारे जमीन पर अम्माँ को लिटा कर, हाँफते हुए बाबा बैठ जाते, पानी पीते, बीड़ी फूँकते और फिर अपने भीतर कुछ प्राण पाकर उठ खड़े होते। अम्माँ को फिर पीठ पर उसकी मदद से लादते और फिर आगे की यात्रा पर दोनों चल पड़ते। सड़क के किनारे की वही हरी हरी घास और धूप, बीड़ी की गंध और पानी का हलक में धीरे-धीरे उतरना उसे रात के इस सन्नाटे में महसूस होने लगा। आँखों की कोरों पर एक नन्हा बादल उमड़ा और बिना गरजे बह चला।

माँ की यादों में घिरे घिरे उसने साफ देखा कि यहाँ यानी कुंडू काका के घर में जो चीज सबसे खास थी, वह थी दो वक्त की रोटी। उसके गाँव में क्या था? अकाल, भूख, गरीबी!...गर्मियों में महुआ के बचे लट्ठे खाकर दोपहर करना और रात में माँड पी कर, घुटने पेट में मोड़ कर सो रहना। न पहनने को पूरे कपड़े हो पाते, न जाड़े में सबको ऊनी कम्बल पूरा हो पाता...जंगल में घूमते तो लकड़ी और घास, पत्ते और टहनियों से ज्यादा खाने की चीजें खोजते...बेर या चिमगोइयाँ, काली बैंगनी छोटी मोती जैसी रसभरी जंगली बेर...घास फूस के बीच उगी...

कितनी ही बार बीजू बिना खाए घर से निकल गया था...कितनी ही बार रोटी को लेकर घर में मार पीट की नौबत आ गई थी...

कन्धे पर पिसान का कनस्तर रखे उसे रात के अँधेरे सन्नाटे को चीरते सुजन महतो दिखने लगे...कितनी पुरानी थी ये याद...

मगर धुँधली जरा भी नहीं...

"काकी, हम काम करेंगे। घर में भी वहाँ काम करते थे। बड़े-बड़े गट्ठर हम अकेले उठाए हैं। कितनी मचिया, खटिया हमने बीनी है। रस्सी बटना भी हमें आता है। बाबा के साथ ईंटा ढोने में भी मदद किया है। अम्माँ के साथ गोबर पथवाया है। बता, हमको कौन सा काम करना होगा? शहर में काम का ढंग अलग है। है न काकी। तुम हमें सिखा देना। हम सीख लेंगे। सच में, देखना। बाकी मेहनत करने में हम कोई कोर कसर नहीं छोड़ेंगे।"

काकी नींद के आगोश में जा चुकी थी।

इनारा हमेशा ही सबके काम में मदद करती। अब खास उसका ध्यान काकी की मदद पर टिक गया था। काकी कुछ कहने के लिए अभी नजरें उठाती कि इनारा दौड़ पड़ती। रोटी थाप कर रख देती। वह पूरे हृदय से घर के बोझ को कुछ हल्का कर देना चाहती थी। चाहती थी कि उसके रहते काकी को कोई कष्ट न होने पाए। उस रात की बात फिर काकी ने नहीं दोहराई। न ही इनारा उनसे कुछ और पूछ पाई।

इससे पहले ही वह सुबह आ गई जो अब तक की सारी सुबहों से अलग रंगत लिए थी। वह उठी तो अपने ही भीतर कुछ पिघला सा, गीला गीला महसूस हुआ। यह क्या? लाल! लाल खून! कहीं उसे खूनी पेचिश तो नहीं शुरू हो गई। पेडू में हल्का हल्का दर्द लहर मार रहा था। समझ में नहीं आ रहा था कि क्या करे? किससे कहे? कुंडू काका की दोनों जुड़वाँ लड़कियाँ उससे बहुत छोटी थीं और दोनों लड़कों में एक बड़ा था तो दूसरा थोड़ा छोटा। लड़कों से कहने में वैसे भी बड़ी शर्म मालूम होती थी। इन लड़कों से इतना घुलना मिलना भी नहीं हुआ था कि कोई लड़की अपनी अन्दरूनी बात कह ले जाए।

लड़कियों का अपने पेशाब, टट्टी के बारे में बोलना अच्छा नहीं माना जाता था।
प्रायः अपनी माँ से भी कूट भाषा में बोलना होता कि कहीं कोई सुन न ले!
फिर तो यह नसों के भीतर उतर कर रक्त का हिस्सा बन जाता था।
इसलिए बहुत सहज भाव से इनारा ने सोचा कि वह किससे कहे?

अभी चन्द रोज से ही, जब से वह यहाँ आई थी, तभी से इस घर के लोगों से थोड़ा घुलना मिलना हो पाया था, पर अब भी कहीं औपचारिकता का एक रिश्ता बना हुआ था। वह भाग कर लैट्रिन में घुस गई। लेकिन निकल आने पर उसे फिर जाना पड़ा। लगता है कल रात उसने ज्यादा खा लिया! इधर जब से यहाँ आई है, खाने पर उसका वश नहीं हो पाता। शर्म भी आती है, कई बार मन दबाना भी पड़ता है, क्या कहेंगे ये लोग? कैसी भुक्खड़ लड़की है? पर आखिरकार कल...लगता है उसने ज्यादा खा ही लिया...ये लाल लाल स्राव...

इस घर में छोटी सी जगह में एक लैट्रिन भी थी, जो घर से जुड़ी हुई लेकिन घर से बाहर थी। इसी लैट्रिन का उपयोग घर के अगल-बगल के किराएदार भी करते थे। इस लैट्रिन में एक लोहे की बाल्टी रखी होती और प्लास्टिक का एक पुराना डब्बा आधा काट कर रखा रहता, उसी से मग का काम लिया जाता। यह लैट्रिन गाँव की बनिस्पत सुविधाजनक तो थी ही, जब चाहा दौड़ गए लैट्रिन में। लेकिन साथ ही एक दिक्कत भी थी। लैट्रिन में नल नहीं था। उसी लोहे की बाल्टी में पानी भर कर ले जाना पड़ता। या किसी और बाल्टी में पानी भर कर, उस लोहे वाली बाल्टी में उड़ेलना पड़ता। जो ऐसा किए बिना चला जाता, वह लैट्रिन में घुस कर 'पानी' 'पानी' चिल्लाता। तब कोई आदमी या अक्सर ही गोपाल कुंडू की बीबी आती और बाहर रखी बाल्टी में चापाकल से पानी भरती। जब तक गोपाल कुंडू की बीबी या कोई और व्यक्ति चापाकल से पानी भरता, तब तक भीतर का आदमी रह रह कर गुहार लगाता रहता। तब लैट्रिन के दरवाजे से सटा कर पानी की बाल्टी रख दी जाती। लैट्रिन के अन्दर का आदमी बड़ी मुश्किल से दरवाजा आधा उढ़का कर, दरवाजे से सटा कर रखी बाल्टी खींच लेता या लैट्रिन वाली बाल्टी को बाहर की तरफ सरका देता। तब बाहर खड़ा आदमी उस सरकाई गई बाल्टी में पानी उलीच देता। बाद में गोपाल कुंडू की बीबी उस सहायक बाहरी बाल्टी की देर तक धुलाई मँजाई करती-मिट्टी से रगड़ रगड़ कर।

"पानी, पानी..."

"हें...ऐं...धप्प...धप्प..."

लैट्रिन के दरवाजे पर भड़भड़।

एक दिन ऐसा भी हुआ कि खुद गोपाल कुंडू ही फँस गए। सब लोग लैट्रिन से दूर इधर-उधर व्यस्त। किसी के कान में आवाज नहीं पड़ी। कुंडू की बीबी यानी इनारा की काकी, जो ऐसे मौकों पर खास सावधानी से उपस्थित हो जाती थी, वह भी इधर-उधर निकली हुई थी। कोई और था नहीं जो पानी की गुहार सुन लेता। वे भीतर से दरवाजे पर थाप देते गुहार लगाते। इनारा ने गोपाल कुंडू के थपथपाने पर गौर किया और बाहर की तरफ दौड़ी। कहीं कोई नहीं दिखा तो खुद ही चापाकल चला कर पानी भरने लगी।

"घबड़ाओ नहीं काका। हम अभी बाल्टी रखते हैं।"

पानी भर गया तो इनारा ने भरसक जोर से आवाज लगाई।

"ऐ कुंडू काका, बाल्टी यहीं दरवज्जा पर धरे हैं।"

गोपाल कुंडू ने आधा दरवाजा उढ़का कर लैट्रिन वाली बाल्टी बाहर की ओर सरका दी और झट से दरवाजा बन्द कर दिया।

लेकिन तब भी बदबू का एक झोंका बाहर निकल ही आया। बदबू के मारे इनारा ने मुँह जरा सा टेढ़ा किया और पानी लैट्रिन वाली बाल्टी में उलीच दिया।

गोपाल कुंडू ने बाल्टी खींचने के लिए दरवाजा फिर आधा उढ़काया और जल्दी से बाल्टी खींच लेनी चाही। लेकिन तभी वे कुछ गिरते हुए से असन्तुलन में भी अपने को इस तरह से बचाने में लगे कि उनका नीचे से उघड़ा बदन चापाकल के पास खड़े व्यक्ति के सामने हो गया। नियम के अनुसार चापाकल के सामने खड़े व्यक्ति को दूसरी तरफ मुँह करना था। इनारा ने दूसरी तरफ मुँह किया भी था लेकिन दूसरी तरफ मुँह किए किए वह इधर-उधर देखने लगी और भूल कर ठीक उसी पल में नियम के विरुद्ध देख लिया। यह सेकेंड की सुई के घूमने से भी तेज घूमते किसी पल में घटा कि जब तक कोई कुछ समझता, कुंडू काका बाल्टी अन्दर खींच चुके थे और दरवाजा भड़ से बन्द कर चुके थे। संयोग कुछ ऐसा बना कि ठीक उसी सेकंड की सुई के घूमने से भी तेज घूमते किसी पल में कुंडू काका की जुड़वाँ में से एक बेटी आकर इनारा के कुछ पीछे रुक गई थी।

"हमने बाबा का तुत्तू देखा।"

वह हैरत से चिल्लाई।

"हे, चुप रे, चुप, क्या बोल रही है!"

इनारा हतप्रभ! उसने इससे पहले किसी इतने बड़े आदमी का लिंग नहीं देखा था—ऐसा पिलपिला सा लटकता हुआ चूहा और उसके पीछे बड़ा सा अंडकोश—काला काशीफल जैसा हिलता...

"उसके पीछे छोटका लोढ़ा लटक रहा था।"

छोटी ने घर के एक एक आदमी को बताया। हर बार नए को बताते हुए वह उतने ही हैरत से भरी होती। इधर-उधर से उसे डपटा जाता। मगर किसी किसी की जिज्ञासा अजीब सवाल से परेशान करने वाली होती।

"टट्टी लपेटे गिरे थे क्या?"

"ऐ बबुनी, के उठाया उनको?"

आखिरकार गोपाल कुंडू को एक अलिखित विज्ञप्ति जारी करनी पड़ी, जिससे मोहल्ले का बच्चा बच्चा सन्तुष्ट हो सके कि 'पहली बात—वे पूरा गिरे नहीं थे और दूसरी बात लैट्रिन में पानी था, जिसे वे बेध्यानी में बहा चुके थे और अब थोड़ा सा और पानी चाहते थे। इसलिए टट्टी पोते गिरने की जिज्ञासा वाहियात है।'

हालाँकि इस अलिखित विज्ञप्ति के बाद बात आई गई मान ली गई थी, पर अभी भी कोई कोई कभी अचानक उस घटना को छेड़ देता तो सब लोग जोर जोर से हँसते और इनारा की स्मृति में लटकता हुआ चूहा और काला काशीफल हिलने लगता...

इनारा को अपना गाँव याद आया, जहाँ कोई भी चीज रोटी के आगे बेकार थी। दूध का रंग भूलता जाता था! बाबा चाहे कितना दिन रात हाड़ तोड़ लें, गरीबी थी कि कम नहीं होती थी!...अम्माँ उसी तरह लकड़ी बटोरती...उसी तरह चूल्हा

सुलगाती...कोयला उसी तरह नहीं मिलता...भात राँधना उसी तरह मुश्किल होता...एक कटहल के लिए जंगल में बाबा चलते चले जाते...गहरे...धँसते...जंगल के कलेजे से आखिकार एक कटहल लेकर लौटते...

उस दिन तो अनर्थ होते होते बचा...बाबा दोपहर को निकले तो घर ही नहीं लौटे। सारा घर इन्तजार में चौंकता, डरता खड़ा रहा। बड़े सबेरे जब बाबा हाँफते हुए झोपड़े में घुसे तो अम्माँ ने साँस ली। पूरा घर हिला और नींद से उखड़े छोटे बच्चे झट सोने लगे। तब एक साँस लेने के बाद अम्माँ ने देखा कि उनके कन्धे पर भारी कटहल था। कटहल एक ओर पटक कर बाबा ने अपनी हँफनी रोकी और लम्बी साँस खींची। सारा घर सिमट कर उनके पास चला आया। कुछ देर बाद बाबा बताने लगे कि कैसे जंगल में भीतर चलते चलते कटहल से लदा पेड़ उन्हें मिल गया। पेड़ पर चढ़ कर कैसे कैसे उन्होंने कटहल तोड़ा। और कटहल पा जाने से परम प्रसन्नचित्त वे कैसे मजे मजे में चलते हुए घर लौटने लगे। तभी राह में सोनबसरा वाले काका भेंटा गए। बाबा जल्दी में थे कि घर पहुँचें तो कटहल की रसेदार तरकारी बने। शाम ढल रही थी। सूरज महाराज अलोप होने चल दिए थे। ऐसे में सोनबसरा वाले काका के भेंटाने से वे एक पल को सकुचाए लेकिन काका से भी तो ढेर रोज के बाद मुलाकात हो रही थी। थोड़ी ही देर में हाल समाचार का दौर चल पड़ा। मगर काका तो किसी और ही दुनिया से चले आ रहे थे।

"सब बात छोड़ो महतो, अभी तो जान बचाओ।"

"लेकिन काका..."

"सवाल जवाब का समय नहीं है सुजन। तुम इधर कैसे निकल आए? वह भी इस बेला? छिप जाओ किसी गुफा में। दिकू लोगों ने सेना पुलिस लेकर जंगल घेर लिया है। जलाते चले आ रहे हैं...मारते चले आ रहे हैं...धड़ाधड़ फायरिंग...आवाज सुनाई नहीं दे रही..."

सुजन महतो घर में खाना बनने की जरूरत की बावत कुछ बताते, समझाते कि काका ने उनका हाथ धरा और खींचते हुए जंगल में घुस गए। कहाँ, किस गुफा में बैठे, होश न रहा। पुलिस की गोली बन्दूक की आवाज आती रही। साँस रोके सुबह का इन्तजार करते रहे। डर के मारे प्राण काँप रहे थे। इस कटहल के चक्कर में जान पे बन आई थी। मगर कटहल न मिलता तो बच्चों की जान पर बन आती! बच्चों की इन्तजार करती आँख में जलती भूख की लौ दिखने लगी...

एक खरगोश बिल से निकल कर बीच बीच में हमारी टोह लेने आ जाता। हमें देखता फिर बिल में लुका जाता। रातभर क्रौंच पक्षी का रुदन सुनाई देता रहा...डर के मारे शरीर जमा जाता था। सोनबसरा वाले काका सुन्न पड़े थे। रात भर सेना के लोग, पुलिस के सिपाही घूमते रहे...गश्ती पे गश्ती दल...आवाज पे आवाज...धाँय...धूँ... धाँय...फिर सूरज की किरण दिखी...जान बचे तो लाखों पाए।

बाबा इस कहानी में एक और रोमांच जोड़ते...उनका यह रोमांच बाद के दिनों में तरह तरह के रूप धर कर विकसित हुआ और फैला। इनारा के भाई बहिनों और दोस्तों के बीच यह कुछ इस तरह से आया कि—उसी गुफा में छिपे बाबा और सोनबसरा वाले काका के आस पास गिलहरियाँ घूम रही थीं। रात के गहरे अँधेरे में जब सब डूब गया तो गिलहरियाँ भी सोने चली गईं। एक गिलहरी बाबा की बाँह पर सो गई। उसे बाबा की बाँह पेड़ की डाल लगी। बाबा बताते कि 'हम भी बाँह पर एक ठू लता लपेट लिए थे। लता से गिलहरी को पता ही न चला कि यह आदमी की बाँह है।'

लेकिन इसी कारण बाबा रात भर अपनी उस बाँह को जरा सा भी हिला डुला नहीं सके।

गिलहरी को एक निश्चिन्त सुन्दर नींद से जगाना उन्हें कितना कितना मुश्किल जान पड़ा...

इसीलिए तो बाँह सुबह तक अकड़ गई। कई दिन तक उसकी मालिश की गई तब कहीं जाकर ठीक हुई।

सभी बच्चे विस्मय, रहस्य और रोमांच के साथ सुनते और बाँह पर लता लपेट कर गिलहरी सुलाने की कोशिश करते...इस तरह गिलहरी को भरमाने की उसने भी बहुतेरी कोशिश की मगर न उसके हाथ गिलहरी लगी न उसकी मंडली की बाँह पर कोई गिलहरी सोने आई...

आखिर एक निश्चिन्त सुन्दर नींद का कोई अर्थ था!

तभी इनारा को लुंगी बाँधे, कन्धे पर गमछा लटकाए बाबा की छवि दिखी...इतने कमजोर, इतने दीन...बाबा चलते हुए अपने खेत खोज रहे थे...

"हमारे खेत कहीं देखा?"

वे आने जाने वालों से पूछते।

फिर खोजते...खेत हेरा गए थे...

वे खोजते खोजते थक कर बैठ गए...

उनके पेट की अन्तड़ियाँ साफ दिख रही थीं...

बाबा इतने भूखे थे कि सड़क की घास खोदने लगे...

लेकिन खोद नहीं पा रहे थे...

इतने थके थे कि घास उनके हाथ से छूट छूट जाती थी...

"बाबा, हम तुम्हारा दुख दारिद्र्य दूर करेंगे।"

सपने में बड़बड़ाई इनारा।

"अरे उठो महारानी!"

काकी उसे आवाज दे रही थीं।

आज इतनी देर कैसे सोती रह गई वो! कहाँ तो काकी को आश्वासन दिया था कि सब काम अपने सिर ले लेगी और कहाँ ऐसी कुम्भकरणी नींद! वह झेंपी हुई सी काकी की तरफ बढ़ी। मगर काकी ने उसे और दिनों की तरह कुछ सुनाया नहीं। चाय और रोटी खाने को दी। और कुछ नम्र आवाज में समझाने जैसा कहने लगीं।

"इनारा रानी, देखो कब किसका भाग्य खुल जाता है। ऊपर वाला हमेशा तकलीफ ही नहीं देता, कभी हमारी सुन भी लेता है। इसीलिए तो कहते हैं कि अँधेर नहीं है उसके यहाँ। देर भले हो जाए।..."

वह टकटकी लगाए काकी की बातों को समझने की कोशिश कर रही थी।

"देखो बिटिया, आज का दिन अच्छी खबर से शुरू हुआ है। चार रोज पहले जो पंडित तिलक लगाए आए थे न, उनके साथ एक आदमी और थे, जरा मोटे से, याद आया न। तुम्हीं गई थीं चाय पानी देने। शहर के बड़े नामी पंडित हैं। बड़े बड़ों के रिश्ते लगवाए हैं। तुमको पसन्द कर लिया बिटिया। इतना बढ़िया रिश्ता बताया है कि हम लोग सात जनम नहीं सोच पाते। हमारी ऐसी औकात कहाँ कि इतने नामी गिरामी घर में रिश्ते की बात सोचते। बड़ा रिश्ता है। सोचो। सैकड़ों एकड़ तो जमीन है उन लोगों की। घर, कोठरी नहीं है लाडो, हवेली है। शानो शौकत है पूरी। औरतें उनके घर में गहना गुरिया डाले छम्म छम्म चलती हैं। नौकर चाकर भरा पड़ा है। अब यह मती सोच लेना कि हमने लड़के के बावत नहीं जानकारी ली। तुम्हारे काका ने चट् से लड़के का हाल पूछ लिया। पंडित ने बताया कि बेफिकर रहो। अच्छी कद काठी वाला है, उज्ज्वल रंग, एकदम चकाचक पहनावा। इतना धनी मानी घराना। लाडो, तुम बहुत सुखी रहोगी।"

काकी भावुक हो उठीं।

"लेकिन काकी, मैं कैसे शादी कर लूँ? बाबा की मदद कैसे करूँगी? मैं नहीं कर सकती बिआह।"

इनारा को फिर कन्धे पर पिसान का कनस्तर उठाए आते बाबा की छवि याद आई।

"यह भी तो बाप की मदद है रानी। तुम्हारा बिआह होगा तो तुम्हारे बाप का कितना बड़ा काम निपट जाएगा। जरा सोचो। सारे मोहल्ले टोले वाले जलेंगे अलग। गाँव में कोई इतना बड़ा घर पा जाए तो कहना! इतने बड़े घर बिआह का ख्वाब देखती रह जाती हैं लड़कियाँ। यहाँ रिश्ता चल के आया है तुम्हारे दरवज्जे। कर देना बाप की मदद। उन सबों को कौन पैसे की कमी है।"

"लेकिन..."

"लेकिन छोड़ो लाडो रानी। जितना पैसा तुम मजूरी करके सारी उमिर कमाओगी, उससे ज्यादा वे लोग एक बार में तुम्हारे बाप के कदमों पर रख जाएँगे। बाप की मदद भी हो जाएगी, तुम्हारा जीवन भी सँवर जाएगा। हम तो यही कहेंगे तुमसे।"

तभी कुंडू काका भीतर आ गए।

''ऐ इनारा! क्या कहती है? हमरा तो कलेजा जुड़ा रहा है। ऐसा रिश्ता चल के आ जाएगा, सोचा नहीं था। कुछ देर में सुजन महतो पहुँच जाएँगे। अचानक से बड़ा काम हो गया। पुजारी तुमको देखकर गया था न चार रोज पहले। तभी से उसके दिमाग में था। ये जो वर पक्ष के लोग आ रहे हैं, किसी और से इनका रिश्ता भिड़ा रहा था पुजरिया मगर तुमको देखा तो कहने लगा कि 'गोपाल भाई, तुम्हीं कोहेला अपनी लड़की नहीं देते। इतना धनी परिवार किस्मत वालों को मिलता है। रानी बन कर रहेगी लड़की। बाकायदा ब्याह कर ले जाएँगे। हम करवायेंगे अपनी देख रेख में बिआह। बाप भी लाभ में रहेगा। मालामाल हो जाएगा। सोच लो कुंडू, बड़ा मौका है।' हम भी सोच में पड़े रहे कुछ देर। हमारी तो दोनों लड़कियाँ छोटी हैं नहीं तो ऐसा मौका नहीं चूकता। हमारे घर में तो बस एक तुम ही हो बिआह के लायक। अब तुमरा ही भाग्य बलवान है तो ये रिश्ता आया है, ऐसा समझो। बस, एक बात है...''

कुंडू काका रुक गए।

''अब बोल के कोई टोक न लगाओ।''

काकी ने प्रश्नभरी निगाहों से उन्हें देखा।

''ऐसा भी नहीं है। कोई बड़ी बात थोड़े न है। बस, थोड़ा जल्दी में हैं वो लोग। तैयारी का समय नहीं दे रहे। कल सबेरे पहुँचेंगे और फटाफट शादी करा के ट्रेन से निकल जाएँगे अपने देश—हरियाणा। सुना है बड़ा फला फूला देश है। खूब धन धान्य है। जा री, राज कर।''

कुंडू काका उससे कोई सलाह नहीं ले रहे थे, उसे सलाह दे रहे थे। उसकी उम्र भी इतनी नहीं थी कि किसी मसले पर सलाह मशविरा किया जाए। अभी तेरह में चल रही थी और चौदहवें की दहलीज के पास खड़ी थी।

कुंडू काका बाहर निकल रहे थे कि तुरन्त लौट आए।

''अरे सुनो तुम दोनों। ये बात अभी कहीं कहने की जरूरत नहीं है। हजार दुश्मन ताक में रहते हैं। कोई बेकार में बिघ्न बाधा न खड़ी कर दे। जरा सावधान रहने की जरूरत है।''

गोपाल कुंडू इतने खुश थे और सुजन महतो का घड़ी घड़ी इन्तजार कर रहे थे। इनारा सोच में पड़ गई।

''काका, हमारे भाई के लिए बारे इतात् माने उपहार देने के लिए तैयार हो जाएँगे?''

''हाँ, हाँ, क्यों नहीं दे देंगे। हम खबर कर देंगे। कपड़ा ला देंगे, जूता ला देंगे।''

''नहीं, नहीं काका। हमें अपने बीजू भाई के लिए कपड़ा जूता नहीं चाहिए।''

''तब क्या चाहिए?''

"उ चाहिए—मोटर साइकिल।"

एक क्षण को कुंडू काका हतप्रभ रह गए। मन ही मन हिसाब लगाने लगे।

"देखो बिटिया, सुजन तो तैयार हैं, इतने पैसे उसने कहाँ देखा है! हम और बढ़वाने की कोशिश करेंगे। वे लोग जल्दी में हैं, हो सकता है मान जाएँ। मगर मोटर साइकिल?"

"काका, हमारे बीजू को मोटर साइकिल मिलना ही चाहिए। किस बात के धनी हैं वे लोग? हमने मन में सोचा था कि अपनी कमाई से बीजू भाई के लिए गाड़ी कीनेंगे—एकदम नए जमाने की चकाचक। इसके बिना तो न हो सकेगा।"

"अरे, अरे, ऐसा न बोल रे! इतना बढ़िया घर बार किसे मिलता है? तुमरा बाप का मदद भी कर रहे हैं।"

"तो कौन सा अहसान है काका? हम भी तो जाएँगे साथ में—एक जीता जागता प्राणी। और सुनरी दिदिया, आज तक लौट न सकी, कौन जानता है, कैसी है? कहाँ है?"

कहने को तो इनारा ने कह दिया लेकिन उसे तत्क्षण लगा कि अहसान तो है। इस गरीबी और जिल्लतों भरी जिन्दगी में जहाँ रोटी की मजबूरी में क्या क्या नहीं करना पड़ता...ठेकेदारों, पुलिसवालों ने क्या क्या कहर बरपाए हैं...तब ऐसे में, इतना पैसा उस जैसी लड़की के लिए- क्या कम अहसान है। वह मन में कृतज्ञ हुई।

"सुनरी की बात न करो। जहाँ होगी, भली होगी। सुख सुविधा में आदमी घर परिवार भूल जाता है। अच्छा जाओ।"

कहते हुए काका ने उसके माथे पर आशीर्वाद का हाथ फेरा और निकल गए अपनी उसी फटफटिया स्कूटर को किक मारने। सुजन महतो को लेने। शुभ काम में विलम्ब क्यों! बिल्कुल नहीं। बिल्कुल नहीं।

इधर बड़ी हवेली में छम्म छम्म गहना पहने घूमती औरतें, थाली में भरा हुआ मसालों से गमकता व्यंजन, सुन्दर रेशमी कपड़ों में सजी वह बड़ी जिम्मेदारी और जल्दी जल्दी न जाने कौन से काम निपटाती हुई...

उधर साफ और सुन्दर नए कपड़े पहने बीजू नया मोटर साइकिल खटाखट स्टार्ट करते, इनारा की तरफ सिर हिला कर अपनी खुशी जताते...

इधर सुजन महतो चारखाने की बादामी रंग की नई लुंगी पर मलमल का नया कुर्ता डाले गाँव के चार आदमियों के साथ हाट में घूमते बकरियाँ खरीदने का मन बना रहे होते...

नन्ही कहीं कोने से देखती नई फ्राक की जिद आँखों में लिए खड़ी है। उसे क्यों भूला जा रहा है भाई?...

उधर छोटू होटल में बरतन माँजते मिल जाते और आँखों में खुशी भरे, जल्दी जल्दी गन्दे हाथ धो कर, सुजन महतो की उँगली पकड़ लेते...

अम्माँ की आत्मा जाने कहाँ से उतर आती और दुल्हन के लाल जोड़े में सजी अपनी लाडो रानी पर आशीषें बरसाने लगती...

अब न तुम्हारे इलाज को लाले पड़ते अम्माँ...

अब न तुम्हारी लाश को कन्धे पर लाद कर बाबा को लाना पड़ता...

हम न भूलेंगे अपना घर परिवार...

भविष्य के नए सलोनेपन से बना सपना उसकी आँखों में टँक गया...

दहकता हुआ लाल पलाश

''रविवार की सुबह और जाड़ों की यह कुनकुनी धूप! तुम्हारी इस बाल्कनी पर बैठ कर बड़ा सुकून मिलता है।''

पद्मजा ने अपना चाय का प्याला उठा लिया। सामने की कुर्सी पर बैठी उसकी बहन संध्या हल्का सा मुस्कराई।

''सुबह सुबह एक भी शब्द बोलने का मन नहीं करता। लगता है जैसे इस कायनात के काम में डिस्टर्ब कर रहे हैं।''

''वाह, एक तो तुम देर रात तक काम करो फिर देर से सो कर उठो, फिर सामने वाले को, ऐसी ही कोई फिलॉसफी पढ़ा दो।''

''दी, तुम भी! सुबह सुबह मेरी टाँग खींच रही हो।''

संध्या ने अपनी प्याली उठा ली।

''आह, तुम्हारे हाथ की चाय!''

पद्मजा के चेहरे पर गुलाब सा खिलापन तिर आया, लगा कि उसे संध्या की प्रतिक्रिया से बहुत आनन्द आया है।

रविवार की छुट्टी और जाड़े की धूप—इस मौसम में सुबह सुबह बाल्कनी में बैठ कर काली चाय पीना और अखबार पढ़ना संध्या की दिनचर्या का हिस्सा था। यही सुबह तब और सुकूनदेह हो जाती, जब उसकी बड़ी बहन पद्मजा नोएडा से उसके पास चली आती और छुट्टियों के दिन रुक जाती। पद्मजा के बच्चे बड़े हो चुके थे और अलग अलग शहरों में अपनी अपनी नौकरी के सिलसिले में रह रहे थे। चार साल पहले पति से तलाक हो चुका था और अब वह प्राय: अकेले नोएडा के अपने फ्लैट में रह रही थी।

''तुम झूठ मूठ में एक और परेशानी क्यों मोल लेना चाहती हो संध्या? क्यों उस पर ध्यान देती हो? ठीक काम कर रही है। ईमानदार भी है। अब ज्यादा तीन पाँच मत सोचो। लगे रहने दो इसे। ज्यादा पीछे पड़ोगी तो छोड़ कर भाग जाएगी।''

पद्मजा अब वर्तमान की समस्याओं पर आ गई। प्यार से झिड़कते हुए बहन को समझाया। संध्या अपनी कामवाली को लेकर कुछ दिनों से उधेड़बुन में लगी थी। तिस पर यही सबसे मुफीद वक्त होता है कि दोनों बहनें दिल की तमाम बातें कह

सुन लेती थीं और पद्मजा मौके का फायदा उठाते हुए सेहत आदि की कई बातें संध्या को समझा जाती थी। जैसे इस काली चाय से पहले शहद नीबू डालकर गुनगुना पानी पी लिया करो। काली चाय में दो दाना काली मिर्च कुटवा कर उबलवा दिया करो आदि आदि...

''दी, मामला उसके काम करने का है ही नहीं। मैं तुम्हें समझा नहीं पा रही हूँ। पता नहीं क्यों उसे देखकर मुझे कुछ परेशानी, कुछ उलझन सी होने लगती है। मतलब कुछ अजीब।''

''तुम्हारा मतलब है कि उससे निगेटिव बाईब्रेशंश आती हैं? मुझे तो ऐसा नहीं लगता। सीधी लगती है।''

''नहीं दी। ऐसा नहीं।''

''रहने दे। अब ये ठीक मिल गई है तो तुझे कुछ न कुछ खुराफात सूझने लगी है। तेरी भी उम्र अब चालीस से ऊपर हो गई है। अब ज्यादा पचड़े में पड़ना ठीक नहीं। मैं तुझे क्या जानती नहीं? इसे देखकर जरूर तेरे मन में समाज कल्याण के भाव लहरे मारने लगते होंगे।''

संध्या हँस पड़ी। फिर भावुक हो उठी।

''दी, तुम मेरी इतनी फिक्र कर लेती हो। और है ही कौन मेरा?''

''मेरी भी एक तू ही है। एक दिन बच्चे अपने जीवन में लग जाएँगे और मेरे लिए उनके पास समय नहीं होगा, कहाँ सोचा था! सारी जान निचोड़ कर उन्हें बड़ा किया पर देखो कि आज अकेले हूँ! कितनी कोशिश की कि पति का साथ दूँ, उनके आदेशों को कभी नहीं टाला, मगर उन्हें लाख समझा कर भी समझा नहीं पाई कि जीवन में औरत को भी साँस लेने की मोहलत चाहिए। उन्हीं के कारण माँ बाप को देखने नहीं आ पाती थी। मगर हाथ क्या आया, अकेले रहना।''

''ओह दी, मत जाओ उधर। कितनी मुश्किल से तुम डिप्रेशन से बाहर आई हो। तुम्हारी कीमत मुझे पता है न।''

''दी, उधर देखो, समाज की तरफ। समाज के साथ जुड़कर ही हमारा संघर्ष सार्थक होना है। हमें अपने जीने की संजीवनी वहीं से मिलती है।''

''हाँ।'' पद्मजा ने उसके हाथ की गरमाई महसूस की।

''अब हम अच्छी सी दूध वाली चाय पीएँगे। अन्दर बैठकर। धूप भी जाने वाली है। वो भी आने वाली होगी, वही, हमारा पलाश का फूल। उसके आते ही चाय बनवाती हूँ।''

''हाँ, अब तू उसे अपना पलाश का फूल भी कह रही है।''

''और क्या कहूँ? तुम बताओ?''

''तुझे झक चढ़ चुकी है उसे ले कर। अब कोई तुझे कुछ नहीं समझा सकता।''

''नहीं दी। केवल तुम मुझे समझा सकती हो। अब इसे ऐसे समझो।''

संध्या अब हाव भाव के साथ समझाने के मूड में आ गई।

''ऐसा लगता है जैसे कि वो कोई दुखभरी कहानी लिए घूमती है। उसकी कहानी हमें निकालना है। उसका पेट देखो, लगता है आठ महीने का बच्चा होगा, मगर कहती है कि नहीं है। तो कोई बीमारी होगी, कहती है कि नहीं है। उसका चेहरा देखो, कैसा भोला, लगता है बारह तेरह साल की बच्ची होगी, मगर कहती है कि...''

''नहीं है। नार्मल मुझे भी नहीं लगती। लेकिन सँभल कर संध्या। ये महानगर तिलस्म से भरा है, कौन क्या है? जानना आसान नहीं है। जो दिखता है, वही असली नहीं है, तुम तो अपने अनुभवों से खूब जानती हो। कानून की पढ़ाई तुमने पढ़ी है। मैं तो बस बहन के मोह में बोल रही हूँ।''

पद्मजा चिन्ता में पड़ी हुई कहने लगी।

''संध्या, जीवन में हमने तुमने भी कम नहीं झेला है। अब उम्र के इस पड़ाव में इसकी कुछ मदद करना ठीक है। डॉक्टर और दवा का खर्च दे देना चाहिए।''

''वह तो कर दूँगी मगर...''

'मगर' के साथ संध्या के चेहरे पर उभर आए तनाव ने पद्मजा को परेशान कर दिया। उसके भीतर का ममत्व संध्या के लिए उमड़ पड़ा।

''हमने कैसे कड़े इम्तिहान वाले दिन निकाले हैं कुछ याद कर। तूने अपना कैरियर बनाने में बड़ी मेहनत की है। कहाँ कड़कड़डूमा का वो डिस्ट्रिक कोर्ट, इतनी दूरी, लेकिन तूने हार नहीं मानी, कैसे-कैसे केस लिए। याद है मुझे तुझे जो धमकियाँ मिला करती थीं। लेकिन तू भी एक हिम्मत वाली, लड़ गई और कभी न्याय पाने की आशा न रख पाने वालों को न्याय दिलाया। आज जो तेरी जगह बनी और हाई कोर्ट में तू आ सकी, उसके पीछे की तपस्या की मैं गवाह हूँ। अब मैं तुझे किसी परेशानी में नहीं देखना चाहती हूँ। मैं भी कितने डिप्रेशन में रहती थी उन दिनों, जब माँ बीमार हुईं। माँ बाबू जी को डॉक्टर के यहाँ ले जाने तक में, मैं तेरी मदद नहीं कर पाती थी। आखिरकार इतनी कोशिशों के बाद भी ये रिश्ता, मेरा और जतिन का नहीं ही बच सका।''

आखिरी वाक्य तक आते आते फिर पद्मजा किसी पुराने दिन में चलने लगी।

''दी, तुम वह रिश्ता बचाना ही क्यों चाहती थीं? मैंने पहले ही कहा था न, या तो तुम बचोगी या रिश्ता ही। तुम्हें खत्म करके ही वह रिश्ता बच सकता था और तुम खुद को भी बचाना चाहती थीं।''

संध्या ने जल्दी से पद्मजा को रोका। ऐसा करना उसने सीख लिया था। यह वकालत के पेशे से एकदम अलग तकनीक थी। जैसे ही पद्मजा अपने अतीत की तरफ लौटती, तुरन्त उसे टोक कर लौटा लाना होता था। इससे वह दुबारा अतीत में अटक कर डिप्रेशन में जाने के खतरे से बच जाती थी। संध्या उसे बचा लेने के इस

रास्ते पर उसकी नाराजगी मोल लेने तक भी चली जाती थी। यानी कि पद्मजा अपनी धुन में जब पुरानी बातें करने लगती तो संध्या उसकी बात पूरी नहीं सुनती, बीच में ही कोई चुभता हुआ वाक्य कह कर उसे दूसरे ट्रैक पर मोड़ देती। संध्या खुशी खुशी इस गुस्से को, इलजाम को सिर माथे ले लेती थी। अभी भी उसने यही तरीका अपनाया था और अचानक ही पद्मजा अतीत से लौट आई थी।

"करेक्ट! अपना व्यक्तित्व बचाने वाली औरतों से समाज बाकी चीजें छीन कर उसे अकेला बना देता है। लेकिन ठीक ही हुआ। मुझे उससे मुक्त होकर अच्छा लगता है। लगता है जैसे खुल कर साँस ले पा रही हूँ। खुल कर बोल पा रही हूँ। कम से कम चौबीस घंटे किसी की निगरानी करती तलवार तो सिर पर नहीं टँगी है। तुम्हारी मुश्किलें भी क्या कम रहीं!"

"अच्छा, इसमें से निकलो और मेरी मुश्किलों में उस शख्स को याद करो जो मेरे केबिन में कोई न कोई काम लेकर आता था और बाहर जाकर कहता था कि उसका मेरे साथ अफेयर चल रहा है।"

"अरे हाँ, क्या वकील था!"

"कितने दिनों तक वो ऐसा करता रहा और लोग मुझसे पूछने से डरते रहे। कितने दिनों बाद मुझे पता चला! बताओ भला! फिर तो जो जूता निकाला मैंने भी!"

"तूने कम टेरर बनाकर रखा है!"

दोनों बहनें हँसने लगीं।

"लो आ गई तुम्हारी चिन्तामणि।"

"दी, एक कप चाय के लिए बोल दो न। फिर हम यहाँ से उठेंगे। धूप भी चली गई।"

"अरे, क्या नाम बताया था तुमने? पलाश! पलाश! पलाश का फूल, जरा दो कप चाय बना दो न। अदरख डाल कर दूध वाली। पहले बनाकर दे जाना डीयर, फिर काम शुरू करना।"

पद्मजा ने कामवाली के घर के भीतर घुसते ही उसे संध्या के कहे अनुसार आदेश दे डाला।

फिर बहन की तरफ मुड़ कर फुसफुसाई।

"देखो तो ये कैसे धड़ से अन्दर घुस आती है। सांकल खटखटाना तो जानती ही नहीं। पिछली बार मैंने इसे सिखाया था मगर तुम कभी टोकती नहीं!"

"छोड़ो भी। अच्छा होता कि ऐसी सुहानी सुबह में तुम अपने डॉक्टर पड़ोसी के बारे में बतातीं।" संध्या ने बहन को छेड़ा।

"वो। उसके बारे में क्या बताना? रोज की रुटीन में कभी दिख जाता है, बस।"

पद्मजा के गोल चेहरे पर टँकी दो गोल आँखें और टमाटर जैसे उभरे गालों पर हल्की सी लाली आकर चली गई।

''क्या पता दी, उसे प्रेम हो गया हो?'' संध्या ने छेड़ा।

''क्या संध्या! प्रेम के मामले में इस देश के औरत मर्द का दिमाग पिछड़ चुका है। अभी तक मर्द अपने सामन्ती माइंडसेट से बाहर नहीं आ पाया है! तो कैसे सोचें प्रेम के बारे में?''

''सबको एक ही झाड़ू से मत बुहारो दी। कुछ अच्छे लोग भी होते हैं।''

''हाँ, होते हैं। इतने कम होते हैं कि उनका होना दिखता नहीं! अब इतिहास में मत चली जाना कि एक ज्योतिबा फुले थे, कि एक रानाणे थे, कि एक राजा राम मोहन राय थे, कि एक...''

''ओह, दी, आज भी होंगे।''

''कहाँ हैं? मैं पूछती हूँ कहाँ हैं?''

तभी रसोई से कुछ गिरने की आवाज आई।

''क्या गिरा? अरे पलाश, कहाँ हो?''

पहले पद्मजा दौड़ कर अन्दर आई। देखा तो रसोई में पलाश जमीन पर लेटी हुई है। उसके हाथ में पकड़ा स्टील का भगोना जमीन पर लुढ़का पड़ा है। थोड़ा पानी छिटक कर इधर-उधर बह रहा है। शायद भगोने में कुछ पानी रहा होगा।

''अरे क्या हुआ इसे? पलाश! उठो!''

पद्मजा की घबड़ाहट भरी आवाज से संध्या भी चली आई और पलाश को इस तरह गिरा देखकर चौंक गई।

''मुझे लगा कोई बरतन गिरा होगा!''

''पानी के छींटे मारो!''

''हाँ, हाँ।''

पद्मजा पानी के हल्के हल्के छींटे उसके मुँह और माथे पर मारने लगी।

पानी के छींटे पड़ते ही पलाश ने आँखें खोल दीं। दोनों बहनों की जान में जान आई। पलाश पद्मजा के सहारे से उठकर बैठ गई।

''मेरा घर है लेकिन जरूरत पड़ जाए तो मुझे ही कोई चीज मिलती नहीं!''

संध्या ग्लूकोज का डब्बा खोजने लगी।

पद्मजा ने रसोई की अल्मारी की एक दराज खोली जिसमें कभी का पॉलिथीन में बँधा थोड़ा सा ग्लूकोज झाँक रहा था।

''ग्लूकोज पानी देना ठीक रहेगा न दी?''

पद्मजा ने तुरन्त पानी में ग्लूकोल मिलाकर उसे दे दिया। कमजोर हाथों से गिलास पकड़कर पलाश पानी पीने लगी। ग्लूकोज का पानी था या जादू की लहर।

उसके चेहरे पर ऐसी कोई तृप्ति तिरती जाती जैसे कहीं दूर गुम गया जीवन धीरे-धीरे लौट रहा हो।

"सुबह से कुछ खाई थी?"

अचानक पद्मजा बीमारी की जड़ पकड़ने की कोशिश करने लगी।

'न' में सिर हिला कर पलाश फिर पानी पीने लगी।

"क्यों नहीं खाया? दिनभर काम करोगी बिना खाये पीये? चक्कर तो आएगा ही!"

"इन औरतों के दिमाग में जाने क्या भर दिया गया है! खुद को भूल कर काम करती रहेंगी, अपने खाने पीने का होश नहीं रहेगा, सबको खिला देंगी! कौन तुम्हारे लिए ऐसा करता है, जरा सोचो! अरे सेहत तुम्हारी खराब होगी तो तकलीफ तुम्हें ही झेलनी होगी, मरोगी तो तुम्हारे ही प्राण निकलेंगे! लेकिन नहीं, अपने को कष्ट देती रहोगी!"

पद्मजा गुस्से में कुछ न कुछ सुनाती जा रही थी लेकिन रात की बची रोटियाँ निकाल कर एक प्लेट में रख उसकी तरफ बढ़ा भी दीं।

"अब खाओ इसे। अचार से खाओगी?"

पलाश चुप रही। तब पद्मजा ने उसे अचार निकाल कर दिया।

"इतनी बार कहा है कि रात का बचा जो कुछ भी हो, दीदी जी से पूछ कर खा लिया करो। तुम्हारी इन दीदी जी को गरम गरम ताजी दो रोटी चाहिए बस।"

पलाश उठ खड़ी हुई।

"अब ठीक है दीदी जी। हम कर लेंगे। आप बैठो, हम तुरन्त चाय लाते हैं।"

"अरे तू उठकर खड़ी हो गई तो इसका मतलब ये थोड़े न कि सब ठीक हो गया। जो कुछ बिगड़ जाता है उसे ठीक होने में वक्त लगता है, प्रयत्न लगता है, धन लगता है, ऊर्जा लगती है और कौन चाहता है बिगड़ गए को ठीक करने के लिए कुछ मेहनत करना!"

पद्मजा का गुस्सा जमाने के साथ जुड़ गया।

"अब तू चाय बना, अपने लिए भी बना लेना। और हाँ, आकर जरा दो बातें हमसे भी कर ले। आज के बाद हफ्ते भर तेरी दीदी जी को फुर्सत न मिलेगी!"

"नहीं दीदी जी, आप परेशान न हों। हम एकदम ठीक हो गए हैं।"

पलाश झिझक रही थी।

"मुझे तो लगता है तू प्रगनेंट है। बच्चा है? तेरा पेट कैसा निकला है, देख! कोई अंधा भी बता देगा। ऐसे में खाए पीए बिना काम करना ठीक नहीं।"

"न, न दीदी जी, ए,ऐ तो ऐसे ही निकला है। बच्चा वच्चा कुछ नहीं।"

"कब से?"

'दो तीन साल से।"

''क्या कह रही है? ऐसे निकलता है पेट?''

''हम क्या जानें? हमारा निकल गया, पेट गिराया कई बार, उसी के बाद।''

''डॉक्टर को दिखाया कभी?''

''हम डॉक्टर कहाँ पाएँ? हमारी किस्मत ऐसी ही है दीदी जी!''

''किस्मत पर मत डाल।''

''कैसे न डालें? कितना कोशिश किया हमने! कुछ ठीक नहीं कर पाए। दीदी जी, आदमी के सब रास्ते बन्द हों तभी किस्मत दिखाई पड़ती है।''

''पलाश, तू कितनी छोटी लगती है! कितनी उम्र होगी?''

''पता नहीं दीदी जी। उम्र तो उनकी होती है जो जीते हैं।''

''अरे!''

''कितने साल पहले निकली थी गाँव से?''

''अब तो तीन चार साल हो गए होंगे।''

''तीन कि चार?''

''तीन से कुछ ज्यादा।''

पलाश सोच में पड़ गई।

''मेरे ख्याल में तेरह चौदह से ज्यादा की नहीं रही होगी तू।''

''हो सकता है दीदी जी।''

''तो इस हिसाब से सोलह या सत्रह से ज्यादा नहीं है।''

पलाश चुप।

''ये कैसी बहस कर रही हो दी?''

संध्या ने टोका।

''इस अधेड़ आदमी से तेरी शादी करा दिया तेरे बाबा ने?''

पद्मजा इतनी जल्दी कहाँ रुकने वाली थी।

''हमारे बाबा को कुछ मत कहो दीदी जी। उसने नहीं कराई मेरी शादी।''

''तो खुद किया तूने?''

पलाश चुप। जल्दी जल्दी चाय छानने लगी। दोनों बहनें रसोई से निकल कर ड्राइंग रूम में चली आईं। बाल्कनी की धूप जा चुकी थी पर कुछ देर पहले के अपने होने को अभी प्रमाणित कर रही थी और ड्राइंग रूम उसकी गरमाई को लपेटे हुए था।

पलाश टेबल पर चाय रखकर जमीन पर बैठ गई।

''पलाश, तेरा नाम कितना सुन्दर है। तूने पलाश के फूल देखे हैं?''

''पलाश के जंगल देखे हैं दीदी जी।''

''ओह, तो तेरे झारखंड में पलाश के वन हैं। और क्या क्या है?''

पलाश कुछ बोल नहीं सकी। हाथ में जो बिस्किट पकड़ाया था पद्मजा ने, उसे कुटुर कुटुर खाती रही।

''अच्छा तेरे गाँव का नाम क्या है?''

पद्मजा ने उसे घुलने मिलने का रास्ता दिया।

''प्रेत गाँव।''

'' ?''

''हाँ।''

''मैंने कभी नहीं सुना!''

''क्या?''

''ऐसा नाम!''

''तुम भी दी! और तुम पलाश, ऐसा क्यों बोल रही हो?''

''हमें बताओ।''

''दीदी जी, सारा हमरा देस, प्रेत देस बन गया है। अब कौन डेरा रह गया है वहाँ, प्रेतों का वास भर है। आदमी जियेगा तो गाँव जियेगा। बिना आदमी के क्या गाँव क्या देस!''

बहुत धीमी लेकिन तल्ख आवाज पलाश के मुँह से निकली।

दोनों बहनें इस बात पर आवाक् रह गईं। उन्हें उम्मीद नहीं थी कि छोटी सी पलाश, अपने फूले हुए पेट पर भोला सा चेहरा लटकाए हुए भीतर सच का ऐसा दहकता हिस्सा लिए थी!

''सुन लो फिलॉसफी!''

''दी!''

पद्मजा ने कह तो दिया मगर तुरन्त ही गम्भीर हो उठी। और तिस पर एक 'दी' से संध्या ने अपनी आपत्ति भी दर्ज कर दी।

''हूँ।''

सचमुच वाक्यों के अर्थ कुछ ज्यादा वजन के साथ उसके सामने उलट पड़े।

''मैं तो महीने भर से कोशिश कर रही थी दी, आज तुम्हारे आने से पलाश बात करने को राजी हुई है।''

''मेरा आना काम तो आया। बता पलाश, आज क्या खिलाएगी हमें?''

पद्मजा ने फिर से पलाश को बात के लिए तैयार करना चाहा।

''अच्छा, जब से तुम गाँव से आई तो फिर कभी नहीं जा सकी गाँव?''

पलाश ने 'न' में सिर हिलाया।

''ओह!''

''अरे, कुछ खबर मिली घर बार की? कि एकदम बेखबर?''

फिर से 'न' में सिर हिला।

''ओह, तो तेरी शादी कर के, विदा करके भूल गए तेरे माता पिता?''

''न, न, दीदी जी, अइसा मत बोलो।''

पलाश की आवाज भर्रा गई। कंठ साथ छोड़ने लगा। आँसू धीरे-धीरे लुढ़क कर उसके गाल पर गिरने लगे। बिना आवाज कोई शोर कमरे में भरने लगा।

"अरे, अरे, रो मत। घर की याद आती है। किसे नहीं आती? हिम्मत रख। लड़कियाँ मायके की याद न करें, ऐसा कहीं हो सकता है?"

पद्मजा उसे पीठ पर थपकने लगी।

"रो मत। हम तेरे साथ हैं। इतना अच्छा घर मिल गया है तुझे काम करने के लिए। ये तेरी दीदी जी, बहुत अच्छी हैं। कितने लोगों की मदद कर चुकी हैं, तेरी भी कर देंगी। मत रो बहना।"

"हम क्या रोयें दीदी जी। हमारा रोना जंगल के दरख्त के रोने जैसा है, जो किसी को दिखाई नहीं देता, काटने वाले को सुनाई नहीं देता। उस पंछी को दिखता है जो उस पर बसेरा करता है, पास खड़े उस पेड़ को दिखता है, जो सहम कर अपनी बारी का इन्तजार कर रहा होता है। हम क्या रोयें दीदी जी..."

कुछ देर चुप्पी छाई रही।

फिर धीमी आवाज फूटी—"हमारे बाबा ने तो नौकरी करने भेजा था दीदी जी। फिर लौट नहीं पाई।"

"नौकरी तो तू कर ही रही है। बस, इस आदमी के चक्कर में फँस गई, है न?"

"रुको दी, वो कुछ और कह रही है।"

संध्या अपनी कुर्सी से उठकर पलाश के पास चली आई। एक मोढ़ा खींच कर वहीं पास में बैठ गई।

"पलाश, मुझे सब बता। ये जो तेरा पति है, इससे तेरी शादी कैसे हुई?"

अचानक पलाश को जैसे कुछ होश आया। वह डर गई। उसकी आँखों में भर आया भय दोनों बहनों ने पढ़ लिया।

"पलाश, ये तेरी दीदी जी हैं, बड़ी वकील हैं। सब दुनिया जानती समझती हैं। तू इनसे बताएगी तभी तेरी मदद कर पाएँगी।"

"सब यही कहते हैं मदद करेंगे। हमें मदद नहीं चाहिए दीदी जी।"

पलाश उठ गई और जाकर रसोई में बरतन खड़काने लगी।

"अरे, देखो तो इस लड़की को!"

पद्मजा हैरान रह गई।

"दी, थोड़ा वक्त उसे देना होगा। उसका भरोसा जीतना होगा। दूध का जला छाछ भी फूँक फूँक कर पीता है।"

दोनों बहने भी फिर दूसरे कामों और दूसरी बातों में लग गईं। पलाश खाना बनाकर लौट गई और फिर रात का खाना बनाने आई। किसी ने उससे सुबह की बात नहीं छेड़ी। संध्या रात में अपनी स्टडी में आकर काम करने लगी कि अचानक देखा पलाश उसके दरवाजे के पास चुपचाप खड़ी है।

"हो गया खाना?" संध्या ने प्यार से पूछा।

पलाश ने 'हाँ' में सिर हिला दिया।

"बोलो।"

"आप सच में हमारी मदद करेंगी?"

"हमें हमारे घर भिजवा देंगी? झारखंड में हजारीबाग।"

"कैसे करेंगी मदद? हमारा आदमी हमें मार डालेगा तो?"

"दीदी जी, हमारा मामला पेचीदा है।"

"अच्छा, अच्छा, एक साथ इतने सवाल! आ जा अन्दर, बैठ जा।"

पलाश अन्दर आकर उसकी कुर्सी से कुछ दूरी बनाते हुए जमीन पर बैठ गई।

"मोढ़ा पर बैठ जाओ।"

"न दीदी जी, जो जमीन हमने ऐसी चमकाई है, उस पर बैठने में क्या दिक्कत!"

"दीदी जी..."

उसकी रुलाई तटबंध तोड़ कर बह निकली।

"दीदी जी, हम तो नौकरी करने आए थे मगर किस्मत फूटी निकली। सोचा था बाबा की कुछ मदद कर पाएँगे, घर कुछ पैसा भेज पाएँगे मगर कहाँ से कहाँ पहुँच गए।"

संध्या ने अपना स्नेह से भरा हाथ उसके कन्धे पर रखा।

"शुरू से बताओ मुझे।"

खूब रोई हुई आँखों से जमीन को देखते हुए पलाश ने बताना शुरू किया—

"दीदी जी, गाँव में ऐसे लोग आते रहते हैं जो बड़े-बड़े शहरों में नौकरी दिलाने की बात करते हैं। छोटे और जवान लड़के, लड़कियाँ उनके साथ चले आते हैं। यहाँ आकर पता चला कि वो एजेंसी वाले होते हैं। ऐसे ही चार लोग हमारे गाँव में भी आए। रामबचन काका आकर सबको बताने लगे कि दिल्ली की कम्पनी वाले नौकरी के लिए लड़के लड़कियाँ खोज रहे हैं। हमें भी नौकरी चाहिए थी। घर की हालत अच्छी नहीं थी। एक आदमी को शहर में कैसी भी नौकरी मिल जाए तो बड़ी आस बँधती थी। शहर दूर था, दिल्ली को हम लोग नहीं जानते थे, डर भी लगता था लेकिन नौकरी की जरूरत बड़ी थी। सबने हिम्मत किया...

बाबा ने हमें इतनी दूर भेजने के लिए कलेजे पर पत्थर रखा, अम्माँ हमारी रो कर रह गई। हमने भी सोचा, मेहनत करके कुछ कमा लूँगी तो घर के बाकी लोग अन्न पा सकेंगे। हमने भी सोचा था कि कुछ पैसा हाथ में आ जाएगा तो भाई को पढ़ाऊँगी। खूब पढ़ाऊँगी, अफसर बनने के लिए जो भी पढ़ाई करानी पड़ेगी, कराऊँगी, राँची भेज कर पढ़ाऊँगी, सुनते थे कि राँची में बहुत अच्छी पढ़ाई होती है। हमारे भाई का दिमाग अच्छा चलता था दीदी जी। जो पैसा भेजती तो घर में नया छानी छप्पर पड़ जाता। छत उस बरसात में टिकने वाली नहीं थी। न जाने क्या हुआ

होगा उसका? दवा, इलाज को पैसे नहीं थे। हम भूखे फटेहाल थे मगर मेहनत करने को तैयार थे। बस, हमें कोई नौकरी की, मजदूरी की राह तो बताता। ये लोग आ गए गाँव, नौकरी देने का सपना लिए।

सबका पेट भरने की खातिर हम भी तैयार हो गए। वे लोग बताते थे कि नौकरी लग जाएगी तो महीने के महीने पैसा घर भेज सकेंगे। इसका इन्तजाम भी वही लोग कर देंगे।..."

"कौन सी नौकरी करनी होगी? ये कभी बताते थे?"

"हम कौन सी नौकरी करते? मेहनत मजूरी जानते थे। गाँव में खूब काम कर डालते थे। बोझा ढोना हो तो कोई दिक्कत नहीं थी। घर का काम तो सभी जानते हैं। लेकिन शहर की रसोई का इतना बारीक काम हम नहीं जानते थे। गैस चूल्हा कभी नहीं देखे थे। कॉफी नहीं जानते थे। लेकिन हम जानना चाहते थे। हम जी चुराने वालों में से नहीं थे। काम सीखने को तैयार थे। घर का काम धाम हो या बच्चा सँभालना मतलब आया का काम...यही बताया था।"

"अकेली आईं तुम?"

"नहीं, नहीं दीदी जी। अकेले नहीं आए हम। कई लड़कियाँ साथ चलने को तैयार हो गईं। हम पन्द्रह सोलह लड़कियाँ एक साथ निकले थे—सोचते थे इतने बड़े समूह में डर क्या?...

सबके मन में हुलस थी कि काम मिल रहा था, कि काम पकड़ लेंगी तो घर की मदद कर पाएँगी। गनेशी तो अपना छोटा बच्चा लेकर चल पड़ी। भूखों मरने से अच्छा था दूर शहर आकर मेहनत करना और परिवार का पेट पालना। कम से कम नौकरी करने से घर के हालात ठीक किए जा सकते थे। कभी कभी ट्रक में भर कर मजदूरी के लिए भी लोग दूर-दूर ले जाए जाते, तब तो परिवार के परिवार ट्रक में चढ़ जाते। जब यहाँ जंगल, जमीन नहीं रही, काम नहीं रहा तो कहीं न कहीं काम करने जाना पड़ेगा, यही समझ में आता था। वे लोग जिन्दगी की खातिर जा रहे थे तो फिर हम क्यों घबड़ाते। लेकिन दीदी जी सच मानो, जताते नहीं थे हम मगर मन तो इतनी दूर अनजान देस में आने से घबड़ाता था।"

पलाश की आँखों से निरन्तर रह रह कर बहता झरना अब शान्त था। कुछ पल सोचने के बाद धीरे-धीरे कहने लगी—

"मैं कैसे आई दीदी जी? जीप से हम सब लड़कियाँ हजारीबाग रोड आए। वहीं से रेल मिलती है। हमारे यहाँ से रेल का साधन नहीं है। हमारे यहाँ से तो बस भी नहीं मिलती। सात आठ किलोमीटर जाओ तब कहीं जाकर कोई साधन मिलेगा। हम ढेर सारी लड़कियाँ एक साथ थीं। हमें रेल में बैठाया गया। हम बहुत खुश थे। जिन्दगी के ऐसे सुन्दर सपने हमारे आगे खिल खिल जाते थे कि क्या पलाश के जंगल खिलते! हम रेल की खिड़की से एक एक चीज देखते, खुशी से उछल पड़ते।

पहली बार रेल देखे थे दीदी जी। शाम हो गई तो हम अपने देस का गाना गाने लगे। हम सब में सबसे अच्छा गनेशी गाती थी। एक से एक गीत गाए, हम सब उसके साथ स्वर मिलाकर गाएँ। मगर कोई भी उसके जैसा गीत नहीं उठा सकता था...

एक हमारे साथ थी सुभगा, मेरे ही बराबर थी, पास के गाँव से कभी कभी आती थी। उसको बड़े चुटकुले आएँ, एक से एक हँसने वाली कहानी सुनाती जाए, उसी को प्यार करने वाला लड़का था बल्लो। बल्लो को एक नजर देखने को क्या क्या बहाने करती थी, हमारे गाँव तक इसीलिए आ जाती थी। बल्लो हमारे गाँव का था। उसी बल्लो को छोड़ कर नौकरी करने जा रही थी। कोई बल्लो के बारे में पूछ भर ले तो उदास हो जाती थी। दिल पर कैसे तो पत्थर बाँध कर निकल पड़ी थी। रास्ते भर अपनी प्रेम कहानी बताती जाती। कहती कि हम न नौकरी करने निकलेंगे तो हमारा बाबा या तो हमें बेच देगा या हमारी छोटी बहिन को। हम सब समझ रहे थे एक दूसरे की मजबूरी...

लेकिन अब हम सब निकल पड़े थे, अब सब सँभल जाने वाला था। इसलिए हम सब सारे दुखों से ऊपर उल्लास से भरे थे...

हम हँसते बोलते, गाते बजाते दिल्ली उतरे। आँखों में सपना था। मन में हिम्मत थी। और झोले में हमारा थोड़ा सा सामान था। दिल्ली को हमने भर आँख देखा। हमारे सपनों का नगर—दिल्ली। सपन नगरी। नई दिल्ली, पुरानी दिल्ली तब हम नहीं समझे। हमने तो स्टेशन की भीड़ को देखकर ही सोचा कि बाप रे, कैसे यहाँ लोग रहते होंगे! डर लगता था कि कोई हमारा झोला न छीन कर भाग जाए! सब एक दूसरे से सट कर चल रहे थे। हमारे साथ आया आदमी एकदम बेफिक्र था। उसे देखकर हम सोचते कि ये दिल्ली का रहवासी, दिल्ली को किस कदर राई रत्ती जानता है!

स्टेशन से बाहर आते ही हमें अलग हो जाना पड़ा। पता चला कि सबका ठिकाना अलग अलग होना है। हमारी आँखें भर आईं। हम एक दूसरे से गले मिले। अपना पता ठिकाना बताने और फिर मिलने का वादा लिया, दिया। बस, उस दिन के बाद जो बिछड़े तो अब तक भटक ही रहे हैं! किसी का कुछ पता नहीं चला। खबर भी कैसे मिलती, जब मुझे ही अपना ठिकाना नहीं पता...''

''फिर? अलग अलग करके तुम्हें कहाँ ले गए?''

पद्मजा जाने कब आकर चुपचाप बैठ गई थी।

''कुछ न पूछो दीदी जी। बहुत याद किया अपनी कुलदेवी को। विधाता से बहुत विनती की लेकिन विधाता कहीं नहीं, जो औरत की फरियाद सुन ले। कहीं कोई देवता नहीं। आदमी ही आदमी का भक्षक है। हम गाँव में जानवर से डरते थे लेकिन हमने यहाँ आकर जाना कि जानवर आदमी जितना खतरनाक नहीं। आदमी से ज्यादा डर है!

"दीदी जी, आगे की कहानी कहते हमें बहुत खराब लग रहा है। कैसे बताये आप लोगन को? कितना नरक देखे..."

"बोलो, संकोच मत करो।"

"दीदी जी, कैसे कहें? हमें अकेले लेकर गए और एक छोटी सी कोठरिया में बैठा दिया। कमरा इतना छोटा था कि दो आदमी एक साथ नहीं चल सकते थे। वहाँ दरवाजे पर पहले से तीन आदमी खड़े थे। हमें बड़ा संकोच हुआ, हम सिकुड़ कर एक तरफ जाकर तखत पर बैठ गए। कमरे में सिर्फ एक तखत पड़ा था। थोड़ी देर में दो आदमी चले गए मगर एक रुका रहा। अच्छा खासा मोटा तगड़ा सेठ जैसा लगने वाला आदमी था। यह आदमी, गाँव में जो चार आदमी हमें लेने आए थे, उन्हीं में से एक था। वे दोनों आदमी भी कहीं गए नहीं, वहीं आस पास खड़े थे। हमने संकोच से पूछा था—

"कहाँ रहना होगा हमें बाबू? कब से जाना होगा नौकरी पर?"

"बड़ी जल्दी है? अभी कर ले नौकरी?"

वह हँसकर बोला। हमें उसका इस तरह हँसना अच्छा नहीं लगा। उसने झटके से कमरा बन्द किया और हम पर झपट पड़ा। हमारा झोला हाथ से छूट गया। हम अचकचा कर अपने को बचाने की कोशिश करने लगे। कमरे में इतनी जगह नहीं थी कि आदमी लड़ सके।

"ये क्या कर रहे हो बाबू? हमारे साथ के सब लोग कहाँ गए? हम अपने बाबा को क्या जवाब देंगे? क्या मुँह दिखाएँगे? तुम्हारा इरादा जान कर सब तुम पर थूकेंगे। ऐसा मत करो, बड़ा पाप लगेगा बाबू। तुम्हारे हाथ जोड़ते हैं, पाँव पड़ते हैं। बाबू, हमें छोड़ दो। हम अपने घर चले जाएँगे। नहीं करेंगे नौकरी। हमें जाने दो।...मगर हमारी किसी भी बात का उस पर कोई असर नहीं होता था। सारी मिन्नतें बेकार गईं। सारे देवी देवता बेकार गए। सारे सपने बिखर गए दीदी जी। उसने ऐसा रौंदा..."

पलाश फूट फूट कर रो पड़ी। संध्या पलाश के कन्धे पर हाथ रख थपक रही थी कि उसे एक और सिसकी की हल्की सी ध्वनि सुनाई पड़ी। यह क्या पद्मजा सिसक रही थी।

"दी, तुम अपने को सँभालो। हम सबका ख्याल कौन रखेगा?"

पद्मजा आँसू पोंछ कर मुस्कराई।

"इस दुनिया में कैसा दुख भरा पड़ा है संध्या!"

"बोलो पलाश। अपने दिल का सब दर्द खोल दो।"

"दीदी जी, लगता है वह कोई दूसरा जीवन था, जिसे जी कर हम इस नरक में झोंक दिए गए। वहाँ औरत प्रकृति थी, इंसान थी, नदी, आकाश और पेड़ पौधों की तरह पवित्र थी। यहाँ औरत, औरत नहीं है, देह है, सामान है, भोग है।...हम

झारखंड की मिट्टी से जन्मे, अपने ऊपर ऐसा अत्याचार कैसे होने देते, हम भी लड़ गए। उसे इतनी जगह काटा कि वो पागल हो गया। पागल होकर उसने हमारी जो पिटाई की कि हम कभी भूल नहीं सकते। आखिरकार उसने हमें हरा दिया। फिर अलग अलग लोग आते जाते, हमें हराते जाते। हम इतना हारते गए कि जीत के सब रास्ते भूल गए। पता नहीं कितने आए...पता नहीं कितनों ने रौंदा...हमें याद नहीं...तब से हर रात हमें जबरन इंजेक्शन लगाए जाते और कोई न कोई कमरे में आता।

''मुफ्त की रोटी तोड़ेगी?''

कभी कभी हमें रूह कँपाने वाली आवाज सुनाई पड़ती।

पता नहीं हम कहाँ चले आए थे? पता नहीं हमारे साथ आए लोगों का क्या हाल था? कभी कभी पुराने दिन याद करके हम बड़बड़ाते। कभी कभी बचपन की सखी इनारा याद आती। उसके साथ कभी-कभी स्कूल जाना याद आता। लेकिन हम पढ़ने नहीं गए। बहुत दूर था स्कूल। घर का काम बहुत था। इनारा का मन लगता था। उसने पढ़ना सीख लिया। उसकी शादी कहीं हरियाणा में हो गई। चली गई वो फिर नहीं मिली। हम रह गए। इस नरक में आना जो बदा था।...

धीरे-धीरे समझ आया कि आस पास कमरों में भी कुछ लड़कियाँ हैं। मगर एक दूसरे से मिलना मुश्किल था। कोई न कोई पहरा देता रहता था। उनके हाथ में चमड़े का पट्टा होता। उसकी बात नहीं मानने वाली लड़कियों की पिटाई की जाती। ऐसी कलेजा फाड़ देने वाली चीख आती कि बाकी लड़कियाँ दहल जातीं। रात में कभी कभी कुछ लड़कियाँ गाड़ियों में बैठा कर कहीं ले जाई जातीं। सुबह वे बीमार हालत में आतीं। कराहती हुईं, उल्टियाँ करती हुई, बुखार से खदबदाती। कोई कोई लँगड़ा कर चलतीं।...

आखिरकार एक दिन हमें दफ्तर जैसी जगह ले जाया गया। हमारी नौकरी का बुलावा आ गया था।''

''ओह! उस नरक से निकली तुम!''

पद्मजा ने लम्बी साँस ली।

''न दीदी जी, कहानी बड़ी लम्बी है। नरक में फँसे आदमी का निकलना कहाँ आसान है दीदी जी। एक बार औरत हाट मंडी में खड़ी कर दी गई, फिर अन्त नहीं। कोई राह नहीं छोड़ी है हमारे समाज ने।''

इस बार संध्या और पद्मजा ने 'हाँ' में सिर हिलाया। आँखों से संध्या ने आगे पूछा।

''तो हमारी नौकरी का बुलावा आया दीदी जी। हम गाँव से लाया अपना कपड़ा पहन कर तैयार हुए। अपनी हवाई चप्पल पहने और झोला लिए दफ्तर लाए गए। हम थर थर काँप रहे थे। तबियत बहुत खराब थी। बुखार से देह तप रही थी। वहाँ एक मैडम के सामने हमें पेश किया गया। उन्हें घर में काम करने के लिए एक नौकर

चाहिए था। उन्होंने हमें देखा, उस वक्त हमारे पैर काँप रहे थे, लेकिन फिर भी उससे ज्यादा हमने उन्हें देखा। आँखों ही आँखों में विनती किया कि हमें ले चलो, जैसे कहोगी, वैसे रह सह लूँगी। उन्होंने हमारी आँखें पढ़ लीं और हमें पसन्द करने की बात कह दी। तो दीदी जी, हमें नौकर के लिए चुन लिया गया। मैडम ने एजेंसी वालों को बीस हजार रुपए सीकुरटी रुपया वो क्या कहते हैं?...''

''समझ गई। सिक्यूरिटी मनी।''

''हाँ वही, उन्होंने हमारे सामने ही दिया था। पता नहीं हमारी तनखाह कितनी तय हुई थी? हमें पता नहीं चला। तब भी हमने मन ही मन सोचा कि चलो इस नरक से छुटकारा मिला। रो रो के कैसे टाइम निकाला था हम ही जानते हैं। अब कम से कम जिस काम के लिए आए थे अपना घर दुआर छोड़ कर, वह होने जा रहा था। मन में फिर से आस बँधी। मैडम हमको भली लगीं। हमें उन पर भरोसा हुआ।

हमें लेने एक औरत आई थी, यही हमको भरोसे की बात लगती थी।

हमें उनके साथ जाने को कहा गया तो बिना कुछ बोले, पूछे हमने अपना झोला उठा लिया। तभी एजेंसी के एक आदमी, जो मालिक लग रहा था, उसने हमें अन्दर बुलाया। अन्दर धीमी जुबान में वो हमें धमकाने लगा। अपने दो पहलवान जैसे गुंडे दिखा कर बोला—'इन्हें याद कर लेना। यहाँ की कोई भी बात बाहर नहीं जानी चाहिए। नहीं तो सोच लो, मैडम तुझे तुरन्त निकाल देगी। कोई अपने घर में काम करने के लिए रंडी नहीं रखता। और अगर मुझे पता चला कि तूने यहाँ के बारे में कुछ कहा है तो समझ ले, अगले दिन उठवा कर कसाई को बेच देंगे।'

हम थोड़ा घबड़ाए। बस, मन होता था कैसे जल्दी से मैडम के साथ निकल जाएँ। हमने घबड़ाते हुए, बुखार के मरीज की तरह ही पूछा—''हमारे बाबा को तनखाह के पैसे भेजोगे?''

''हाँ, हाँ, भेजेंगे।''

''ठीक से काम करना।''

बाहर आकर उसने मैडम के सामने कहा।

हमारा सिर हिलाने का भी मन नहीं हुआ, अपना झोला उठाए मैडम की गाड़ी में बैठ गए। लगा किसी नई और मनचाही दुनिया की तरफ चल पड़े हैं। जिल्लतों के भीतर से आखिर एक राह निकली थी। आखिरकार हमारी नौकरी लग गई थी। यहाँ खूब मन लगा कर काम करेंगे, मन ही मन सोचते जाते। अपनी तनखाह पर भी ध्यान जाता, कितनी मिलेगी? एजेंसी का मालिक बाबा को पैसे भेजेगा? कितने भेजेगा? कैसे पता चलेगा हमें? फिर मैडम की तरफ देखते। हमें मैडम बहुत भाई। सोचा कि कभी उन्हीं से कहूँगी तो हमें जरूर बता देंगी। मैडम जी ने कसी हुई नीले रंग की जींस पहनी थी और उस पर काले रंग का टी शर्ट पहना था। गले में दुपट्टा

कई बार लपेट कर बाँधा था। चेहरा भरा हुआ लेकिन लम्बा सा था और नाक खूब नुकीली। मैडम जी गाड़ी चला रही थीं। हमने जिन्दगी में पहली बार किसी औरत को गाड़ी चलाते देखा था। हमारी निगाह उन पर से हटती नहीं थी। वो ताड़ गईं। बोलीं—'क्या घूर रही हो?'

हमने पल भर के लिए आँखें नीची कर लीं मगर मन मानता नहीं था, फिर आँख उठकर वहीं चली जाती। उनके हाथों में पकड़े गाड़ी के, वो क्या कहते हैं, गोल घुमाते हैं...''

''स्टीयरिंग।''

''हाँ, वही पकड़े चला रही थीं, उनकी कलाई में लकड़ी की चूड़ी देखी हमने। तब तो हमें पता नहीं था कि क्या कहते हैं उसे, अभी भी बोल नहीं पाते हैं, एकाध बातें जान गए हैं बस।''

''दुख कहने के लिए भाषा सीखने की जरूरत नहीं पड़ती। बयाँ हो जाता है, पलाश।''

''मैडम को देखकर हम इतने खुश थे कि क्या बताएँ। उनके घर पहुँच कर पता चला कि उनके दो बच्चे थे। एक तीन साल का लड़का था और दूसरा सात आठ महीने की लड़की। आप ही के जैसा फ्लैट था रोहिणी में। फर्श एकदम सफेद चमकता था। मन में हमने तुरन्त सोचा कि इसे हम जरा गन्दा न होने देंगे। मैडम ने घर में घुसते ही हमारे हवाई चप्पल उतरवा दिए। एक साबुन दिया और नहानघर दिखाया। नहानघर ऐसा था कि उसी में लैट्रिन जाने का भी बना था। हमने कभी ऐसा नहानघर नहीं देखा था। कमोट लगा था, जैसे बाल्टी में पानी रखा हो, उसी आधा पानी भरी बाल्टी के ऊपर चूतड़ रखकर बैठना था, चाहे पेशाब जाना हो, चाहे पखाना। पीछे एक बटन लगा था, उसे दबाने से पानी का रेला झोंके से आता था और सब नीचे का गन्दा ले जाता था। फिर से साफ आधा भरा पानी। बड़ा अटपटा लगता था। बैठते हुए हमेशा बाल्टी का ही ध्यान आता। उन्होंने बताया कि कैसे धोना है?...कैसे नहाना है। नहाने के लिए असली बाल्टी दिखाया, मग्गा दिखाया...''

पलाश अचानक हल्का सा मुस्करा पड़ी। कोई बचपन कूद कर आया और क्षण भर के लिए उसके भीतर मचल उठा।

''तुझे मजा आया? हाँ?''

''आपके यहाँ भी तो लगा होगा दीदी जी।''

''फिर?''

''फिर तो दीदी जी, दरवाजा बन्द करके कौन देखता है। हम कमोड के किनारे पर चढ़ कर, पूरा उकड़ूँ बैठ जाते।''

''अरे बाबा! गिर जाती तो?''

''गिरने का डर लगता था मगर क्या करें?''

‘‘अरे तू कहाँ जा रही है? ये बॉथरूम, लैट्रिन! छोड़ो, छोड़ो इसे। मैं आगे जानने के लिए परेशान हूँ।’’

‘‘कह लेने दो दी, पहली बार किसी से कह रही है। है न!’’

‘‘हाँ दीदी जी, किससे कहते? ये जो हमारी गोतनी (देवरानी) है, बड़ी अजीब है।’’

‘‘ये जो कभी कभी तुझे बुलाने आ जाती है, तेरी देवरानी है? लगती तो तुझसे बड़ी है?’’

‘‘उमिर में बड़ी है। जो हमारा मरद है अभी, उसकी बीबी बहुत पहले मर गई थी, भगवान जाने कैसे मरी? बहुत साल तक उसका बिआह नहीं हो पाया। ऑटो चलाता है, दारू इतनी पीता है कि सब कमाई फुर्र हो जाती है। कुछ नहीं बचता, सब अपने ऊपर उड़ाता है। कौन इसे लड़की देता? कैसे कैसे पैसा जोड़ कर, कुछ उधारी करके हमें खरीद कर लाया।’’

‘‘लग रहा था मुझे। मैंने पहले कहा था दी, याद है?’’

‘‘तेरा अन्दाजा सही निकला।’’

‘‘मगर तुझे बेचा किसने?’’

‘‘ये पाँचवीं बार है दीदी जी। इतना तो जान गए हैं कि ये दुनिया मंडी है। यहाँ औरत घर से बाहर हुई कि बेचने वालों की क्या कमी!’’

‘‘वहीं से बता, मैडम जी के घर से। उनकी नौकरी क्यों छोड़ी? वहाँ पहुँच गई थी तो ये सब नहीं होना था।’’

अचानक पलाश चिहुँक सी गई। स्मृतियों के दंश चुभते बाण की नोक की तरह दुख रहे थे। किसी अतीत में अटकी हुई आवाज की धार बह रही थी।

‘‘हमारे बाल में ढील पड़े थे। ढील हेरने में गाँव में हमें बड़ा मजा आता था। कभी अम्माँ से ढील हेरवा लो, कभी आपस में सहेलियाँ एक दूसरे का ढील हेरने बैठ जाएँ। कहानी सुनाते समय बीत जाता। सखियाँ जाकर पोखर में बाल धो आएँ और हम आलस करें तो आलस करने वाला आदमी ढील से कैसे परहेज कर सकता था! मगर जब दिल्ली आए तो वैसा ढील का मामला नहीं रहा। यहाँ तो नहाने धोने की मुसीबत रहती। पानी की समस्या बनी रहती। कोई साबुन शैम्पू नहीं मिला तो बाल लटिया गए। मैडम जी ने एक ऐसा शैम्पू का पैकेट दिया जिससे बाल धोने पर जुएँ मर जाएँगे मगर हमें लगाने का तरीका न आए। थोड़ा डाँट पड़ी। मैडम जी ने सिखाया। खुशबू बड़ी अच्छी थी मगर आँख लाल लाल निकल आई, टप्प, टप्प उसमें से पानी गिरे। मैडम जी जान गईं कि आँख में शैम्पू लगा होगा।

‘ठीक हो जाएगा। खूब पानी से आँख धोओ।’ हम तो उनकी आज्ञा के गुलाम हो गए थे। वो बोलतीं, हम उन्हें देखते रह जाते। वो डाँटतीं, हमें बिल्कुल बुरा नहीं लगता।

फिर रसोई आई। रसोई देखकर हम चकरा गए। ऐसे सुन्दर सुन्दर सामान कि बस देखते रहो। ऐसा तो हमारे मेला, ठेला में भी न मिलता था! न लकड़ी, न आग कहीं! चूल्हा ऐसा कि बटन के कान उमेठो, खट्ट से जल जाए! मैडम जी काम समझातीं। हम पूरे मन से समझते। मगर हमसे सध नहीं पाता। कभी गैस पर से सामान उतारने में देर हो जाती, कभी दूध गिर जाता, कभी काँच का कोई बरतन टूट जाता...कभी बच्चा रोए तो उधर भागें, तब तक इधर गैस पर चढ़ा सामान जल जाए...ऊपर से हमारे बदन में इतना दर्द, छाती के घाव में पीप भर गया। महीना भी नहीं आया, ऐसे ही कभी चक्कर आ जाए...

मैडम जी को लगता कि हम नखड़ा कर रहे हैं। उन्हें हम बता नहीं सकते थे कि हमारे साथ क्या क्या हुआ था? रात में सब गहरी नींद सोये हों, हम भी इतने सुन्दर चमकदार फरस पर ऐसे सो जाएँ, जैसे परियों के देस का गलीचा बिछा हो, लेकिन कहाँ से घुसपैठ कर के हमारे सपने बिखरा जाए डर! ऐसे डरावने सपने आएँ कि चिल्ला कर उठ बैठें! कभी जोर जोर से रोने लगें! मैडम जी परेशान होने लगीं। हाथ उठाने लगीं। कभी कभी इतना मार दें कि उनका हाथ दुखने लगे। उनका आदमी कहीं बाहर नौकरी करता था। कभी कभी आता था। उसने हमें रात में चिल्लाते रोते सुना तो दौड़ आया। मैडम जी भी आईं। फिर दोनों चले गए। मगर फिर उनका आदमी रात में आकर मुझे परेशान करने लगा। एक दिन तो हद हो गई! हम रसोई के फरस पर सोए थे, वो आदमी जाने कब आकर हमारे पास फरस पर ही लेट गया। हम डर गए। मैडम जी के जाग जाने का भी डर था।

"साहब, आप यहाँ से जाओ।"

हम उससे धीमी आवाज में मिन्नतें करने लगे।

"आज तो तेरा डर दूर कर दूँगा।" वह कहता।

उसने अपने पैजामे की डोरी खोल दी और अपना पुरुष अंग हमारे ऊपर लहराने लगा। हम यह करने नहीं निकले थे दीदी जी। फिर से वही नरक हमें नहीं चाहिए था। हम यहाँ नौकरी करने आए थे। हम मैडम जी के अहसानमन्द थे कि उन्होंने हमें अपने घर के लिए पसन्द किया था। हमने उसे धक्का दिया और पास पड़े बरतनों को लेकर उस पर टूट पड़ी तो वह भी दूने वेग से झपटा। हमने सोचा कि मैडम जी को जगा देना ही ठीक होगा। हम चिल्लाने लगे तो वह हमारा मुँह दबाने लगा। लेकिन मैडम जी जाग गई। उनका आदमी उन्हें देखकर हमारे ही ऊपर गुस्साने लगा। झूठ कहने लगा कि 'हमने उसे बुलाया। वह तो पानी लेने आया था। हमने उसे पकड़ लिया।' हम सच बताते रहे मगर मैडम हमारी बात नहीं सुन रही थीं। वे उल्टा हमारे ऊपर ही भड़क उठीं। हमें गालियाँ देने लगीं, मारने लगीं। कहने लगीं—'इतने पैसे खर्च करके लाई हूँ इसे और ये सिर्फ परेशानी में डालती है। मुसीबत बन गई है। सारा पैसा डूब गया मेरा।'

हमारे मन में उसी वक्त कुछ टूट गया। मैडम जी का सब मारना हमने सहा था मगर ये पैसा खर्च करना, पैसा डूब जाना...हमारा दिल टूट गया।

मैडम भी थप्पड़ों की बौछार करते करते थक गईं तो रसोई से चिमटा उठा लाईं। मैडम तो पैर पर, पीठ पर मारती थी मगर उसका आदमी हरामी था, उसने दूध पर मारा। मैडम ने हमारा खाना पानी बन्द करके उसी बॉथरूम में बन्द कर दिया, जिसमें हम पहले दिन नहाए थे...''

पलाश अब रो नहीं रही थी, कहीं अतीत में चुभ गए बिष बाणों को निकाल कर दिखा रही थी!

''इस देश में एक औरत मेहनत मजदूरी करके ईमानदारी से खाना चाहती है तो नहीं कर सकती! उसके रास्ते सब बन्द कर दिए जाते हैं!''

पद्मजा की क्षुब्ध आवाज गूँजी। फिर कुछ पानी की बूँदें फर्श पर गिरीं।

''संध्या, इसके लिए कुछ करो न। कैसे जीना मुहाल बनाया है गरीबों का?''

''हाँ दी।''

''गरीबी शाप है दीदी जी। हमसे पूछो, हमने झेला है इस शाप को अपनी देह पर, अपनी आत्मा पर, अपने पेट पर...''

''बस पलाश, रो मत! तू तो हिम्मती लड़की है।''

संध्या ने पद्मजा का हाथ सहलाया फिर पलाश को कन्धे से हल्का सा हिलाया।

एक क्षण की खामोशी ऐसे लगने लगी जैसे झरने से भी ज्यादा शोर हो।

''दीदी जी।''

पलाश ने हिचकी ली।

''पलाश! एक खूबसूरत फूल! फूल खिलता है, उसकी खुशबू बिखरती है और फिर फूल उन बद्जात हवाओं से, उन आँधियों से, धूल धक्कड़ों से लड़ता है, जो उसे बेसमय जमीन पर पटक देना चाहते हैं। ऐसा फूल हो तुम!''

अपने नाम की ऐसी व्याख्या पहली बार सुन रही थी पलाश! एक फूल जो जीवित रहने के लिए आँधियों से टकराता है!

''पानी पी ले।''

पद्मजा पानी ले आई थी।

''तुम भी पानी पिओ दी। बच्चों की तरह हो जाती हो!''

पद्मजा ने संध्या के गले में बाँहें डाल दीं।

''दीदी जी, कोई सहारा नहीं दिखता! ये मरद जाने कब निकाल दे। इसे बच्चा चाहिए। जब बच्चा ठहरता था तो अपने ही खून का बहता हिस्सा देखने को मजबूर किया जाता था। अब ठहरता ही नहीं बच्चा। ऊपर वाले ने शाप दे दिया जैसे।''

''फिर? मैडम की कैद से कैसे निकली तू?''

पद्मजा ने पलाश के सिर पर हाथ फिराया और खुद से हैरान हुई कि कैसे उसने अभी-अभी जुएँ का वर्णन सुनने के बाद भी उसके सिर के बालों से परहेज नहीं किया था! बल्कि ऐसा करना उसे अच्छा लगा था!

"दीदी जी, हमें जल्दी ही मौका मिल गया। हम भाग निकले।"

पलाश ने साँस ली।

"भाग कर कहाँ गई?"

"कहाँ जाते? रास्ते खुले हों तो आदमी चुने कि किस पर चले। जब विकल्प ही नहीं तो जो भी मिला उसी पर चल पड़े। बस, निकल भागे। चलते चलते थक गई तो एक पार्क के पास रुक गए। देखा, लोग अन्दर बाहर आ जा रहे थे। कोई रोका टोकी नहीं लग रही थी। हम भी अन्दर चले गए। किसी ने नहीं रोका टोका! वहीं एक कोने में बैठ कर रोते रहे। भूख प्यास से बेहाल थे। जाने कब हमें नींद लग गई।

जब नींद टूटी तो पार्क की आवाजाही देखने लगे। बदन में इतना ज्यादा दर्द था और भूख से पेट अकड़ा हुआ था। सिर चकराता था, उठा नहीं जा रहा था। लेटे लेटे तमाम दृश्य हमारी आँखों के आगे से गुजरते जाते थे—कितने लोग, बच्चे, बूढ़े, औरतें, जवान...दौड़ते, टहलते, कुत्ता घुमाते...किसी का ध्यान हम पर नहीं था।

अँधेरा घिरने लगा तो लोग जाने लगे और चौकीदार सीटी बजा कर सबको भगाने लगा। चौकीदार ने आकर हमें भी वहाँ से भगाया। लेकिन हम कहाँ जाते?

हम जिस शहर में आ चुके थे, उसे नहीं पहचानते थे। दिल्ली की गलियाँ, चौराहे, बाजार...हमें नहीं पता थे। हम उससे क्या कहते, कुछ समझ में नहीं आया। बस, रोती रही।

आँखों में आँसू भर कर हमने उससे विनती की, कि वो हमारे घर हजारीबाग तक हमें किसी तरह पहुँचा दे, वहाँ से तो हम पूछते पाछते अपने गाँव पहुँच जाते। उसने कहा कि वो हमारे हजारीबाग जाने का इन्तजाम कर देगा, फिर बहुत डराया कि यहाँ रहने से पुलिस उठा ले जाएगी फिर जाने पुलिसवाले क्या करें? अकेले इस शहर में रहना खतरनाक है। कोई न कोई देख लेगा और कोठे पर बेच देगा। उसने अपने साथ चलने को कहा। अँधेरा हो रहा था। उसे पार्क बन्द करने की जल्दी भी थी। वह देखने में हमारे बाबा जैसा लगता था, वैसी ही कद काठी, वैसा ही शरीर, वैसी ही मूँछें, वैसी ही उम्र...

हमने उसके कहे पर भरोसा किया और उसके साथ चली गई।

फिर उसने हमारे साथ बहुत बुरा किया दीदी जी। जल्लाद आदमी था जल्लाद! इतना नोंचा, चींथा...कई दिन तक अपने कमरे में कैद रखा। हम कहीं अपने को मार न लें इसलिए सब्जी काटने का चाकू, माचिस जैसी सब चीजें अपने साथ लेकर जाता। बाहर से ताला लगा कर जाता। उसने कुछ दिन के बाद एक आदमी के साथ

यह कह कर भेजा कि ये तुमको हजारीबाग लेकर जाएगा, तुम्हारे घर पहुँचाएगा। हमने घर जाने के नाम पर सब दुख सह लिए और उस आदमी के साथ चली गई। वो हमें लेकर राजस्थान चला गया। वहाँ पता चला कि हमें खरीद कर लाया गया है। चौकीदार ने हमें बेच दिया था। वहीं पहली बार हमारा गर्भ गिराया गया। उस दर्द को सोचकर दिल दहल जाता है।

तब से कितनी बार बिकी, कभी घर पहुँचाने के नाम पर, कभी किसी का घर बसाने के नाम पर। अबकी इस आदमी को छोटी उमिर की लड़की चाहिए थी जो बच्चा दे सके। हम इसे बच्चा नहीं दे पा रहे। रोज हिसाब लगाता है कि कितने दिन हुए अभी तक बच्चा क्यों नहीं ठहरा? हम क्या करें दीदी जी?

लगता है हमारी बच्चेदानी बाहर लटक आई है। पेशाब के रास्ते दिखाई पड़ती है। बड़ा डर लगता है। हर दिन डर में जीना है। सबने हमें धोखा दिया। सबने हमारी आत्मा नोंची, सबने जख्म पर जख्म दिए...

दीदी जी, अब तो हर आदमी धोखे का बना हुआ लगता है।

पूरा शहर ही धोखे का है। हर आदमी धोखेबाज...

हम धोखे के शहर में खो गए हैं..."

किसी भयानक पीड़ा की स्मृति ने उसे अपनी जकड़ में ले लिया। उसने दीवार पर सिर टिका लिया और आँखें बन्द कर लीं। बन्द आँखों से कोई अदृश्य झरना दृश्यमान हो उठा।

पद्मजा उसके दुख से विचलित हो उठी थी। वह खुद अपनी आँखों की नमी को रोक रही थी। केवल संध्या थी, जो दिखा रही थी कि वह सबको सँभाल सकती है लेकिन उसका मन ही जानता था कि भीतर कैसी उथल पुथल ने उसे घेर लिया था।

"पूरे देश की बच्चेदानी बाहर आ गई है। यह देश अपने ही भविष्य की भ्रूण हत्या कर रहा है! अपने बच्चों के बनने की सुरक्षा को नष्ट कर रहा है! यह देश अपने बच्चों का दुश्मन बना तना है! जरा देखो मेरे देश, तुम्हारी बच्चेदानी किस हाल में है?"

पद्मजा का क्षोभ स्वर में ढल रहा था।

"जिनके पास दुख नहीं है वो जीवन को नहीं समझ सकते।

जीवन की थाह उन्हें मिलती ही नहीं।

वे लालच में भागते दौड़ते जाने क्या पा लेने को विकल अपनी ही आत्मा चींथ डालते हैं।

उन्हें मनुष्य होने का मतलब ही नहीं पता चलता!

उन्हें सिर्फ धन, भोग, विलास और ताकत दिखाई पड़ती है।

ताकत और धन के मद के आगे मनुष्यता नहीं टिक सकती!

दी, ऐसे दरिन्दों से मनुष्यता के पक्ष की उम्मीद करना मूर्खता है।''

संध्या के स्वर में गहरी उदासी में डूबा गुस्सा दह दह जल रहा था।

पद्मजा ने उठकर उसका हाथ थाम लिया।

''दीदी जी, हम अपनी नदी से बिछड़ी बूँद हैं। जंगल के पेड़ से टूट कर अलग हुए पत्ते हैं, जो सूख गए हैं। हरेपन का सपना दिखा कर हमें जला देने की तैयारी है। हरेपन की उम्मीद में हम हर पल जल रहे हैं। हम अपनी नदी, अपने जंगल में लौटना चाहते हैं। हमें कोई लौटना बता दे...''

पलाश का विलाप धरती का सीना फाड़े डालता था...

दोनों बहनें उठकर खड़ी हो गईं।

''हमें अपना काम करना होगा। दी, तुम मेरे साथ हो न?''

''और तू पलाश, दीदी जी का साथ देगी?''

पलाश रोना रोक कर, कुछ देर टुकुर टुकुर ताकती रही, जैसे किसी हैरानी पर भरोसा कर लेना चाहती हो।

''हाँ।'' इस बार पलाश ने सिर नहीं हिलाया बल्कि एक दृढ़ आवाज, जो रोने के स्वर से मिलकर भारी हो गई थी, फूट पड़ी।

''मैं तेरा केस फाइल करूँगी। यही रास्ता ठीक होगा। दी, पहले इसे लेडी डॉक्टर को दिखाओ।''

फिर संध्या पलाश की ओर मुड़ कर बोली—

''तुझे लड़ना पड़ेगा पलाश, बिना लड़े रास्ता नहीं मिलेगा। अपना हक लेने के लिए भी और उन सब के लिए भी जो तुम्हारे साथ लाई गईं और तुम्हारे बाद लाई जा रही हैं। तुझे तेरे घर भिजवाने की पूरी कोशिश करूँगी। लेकिन पहले न्याय की लड़ाई!''

''इन सारे दरिन्दों को दंड मिलना चाहिए संध्या। जाने और कितनी लड़कियाँ अपने गाँव घर से लाई जा रही हैं लगातार। जाने कितनी लड़कियाँ इस धोखे के शहर में भटक रही हैं, गुम हो गई हैं...देह की मंडी का मुँह सुरसा की तरह फैलता, बढ़ता चला जा रहा है, इसे रोकना होगा! इस अंधेरी सुरंग में हमें प्रतिरोध और जीने के अधिकार की आवाज बुलन्द करनी होगी।''

पलाश की आँखों में अचानक एक चमक कौंधी।

रोने से लाल हुई उसकी आँखें पलाश के फूल की तरह दहक उठीं।

''आप हमारा केस बनाओ दीदी जी। आप हम जैसों के लिए लड़ सकती हो तो हम भी लड़ेंगे।''

संध्या की आँखों में भी एक किरण उतर आई।

अंतस में खुभे काँच से रिसता लहू

यह एक दूसरी ही सुबह थी—धूसर। पता नहीं कहाँ से आए धूल भरे बादलों ने एक परत सी बिछा दी थी सूरज के ठीक सामने! न बारिश के आसार लगते थे न धूप निकलने के। एक अजीब अफरातफरी मची हुई सी लगती थी। मोहल्ला अचानक हलचल से भर गया था। सबेरे छः बजे इतनी आवाजाही? इनारा ने अपनी गोबर सनी हथेलियाँ एक दूसरे से रगड़ कर साफ कीं और गौशाला में खड़े खड़े बाहर गली में आते जाते लोगों को देखने लगी। सब इतनी जल्दी और बेतरतीबी में थे कि इनारा की तरफ देखकर भी नहीं देखते थे। कुछ औरतों का एक झुंड गुजरा तो इनारा से रहा नहीं गया, उसने हाथ के इशारे से पूछा—"क्या हुआ?"

औरतें एक पल के लिए रुक गईं। गौशाला के निकट आकर फुसफुसाने जितनी धीमी आवाज में बोलीं—"संजू की छोरी मिल गई थी रात ही में। थाणे में रखा है। घणा बुरा हुआ उसके साथ।"

ऐसा लग रहा था जैसे वे किसी घटना की जानकारी नहीं दे रही हों बल्कि किसी की शिकायत कर रही हों।

"संजू?"

"वही संजू, कामवाली। उसका आदमी चौधरियों के घर काम करण जावै है।"

"गुड़िया की देख भाल कुण करै?"

"कुण सा काम करै है? निठल्ला जाणो। कभी चला जावै कभी नहीं। संजू ही जैसे तैसे घर चलावै है। बेचारी।"

"सही सलामत तो है?"

अब इनारा लँगड़ाती हुई मवेशीघर के दरवाजे के एकदम पास चली आई।

"पता नहीं। भगवान जाणै। सन्तोष गई है संजू के साथ। वही बेचारी अपणे बाल बच्चण छोड़ कर लुगाइयों के साथ दौड़े है।"

वे सन्तोष के लिए कुछ नम्र हो गईं।

"मन्ने तो लगे है कि सन्तोष का आदमी उसको नेतागिरी में उतारणा चावै है। सारी जगह जाण देवै है।"

"के बेरा? इलक्शन में उठवाण हो।"

उनकी चिन्ता के केन्द्र में सन्तोष आ गई।

इनारा को सन्तोष का ख्याल आया। वह तो रोहतक जाती है पढ़ने। तो रोहतक नहीं गई सन्तोष। थाने चली गई बच्ची को लिवाने। अचानक उसे सन्तोष बहुत भली लगी और बहुत हिम्मती भी। सन्तोष समझदार है तो अब वह भी कहेगी सन्तोष से अपने मन की कुछ बातें। मन ही मन इनारा सोचने लगी।

औरतें झट से ऐसे आगे बढ़ गईं, मानो सूचना प्रसारण का कोई अपराध उनसे हो गया हो। मानो अभी क्षण भर का रुकना, घर के ढेरों काम छोड़ कर आने से भी बड़ा अपराध हो। वे काम निपटाने के बाद ही कहीं रुक कर बतिया सकती थीं।

मगर आज का दिन कुछ और तरह का था—धूसर!

इनारा फिर अपने काम में जुट गई। पर उसका मन—वह तो सन्तोष में जा लगा।

वह मन ही मन सन्तोष के लौटने का इन्तजार करने लगी।

बिना इजाजत निकल कर नहीं जाया जा सकता था बल्कि 'मोल की बहुओं' को बिना इजाजत निकलने नहीं दिया जाता था—यही नियम था। मौसी की नजर हर पल उस पर बनी ही रहती थी—कहीं आने जाने का तो सवाल ही नहीं उठता था। कोई आते जाते इसी तरह मिल जाए या उसके घर चला आए तो एकाध बातें पता चल जाती थीं। या कई बार मौसी ही मोहल्ले का कोई हाल सुना बैठतीं, पर ऐसा बहुत कम होता। एक सन्तोष ही थी, जो जब मौका लगा, धड़ल्ले से घर में घुस आती थी और कुछ हाल चाल सुना डालती थी। पहले तो उसके मुँह से एक शब्द नहीं निकलता था। सन्तोष हँस हँसकर मजाक उड़ाती—

"हिन्दी न बोल पाती झारखंडी बहू। बोल्ल तो।"

तब उसने हिचकते हुए बताया था कि "समझ लेती है पर बोलने में ऐसा टिंच अभ्यास नहीं है।"

सन्तोष अच्छा हिन्दी बोलती। उसी के साथ बोलते बोलते यह हिचक टूटी थी।

वह अपना एक पाँव घसीटते हुए, लँगड़ाते हुए गोबर पाथ कर, पिछले सूखे उपले दौरी में उठा कर रख आई। झाड़ू बुहार करके मवेशी घर साफ किया—कामों के अनन्त सिलसिले चलते गए...दूध दुहा जा चुका, गाय भैंसों को चारा दे दिया गया, पानी भरा जा चुका, बरतन माँजे जा चुके, कपड़े फींचे जा चुके, नहाना धोना निपट गया, रसोई बनने लगी...सन्तोष के लौटने का निशान न मिला। उसकी नजरें खामोशी से गली की तरफ उठतीं और लौट आतीं—कभी खिड़की से झाँक कर, कभी बाहरी दरवाजे तक जाकर...

तभी हलचल बढ़ गई। गली में शोर हुआ। उससे पहले दौड़ कर मौसी बाहरी गेट के पास खड़ी हो गईं। वह लँगड़ाती हुई कुछ पास आ गई तो मौसी ने इशारे से

उसे अन्दर जाने को कहा। मगर वह नहीं गई, एक कदम पीछे हो गई, बस। इधर दो पुलिस वालों के साथ एक महिला पुलिस, संजू और अपनी लड़की को पुरानी तौलिया से ढंके, कंधे पर लिए उसका आदमी लौट रहे थे। उसके पीछे सन्तोष और उसका पति और मोहल्ले के कुछ आदमी भी चल रहे थे। वे बड़ी तेजी से आगे बढ़ गए और इनारा सन्तोष की तरफ देखती रह गई। न कुछ जान सकी, न पूछ सकी। मौसी बाहरी गेट आधा खोलकर इस तरह खड़ी हो गई कि वे आधा दरवाजे के भीतर और आधा बाहर थीं।

वे एक साथ भीड़ में शामिल हो जाना और नहीं हो जाना चाहती थीं।

वे एक साथ सब कुछ जान लेना चाहती थीं और उससे बच जाना भी। मोहल्ले की तमाम औरतें अपने अपने दरवाजों, खिड़कियों से झाँक रही थीं। कुछ औरतें, जो सुबह संजू के घर के पास तक जाकर लौटी थीं, अब दुबारा अपने दरवाजों पर निकल आई थीं। नौजवान लड़के दरवाजों को पार करके संजू और उसके पति के पीछे हो लिए थे। किसी मदद के भाव से ज्यादा बड़ा भाव उनमें घायल बच्ची को क्षतिग्रस्त हालत में देख लेने का था! इसलिए वे दुख से विचलित कम और जिज्ञासा से भरे ज्यादा दिखते थे!

''घणा बुरा हो गया। कलयुग आ गया। चाल अन्दर! तू के बाताँ बाताँ में बाहर निकल आवै है? देख जा के रसोई में, कुछ जलै है। दूध औंटा के रबड़ी बनावैगी के?''

मौसी ने मुड़ कर डाँटा और दरवाजा बन्द करके अन्दर खड़ी हो गईं। मगर तुलसी के चौरे का सहारा लेकर गली की तरफ नजर गड़ाए रहीं। इनारा को वापस रसोई में भागना पड़ा। दूध सचमुच उबल कर गिर गया था!

सचमुच!

रोटियाँ सेंकने के लिए चूल्हा तैयार हो चुका था। जमीन पर बैठ कर वह साने हुए आटे की लोइयाँ तोड़ने लगी।

पर मन!

वह तो अटक गया था गली के उस दृश्य में।

जहाँ तौलिए से ढँकी, कंधे पर सोती हुई छः साल की लड़की!

काश! कोई आकर बता जाता।

उसी समय खेत में काम करने वाली मजदूर औरत फुलवा मट्ठा माँगने आ गई।

''के हो गया संजू की छोरी ने? सुणा है कल से ही गायब थी?''

मौसी ने उससे सवाल किया।

''हमने के बेरा मौसी? जे सुणा, वही बतावाँ। इब थोड़ी देर पहले तो लेकर आए हैं थाणे से। सुणा कि दो बजे रात में मिलगी थी, तब से पुलिस वालों ने थाणे

में रोक रखी थी। पुलिस रीपोर्ट न लिख रै थी। सुणा कुकर्म किया किसी ने। कोढ़ फूटे ऐसे हरामी को।''

फिर उसने धीमी आवाज में कहा—

''पुलिस वाले केस रफा दफा करण पे लागे हैं। कुकर्म न मान रहै। बताओ मौसी, के टैम आ गया! बच्चा के बूढ़ा के, किसी को न छोड़ रहे ये पिशाच!''

''हाय राम! कलजुग है। घणा कलजुग आ गया।''

मौसी दोनों हाथ कान पर रखकर जाने किस अदृश्य देवी देवता को याद करते हुए 'हाय', 'हाय' कर उठीं।

मगर उनकी आवाज में जरा सा भी कष्ट नहीं उभरा!

चारपाई पर पाँव पसार कर, गर्म गर्म दूध जो गिलास में लेकर वे पी रही थीं, पीती रहीं।

''ए झारखंडी बहूणी! जरा लस्सी डाल दे फुलवा के बरतन में ऊपर से।''

अब फुलवा जरा इत्मीनान से मट्ठा का इन्तजार करती बैठ गई और पास पड़ोस का हाल बताने लगी।

''जाणै हो मौसी, बलजिन्दर चौधरी के घर मोलकी बहू आई सै। नेपालण सै। सुणा है बलवीर सिंह के घर झारखंडी बहूणी ल्या रहै। पहुँचण वाले हौंगे। कल रखा है कथा पूजा। तुमको आ गया बुलावा?''

इनारा का लाया मट्ठा उसने अपने बरतन में ले लिया और जाते जाते बुलावे का एक तीर मौसी की तरफ छोड़ती गई। मौसी को चुभ गया। बलवीर सिंह के घर से जाने कब का झगड़ा था, बोलचाल बन्द थी, पर अक्सर ही सामने पड़ने पर 'नमस्ते बन्दगी' कर लेते थे।

''जा, जा, घणा बोल्लै सै।''

गुस्सा कर मौसी ने कहा। पर भीतर भीतर सोचने लगीं कि आखिर बलवीर सिंह बुलावा भेजना कैसे भूल सकते हैं? खानदानी दुश्मनी सही, पर ऊपरी दिखावा तो करना ही पड़ता है। फिर सोचने लगीं कि जो अचानक बुलावा आ गया तो तैयारी के बिना जाना पड़ जाएगा। बहू देखने के बहाने न्यौता देना पड़ेगा। मोल की बहुओं को क्या देना! देना तो दरअसल घर वालों को है—उन्हीं से सम्बन्ध बनाए रखना होता है। आज चौधरी बन्नाराम के आते ही वे न्यौते का ये मसला उठा देंगी। फिर वे जो कहें, जो दें।

इनारा वहीं जमीन पर बैठ कर साग चुन रही थी। जो कुछ फुलमतिया बता गई थी, उसमें बलवीर सिंह के घर मोल की बहू का आना और उसके मेर की यानी झारखंड का होना उसके मन में गूँज उठा।

जाने किस इलाके की होगी?

फिर भी अपने वतन की खुशबू तो आएगी ही।

जंगल में औरतें शेर होती हैं—शेर, मगर शहर में आते ही सहम जाती हैं।

शहर उनके मनुष्य को चीन्हता तक नहीं।

उन्हें देह में बदल कर रख देता है।

'मोल की बहू' कोई मनुष्य नहीं, सामान थी, जो लाई जा रही थी और जिसका प्रदर्शन किया जाना था।

'मोल की बहू' अब शान की बात थी!

वही खरीद सकता था, जिसके पास धन था।

जिसके पास खाना देने की औकात थी –!

''ले जा मेरा गिलास उठा कर।''

इनारा की विचार लहरियाँ टूट गईं। चौंक कर उसने मौसी को देखा। अपने लँगड़े पैर को सँभाल कर वह उठी। गिलास उठा कर आँगन की तरफ बढ़ी कि लगा चक्कर आ रहे हैं। तबियत गिरी रहती थी और सोने के लिए जरा सा समय नहीं मिलता था। आँखों के नीचे मोटे पपोटे सूजे रहते थे। तब नींद काम करते करते कहीं बीच में गिर कर एक झपकी जबरन पूरी करवा देती थी। इतने में ही मौसी आकर उसे उठा देतीं। कुछ न कुछ काम हरदम बचा ही रहता—

काम था कि खत्म ही नहीं होता था!

साँझ अब ढल रही थी और रात की रसोई पूरी नहीं हुई थी। तभी सन्तोष अपने साथ संजू को लिए आ गई। घर में घुसते ही संजू रोने लगी।

''कित हैं बड़े बाबू जी?''

सन्तोष ने पूछा।

''बैठ जा। हर वक्त तूफान मेल की तरियाँ घुमै है। ए संजू, खींच ले वो पाटड़ी। घणा बुरा हो गया तेरे साथ।''

मौसी ने भेदभाव का ख्याल रखते हुए दुख जताया।

''मैं नू सोचूँ मौसी कि चौधरी साहब थोड़ी बहुत संजू की मदद कर दैंगे। आपने बेरा लाग गया होगा कि बेचारी गेल्या के हुआ?''

सन्तोष मौसी की खाट पर बैठ गई।

इनारा ने अपने को चक्कर की घूम से सँभाला और झट से एक पीढ़ा सरकाया। तो खड़े खड़े रो रही संजू बैठ कर रोने लगी।

''गुमशुदा की रिपोर्ट लिखी है। बलात्कार की रिपोर्ट न बणा रहे हैं पुलिस वाले। हम डॉक्टरनी के यहाँ छोड़ कर आए हैं बच्ची को। दरिन्दों ने क्या हाल किया है बच्ची का! कीड़े पड़ेंगे हैवान को। छोटी सी बच्ची के साथ क्या कर डाला! पुलिसवालों ने जाणै कुण से डॉक्टर से साफ सफाई करवा रखी थी। उसने सर्टिफिकेट भी दे दिया था कि कुकर्म न है। बताओ, कितना अंधेर मचा रखा है! बच्ची के भीतर

रूई ठूँस दिया है सबों ने, जिससे खून न निकलै। क्या पता डॉक्टर ने ठूँसा हो कि ब्लीडिंग न हो, खून न बहे। अब डॉक्टरनी निकाल कर दिखा रही थी। मेरा तो कलेजा फट रहा था देखकर। सोचो, जिसकी बच्ची है, उस माँ पर क्या बीत रही होगी? मेरा जी खौल गया, मन होता है खुद ही कटार लेकर निकल पड़ूँ। आप लोग देखते तो गुस्से से पागल हो जाते। जो देख रहा है, उसी का खून खौल उठ रहा है। मगर पुलिस वालों को कोई फर्क न पड़ता!...बच्ची तो होश में आ गई थी। तड़प रही थी ऐसे कि देखा न जाए। मौसी, जरा चौधरी साहब से कहो। अब उन्हीं के कहे से कुछ होगा।...''

सन्तोष अपने स्वभाव के अनुसार बताती जाती थी, विचलित होती थी, घबड़ाती थी और सुनने वालों को किसी न किसी तरह अपने पक्ष में कर लेती थी, चाहे थोड़ी देर के लिए ही सही।

''डॉक्टरनी कह रही है दिल्ली ले जाणा पड़ैगा। याणै न हो पाएगा इसका इलाज। अन्दर तक सब कट गया है। बड़ा ऑपरेशन करणा पड़ैगा। बताओ, बेचारी संजू कहाँ ले जा पाएगी?''

फिर सन्तोष ने रोती हुई संजू के कन्धे को थपका।

''थोड़ा सबर राख संजू। हम पापी को सजा भी दिलवावंगे और छोरी का इलाज भी करवावंगे।''

संजू इस दिलासे के हाथ से फूट पड़ी।

''बस, बस, रो मत। इब दुख आन पड्या है तो झेलणा तो पड़ैगा। इब किस्मत के आगे किसकी चल्लै है! तेरे ऊपर घणी विपत्ति आन पड़ी है। कल सबेरे मिलेंगे चौधरी साहब तो...।''

मौसी सान्त्वना के शब्द तौल कर बोलीं।

''सच बता दे मौसी। घणी जरूरत है। किसी के लिए जिन्दगी मौत का सवाल है।''

''मन्ने के पड़ी झूठ बोलण की। राम, राम।''

संजू पाटड़ी पर से उठ गई। सन्तोष ने झट बढ़कर उसका हाथ पकड़ लिया।

''पूरा दिन निकल गया। सुबह से मन्ने भी बच्चे छोड़ राखे हैं बाभी। ठीक है, चल्लै सूँ।''

इनारा लँगड़ाते पैर को सँभालते उठी और जाती हुई सन्तोष के कुछ निकट आकर फुसफुसाती सी आवाज में कहा—''आज ही आएँगे। दस बजे तक।''

बारे इतात् : इतिहास पर लात

वर्षों बाद झोपड़े में घुसते हुए बीजू ने पाया कि यह वही झोपड़ा नहीं रह गया था। सामने कुछ दूरी पर लगा ऊँचा साल का पेड़ कट चुका था। सूखी हुई उसकी जड़, धरती के नीचे तक खुदी हुई, अतीत में अपने होने का प्रमाण दे रही थी। झोपड़े से टिका बाँस का दरवाजा जर्जर होकर, किसी तरह अटका भर था। उसमें से कई डंडे निकल चुके थे और आसानी से कोई कुत्ता, बिल्ली या बकरी का बच्चा उसमें घुस सकता था। छप्पर जगह जगह से खिसक चुका था और वहाँ से छनती हुई धूप अन्दर घुस रही थी। जमीन पर जगह जगह काई के गहरे निशान थे और कहीं कहीं कोनों में अब भी वह अपनी हरीतिमा में खिली हुई थी। कहीं कहीं काले निशानों पर लगता था किसी ने खुर्पी से खुरच कर जगह साफ की है। यानी आदमी के होने के चिह्न अभी पूरी तरह मिटे नहीं थे। झोपड़े की दीवारें मूँज और बाँस के असली रंग को भूल चुकी थीं और काली, मोटी लकड़ी की बल्लियों का सहारा लिए अपने अस्तित्व की आखिरी इकाई को बचाती लटकी हुई सी थीं।

सब कुछ किसी गहरी धुन्ध, किसी गहरी पीड़ाजनक उदासी में लिपटा अपनी समूची अस्त व्यस्तता में कटा, बिखरा, टूटा सा लग रहा था। कोई जीवन जो यहाँ फूल पत्तों, पशु पक्षियों, पौधों, वृक्षों और अनाज की गंध में खदबदाता था, कोई चूल्हा जो यहाँ, वहाँ सुलगता हुआ अपनी आँच से जीवन को गरमाता था, कहीं दूर अतीत में टँगा रह गया लगता था। इतने सूने और एकाकी और उजाड़ से लगते गाँव को बीजू ने इतना निपट इससे पहले कभी नहीं जाना था। कभी कभी अब भी सड़क की तरफ जाने वाली पलती पगडंडियों से कोई गुजर जाता था, तो क्षण भर को लगता था किसी ने जीवन को छुआ है। वह चौंक कर उधर देखने लगता और जीवन की सरसराहट बीत जाती।

उजाड़ की इस विकरालता ने बीजू को भीतर तक हिला दिया। घबड़ा कर वह पिछवाड़े निकल आया तो देखा कब का लगा गुड़हल का पेड़ हरहरा कर बढ़ गया था। उसकी शाखाएँ मोटी हो चुकी थीं और पत्तों, फूलों से लदा वह एक बड़े पेड़ की तरह जगह घेरे इतरा रहा था...लगता था मौका पाकर ही उसने खूब जगह हथिया ली थी!

मौका पाकर कोई भी किसी की जगह हथियाने से नहीं चूकता था!

पूरी दुनिया मनुष्य का होना हथिया लेना चाहती थी, उसके जर, जमीन समेत! इसीलिए तो गुड़हल के नीचे कभी लगाई गई गेंदा की क्यारियाँ सूख कर खत्म हो चुकी थीं। उनकी जगह घास फूस उग आई थी और खूब डोल रही थी।

बेहया का पूरा बाड़ा बन गया था और तमाम कँटीले पौधे सिर उठा चुके थे।

बीजू ने अनजाने ही आगे बढ़ कर अड़हुल के पेड़ को छुआ।

पेड़ ढेरों कलियों से भरा खिलने खिलने को था। पर उसे लगा कि सारे फूल खिल चुके हैं और पेड़ लाल रंग से सराबोर हो चुका है। वह फूलों की गमक महसूस करने लगा कि तभी उसे वनचम्पा के फूल का गिरना याद आया। रानी सुन्दरी का जीप में चढ़ते हुए संकोच से भरे पाँव का उठाना और साड़ी का कुछ ऊँचा हो जाना याद आया। घूँघट किए माथे की बेचैनी और चुप का रुदन याद आया...

तभी कुछ गिरा। वह गिरे हुए फूल को उठा लेने को झुका मगर फूल बीत चुका था।

जो गिरा, वह गुड़हल की डाल पर अटका सूखा पत्ता था।

वह चौंक गया। सामने देखा तो सब किसी सुनसान बियावान में काँपता दिखा— टूटे हुए, छूटे हुए झोपड़े, उनका उजड़ा हुआ, हवा से, बारिश से, उखड़ कर कहीं और जा गिरा मूँज का बड़ा बड़ा गट्ठर...बाँस की डंडियाँ...खपच्चे...

उसे एक एक कर तमाम नाम और तमाम करतब करती आवाजें अतीत से निकल निकल कर सुनाई पड़ने लगीं।

"असम, असम..." की ध्वनि से लिपटा लहराता हुआ सुरजू का हाथ उसे ढेर सारे जाते धुँधले लोगों के बीच साफ दिखाई पड़ने लगा। उसने सुरजू के घर की तरफ देखा, वहाँ अब कुछ पहचान में नहीं आता था, एक भी लकड़ी उस घर में साबुत नहीं दिखती थी, जरूरतमन्दों ने अब तक सब अपने काम में ले लिया होगा!

केवल लम्बे लम्बे आकाश को छूते घास और कँटीली झाड़ियों का बेतरतीब फैलाव...

जिन्दगी के निशान किस तरह जिन्दगी से गायब किए जा सकते हैं!

दूर कहीं टूटी हुई जमीन की खुदाई से आती हाहाकार की ध्वनियाँ...हवा में तिरती...फैलती...डराती...

वह पीछे से चलते हुए आगे आकर रुक गया। खर-पतवार और धूल-धक्कड़ से भरा घर का द्वार...लगता था किसी आँधी ने उसे नींद में हिला कर तहस-नहस कर डाला है! घर का दालान कभी साफ-सुथरा, गोबर और काली मिट्टी की गंध लिए होता था। अम्माँ लीप कर कैसा तो चिकना बना देती थी! घर के आगे की लिपाई में उसे अम्माँ का हाथ दिखने लगा। गाता हुआ, लीपता हुआ...

"आम जुरी चाँदो लेका...
होपोन जुरी इपिल लेका..."
(प्रिये, तुम तो चॉद के समान हो...
प्रिये, सन्तान तारे के समान है...)

लीपते हुए हाथ धीरे-धीरे पूरी जमीन को निर्मल और सुन्दर बना देना चाहने लगते। लीपते हुए, लाल चूड़ी कलाई में पहने हाथ थोड़ी मिट्टी उठाते, थोड़ा गोबर उठाते, थोड़ा पानी उठाते और सबको एक सार करते हुए आगे बढ़ते जाते। सारी जमीन, नहीं सारी पृथ्वी, सारा दुआर, नहीं सारा जंगल, सारा आँगन, नहीं सारा आकाश निर्मल करने बढ़ते हाथ...

वह भावुक हो उठा। वह बढ़ते हुए हाथों की लय में अपनी लय विलय कर देना चाहता था। लेकिन नहीं कर पा रहा था। उसके मन में जाने कितना कुछ कौंधता और गुजर जाता।

अतीत में घुस कर अब उसे ठीक नहीं किया जा सकता था।

वह अचानक अपनी असमर्थता से भयभीत हो उठा और कुछ देर पहले उपजी भावुकता अब उसे आक्रान्त करने लगी। इससे बचने के लिए रास्ता ढूँढ़ता वह इधर-उधर घूमने लगे।

दुनिया में आदमी सबसे भाग सकता है, अपने आप से नहीं।

वह भी अपने आप से घिर गया।

बाहर आकर फिर से पहले ही देख ली गई चीजों को देखने लगा।

हर बार का देखना अलग होता है!

कितनी ही चीजें पिछली बार के देखंने में छूट जाती हैं!

बार-बार देखने की जरूरत इसीलिए खत्म नहीं होती!

इस बार जो दिखा तो वह चौंक गया।

पहले देखने में उसे गाँव की जो उजाड़ विकरालता दिखी थी, वह अचानक बाजार से ढक गई!

दरवाजे के ठीक दाहिनी तरफ, जहाँ कभी कभी बकरी बाँध दी जाती थी, बकरी या कभी गाय बाँधने के लिए एक खूँटा गड़ा था, उसमें रस्सी से बँधा था एक हल्के हरे रंग का दोपाया जानवर! जिसके ऊपर एक बरसाती ओढ़ाई गई थी। झटके से बीजू ने बरसाती खींच दी और चौंक कर एक पल को चीख सा उठा। सामने पुराना सा, जंक खाया एक बीते हरे रंग वाला स्कूटर खड़ा था। उसी के पास एक झलंगी हुई झूलती खटिया में सुजन महतो लटके हुए सो रहे थे।

"ऐ बाबा! कहाँ से आया ये? चोरी किए का?"

वह खटिया को पायताने से हिलाने लगा।

सुजन महतो हड़बड़ा कर उठे।

"के है? के है?"

वे आँख लपझप करते चिल्लाए। उनके मुँह से अभी भी कच्चे महुए की शराब की भाप छूट रही थी—दुर्गंध से भरी। सामने अचानक बीजू को पाकर वे तुरन्त अपना सन्तुलन नहीं बना पाए और भौंकियाए से कुछ देर देखते रह गए।

"बता रे कहाँ से आया इत्ता बड़का हाथी ?"

बीजू ने और जोर से खटिया हिलाई।

"अरे रुक रे। मार डालेगा का ?"

सुजन महतो अपने में लौटे।

"अरे, तुम कहाँ से आया ?"

सुजन महतो उठकर बैठ गए। बेटे को सामने पाकर अचानक ही एक अनजाना अह्लाद उन्हें छू गया।

"हम ?"

बीजू ने खटिया हिलाना छोड़ दिया और हँसने लगा। ठठा कर, चिल्ला कर, हाथ उसी स्कूटर पर पटक-पटक कर। फिर हाथ हवा में लहरा कर, सिर आकाश की ओर करके दार्शनिक अन्दाज में कहने लगा।

"मैं कहाँ से आ सकता हूँ? ऊपर वाले ने बस एक माँ की कोख ही बख्शी थी, जहाँ से मैं टपक पड़ा और देखो उसकी कारस्तानी! मेरी डोर बाँधी इत्ती सी! बस, यहाँ से वहाँ तक, वहाँ से यहाँ तक। इसी के बीच खिंचता रहता हूँ।"

उसने हाथ के इशारे से गाँव और झोपड़े, सड़क की ओर जानेवाले रास्ते और झोपड़े, जंगल और झोपड़े की तरफ इशारा किया।

"और तुम्हारा जैसा बाप का फिकर भी तो है।"

"क्या बोलता है ? हमारी फिकर ? तुम काहेला करने लगा हमारी फिकर ?"

सुजन महतो खटिया से उतर गए।

"हमें बनाता है! सालों बीत गया कि तुम्हारी अम्माँ तुम्हें नजर भर देखे बिना चली गई। अब काहेला आया है ?"

गुस्से में सुजन महतो ने खटिया पर, अपने निकट चला आया उसका हाथ अपने से दूर खिसका दिया।

"देखो बाबा, ये जंगल, ये नदी नाले देखो...ये पशु-पक्षी देखो, साँप-बिच्छू देखो, कीड़े-मकौड़े देखो...यहाँ के निवासियों की धड़कन देखो...इस माटी में लोटते नौनिहाल देखो...दूध भरी छातियों की आस वाली इनकी माताएँ देखो...ये मूँज के डोलचे देखो...ये दौरी, ये खोंपा...ये सूप की बिनाई देखो...गोबर के उपले देखो...ये घास-पतवार देखो...यही तो है मेरी दुनिया...मेरा परिवार। इनकी भूख-प्यास, पढ़ाई-लिखाई, नौकरी-चाकरी, खेती-खलिहान...सब की चिन्ता मेरी चिन्ता है। तो तुम भी तो इसी में आ गया बाबा!"

वह फिर हँसा।

बेतहासा का हास्य!

"बौड़मवा! हम समझा कि हमारा फिकर हुआ तुमको ?"

"फिकर? कौन किसकी फिकर कर रहा है? सरकार कि राजा? नेता कि दीवान? पार्टी पर पार्टी खड़ी हो जाती है। मगर फिकर करने वाला कोई नहीं बनता। सब कहते हैं—हमको झारखंड की जनता की फिकर है। हम झारखंड की जनता के लिए लड़ रहे हैं। फिर, फिर...सब अपना घर भरने लगता है। मधु कौड़ा की जय जयकार-जय जयकार-

और झारखंड, पैसा उगाहने की जगह बन जाता है।

फिर भी फिकर करने वाला जुमला चलता रहता है!

सब फिकर कर रहे हैं! सब! तुम बताओ, तुम किसकी फिकर किया?

यहाँ से सात किलोमीटर दूर स्कूल खुला तो इनारा ने स्कूल जाने की हिम्मत की, हमने हिम्मत की, फिर? फिर? कौन पढ़ पाया? हम कि इनारा? बताओ? किसने फिकर की? हमारा पढ़ाई का फिकर? खाली स्कूल खोल दिया, न कुर्सी, न मेज, न मास्टर, न छत! वाह रे पढ़ाई! फिर कहता है तुम सब अफसर नहीं बनता? क्या मजाक है? काहेला खोलेगा असली स्कूल? काहेला भर्ती करेगा मास्टरन की? बताओ किसको है फिकर? तुम किसकी फिकर किया? अपनी? अपनी फिकर छोटी फिकर है बाबा। सबकी फिकर से मिलकर ही बड़ी फिकर बनती है। बड़ी फिकर! करेजा चाहिए बड़ी फिकर के लिए! करेजा!"

"आते ही शुरू कर दिया प्रलाप? भाषण से दुनिया नहीं चलती है। भात से चलती है। भात के आगे बड़े-बड़े करेजा वाले झुके हैं। हम तुम क्या चीज हैं!"

सुजन महतो बीजू का हाथ झटकार कर उठ खड़े हुए।

"गए तो रहे तुम खाक छानने! क्या पा लिया बताओ हमें भी? भटक के लौट आए न? अब जाओ यहाँ से। हटो, जाओ। हमें रहने दो चैन से।"

सुजन महतो ने बड़ी लाचारगी से इस बार हाथ झटका। कुछ देर पहले बेटे के अचानक सामने आने से उपजा आह्लाद गायब हो चुका था।

"पा लिया, पा लिया। सच पा लिया। हाँ, आ गया चैन! चैन सबको चाहिए। क्या कहते हैं वो अमन चैन! अमन चैन चाहिए पूरे हिन्दुस्तान को! यही तो होती है सब तरफ, वही, अमन चैन की कोशिश, जनता को चैन चाहिए! हा, हा, हा, जनता! कभी इस पार्टी के नाम पर झारखंड बन्द, तो कभी उसके नाम पे बन्द। कभी यहाँ जमीन से भागो तो कभी वहाँ से। कभी ये गाँव तो कभी वो गाँव! इधर सरकार नहीं छोड़ रही, उधर कम्पनी वाले। हमारी जमीन हमारी रह गई? नहीं न! बाप दादों को कैसे याद करोगे? अपने देवी-देवताओं को कैसे पूजोगे? अपने कुल वृक्षों से कैसे माँगोगे आशीष? जाओ, उगा लो तरकारी, बेच आओ कोम्हड़ा, बो लो दाल, चना बो लो...? कि कम्पनी वाले निकालेंगे उसमें से बाक्साइड, कि कम्पनी वाले निकालेंगे उसमें से चूना, कि कम्पनी वाले निकालेंगे उसमें से लोहा..."

"बस, बस। ऐसी अच्छी नींद लगी थी, जगा कर यही कथा सुना रहा है तुम हमको?"

"नहीं कथा नहीं बाबा! जन कथा है ये! अब कथा नहीं रही। हमारे कथा, किस्सों का जमाना लद गया। लाइव चल रहा है सब। वो देखो, जुलूस जा रहा है लालखंडी सेना का, झंडा लिए लाल...और देखो, जरा सी देर में उन्हीं के पीछे निकल पड़ा है जुलूस दूसरा...लाल इधर, लाल उधर, लाल, लाल, किधर का लाल कौन? बता तू लाल किसका? अरे कंकाल किसका? बता तू लाल किसका? हा, हा, हा..."

बीजू बोलते बोलते घर के भीतर घुस गया। घर में कुछ खोजता रहा पर कुछ न मिला। खाने की कोई चीज! वह कुछ झल्लाया—"खाने की एक चीज नहीं! खाना कहाँ से मिलेगा भूखों नंगों के घर में? साला, कड़वा सच से कब तक आँख नहीं मिलायेगा? देख बीजू महतो देख, अपनी अँखियाँ में बाँस डालकर फाड़ फाड़ कर देख! देख, कि हमारे घरों का खाना छीना जा चुका है, देख कि हमारे डेरे टूट चुके हैं, देख, कि हमारी जमीनें तोड़ी जा रही हैं, देख कि हमारे लोग गुलाम हो रहे हैं..."

अचानक खाने की चीज खोजते हुए उसे कोने में रखी हड़िया दिखी। उसने उठा कर देखा। देसी शराब का भभका नथुनों में भर गया। शराब ताजी नहीं थी। खट्टापन उसमें से महक रहा था। बीजू ने एक घूँट पी लिया। तेज चीरता सा कुछ गले से पेट तक उतर गया। सुजन महतो भी उसके पीछे पीछे अन्दर घुस आए। बीजू को हड़िया से घूँट भरता देखकर तड़प उठे।

"हे, रख दे, रख दे वहीं। मेरा कलेजा मत जला। काहेला आया यहाँ? बाप मरता है कि जीता, तुमको आज तक होश रहा? बुड़बक!"

बड़बड़ाते हुए सुजन महतो हड़िया छीन लेना चाहने लगे।

हड़िया से कई घूँट जल्दी जल्दी पीकर बीजू ने हड़िया एक तरफ रख दी। हड़िया में अभी भी कई घूँट की गुंजाइश बची हुई थी। हड़िया हिला कर दिखाते हुए पूछा—

"सबको कहाँ भगा दिया है? इनारा कहाँ है? नन्ही और छुटका कहाँ हैं? कभी खोज खबर मिली सुन्दरी दिदिया की? और अम्माँ हाट निकल गई क्या?"

अचानक सुजन महतो को समय के मुट्ठी से झर जाने का अहसास हुआ।

जो बीत गया था, जिसे उन्होंने धुँधला मान लिया था, वह सब उभर कर उनके सामने खुल पड़ा।

"अब निज डेरा कहाँ रहा! गए सब, जिधर जाना था। हम क्या करते? हम बेचारे! अकेले पड़ गए। कितने लोग परदेस निकल गए। न खेत में अनाज न घर में भात। कैसे टिका रहेगा घर?..."

महतो ने हड़िया उठाई और एक साँस में बचा खुचा द्रव्य गटक लिया। कुछ देर तक किसी सन्त की सी मुद्रा में जमीन पर पैर सिकोड़े बैठे रहे। फिर अचानक धीरे-धीरे एक अजीब बारीक आवाज में रोने लगे।

''तुमको का लगता है? हम कोशिश नहीं किए! बहुत जी जान लगाए बीजू मगर तुम्हारी अम्माँ का सही इलाज नहीं करा पाए। शहर कैसे कैसे लेकर गए! क्या बतायें? यहाँ से आने जाने का कोई उपाय उन दिनों नहीं मिलता था। आने जाने वालों पर खतरा मँडराता था जान का भी, माल का भी। औरतों का बाहर निकलना मुहाल हो गया, कम्पनी वाले उठा ले जाते। हर बार कम्पनी वालों को क्यों दोष दें, कभी कानून के रखवाले, तो कभी ठेकेदार, कभी नेता तो कभी पनेता, यही करते...कम्पनी वाले तो सीधा सीना तान के जो मर्जी करा लें, कौन रोकेगा उन्हें? जब सरकार उनके साथ है! ऐसा बेबस कभी नहीं रहा हमारा गाँव-घर!

जब तुम्हारी अम्माँ को अस्पताल में पहुँचा पाए तो डाकदर बाबू उसे अस्पताल में भर्ती न करें। न पैसा रूपैया हाथ में न किसी का पता। किसी तरह मान-मनुहार से भर्ती मिली मगर तब तक काफी पानी सिर से गुजर चुका था। रात होते न होते तुम्हारी अम्माँ हमें छोड़ कर हमेशा के लिए चली गई। अस्पताल वालों ने लहाश उठा कर बाहर रख दिया और आदेश दे दिया कि ले जाओ अपनी लहास। कैसे लाते? न जेब में पैसा रूपैया न कोई पहचान वाला! न कोई मोटर, न गाड़ी। कोई रिक्शा वाला अनजान आदमी की लहास मुफ्त में क्यों ले जाने लगा? बहुत कोशिश किए। रोये, चिल्लाए, चिरौरी बिनती, सब बेकार! आखिरकार तुम्हारी अम्माँ की लहास हम चादर में बाँधे और कन्धे पर लेकर अस्पताल से चल पड़े। इनारा हमारे साथ थी। रोते जाते रास्ता पार करते जाते।

गरीब का यही जीवन है। बीच बीच में सड़क के किनारे तुम्हारी अम्माँ को कन्धे से उतार कर जमीन पर लिटाते और साँस लेते। तुम्हारी अम्माँ ने भी आखिरी बखत हमारी मदद की। सबकी लाश फूल कर भारी हो जाती है मगर तुम्हारी अम्माँ तो हल्की हो गई थी। हमारा दोनों हाथ उन्हीं को सँभालने में लगा था तो बीच बीच में इनारा को भी देख लेते। कहीं लड़की इधर-उधर न चली जाए, यह भी एक चिन्ता खाए जाती। लेकिन तुम्हारी बहिन ने भी हमारी मदद की। न रास्ते में रोई न कुछ खाने को माँगी। जब अम्माँ मेरे कन्धे से सरकने को होती तो इनारा उसे पैर से पकड़कर कुछ उठा कर खिसकवा देती और हमारा सन्तुलन सही करा देती। दस किलोमीटर चलकर हम गाँव आए...''

यह कहते कहते सुजन महतो जोर जोर से रोने लगे।

उनके जीवन में पहली बार इतना भयानक रुदन उठ रहा था जो उन्हें लस्त पस्त बनाता हार का प्रत्यक्ष प्रमाण दे रहा था।

''हम हार गए बीजू।''

रुदन के आवेश में उन्होंने कहा।

बीजू उनकी तरफ घूम गया। कन्धे से उन्हें थपथपाने लगा। लगा कि बीजू रो पड़ेगा मगर नहीं, बिल्कुल नहीं। बीजू उठा और बोलने लगा—

“लड़ाई में पहंले ही हार मनवा देना एक चाल है। चाल को तुम नहीं समझे बाबा। हम भी नहीं समझे। हम में से कोई नहीं समझा। पहले कमजोर करो। हमारी जमीन छोर लो, हमारा अन्न छोर लो, हमारी औरतें छोर लो, हमारे बच्चे छोर लो...तो अपने आप ही हार गए न!

अगर हम हार रहे हैं तो ये देश हार रहा हैं बाबा!

ये देश हार रहा है! क्या बचा रहा ये देश? अपना होना, अपनी पहचान का होना?

कौन सा विकास चल रहा है?

जिस देश की पहचान खो जाती है उसके विकास का कोई अर्थ नहीं बचता।

दुनिया के सामने वह कौन सा रूप लेकर खड़ा होता है!

ये देखो इधर, अपना सा मुँह लेकर, यही है हिन्दुस्तान! हा, हा, हा...”

बीजू अचानक हँसते हँसते उठा और बाप की नरेटी पकड़कर बोला—“सबको बर्बाद कर दिया, सबको!”

“हट, हट।”

कहते हुए सुजन महतो की आवाज बन्द होने लगी और रोने की ध्वनि से मिला जुला ‘ऐं...ऐं’ जैसा कुछ तैरने लगा।

क्षण दो क्षण गले पर दबाव बनाने के बाद बीजू ने बाप का गला छोड़ दिया।

“सब उगल दे। कर दे अपने दिमाग की उल्टी। कौन सा सब अच्छा बचा रहने दिया है और कौन सा बचा लेने में लगे लोगों को, बचा लेने दिया जाएगा! हमारे आगे मुसीबतें हैं, ढेरों ढेर मुसीबतें। झेलो या मरो।”

बीजू ने बाप को धिक्कारा।

फिर उठा और झोपड़े में नाच नाच कर बोलने लगा—“हम सब कीचड़ में धँसे हैं। ये, यहाँ तक। और हमारे सपने दल दल में गाड़े जा रहे हैं। ये, यहाँ, यहाँ। जीना चुनना हमारी भूल है कि बहादुरी? पता नहीं! लड़ कर मरो या घिसटते हुए मरो! मरना ही तय है तो मरो। मरो वीरों, हाथ में तीर धनुष उठा कर मरो। देखो, देखो, तुम्हारे तीर धनुष छीने जा रहे हैं। तुम्हें सजावटी घरों में सजाया जा रहा है। तुम सजावट के लिए हो, जीने के लिए नहीं! तुम्हारे हाथ से तीर धनुष छीन कर बन्दूख पकड़ाई जा रही है! वे जब तक चाहेंगे हम लड़ाई में होंगे। वो जब चाहेंगे लड़ाई रोक दी जाएगी! सँभलो, मेरे सिपाहियो। खुद से खुद को ही मार रहे हो। खुद से खुद पर निशाना। क्या अच्छी चाल है! वाह! वाह! खूब!”

वे लौटे और सुजन महतो को झकझोरने लगे।

पता नहीं धिक्कार का असर था या सुजन महतो खुद में ही डूबे थे, झकझोरने से वे एकदम शान्त हो गए। फिर धीरे-धीरे, रुक रुक कर, नशे के आगोश में तिरते से कहने लगे—

“ई कौन नौटंकी नाधे हो? कब्बो तो होश में हमरो दुख सुन लो।”

बीजू पालथी मार कर बैठ गया और कान के पास हाथ रखकर सुनने का अभिनय करने लगा।

"बको महाराज! तुम्हारा कहना तुम्हारे ही कान सुनेंगे!"

सुजन महतो अपने दुख में इतना डूबे थे कि बीजू के व्यंग्य के पैनेपन की धार पर चल पड़े।

"उस दिन...उस दिन...कैसी हवा चल रही थी! नन्ही और छुटके को लेकर हम तुम्हारी अम्माँ के साथ शहर के हाट के लिए निकले तो अचानक हवा रुक गई! सन्नाटा! ऐसा आवाज करता सन्नाटा! तुम्हारी अम्माँ ने टोका भी, मगर आवाजों भरे सन्नाटे में हमें चलना पड़ा। हम सबने मिलकर जंगल से काले काले जामुन बटोरे थे। उसी को बेच लेना चाहते थे। तुम्हारी अम्माँ दौरी में जामुन लिए सड़क के किनारे बैठ गई।

दोनों बच्चे उसी के आगे पीछे लगे थे। हम वहीं बैठे बैठे बीड़ी फूँक रहे थे। निगाह सड़क पर लगी थी। इसी इन्तजार में थे कि कहीं मजूरी के लिए कोई पूछने आए। बड़ी देर तक कोई नहीं आया। जामुन खरीदने वाले भी नहीं आए। लोग सामने से गुजर जाते थे। जामुन की तरफ देखते भी थे। कोई कोई दाम भी पूछता था। उम्मीद जगती थी कि तभी दाम पूछने वाला आगे बढ़ जाता। लाइन से आठ दस लोग एक ही जैसी दौरी में, एक ही जैसा जामुन लिए बैठे थे। किसी किसी का एक पत्ता बिका भी। मगर हमारी बारी नहीं आई। बालक तुम्हारी अम्माँ के कन्धे पर लटक लटक कर जामुन माँगते। भूख से नन्ही की आँखें निकल आई थीं। वह रह रह कर एक जामुन उठा लेती। इसलिए कई बार अम्माँ को उसे पीटना पड़ा।

छुटका अम्माँ की पीठ से सटा बैठा था। लेकिन उसकी आँखों से निकल कर सफेद जल जामुन पर चिपक गया था, इसी से हमारे जामुन ऐसे सुन्दर चमक रहे थे—धुले, निर्मल, साफ। पहले वह कुछ चिल्ला भी रहा था मगर बाद में खामोश बैठ गया। खामोश क्या बैठ गया, नन्ही की पिटाई देखकर डर गया। इन्हीं के हल्ले के कारण हमारा जामुन नहीं बिक पा रहा था। हर आदमी, औरत, बच्चा, इन्हें रोते पिटते देखता और आगे बढ़ जाता। तुम्हारी अम्माँ ने यही कह कर पीटा था। हमें भी तब यही लगा था। दोनों बच्चे जहर की तरह बुझाए थे हमें। नन्ही की टकटकी जामुनों से हटती नहीं थी। लगता था आँखों ही आँखों में लील जाएगी।

छुटके के उत्पात से परेशान होकर अम्माँ ने उसे खींच कर अपनी पीठ पर सटा लिया और नन्ही को साड़ी के आँचल में लुका लिया। ब्लाउज खोलकर दूध पिलाने की कोशिश करने लगी। नन्ही चिढ़ कर, छिटक कर निकल आती। क्या करें? दूध हो तब न पीती! तब अम्माँ ने उसे खींच कर अपनी गोद में बिठा लिया। कुछ देर बाद, पीठ से सटे छुटके का रोना बन्द हो गया और पीठ से खिसक कर वह आस

पास घूमने लगा। नन्ही जामुनों को देखते देखते थक गई तो अम्माँ की बाँह से चिपक कर सोने लगी। तब भी भूख उसकी आँखों को खोल देती थी। चौंक कर वह जगती, सामने दौरी में पड़े जामुनों को देखती और फिर आँख बन्द कर बाँह की गरमाई में दुबक जाती।

''ऐ अम्माँ, कुद काहे नाहीं बिकात है?''

कभी कभी वह कुद (जामुनों) के न बिकने का कारण भी जानना चाहती। लेकिन कारण जानना आसान था क्या? न हम कारण जानते थे, न उसे बता सकते थे? हम केवल आशा कर सकते थे। आशा कर रहे थे।

आशा बड़ी चीज थी।

बादल बुन्नी का आसार भी बन रहा था। अचानक की बदली बड़ी परेशानी में डालती है। बिना मौसम, बिना समय के चली आने को आतुर दिख रही थीं बरखा देवी। एक पन्नी रखकर तुम्हारी अम्माँ बैठी थी। बच्चों पर बूँदें पड़ेंगी तो कुछ देर बाद सूख जाएँगी मगर जामुनों पर पड़ेंगी तो नुकसान कर देंगी। जामुन फट जाएँगे, पिलपिले हो जाएँगे। इसलिए बच्चों से ज्यादा जामुनों को बचाना था!

आदमी की प्रथमिकताएँ हमेशा एक जैसी नहीं बनी रहतीं हैं!

तभी देखो बीजू, कहाँ से एक आदमी भगवान के वरदान की तरह आया और आते ही उसने हमें इशारे से पास आने को कहा। उसके यहाँ मकान की नींव खुदी पड़ी थी। मिस्त्री इन्तजार में बैठा था। एक मजदूर की कमी थी।

''ईंटा ढोना है, गारा बनाना है।''

आदमी ने कहा।

हम इतने खुश हो गए कि मजूरी पूछना भूल गए। बच्चों की तरफ एक नजर देखा और आधी पी हुई बीड़ी हमने बुझा कर वहीं फेंक दी और उसके पीछे पीछे ऐसे चल पड़े, जैसे आज हम स्वर्ग का राज काज देखने जा रहे हों। थोड़ा चलने के बाद हमने उसी उल्लास में पीछे मुड़ कर देखा तो तुम्हारी अम्माँ ने हमारी फेंकी आधी जली बीड़ी उठा ली थी और जलाने के लिए माचिस की तीली पर झुकी थी। पता नहीं क्यों हमें उलझन हुई। समझ में नहीं आया कि आँख क्यों भर आई! फिर हम आगे बढ़ गए। घर पर इनारा भी तो खाली भगोना में पानी खदकाती बैठी होगी। आज कम से कम पाँच किलो पिसान लेकर घर जाएँगे। मन ही मन हमने सोचा था। पता नहीं हमारे जाने के बाद वह कौन सी मनहूस घड़ी आ गई! जब हम कन्धे पर पिसान का झोला उठाए लौटे तो इधर खलबली मची हुई थी।

तरह तरह से लोग कहानी बता रहे थे। कोई कहता कि एक असामी तुम्हारी अम्माँ के पीछे पूड़ियों का पत्तल लिए खड़ा था। जाने कब छुटका मंत्राविष्ट सा बिना आवाज किए उठा और उस असामी के पास जाकर खड़ा हो गया। जाने कब उस आदमी ने उसे एक पूड़ी निकाल कर दे दी और बाकी पत्तल लिए आगे बढ़ गया।

जाने कब छुटका उस आदमी के पीछे पीछे चलता चला गया। कौन सोच सकता था कि पूड़ियाँ लेने के बाद वह नहीं लौटेगा! कोई कोई इस बात को और तरह से कह रहा था। जैसे कि छुटका देर तक पूड़ी लिए आदमी को देखता रहा। उसी आदमी ने कोई मंत्र ऐसा पढ़ा कि छुटका उठकर उसके पीछे पीछे चला गया। ऐसा चलता हुआ गया कि कोई भी उसे जाते देख नहीं पाया। छः सात साल के बच्चे का जाना दिखाई न पड़े, यह हैरत की बात तो थी।

लेकिन नहीं दिखाई पड़ा तो इसके पीछे वर्षों का विश्वास था कि बच्चा भला कौन ले जा सकता है!

बच्चे हमेशा से अपनी अम्माओं के आगे पीछे खलते रहे हैं, ऐसा विनाशक काल आएगा, इसका किसी को भरोसा नहीं होता है!

अभी भी नहीं होता है!

तुम्हारी अम्माँ छुटका को जाते हुए नहीं देख पाई!

उसके संगी साथियों ने भी ठीक से नहीं देखा। बस, इतना ही देखा कि कोई आदमी था, जिसके पास पूड़ियाँ थीं।

पूड़ियाँ हमारे लिए कैसी नायाब चीज है, तुम जानते ही हो।''

सुजन महतो कराह कर रूके। फिर अपने आप से प्रलाप करने लगे।

''उसी समय नन्ही नींद से जाग कर छटपट छटपट कर रही थी। तुम्हारी अम्माँ ने बताया कि उसी को थप्पड़ मारने और खीजने में दुनिया का एक हिस्सा उससे छूट कर गिर गया। इसी से वह नहीं देख पाई। कुछ लोग ऐसा कहते थे कि वह पूड़ियों का पत्तल लिए खड़ा आदमी तांत्रिक था। उसने बच्चे को मंत्र मार कर अपने वश में कर लिया था। इसी से कोई उसे जाते नहीं देख सका। जिसने थोड़ा सा देखा, उसने भी सोचा कि लौट आएगा। मगर नहीं, आकाश पाताल एक करके भी हम छुटका को नहीं खोज पाए। कहाँ कहाँ तक नहीं गए! हरिया मुंडा के आगे गिड़गिड़ाए तो कहीं जाकर पुलिस पर जोर दबाव डलवा पाए। तब कहीं जाकर रपट लिखी गई। किसी ने कहा कि हजारीबाग रोड रेलवे टीशन पर देखा था हमारे छुटका को। हम बुढ़ान काका को साथ लेकर वहाँ भी गए।

किसी ने कहा कि छोटानागपुर में उसे सुधाकर ढाबे पर बरतन धोते देखा था। उसके बाल गंजे कर दिए गए थे और दाहिने पाँव पर बड़ा सा कटे का घाव था। घाव की बात किसे नहीं तकलीफ देगी। हम भी परेशान हो उठे। सच बताएँ, तुम्हारी अम्माँ की किरिया उठा कर कहते हैं कि हम छोटानागपुर जाना चाहते थे। वहाँ सुधाकर ढाबे पर बरतन धो रहे छुटका को उठा कर घर लाना चाहते थे। हमारे साथ बुढ़ान काका भी चलने को राजी हो गए थे मगर जाना नहीं हो पाया। हमारा दिल जानता है कि जाना नहीं हो पाया। तब से यही सोचकर सन्तोष करते हैं कि छुटका जिस भी ढाबे पर बरतन धो रहा होगा, वहाँ घाव खा रहा होगा तो भात भी खा रहा होगा।

पैसे हाथ में नहीं तो आदमी कहाँ तक जाएगा?
हम भी कहाँ तक जा पाए!
हमारा धरती आकाश इतना छोटा कभी नहीं था!
जितना छोटा करके हमें रख दिया गया!
बीजू, हमारे हालात ने हमें, हमारी ही दुनिया से बाहर ठेल दिया है!
तुम्हारी अम्माँ की मौत का जिम्मेदार भी यही है। यही हालात!''

सुजन महतो अचानक चुप हो गए।

सामने बैठा बीजू अचानक हिलक-हिलक कर रो उठा। रोते-रोते उठा और झोपड़े की दीवारों को हिलाते हुए इधर-उधर हाथ, कभी माथा पटकने लगा।

''और नन्ही?''

अचानक बीजू रुका और तेजी से बाप के पास आकर उसे झकझोरने लगा।

''कहाँ है नन्ही?''

''नन्ही का मत पूछो!''

''क्यों नहीं नजर मिलाता है तुम बाबा? कहाँ हटा दिया उसे?''

सुजन महतो की आवाज लड़खड़ा गई।

''तुम्हारी अम्माँ के जाने के बाद गिरीडीह वाली बुआ उसे लेती गईं। चार साल की बच्ची को हम कहाँ रखते? हमारा खुद का ठिकाना नहीं रहा। हम कहीं पड़े रहें मगर बच्ची को कहाँ सँभालते? अब तुमने हमारा घाव छेड़ दिया है बीजू तो करेजे पे पत्थर धर कर सुनो। सोचा था कुछ बड़ी हो जाएगी छोटकी तो ले आएँगे अपने पास। तब तक यहाँ भी कमाने धमाने का कुछ इन्तजाम कर लेंगे। मगर नहीं हो पाया। तब से कभी जा ही नहीं पाए गिरीडीह। उधर बुआ कहने लगी कि नन्ही को किसी मिशनरी वाले को दे दें। वे लोग माँगते रहते हैं। बच्चे अच्छा खाना पा जाते हैं, पल बढ़ जाते हैं, पढ़ कर लायक आदमी बन जाते हैं। इसलिए लोग उन्हें अपने बच्चे दे आते हैं। हम क्या करते? जब खाना नहीं दे सकते तो किस बिना पर रोक लें? बुआ को भी दिक्कत थी। हम निठल्ले, न लकड़ी रही, न फल सब्जी, क्या खाएँ? क्या लेकर हाट जाएँ? अपने को खाएँ, अपने को पहनें, अपने को लेकर हाट जाएं....

गाँव में कब से तो रोड बन रही है! बस, बहाना है कि अब हम अपने खेत भी न बो सकें। न सिंचाई को पानी है न पानी की कोई उम्मीद...न बीज रख सकते हैं न अन्न...''

फिर वे बड़बड़ाने लगे—

''बुआ धनबाद गई, मिशनरी वालों के पास गई, वहाँ बड़ा चर्च है। वहाँ, उनके चर्च के दरवाजे के आगे नन्ही को गोद में लेकर घुटने के बल बैठी रही। तब चर्च का गेट खुला और एक शानदार सफेद चोगा पहने आदमी और एक औरत, जिसे क्या तो नन कहते हैं, बाहर आए, उसकी गोद से नन्ही को उसी नन ने उठा लिया।

फिर वह नन नन्ही को लिए हुए गेट के अन्दर चली गई, चोगा वाला आदमी भी। गेट बन्द हो गया और बुआ रोती हुई गिरीडीह लौट आई। इसके बाद किसी को कुछ पता नहीं। कोई पता लगा भी नहीं सकता। सुनते हैं कि यहाँ से बच्चे परदेस भेज दिए जाते हैं, इंग्लैंड, अमेरिका...क्या पता?..."

अचानक बीजू ने हड़िया जोर से पटक दी। मिट्टी का बरतन टूट गया। रोते रोते वह हँसा। सागर की अतल गहराई से निकली ऐसी हँसी, जो सृष्टि के नाश पर महादेव बन कर निकलती है।

"तो सबको लगा दिया ठिकाने? वाह! वाह! महतो, तुमने आखिरी कील भी नहीं छोड़ी। और हमारी उस सात किलोमीटर दूर पढ़ने जाने की हिम्मत करने वाली बहन इनारा को भी लगा दिया ठिकाने? बेच दिया! जरूर बेच दिया तुमने! कितना मिला? कितना धन कमा लिया? जी लिया जीवन? हा, हा, हा...यही जीवन है...यही देखने के लिए जीना है...सबकी लाशों पर मिला है हमें थोड़ा सा जीना..."

"नहीं, नहीं, बीजू, उसकी शादी करके भेजे हैं। वो देखो, खड़ा है बाहर स्कूटर। वो भी पगली ऐसा अड़ गई थी कि उसके बिआह में उसके भाई के लिए 'बारे इतात्' आएगा। उन सबों ने लाकर ऐसा टूटा फूटा स्कूटर बाँध दिया कि आज तक नहीं चला। जाने किस कबाड़ी से उठा लाए थे। रद्दी के मोल।...इनारा क्या जाने शहर वालों के दाँव-पेंच। उसे तो शौक लगा था कि शहर के लड़कों की तरह उसका भाई स्कूटर चलाएगा...वो पड़ा है तुम्हारा बारे इतात्!..."

बारे इतात्! बारे इतात्!

बीजू के कान में बजने लगा।

"बारे इतात्! बारे इतात्!"

वह चिल्लाया।

"सबके अपने मतलब हैं! हमारा मतलब किसी के लिए नहीं। सबको सत्ता चाहिए, पॉवर चाहिए...हम कभी इधर दौड़ाए जाते हैं, कभी उधर...कभी इधर की बात पर भरोसा करते हैं, कभी उधर की बात पर...सबका हित सध जाता और हमारा? ...हमारा घर बिक जाता है...भाई बहन बिक जाते हैं...हमारा देस बिक जाता है...

हम ठगे जाते, सब तरफ से...हम ठगनगरी के बाशिन्दे हैं...ठगों से घिरे...ठग, ठग, ठग...इधर भी, उधर भी...झंडे लहराते ठग...झंडे ही झंडे...हम झंडे से घिर गए हैं...झंडा, झंडा...मन्दा, मन्दा..."

वह कभी हँसता, कभी रोता, कभी चिल्लाता...

तेजी से बाहर आकर बीजू ने स्कूटर पर लात मारी। लात! लात! लात!

बारे इतात्! बारे इतात्!

आत्मा के घोंसले से गिरा परिन्दा

पॉलिथीन में बन्द चीज को उसने बाँह थोड़ा तेज घुमा कर नाले की तरफ फेंका। लेकिन पॉलिथीन नाले में गिर जाने की बजाय अपने भार के साथ पास में उगी कुछ ऊँची झाड़ियों में उलझ कर रह गई। इनारा का जी धक् से हो गया। आस पास नजर दौड़ा कर कोई लकड़ी ढूँढ़ने लगी, जिससे थोड़ा ऊँचे किनारे पर चढ़ कर झाड़ियों को हिला सके। उसे एक पतली टहनी दिख भी गई। इनारा झटपट उसे उठाने दौड़ी लेकिन लँगड़ाते कदमों और खराब तबियत ने उसकी चाल की गति छीन ली। वह एक पैर को कुछ घसीटते हुए टहनी तक पहुँची, उसे किसी तरह उठा कर, नाले के चौड़े किनारे पर, जो सड़क से कुछ ऊँचा था, उस पर दम साध कर चढ़ गई। यह सब करने में उसकी साँस फूल गई। शरीर काँपने लगा और सिर इस तरह चकरा रहा था कि लगता था कि किसी भी मिनट चक्कर खाकर गिर सकती है। नाले के किनारे की थोड़ी सी ऊँचाई पर चढ़ते हुए जाँघें ऐसे टीसती थीं मानो अभी फट जाएँगी और खून का रिसाव बढ़ता हुआ लगता था। फिर भी जाने कौन सा भय था कि जाने कौन सी हिम्मत थी कि वह नाले पर चढ़ी।

टहनी से झाड़ियों में फँसी पॉलिथीन को हिला कर गिराने की कोशिश करने लगी। मगर टहनी कमजोर निकली, खट्ट से टूट गई।

"हे भगवान! दुनिया की किसी माँ को ऐसा न करना पड़े।"

वह मन ही मन रोती जाती।

"बाभी, ऐ बाभी!"

इस निविड़ अँनिहारे सन्नाटे में किसी के पुकारने की आवाज से वह डर कर ऐसे चिहुँकी, जैसे उसे कोई अपराध करते रँगे हाथों पकड़ लिया गया हो। धक् धक् जी बाहर निकल आने जितना तेज धड़का। वह जहाँ थी, वहीं कुछ देर जड़वत खड़ी रह गई।

"बाप रे!"

अपनी तरफ आती छाया को पहचान कर उसकी जान में जान आई। अँधेरा खूब था पर दूर कहीं जलते एक स्ट्रीट लाइट के बल्ब की मद्धम रोशनी से छिटक कर कुछ जरा सा रोशनी इधर तक भी चली आती थी। उसी का हाथ थामे इस नाले तक

आना सम्भव हो पाता था। सड़क के ज्यादातर बल्ब टूटे हुए थे। उसी दूर के बल्ब की मद्धम रोशनी का हाथ थामे सड़क पर भी चला जा सकता था।

''या के कर रही है बाभी?''

कुछ पास आकर छाया स्पष्ट हो गई।

उसी के मोहल्ले में रहने वाली सन्तोष थी।

सन्तोष को देखकर, संकट में किसी अपने को पा जाने का गहरा तोष हुआ उसे। वह अपने काँपते शरीर और लँगड़ाते पाँव को घसीटते हुए धीरे-धीरे नाले के किनारे की ऊँचाई से उतर कर सड़क किनारे गिरती हुई सी बैठ गई।

''के हुआ बाभी?''

सन्तोष की आवाज में हमेशा रहने वाला अधिकार भाव था।

सन्तोष भी अपने ससुराल में रहती थी। उसका मायका रोहतक से कुछ दूर एक गाँव में था और सास नहीं थी। पति और ससुर उसके साथ रहते थे। एक विधवा जिठानी भी साथ रहती थी। जिसके दो बच्चे सन्तोष के दो छोटे बच्चों से उम्र में सात आठ साल बड़े थे। दो छोटे बच्चों के बावजूद सन्तोष अपनी पढ़ाई जारी रखे हुए थी। रोहतक विश्वविद्यालय से एम.ए. करते हुए रोज आना जाना कर रही थी। इसका एक पक्ष और था—सन्तोष का पति लोगों के सामने शेर बना फिरता था कि वह अपनी बीबी को पढ़ा रहा है कि उसकी बीबी किसी भी घरेलू बीबी से ज्यादा काम करके पढ़ रही है और जल्दी ही कमाऊ बीबी भी बन जाएगी। आखिर कितनों के पास ऐसा कलेजा है, जो बीबी को पढ़ाते हैं? और वह भी जींद से रोहतक भेज कर!

सन्तोष घर का सारा काम निपटा कर निकलती, पढ़ कर लौटती तो फिर जुट जाती रसोई में। इतने काम के बावजूद गजब हौसला था कि आते जाते सबसे मिल लेती—एक दो बातें कर लेती—खबरें पहुँचा देती या पा लेती—इससे भी ज्यादा बड़ी बात थी कि औरतें उससे अपना दुख सुख कह लेतीं—रोहतक आने जाने के रास्ते से कई काम की चीजें मँगवा लेतीं—दवा, डॉक्टर जैसी तमाम मदद अपने आप सन्तोष के हिस्से होती चली गई थी। कितनी ही बार लेडी डॉक्टर से मिलकर सन्तोष ही इनारा के लिए दवा ले आई थी—कितनी ही औरतों की मदद के लिए रोहतक जाना छोड़ कर थाना कचहरी तक चली जाती...

वही सन्तोष अचानक इस अँधियारी रात में पास आकर खड़ी हो गई थी।

''ए री सन्तोष, तू कहाँ से इस बखत?''

बेहद थकी और गहरी उदासी में डूबी ध्वनियों के कुछ टुकड़े बिखरे। सन्तोष ने इनारा के कन्धे को छुआ।

''उठ, उठ, मच्छरों में बैठी है, खा जावैंगे तेरे कू।''

इनारा के भीतर का बियावान मच्छरों के खा जाने से बेपरवाह था।

"इब सुनो, कैसे आई इस वक्त? मैं तो रोहतक से दोपहर ही लौट आई थी। आते ही तो संजू के साथ जाना पड़ा। कई दिन से उसी चक्कर में दौड़ रहे हैं। अभी तक न पकड़ा गया। जाणै के करै हैं पुलिस वाले? आज तो भीड़ थी थाणे पर। मेरा पति भी गया था। लौटते में तू दिखाई पड़ गई बाभी तो मैं इधर चली आई। मगर रात में आणै के करे है? नाले में कूदण तो न चली आई? झारखंडवाली, ये तेरा जंगल, गाँव न है। ऐसे रात में घुम्मोगी तो मानुष नाम का जानवर तो जाणै ही है।"

"हाँ री सन्तोष, जंगल में जानवरों से डर लगता है, शहर में आदमियों से। यहाँ आदमी औरत को मानुष नहीं समझते। जब तक औरत अपनी जमीन पर है, अपने जंगल के साथ है, तब तक मानुष है, तब तक लड़ने की ताकत है उसमें, लेकिन वही औरत शहर में आकर सिर्फ जिस्म बन कर रह जाती है...औरत जंगल में अपनी लड़ाई लड़ने के लिए खड़ी हो जाती है...हम तीर धनुष उठा लेते हैं, भाला और दाँव चला लेते हैं, लेकिन शहर? शहर हमारी कब्रगाह है...इतनी मजबूत है यहाँ की कैद कि इसमें से निकलना मुश्किल। कैसे निकलें? जूझते जूझते ही खत्म हो जाते हैं।"

दोनों हाथों से अपना मुँह ढक कर इनारा रोने लगी।

"सही कहती हो बाभी। यहाँ प्रकृति का कोई मोल न है। औरत की कोई कदर न है। यहाँ प्रकृति हार जाती है, पितृसत्ता जीत जाती है।"

'पितृसत्ता' शब्द एक नया शब्द था इनारा के लिए। उसने शब्द की धार को महसूस किया और चौंक कर न समझने वाले भाव से उसे देखा।

"वही, हमारे बापों ने जो घेराबन्दी कर रखी है, उसे ही कहते हैं। हमारे यहाँ रोहतक में पढ़ाते हैं न।"

सन्तोष ने उसे उठाने की कोशिश की।

"अरे, अरे, इतनी हिम्मत न हारो बाभी। लगता है जाण देणे का इरादा करके आई थी, तभी ऐसी बात करै है तू।"

इनारा ने आँसुओं से भीगा चेहरा उसकी तरफ किया और हाथ के इशारे से पॉलिथीन दिखाया, जो झाड़ियों के बीच अटकी झूल रही थी।

"के, फिर से? बाप रे! और तुम अकेल्ली चली आईं?"

सन्तोष आत्मीय गुस्से से भर गई।

"ऐसे तो तुम मर जाओगी बाभी। छठीं बार हो गया ये! कहीं रास्ते में गिर जाती तो?"

"चलो, डॉक्टर के पास चलो। एक लेडी डॉक्टर है मेरी पहचाण वाली।"

लेकिन वह उठ न सकी। शरीर बुखार से जल रहा था और उठते हुए पैर काँपते थे।

"ऐरी सन्तोष, तू रोहतक जाते बखत सुबह आई थी तो मुझसे मिले बिना क्यों चली गई?"

"तेरी उस बुढ़िया ने घुसण न दिया। दरवज्जे से ही बोल दिया कि तू सो रही है। रात तबियत ठीक न थी तेरी। मुझे भी देर हो रही थी तो ज्यादा झक न मारी बुढ़िया से। सोचा लौटते में तेरा हाल चाल पूछ लूँगी। लेकिन लौटते ही संजू के साथ जाणा पड़ गया। उसके साथ भी कुण सा कोई जाने वाला था? नामुरादों ने अब तो जोर दबाव से एफ आई आर दर्ज कर ली है। सोचो, चार दिन बाद। गरीब आदमी कहाँ जाए? कहाँ करे फरियाद? उसकी कौन सुनने वाला है? सोचो बाभी, बेचारी छः साल की बच्ची, क्या मिल जाता है एक बच्ची में? उसका शरीर भी अभी नहीं बना है! ऐसे कुकर्मी भरे पड़े हैं इस देश में! लड़कियों का जीना मुहाल कर दिया है। बेचारी बच्ची, होश में है मगर सू सू जाना अभी भी मुश्किल हो रहा है, खून गिरने लगता है। डॉक्टरनी कहती है दिल्ली ले जाओ। ठीक इलाज वहीं होगा। जिन्दगी भर अब ठीक से बच्ची चल न पावैगी। मैंने कितने लोगों से कहा मगर एक पैसा कोई जेब से निकालणा न चाहता। मुँह से 'च् च्' करके रह जाते हैं...'च् च्' करने से किसी की मदद हो सकै है भला? हाय लगेगी उस जानवर को।"

"आज तक तो नहीं लगी किसी को हाय? इन्हें कुछ नहीं होता सन्तोष। ये तो दिन दूना रात चौगुना बढ़ते जाते हैं। खोट कहीं और है जो इन्हें बढ़ाती जाती है।"

रोना रोक कर इनारा ने सन्तोष की तरफ देखा।

"कैसे न लगती है? इनके बाल बच्चे देखो, इन्हें ही मारै हैं, नालायक बने फिरै हैं। एक पल को चैन न इनकी जिन्दगी में। हजारों बीमारियों ने अलग धर दबोचा है। औरतें क्यूँ कम हो गईं हरियाणा में? बताओ? क्यूँ लाना पड़ै है मोल की बहू? सोचो, अपना चाल चलन न सुधारेंगे ये लोग, न यहाँ पुलिस, अदालत अपराधी को सजा दे पावैगी, उल्टा बेटियों को कोख में मार देंगे। यहाँ कितने ऐसे गाँव हैं, जहाँ तीसों साल से बारात न आई है! अपणा देखो, तुम्हारी कोख में छः बार तुम्हारी आँखों के सामने, तुम्हारी मर्जी के बगैर बेटियों को मारा कि नहीं?"

सन्तोष ने फिर उसे सहारा देकर उठाने की कोशिश की।

"बाभी, पैसा है तो मोल खरीद कर ला रहे हैं। मोल खरीदना अब शाण की बात बन गई है। मोल तो मवेशी खरीदा जाता है, सामान खरीदा जाता है। मोल लिया मानुष तो मानुष न है, जितना चाहे पेरो। तू अपणे को देख ले। कोई तेरे को समझता है मानुष? नहीं न?"

इनारा ने अपनी थरथराती काया की तरफ देखा फिर झाड़ियों की तरफ देखा।

"टँगे रहने दे वहीं। लोग भी तो जानें कि यहाँ रात के अँधेरे में क्या अंधेर मचा है?"

सन्तोष ने गुस्सा कर कहा।

''बाभी, एक बात मुझे सालती रहती है। तुम्हें आज बता देती हूँ। मेरी बचपन की एक सहेली थी विभा। उसकी आवाज मुझे कभी कभी रात में सोते हुए सुनाई पड़ती है। मैं डर कर उठ जाती हूँ। फिर लगता है सपना था। मगर वो मुझे अभी भी पुकारती है। इसीलिए मेरा आदमी कितना भी रोकता है, मैं जनानियों की मदद किए बिना रह न पाती। मगर आदमी का डर भी रहता है, उसकी गाली सुण लेती हूँ, कभी मार भी सह लेती हूँ, पर दौड़ कर मदद को चल पड़ती हूँ। लगता है विभा मुझे आवाज दे रही है। बस, एक उसी की मदद न कर पाई बाभी।...''

सन्तोष की आँखों में आँसू झिलमिला आए।

''ऐसी दोस्ती थी हमारी कि एक दिन एक दूसरे के बिना चैन न पड़ै। कभी वो दौड़ आए मेरे घर, कभी मैं दौड़ जाऊँ। एक साथ स्कूल जाते। एक साथ लौटते। एक साथ खेलते कूदते। एक साथ कभी कभी खाना भी खा लें। घर एकदम सटा हुआ था। उनके घर के झगड़े हमें सुणाई पड़ जाते। हमारे घर के झगड़े वे जाण जाते। विभा बड़ी प्यारी थी, शक्ल सूरत में भी और व्यवहार में भी।

जब हम नौवीं में पढ़ रहे थे, स्कूल जाते वक्त हमारे पीछे कुछ लड़के लग गए। वे रोज पीछे पीछे आते। लड़कों को डाँटने में भी डर लगे। माँ बाप ने बताया था कि बच कर जाया करो, लड़कों से मत उलझना। ऐसी तमाम कहानियाँ सुण रखी थीं कि जिस लड़की ने लड़के को थप्पड़ मारा या डाँटा, लड़के ने उससे पूरी दुश्मनी निकाली, जिन्दगी बर्बाद कर दी। लेकिन कब तक बचते, जी आजिज आ गया तो एक दिन मैं रुक गई, सुणा दीं उन मरदूदों को हजार गालियाँ...उसके बाद कई दिन तक चैन रहा।

फिर एक लड़के ने विभा के नाम चिट्ठी लिख कर उसके घर में डलवा दी। उसी दिन से विभा का स्कूल जाना बन्द हो गया। उसका भाई बड़ा था, उसने विभा को डाँटा, मारा। फिर और चिट्ठियाँ आईं। विभा से मेरा मिलना भी बन्द करा दिया गया। एक रात विभा के चीखने की आवाज आई। मैंने सुणी। वो चीख मुझे नहीं भूलती। लेकिन मेरे घर में उसकी चीख किसी ने नहीं सुणी! बस, मैंने सुणी! या मुझी तक पहुँची! विभा ने मुझे पुकारा था। मैं नींद से उठ बैठी। तुरन्त दरवाजे की तरफ दौड़ी लेकिन घर वालों ने मुझे पकड़ लिया।

उसी के बाद जो सुबह आई, उसमें विभा की लाश ले जाई जा रही थी। एकदम चुपचाप। मुझे लाश देखणे भी न जाने दिया गया। मैं अपने घर के बरामदे में कुर्सी पर चढ़ कर उसे जाते हुए थोड़ा सा देख पाई। बाद में खुसपुसाहटों से पता चला कि गला घोंट कर मार दिया है उसे। कोई चीख नहीं निकली थी। लेकिन मुझे उसकी चीख सुनाई पड़ती है...उसने मुझे पुकारा था...बाभी, मेरी बेकसूर सहेली को मार दिया...

''उसकी कोई गलती न थी बाभी...मगर सजा तो उसी को मिली...''

सन्तोष ने अपनी आँखों से बहता वर्षा का जल पोंछ लिया।

''बाभी, विभा ने भी न छोड़ा है अपने कातिलों को। भूत बन कर रोज रात में डराती है। भूतहा घर हो गया है उनका। उसका भाई तो रात में जोर जोर से चिल्लाने लगता है। माँ तो जैसे पगला गई है। जहाँ तहाँ घर में उसे विभा की छाया डोलती दिखै है।''

''और उसका बाप?''

''वह भी कुण सा ठीक है। जहाँ तहाँ पागलपन की हरकतें करता फिरै है। व्यौपार में घाटा होता जाता है। सब सुख चैन विभा के साथ चला गया, यही कहता घूमता है।''

''ऐ री सन्तोष, यह सब तो मन बहलाव की बातें हैं, अपने को तसल्ली देने के लिए। जिसे मार दिया वो तो वापस न आएगा। क्यों करते हैं लोग ऐसा?''

''यहाँ तो इज्जत के लिए अपनी सन्तान मार देना सेक्रिफाइज है मतलब बलिदान। इसका एक अलग **गुरूर** है इन बापों को। सेक्रिफाइज का गुरूर। दुख पर भारी है ये गुरूर।''

सन्तोष अपनी सहेली की कहानी बताते बताते इनारा की बगल में बैठ गई थी। अचानक उसकी 'अपने को तसल्ली देने' वाली बात से जैसे होश में आ गई।

''चाल, चाल, हमें यहाँ बैठे देखकर जाणै कुण सा विचार कर लैवै वे लोग। और वो मेरा खसम तो ढूँढ़ते हुए आ धमकेगा।''

''ऐ री सन्तोष, हमें हजारीबाग जाने वाली गाड़ी में बैठा दे नहीं तो जहर ला दे।''

''क्यों मेरी गर्दन रेतवाना चाहै हो बाभी?''

''मैंने पढ़ा है अखबार वाले मोल की बहुओं के लिए 'पारो' लिखते हैं मगर मुझे न अच्छा लगा ये शब्द। इतनी दुखियारी के लिए यह शब्द तो सही न है।''

अचानक सन्तोष ने बिना किसी भूमिका के कहा और उसे बाँह से पकड़कर आगे बढ़ा दिया।

इनारा दर्द से बिलखती सी चलने लगी और सुबह का दृश्य उसकी आँखों के आगे घिरने लगा...

यह सुबह और सुबहों की तरह नहीं आई थी। इसमें दर्द, खून, पानी का बिखरा हुआ अथाह था...इनारा की आँखें खुलती नहीं थीं। पर्दे को चीर कर सूरज हजार हजार किरणों समेत घुसा आता था...मौसी की खटर पटर की कुछ आवाजें कानों से टकराती थीं...ऐसा लगता था कि बिहारी नौकर रघु 'बहू जी', 'बहू जी' की पुकार लगा रहा है...बदन हिलने को तैयार न होता था...

''ए री बाभी, कित है झारखंडी बहू...''

सन्तोष रोहतक जाने से पहले दो बातें बोल लेने की उम्मीद में दरवाजे से बुला रही थी। मौसी ने उसे भीतर घुसने से पहले ही लोक लिया और उन्हीं पैरों वापस कर दिया।

"श...श...आवाज न कर...बड़ी खराब आदत है तेरी। घणा चिल्लावै तू! अभी जरा सी आँख लागी है झारखंडी बहूणी की। सो लेने दे। कित मौका मिलता है आराम का? जा, बाद में आइयो।"

सन्तोष लौट गई। लेकिन इनारा के मन ने उसका इन्तजार कर लिया था कि आए और देख ले उसे...कि आए और निकाल ले उसे...

इनारा किसी तरह उठकर खड़ी हुई लेकिन दो कदम भी नहीं चल पाई थी कि पेड़ू में मरोड़ उठी और लगा कुछ देह को चीरता, टीसता...लसलसाता पाँव से टकराता थक्क से नीचे गिर गया...खून का थक्का, खून की पतली सी धार पाँव से सरकते हुए फर्श पर बिखर गई।

"अरे माई रे..."

टप्प टप्प टपकती चटख बूँदें...उस पर गिरती सूरज की किरणों का सुनहरा रंग...एक धारा...एक सुनहरी लाल नदी...

"के हो गया?"

मौसी आकर उसकी कोठरी के दरवाजे तक रुक गईं।

"सबके होते हैं लड़के बच्चे। सबके पेट सफाए जाते हैं। इतना हंगामा कोई न करता! तू नोखी है के? सारा गाँव सिर पर उठाए है? जरा दू कदम और आगे बढ़ जाती तो पहुँच जाती न बाथरूम तक। याणै सब करम कर दी। इब कमरा सफाओ अलग।"

मौसी उल्टे पाँव लौट गईं। मगर तुरन्त वापस।

"ये ले लगा ले।"

उन्होंने पुराना कपड़ा इनारा की तरफ फेंका और लौट गईं।

इनारा ने काँपते, लँगड़ाते पैर आगे बढ़ाए, दरवाज़ा भिड़काया और उसी से सट कर रोने लगी...हिलक...हिलक...

आधी रात को पेड़ू में हुई मरोड़ के बाद जो गर्भ गिरा था तो अब तक वह उसे उठा कर साफ सफाई नहीं कर पाई थी और अब सुबह उठते ही यह रक्त का भयावह स्राव...और ये थक्के! एक नवजात का शव या सिर्फ मांस का लोथ! या कि उसके होने वाले बच्चे की मौत! नहीं, नहीं, होने वाला बच्चा नहीं!

पृथ्वी माफ करती रही मनुष्य को उसकी अधम नीचताओं के लिए...लेकिन अब नहीं, सृष्टि के विनाश में—सृष्टि के सृजन की थकान और पीड़ा अत्याचारों से दब गई है...अब नहीं!

उसने अपनी कमजोर हथेलियों से दीवार को पीटा। अपना माथा पटका—सब व्यर्थ!

भरसक आवाज दी मौसी को—आधी रात की नींद में किसी चौकीदार सी चौकन्नी मौसी ने जवाब दिया—"रात में भी सोना मुहाल किए है! उठा कर पॉलिथीन में बाँध बूँध कर रख दे। तड़के फेंक आना।"

पॉलिथीन!

पॉलिथीन में भर कर बाँधना है।

पॉलिथीन को नाले में फेंकना है...

नए भविष्य की मृत्यु पर चुपचाप विलाप करना है...

नए भविष्य की मृत्यु को चुपचाप नाले में फेंक आना है...!

कोई घंटा भर बीत गया तो उसे होश आया। अचानक पाँच क्रोधित मालिकों का चेहरा उसके आगे घूम गया। अचानक ही भय की हिलोरों ने उसे उठा कर खड़ा कर दिया। धीरे-धीरे वह बॉथरूम की तरफ बढ़ी, वहाँ रखी बाल्टी के पानी से अपने पैर धोये, फिर वापस आकर सलवार बदली, मौसी का फेंका पुराना कपड़ा, खून से भीगे कपड़े को बदल कर लगाया...फिर आँगन की तरफ लँगड़ाते पैरों से बढ़ी और जहाँ झाड़ू पोंछा रखा था, वहीं बगल में खोंसे पॉलिथीन और कुछ बेकार चीथड़े निकाले। फिर उस जगह आकर काम पर जुट गई, जहाँ गर्भ से टूट कर बिखरा पड़ा था रक्त और माँस का निर्जीव जीवन।

उसकी धड़कनें कई गुना बढ़ गई थीं। लग रहा था जैसे कोई जघन्य अपराध कर रही हो। मन ही मन ईश्वर से क्षमा माँगते हुए, आँख से गिरते अर्घ्य से भविष्य के बिखरे टुकड़े को नहलाते हुए पॉलिथीन में बन्द किया और अपनी कोठरी के एक किनारे टिका कर, खून साफ करने लगी...

जितना ही झाड़ू से खून किनारे करती, उतना ही लगता उसका शरीर कट कर गिरता जाएगा...

आखिरकार सब छोड़ कर वह वहीं दरवाजा पकड़े लेट गई—नींद उसकी आँखों में नहीं थी पर जाने कौन सी अवश करती शक्ति उसे गिराती जाती थी...नींद लोक में डुबाती...बेहोशी में कैद करती...

एक निश्चय करती हुई कि इससे पहले कि घर के मालिक लौटें, वह भोर में ही पॉलिथीन का यह थैला नाले में फेंक आएगी -

फेंक देगी नाले में अपने ही अंश को...

अपने रक्त मांस मज्जा को...

जो लोथ है, जो जीवन से खाली कर दिया गया है!!

जिसे हर बार दवा देकर खत्म कर दिया जाता है!!!
इसलिए कि वह मादा है!
उसके लिए कौन रोयेगा?
उसके लिए भी नहीं, जो जीवित है!!

सूरज की किरणों ने जब चेताया, तब तक देर हो चुकी थी। सारी दुनिया जाग कर अपने काम पर निकल चुकी थी। उसका पॉलिथीन का थैला दीवार से टिका अपनी अंतिम परिणति की राह देख रहा था। मौसी की खटर पटर सुनाई पड़ रही थी। डर से उसका रोम रोम थर्रा उठा। एक क्रूर गुस्सा उस पर बरसने के लिए कहीं रुका पड़ा था।

गए समय को कहीं से भी अब वापस नहीं किया जा सकता था!

उसने अपनी छाती, अपना पेट सहलाया और पिराते, बथते बदन को हिला डुला कर अपने जीवित होने की तसल्ली की और मन ही मन सन्तोष के आ जाने की प्रार्थना करने लगी।

पर कहीं कोई ईश्वर था क्या?

मौसी के बार-बार बुलाने पर शाम को जब वह किसी तरह निकल कर बरामदे में खड़ी हुई थी कि तभी पाँचों मालिकों में से एक गोकुल बाबू आ गए। उन्होंने हाथ में मोबाइल पकड़ा था और उस पर कुछ देखते हुए, हल्का सा मुस्कराते हुए चले आ रहे थे।

"अरे रुक रुक, धन्नो रानी!"

उन्होंने हाथ के इशारे से उसे रोका और मोबाइल उसकी आँखों के आगे कर दिया। उनके मुँह से शराब की तेज बदबू आ रही थी।

मोबाइल पर एक 'जी आई एफ' चल रहा था। जिसमें खूब बड़े स्तनों वाली एक महिला बिकनी पहने हुए दौड़ रही थी। उसके पीछे समुद्र की लहरें थीं। जब महिला दौड़ती तब उसकी बिकनी के ढीले और गहरे गले से पूरा स्तन बाहर उछल आता—महिला मादकता से मुस्करा रही होती...

इनारा ने आँखें हटा लीं। मौसी की बात उसे याद आई -"बहूणी, यही कमी है तेरे में। इनकी वाली न करै, आणा काणी करै सै तू।"

"देखती न साली, के मस्त चीज है!"

उसने फिर मोबाइल चला कर उसकी आँखों के आगे कर दिया।

"इब ऐसे बणा अपणे, तब मजा आवैगा। ये के बीमार सा चेहरा लटकावै रहै है हरदम।"

इनारा ने फिर आँखें हटा लीं।

गोकुल बाबू के चेहरे पर पल भर के लिए दहशतनाक भाव उभरा।

"धत् साली।"

उन्होंने स्टील का मोटा कड़ा पहने अपने हाथ को इस तरह झटका कि इनारा धक्का खाकर लड़खड़ा गई और दीवार को पकड़कर अपने को पूरा गिर जाने से बचा ले गई।

गोकुल बाबू गुस्से से बाहर की तरफ निकले लेकिन तुरन्त ही लौट आए और खाना खाने बैठ गए।

रात के अँधेरे में, पॉलिथीन को अपने दुपट्टे से ढके, घबड़ाई हुई वह चाह कर भी तेज कदमों से नहीं चल पा रही थी। लँगड़े पैर को घसीटते हुए भरसक जल्दी चलने की कोशिश में लगी हुई थी। पॉलिथीन से निकल कर एक अजीब बदबू उसके नथुनों में भर रही थी।

बदबू!

अपने ही अंश का सड़ना—

जैसे बाहर नहीं, भीतर ही कुछ सड़ कर गँधा रहा था!

भीतर कोई फोड़ा फूट गया हो और उसके मवाद में घिरी—घुटन और पीड़ा में घिरी मनुष्यता दब कर सिसक रही हो।

"कैसा बस्सा रहा है!"

उसने बुदबुदा कर अपने आप से कहा और कन्धे से आँखें पोंछ लीं।

कभी-कभी कोई स्कूटर या मोटरसाइकिल गुजर जाती थी तो भय और शर्म से इनारा काँप उठती थी। सड़क पर कहीं कहीं छोटे छोटे गड्ढे थे, कहीं कहीं घास उगी थी, कई बार उसमें चप्पल फँस जाती थी, वह गिरते हुए बचती थी। नाला कोई दूर नहीं था। इतनी दूर तो अपने बचपन के दिनों में वह खेल कूद आती थी। पर आज लगता था नाला कई सौ किलोमीटर दूर हो गया हो! वह जितना ही नाले तक पहुँचने के लिए जोर लगाती, नाला उतना ही पहुँच से दूर लगता!

एक बड़ा सा काला पत्थर दिखा तो लगा कि वह नजदीक आ गई है। इस पत्थर को वह पहचानती थी। पिछले तीन बार से वह खुद ही अपना टुकड़ा फेंकने आती थी। शुरू-शुरू में कोई मेहतर आकर उठा ले जाता था। बाद में मेहतर रोक दिया गया। मेहतर मोहल्ले में हल्ला कर सकता था या अफवाह की शक्ल बदल सकता था। इसलिए मेहतर के आने पर पाबन्दी!

अब खुद ही ढोना था अपना शव!

अपने बगल में दुपट्टे की ओट में छिपी बदबू से ज्यादा तीखी बदबू नाले की उपस्थिति का सबूत दे रही थी। चोर नजरों से उसने इधर-उधर देखा कि कहीं उसे

कोई देख तो नहीं रहा है या उसका पीछा तो नहीं कर रहा। लगा कि कोई छाया आस-पास है। एक क्षण को डर ने उसके पाँव रोक भी दिए लेकिन नहीं!

अधिक भय, भय को काट देता है।

वह मिट्टी के टीले से बने नाले के किनारे पर धीरे-धीरे अपना लँगड़ाता पैर सँभालते और अपने टीसते बदन से निकलने वाली चीख को दबाते चढ़ गई। उसने दुपट्टे के भीतर से पॉलिथीन का थैला निकाला और उसे घुमा कर, नाले को लक्ष्य कर के, उछाल कर फेंका।

मगर ताकत भी कोई चीज है!

बेआवाज दृश्य की तनी सिलवटें

दृश्य के पीछे एक महादृश्य फैला है—
कई कई दृश्यावलियों से गुँथा—डराता—भयभीत करता—
वह स्वप्न है—कठोरतम यथार्थ है—
या कि दोनों का मिला जुला रूप?
कभी स्वप्न, कभी यथार्थ...

पॉलिथीन में मादा भ्रूण के फेंकते ही उसके चीथड़े छींटों की तरह बिखरे और पृथ्वी पर रेंगती असंख्य चींटियों की तरह रेंगने लगे।

ये चींटियाँ नहीं, पृथ्वी पर फैले मादा भ्रूण के आँसू हैं, जो चीख रहे हैं—बिना आवाज, बिना आँख, बिना आँसू?

चींटियों के आँसू नहीं होते, दर्द होता है।

कैसे रोती हैं वे?

क्या इसी तरह?

बिना आवाज?

पृथ्वी पर रेंगती ये असंख्य चीखें, अपने अधूरे वजूद के खत्म कर दिए जाने से ज्यादा उस गर्भ के लिए थीं, जिससे वे अभी-अभी बिछड़ी थीं...

उस माँ के लिए थीं, जिसकी ममता की बार-बार हत्या कर 'माँ' शब्द को मर्मान्तक चीख में बदल दिया गया था!

अपनी माताओं के लिए विलाप करती मादा भ्रूणें, पृथ्वी पर हिलती चींटियाँ थीं।

अपने सफेद अंडे मुँह में दबाए, आँधी, तूफान की आशंका से विकल भागती—किसी सुरक्षित ठिकाने की तलाश में निकलीं—कतार की कतार चलतीं अपने अंडे बचा ले जाना चाहती थीं...

ये कौन सी आँधी थी?

जो इतना विकल किए हुए थी?

जो चींटियों को तो अपने बेगैरत में जरा सी जगह दे देती थी...

औरतों को मोहलत नहीं देती थी...
अपनी गर्भभूमि के लिए चिन्तातुर चींटियाँ चली जा रही हैं—
यह जानते हुए भी कि—
एक हल उन्हें फिर जोतेगा—
एक लोभी उसमें फिर से बीज बोयेगा—
वीर्य की बूँदें फिर उसके गर्भाशय तक पहुँचेंगी—
फिर गर्भ ठहरेगा—
फिर गर्भ परीक्षण होगा—
फिर कोई अश्वस्थामा गर्भ पर वार करेगा—
फिर से पॉलिथीन में लपेट कर उन्हें पूरी ताकत से फेंका जाएगा -
फिर वह फट कर छितरायेगा—
उसके कण पृथ्वी से होते हुए ब्रह्मांड तक पहुँचेंगे—
ब्रह्मांड थरथराता हुआ इस दृश्य में शामिल हो जाएगा—ब्रह्मांड दृश्य की चपेट में!!

जिस क्षण कोई मादा भ्रूण फेंकी जाती है—बहायी जाती है नाले में...
जंगल जल उठता है
पृथ्वी काँप उठती है
आकाश स्तब्ध!

कहीं पेड़ कटते हैं—कहीं झुलसते हैं—
क्या दरख्त भी मादा होते हैं?
क्या इसीलिए वे मिटाए जा रहे हैं?
दरख्तों के लगातार कटने के बाद एक दिन दुनिया में जंगल नहीं बचेंगे!
मादा भ्रूणों के नष्ट होते रहने के बाद एक दिन नहीं बचेगी पृथ्वी!
कायनात नहीं बचेगी!

शायद हर गर्भ एक दरख्त है—
हर दरख्त एक गर्भ—
हर औरत एक दरख्त—
हर दरख्त एक औरत—

सातों समन्दर की अथाह जलराशि में तैरती मछलियाँ सतह पर आ गई हैं—
जिनका दर्द किसी को दिखता नहीं!
जब वे मर कर सतह पर उतराती हैं, तब दिखाई पड़ती है!

जमाने को उनकी लाशें दिखती हैं, दर्द नहीं, जिन्दगी नहीं, नहीं, नहीं!!!

उनका तैरना ही उनका जीना है।

मछलियाँ मादा भ्रूणों में बदल गई हैं—
समन्दर का पानी उफन पड़ा है—
प्रलयंकारी लहरें उन शहरों की तरफ तबाही मचाने के लिए बढ़ती आ रही हैं, जिन्हें जंगलों को काट कर बसाया गया है...

इनारा अपने पेट और पेड़ू में उठती दर्द की असहनीय लहरों को दबाती तड़प रही है...

क्रूरता ने अपना विस्तार कर लिया है—
नर-मादा के भेद को मिटाता वह अपना सुरसाकार जबड़ा खोलता जा रहा है...
अब चारों तरफ युद्ध है, हिंसा है, नृशंसता का खेल है—
सत्ता की छीना-झपटी है—
खूनी जिद है—
लहूलुहान जिहाद है—
रक्त-रंजित राज्याभिषेक है—
अपने घरों को छोड़ अनिश्चय की तरफ भागते शिशु हैं...
समन्दर की लहरों पर तैरते उनके शव हैं...

स्त्रियों का विलाप समुद्र की लहरों से भी भयानक वेग से उठता है—

बिस्तर से लेकर शरणार्थी शिविरों तक उन्हीं की गमगीन आँखों से कतरा-कतरा पिघलता समुद्र पछाड़ें खा रहा है...

नष्ट कर दिए गए मादा भ्रूण—उनका नहीं होना, दुनिया की बाकी चीजों के होने को खारिज करता है—

वे दिखते नहीं, दुखते हैं...

पृथ्वी की सबसे बड़ी उम्र वाली बुढ़िया मरने के पहले अपना वसीयतनामा लिख रही है—

'औरतें रचनाकार हैं। वे रचती हैं। जो रचता है, दर्द के गर्भ को वही ढोता है...हमें उस आखिरी पेड़ के साथ एकसार हो जाने दो, जो पृथ्वी के गर्भ से जन्मा है...'

बाजन दे बाजन्तरी...

बीजू अपनी पैंट को नीचे से दो तह मोड़ कर एक पत्थर पर बैठा था। पत्थर ऐसा नहीं था, जिस पर देर तक कोई बैठा रह सके। लेकिन देर तक खड़े रहने से ऊब कर कुछ देर इस पत्थर का सहारा पा जाना भला लगता था। वह पत्थर पर थोड़ा लटके हुए से बैठा था। उसके लटियाए लम्बे बाल कन्धे और माथे पर झूल रहे थे। लगभग दो घंटे से इधर-उधर टहल-टहल कर इन्तजार करते हुए बीजू इसी पत्थर की शरण में आया था। वह पत्थर पर कुछ लटका सा, पास में बेतरतीब उगी घास को तोड़ लेता था। घास सूखी और बेजान थी। उसके आस पास मटमैले रंग की धरती अपना सिर उठाए फैली थी। जबकि थाने के दरवाजे के दोनों तरफ कभी का लगाया गेंदा लहलहा कर खिला था। हालाँकि गेंदा के ये पौधे भी गिनती के थे। जगह इतनी थी कि दो चार क्यारियाँ बनाकर ढेरों फूल लगाए जा सकते थे। मगर आलस और लापरवाही इस तरह पूरे वातावरण में पसरी थी कि यह कल्पना करना बेकार था! थाने के सामने और उसके अहाते के भीतर, एक पलता लम्बा पेड़ था, अब वह अपने पत्ते झाड़ कर सूखा और डरावना हो चला था। इसके बावजूद कि वह डरावना हो चला था, लगातार उसके आस पास से गुजरने वालों का ध्यान खींचता था। लोग थाने में घुसते हुए तनावों से भरे होते और अपनी ही परेशानियों में पेड़ को टाल कर निकलने की कोशिश में होते कि अचानक उनकी नजरें पेड़ की नजरों से मिल जातीं और उन्हीं क्षणों में जाने क्या कौंधता कि नजरें मिलाने वाले की नजरें झुक जातीं। वह पता नहीं किन बातों से शर्मिंदा होता हुआ थाने में घुसता!

थाने के दरवाजे पर, थाने के नाम का चमकता हुआ और कुछ दहलाता हुआ बड़ा सा बोर्ड टँगा था। सबसे चमकने वाली चीज इस इलाके में वही थी। बीजू ने देखा, अहाते के बाहर लगा बोर्ड छोटा था और जगह जगह से रंग-रोगन के उचड़ जाने से बदरंग और धुँधलाया हुआ था। कभी कभी एक पुलिस वाला जो उस पर नजर रखता इधर-उधर टहल रहा था, उसके पास से गुजर जाता था। एक दो आदमी भी कभी-कभी दिख जाते थे। बाकी थाने के भीतर कुछ हलचल लगती थी, उसी पर बीजू की निगाह लगी हुई थी। एक लगभग ग्यारह बारह साल का लड़का रोजाना

इसी वक्त थाने पहुँचता था। उसके हाथ में नीबू वाली काली सुनहरी चाय की गिलासों से भरा एक स्टैंड रहता था। उसकी चाल में अपना काम मुस्तैदी से करने का उत्साह और चेहरे पर भोलापन छलकता जाता था। थाने में घुसते ही उसकी आवाज 'साब, चाय!' गूँजती और कई तरफ से उसकी बुलाहट शुरू हो जाती। वही लड़का अभी-अभी बीजू के सामने से गुजर कर थाने के भीतर घुसा था।

"ऐ छोटू! जरा इधर!"

"ऐ छोटू, एक ठो पान!"

"ऐ छोटू! एक ठो रजनीगंधा का पैकेट रखा है?"

"ऐइ छोटुआ...इधर आ रे..."

"ऐइ, मेरा वाला यार..."

"वही, सिगरेटवा, भूल गया?"

"रोज कहे के पड़ी?"

छोटू अपनी जेब से कुछ चीजें निकाल कर देता और कुछ भूले हुए के लिए 'अभी लाया साब' कह कर अपनी झेंप मिटाता, चाय की गिलासें और जेब में रखा एक नीबू, एक छोटा चाकू, वहीं छोड़ कर वापस मुड़ता और हवा की गति से किसी अदृश्य को पा लेने निकल जाता। छोटू के आने और जाने के समय के बीच ही झाँक कर बीजू ने थाने के भीतर देख लिया। फिर मन मार कर उसी पत्थर पर टिक गया। उसने बैठे बैठे गेंदा के सारे फूल गिन डाले। आने जाने वालों का समय देख डाला। दो युवा आदिवासी लड़के बिना हथकड़ी लगाए ही पकड़कर लाए गए थे। उनके साथ का पुलिस की वर्दी में फँसा आदमी रह रह कर उन्हें धक्का देता और गाली बकता जाता था। दोनों लड़के अपने झुके हुए सिर को और झुका लेते। उन दोनों को भी भीतर गए हुए अच्छा खासा समय बीत गया था। तभी पुलिस की वर्दी में फँसा वही आदमी बाहर आया, जो दोनों लड़कों के साथ कुछ देर पहले अन्दर गया था।

"दरोगा जी, कितनी देर लगेगी?"

"हँह, हँह..."

दो बार 'हँह' की ध्वनि निकाल कर वह अहाते के कोने में जाकर पेशाब करने लगा। बीजू ने उसे पेशाब करने के बाद अपनी पैंट की जिप बन्द करते, मुड़ते और फिर अहाते के घेरे से बाहर कहीं अदृश्य होते देखा।

"अरे सुनिए, बड़ी देर हो गई अन्दर गए। चन्दा, चन्दा नाम है। कितना टैम लगेगा?"

बीजू दौड़ा और दरवाजे पर आकर झाँकने वाली एक महिला पुलिस से आवाज जरा तेज करके पूछने लगा।

"क्या पता।"

पुलिस की वर्दी वाली औरत ने उसकी बात में छिपी परेशानी पर जरा भी ध्यान नहीं दिया।

"इधर आकर भीड़ मत लगाओ। जाओ, उधर इन्तजार करो।"

उसने बीजू को अन्दर घुसने से रोका और उसी सूखे डरावने हो चले पेड़ की तरफ इशारा किया।

बीजू ने एक बार मुड़ कर पेड़ को देखा और उस महिला पुलिस के मुड़ते ही उसी के पीछे फुर्ती से अन्दर घुस गया।

अन्दर विचित्र सी चहल-पहल थी, जिसे वे दो घंटे पहले देख चुके थे। उसमें राई-रत्ती भी कुछ बदला नहीं था। लगता था थाने के भीतर समय रुक गया था और अब उसे चौंका रहा था।

"अरे भाई, क्या चल रहा है? कोई बताएगा?"

उसे किसी ने रोका नहीं पर जवाब भी नहीं आया।

"अरे सुनो साब, किधर चल रही है कार्यवाई? चन्दा, हमारी बीबी, दो घंटे से ऊपर हो रहा है, उसे थाने किस लिए लाया गया? हम कब से पूछ रहे हैं मगर हमें बाहर कर देते हैं। अब बहुत देर हो चुका! घर में बाल-बच्चा है, यहीं पड़े रहेंगे तो बच्चन को खाना कौन देगा?"

"हल्ला क्यों कर रहा है? आ जाएगी। जा, जा, बाहर इन्तजार कर!"

"अरे दरोगा बाबू, कब तक इन्तजार करना है? कुछ पता तो चले।"

"उधर पूछो!"

"उधर तो हम कितनी बार पूछ चुके।"

"वो औरत? तेरी बीबी है?"

"हाँ साब।"

"तुझ बौड़म के साथ कैसे लग गई? हँ?"

पुलिस वाला अर्थपूर्ण ढंग से मुस्कराया।

"साब, है किधर? ये बताओ। बाकी तुमसे क्या? कौन किसके साथ लगता है, क्या तुम इसकी बही लेकर बैठे हो? तो हम पूछेंगे कि अब तक तुम्हारे घर में कौन किसके साथ लगा, उसकी बही निकालो!..."

"हे, हल्ला कौन मचाता है? बाहर निकल!"

काउंटर के पीछे बैठी वर्दी ने रुक-रुक कर इतने आलस में ऊँघते हुए कहा कि लगा वह सदियों से थका है और अब उस थकान को उतार कर धर देना चाहता है पर थकान ऐसी है कि किसी भी चाय, कॉफी, व्यंजन या आराम की किसी तरकीब से उतरती नहीं थी, गहरा जाती थी। उसके सामने नीबू वाली चाय का खाली गिलास पड़ा था। चाय पी लेने के बाद भी किसी तरह की फुर्ती उसमें नहीं भर सकी थी, वह वैसे ही थके हुए चिल्लाया, जो चिल्लाहट से ज्यादा एक थके हुए आदमी की झल्लाहट थी।

बीजू उस पर झपटा—"ऐ साहब! क्या उधर बैठे हैं तुम्हारे अधिकारी? अब

उन्हीं से पूछेंगे। ऐसा अंधेर मचा है...एक गरीब आदमी आपसे अपनी बीबी के पकड़कर लाए जाने के बारे में पूछता है और किसी को पता नहीं है! सब अपनी अपनी कुर्सियों पर बैठे हैं पर किसी को कुछ पता नहीं है! कैसे चल रहा है तुम्हारा थाना? हम पूछते हैं कि केवल लोगों को पकड़कर लाने तक तुम्हारी जिम्मेदारी है फिर, फिर...कौन बताएगा? तुम सरकार पर डालोगे, सरकार तुम पर...लेकिन बताएगा कोई नहीं?''

''हें...हें...ये सरकार वरकार क्या बोल रहा है बे? कहाँ से आ गया? हटा या लॉकअप में डाल इसे!''

उनींदे आदमी ने फिर रुक रुक कर अपना मत प्रकट किया। लेकिन दूसरे लोग उससे ज्यादा फुर्तीले नहीं थे। इसलिए जब तक उसके आदेश पर अमल होता, बीजू झपक कर अधिकारी वाले कमरे में घुस गया। घुसते ही उसे ताजे गरम पकौड़े की खुशबू नथुने में घुसती महसूस हुई।

''साब, अरे किधर चल रही है पूछताछ? वो हमारी बीबी चन्दा, कहाँ बैठा रखा है उसे? दो घंटे से ऊपर हो गया है। कोई कुछ बता नहीं रहा। लगता है पीछे लॉकअप में तो नहीं?''

''कौन? कौन? क्या? क्या?''

''जो सच में लॉकअप में बन्द करने लायक हैं उनके आगे तो आपका सब काम धरा रह जाता है, बोली नहीं फूटती और इधर बेचारे घर-परिवार वालों को बलि का बकरा बनाते हो! हमारी तरफ देखो बड़े साब!''

''अरे रामफल! कौन है उधर? जरा हटाओ इसे? कहाँ से पागल घुसे आते हैं? हटो, हटो, पास मत आना। अरे, इसे लगाओ डंडे! रामफल! टाइम पर मर जाते हो सब!''

साहब गरज रहे थे।

साहब की गरज का तेज असर हुआ।

''अरे, साब, बौड़म है। जाने दीजिए। हार्मलेस है।''

सिपाही उसे खींच कर बाहर ले जाने लगे।

''ले जाओ, ले जाओ!''

साहब फिर अपने पकौड़ों की तरफ देखने लगे। कौन सा खाएँ? बैंगन वाला कि आलू वाला? यह उनकी चिन्ता में बजने लगा।

''ये कौन सी कार्यवाई चल रही है कि आदमी को कुछ पता ही न चले कि उसके साथ क्या होने वाला है? आप सब व्यवस्था के संचालक हो कि नियति बन गए हो? किधर ले जाओगे हमें अन्दाजा भी न हो पाए?''

बीजू बाहर आकर थाने के दरवाजे के आस-पास घूमते हुए कुछ न कुछ बोलता जाता।

''आने दो स्कूलवाली मणिमाला बहिन जी को। सब दूध का दूध पानी का

पानी हो जाएगा। हमारी बेगुनाही का सबूत तो देवता भी आकर नहीं दे सकता। हम हमारी बेगुनाही का सबूत खुद हैं। मानो या न मानो। तुम्हारा क्या है? जब जो मन करेगा, हमें बना दोगे! कुछ भी, नक्सल भी! लुटेरा भी, हत्यारा भी...कुछ भी...''

''क्या बड़बड़ाता है?''

हिकारत से बोलते हुए पुलिस की एक वर्दी उसकी बगल से गुजरी।

''बड़बड़ाना...वाह! वाह! हमारा बोलना बड़बड़ाना है, बौड़म का ऊटपटाँग है...पागल का प्रलाप है...तुम्हारा बोलना आदेश है...अनुशासन है...वाह! वाह!...''

बीजू उस पुलिस वाले के पीछे फिर अन्दर जा ही रहा था कि दरवाजे के भीतर से धानी रंग की धोती झलकी। वो अभी कुछ देर पहले धकेल कर बाहर किए जाने को भूल कर, धड़ से दरवाजे के अन्दर घुस गया।

''चन्दा, हमें पता चला तुम्हें लाया यहाँ। तुरन्ते भागा-भागा आया हूँ। काहेला बुलाया? का पूछा-ताछा?''

बीजू जल्दी-जल्दी सब पूछ लेना चाहता था।

चन्दा के चेहरे पर उकताहट और थकान थी। उसने बीजू की ओर देखकर आँखों से कुछ कहा और साथ चल रही महिला पुलिस का होना बताया। बीजू कहाँ इसे स्वीकारता! झट से चन्दा का हाथ पकड़कर हिलाने लगा।

''स्कूल वाली बहिन जी कहाँ रह गईं? खबर तो भेजे बड़ी देर हो गई।''

''हम भी आते बखत बोलते आए थे। आ रही होंगी। क्या पता पैदल चली हों।''

चन्दा ने अब जवाब दिया। जवाब में चिन्ता थी। वह आकर उसी पत्थर पर थके हुए मजदूर की तरह टिक गई।

''क्या रुकना पड़ेगा?''

''ऐ तुम दोनों यहीं इन्तजार करो। जाना नहीं।''

महिला पुलिस ने आदेश दिया और उसी दरवाजे में गुम हो गई।

पुलिस की वर्दी में फँसा टहलने वाला आदमी बार-बार टहलते हुए इनके समीप से गुजरता और रह-रह कर इन्हें एक अजीब खुफिया नजरों से घूरता। टहलते हुए वह अहाते के बाहर चला जाता, कुछ देर उस छोटे बोर्ड के आगे भी खड़ा होता, फिर लौट आता। अहाते की कोई दीवार नहीं थी। कहीं-कहीं झाड़ियाँ दीवार की तरह उगी हुई थीं। शायद कभी झाड़ियों से दीवार बनाने की कोशिश की गई होगी। यह कोशिश एक अधूरी कोशिश थी। बिना दीवारों वाले अहाते के बाहर लगा बोर्ड भी अपनी खस्ता हालत बयान कर रहा था। समय के थपेड़ों ने उसे साबूत नहीं रह जाने दिया था। उस पर लिखी जानकारी पढ़ना मुश्किल था। किसी अक्षर की मात्रा जंक लग कर अतीत में धुल चुकी थी तो किसी मात्रा का अक्षर ही कुचा गया था। फिर भी बोर्ड अपने नीले रंग में लिपटा थाने के होने के प्रमाण की तरह डटा हुआ

था और लोग दूर से ही उसे देखकर थाने की पहुँच का अन्दाज कर लेते थे।

अच्छी निगरानी है! अचानक बीजू ने दो बार ताली बजाई। पुलिस वाला तुरन्त पलटा और गुस्ताखी करने वाले को मुँह ही मुँह में गालियाँ बकने लगा।

''हम पर निगरानी से क्या हासिल होगा सिपाही बाबू? जहाँ निगरानी की जरूरत होती है वहाँ नहीं करते! जाइए, कोइलरी का निगरानी करिए, काला हीरा का निगरानी करिए, हरा सोना का निगरानी करिए, जाइए, कम्पनी का सड़क बन रहा है, वहाँ जाइए, लोहा, कॉपर, कोबाल्ट, बाक्साइड खोदने वालों का...और जाइए, जाइए, टाटा, जिन्दल, एस्सार, भूषण वगैरह को देख आइए...''

''चुप बे!''

पुलिस वाला गालियों की बौछार करता रुक गया।

''हमें चुप करा के क्या पा लोगे सिपाही जी? कुछ नहीं बदलेगा, सब ऐसे ही बना रहेगा। अभी-अभी तुम उन दो जवान लड़कों को पकड़कर ले गए हो। क्या करोगे उनका? पीटोगे? हाथ गोड़ तोड़ डालोगे? नक्सली बता कर इनकाउंटर कर दोगे?...कानून में उलझा कर तबाह कर दोगे! अपनी जेलों को भरी हुई दिखा दोगे...धीरे-धीरे हमें हमारी जिन्दगी से बेदखल कर दोगे...''

''साला, थाने में खड़ा होकर बकता है! डर बिला गया है! तेरे रिश्तेदार हैं दोनों?''

पुलिसवाला पास चला आया।

''सारी दुनिया हमारी रिश्तेदार है। हाँ, हाँ, तुम यकीन नहीं कर रहे हो सिपाही जी! मगर सच यही है। आदमी नई नई चकाचौंध रोशनी में घिर कर अपने नाते सब भूल जाता है! कुछ याद है आपको कि इंसानियत का भी एक रिश्ता होता है...हा, हा, हा, नहीं याद आया...हा, हा...''

बीजू हँसता हुआ पेड़ को थपथपाने लगा।

''चुप! चुप! हल्ला नहीं!''

पुलिसवाले ने मुँह पर अँगुली रखकर चुप रहने का इशारा किया और थाने के उसी दरवाजे में घुस गया।

''अरे किसे बाहर रोक रखा है? हटाओ साले को! गरिया रहा है सारी दुनिया को!''

थाने के अन्दर से आवाज बाहर तक आई।

सूरज धीरे-धीरे अस्ताचल की तरफ बढ़ रहा था। गाँव तक पहुँचने में घना अँधेरा हो जाने की सम्भावना बल पकड़ रही थी। चन्दा के चेहरे पर चिन्ता की लकीरें गहरा रही थीं। वह बार-बार कुछ कहना चाहती थी मगर हल्का सा मुँह खोलकर रुक जाती थी। पुलिस वाले के अन्दर जाते ही वह बीजू की तरफ मुड़ी।

''जरा बहिन जी को देख आते।''

उसने उद्विग्नता से कहा।

"लो आ गए हमारे तारनहार नेता जी! जोहार सरकार! जोहार! हमीं हैं आपकी बौड़म जनता!"

सामने से बड़ी तेज चाल से हरिया मुंडा चले आ रहे थे। उनके साथ तीन चार आदमी कुछ बतियाते से चल रहे थे।

"हँ, हँ, इसको काहेला पकड़ लाया?"

नेता जी ने हाथ से कुछ उड़ाने का अभिनय किया।

नेता जी उसे देखकर गुस्से से हड़बड़ाए मगर रुकना उनकी शान के खिलाफ था। यही उन्होंने हिन्दुस्तान के बड़े-बड़े लोगों को देखकर सीखा था।

"क्या है कि नेता जी, हम खुदइ आ गए। थाने का हाल-चाल मालूम करने! वो क्या कहते हैं कि आप को देखकर बड़ा अचरज है, मालिक, आपके पाँव इस भूमि पर कैसे पड़ गए? क्या वो केस, कुल फसल कटवा लेने वाला? आप तो कम्पनी के साथ हैं फिर कैसे? कि वो वाला, वही, लोहरदगा के एस पी की हत्या वाला, अभी चल रहा है? ये कैसा अँधेर कि देखो, देखो, हमारे नेता को यहाँ थाने में हाजिर होना पड़ा! नेता के सौ खून माफ! और वो तो कितनी पुरानी बात हो गई? नेता जी रुको तो सही, हमरी बतिया कड़वी है पर महेन्द्र सिंह की हत्या का शोक जनता पर भारी है...कहीं उसमें तो नहीं आपको..."

बीजू ने एक मँजे हुए अभिनेता की तरह अभिनयपूर्वक कहा। लेकिन नेता जी यह सब व्यर्थ मान चुके थे।

"ये औरत क्यों बैठा रखी है?"

अचानक हरिया मुंडा का ध्यान नीचे जमीन पर बैठी चन्दा पर पड़ा।

चन्दा जाती हुए सूरज की रोशनी में नहाई बैठी थी। थकान और परेशानी से बना शरीर सूरज की रोशनी से दमक रहा था। धानी रंग की सूती धोती उसकी जगमग को बढ़ा रही थी। नेता जी को वह एक थकी, परेशान स्त्री की जगह एक रूपसी लगी, जो यूँ ही सूरज की नजरों से अपना माथा ढकती, अपने हाव भाव से रिझाने बैठी हो। वे एक पल को ठहरे भी मगर आज थाने में हाजिरी की परेशानी ने उनके कदम रुकने नहीं दिया।

"पूछताछ के लिए बुलाई गई है।"

किसी ने बताया।

"अच्छा, अच्छा।"

उन्होंने बात को नजरअन्दाज किया।

"हटाओ इसे!"

फिर नेता जी बीजू के लिए आदेश देकर थाने में घुस गए।

"हम तो हटे ही हुए हैं। लेकिन आपने ये क्या किया? हमरा जोहार नहीं कबूल

किया ? एक पार्टी से निकल कर ये कौन सी पार्टी का दुशाला गले में बाँध लिये हैं ? भूल माफ करिए। प्लीज भूल माफ कर दीजिए। हम कुछ नहीं कहेंगे...साला, अपनी औकात भूल जाता है आम आदमी ! अब तो हमारा जोहार कबूल करिए...हमें पता है आपके लिए यह सब कुछ बेकार...जहाँ लाभ वहाँ आप..."

"साला..."

"गाली दो। हमें उखाड़ कर कहाँ फेंकोगे ? हम तो जंगली घास पतवार हैं, जहाँ से हटाओगे, वहीं उग कर लहरायेंगे। खतम नहीं होंगे। तुम्हारी आँख में गड़ते रहेंगे। तुम्हारा क्या ? किसी को पकड़ लो। थाने में बैठे बैठे किसी को उठवा लो, बिना हाथ पैर हिलाए किसी को पकड़कर नक्सली बता दो...किसी को बेच दो, किसी को मार दो...सब तुम्हारे हाथ...तुम्हारे हाथ कौन बाँध सकता है ?...तुम्हें सरकार का सहारा है...हम तो अपने ही देस में परदेसी बना दिए गए हैं...हमारा नेता हमें 'हटाओ' कहता है...हम सिर्फ कटने मरने के लिए हैं...इधर भी सेना बनती है...उधर भी सेना...सबको सेना चाहिए...हम हैं सेना के सिपाही...कभी इधर से कटते हैं, कभी उधर से कटते हैं...कभी इधर के काटते हैं...कभी उधर के काटते हैं...बस, कटने, काटने के लिए हम...हम..."

"हे, तू रोकती क्यों नहीं इसे ? एक दिन कोई न कोई मार के फेंक देगा इसे !"

दो पुलिस वाले उसे थप्पड़ मारते, खींचते हुए थाने के बाहर उसी छोटे बोर्ड के पास छोड़ आए।

"भाग, साला ! अल्ल बल्ल बकता है।"

वक्त की तेज रफ्तार के दूसरी तरफ

स्कूल की बहिन जी दो औरतों के साथ बड़ी तेज चलती हुई आ रही थीं। बहिन जी का नाम मणिमाला सोरी था। वह सोनी सोरी से कभी नहीं मिली थीं। लेकिन लोग अक्सर ही उन्हें सोनी सोरी से जोड़ कर देखते थे। उसका कारण भी था। जब सोनी सोरी पर अत्याचार की खबरें सार्वजनिक हो गईं तो मणिमाला बहिन जी बहुत गहरे दुखी हो उठीं और उन्होंने 'सोनी सोरी जिन्दाबाद' के नारे लगवा दिए। अपने इलाके के थाने के आगे अपने थोड़े से सहयोगियों के साथ धरना देकर कुछ देर हंगामा भी किया। मगर इससे सोनी सोरी पर होने वाले अत्याचारों पर कोई असर हुआ कि नहीं, किसी को नहीं पता चला। बल्कि बहिन जी को घर-परिवार से लेकर पुलिस तक से बहुत अपमानजनक शब्द सुनने पड़े। दूसरा कारण उनका अपना जज्बा था, जो किसी भी तरह के अत्याचार की खबर पाते ही मदद के लिए दौड़ पड़ने का हौसला भरता था। इससे आम लोगों के बीच मदद के लिए उनका सहारा पाने की इच्छा बढ़ती चली गई थी और बहुत छोटी-छोटी बातों में भी लोग उन तक दौड़े चले जाते थे। इस मदद की कोशिश में जितना जोखिम वे लेतीं, उसमें हमेशा साबूत बचना सम्भव नहीं होता, मगर कई बार मौत के मुँह से बाल-बाल बचते हुए, हाथ पाँव और माथे पर बहुत से घाव और तमाम गालियाँ लिए हुए भी बहिन जी डटी हुई थीं।

बहिन जी राजनीतिक पार्टी भाकपा माले से भी नहीं जुड़ी थीं लेकिन उनके कामों के कारण उन पर माले से जुड़े होने का आरोप लगता था। किसी और पार्टी से जुड़े होने का आरोप नहीं लगता था। माले ने कभी-कभी उन्हें अपने में मिलाने का प्रस्ताव भी भेजा था पर वे तैयार नहीं हुई थीं। उन्होंने अपने साथियों के साथ मिलकर एक छोटा सा संगठन बना लिया था और अन्याय के खिलाफ लड़ रही थीं।

कोई आदमी ऐसे निर्दल होकर जनहित में उतर पड़े, यह भाले की नोक पर चलने जैसा था! आम आदमी इसे समझता था और उनकी इज्जत करता था और ज्यादातर समय उनके फैसलों को सही मानता था।

उन्हीं स्कूल में पढ़ाने वाली मणिमाला बहिन जी के साथ चन्दा कुछ न कुछ काम कर लेती थी। अब, जब कि पुलिस ने उसे बेवजह ही थाने में पूछताछ के लिए

बुला लिया था, उसकी बेगुनाही के सबूत की जिम्मेदारी सिर्फ मणिमाला बहिन जी ही ले सकती थीं। बहिन जी जिस स्कूल में पढ़ाती थीं, वहाँ तमाम असुविधाओं के बावजूद बच्चों को भरसक कुछ न कुछ पढ़ा डालती थीं। कुछ न कुछ ठीक-ठाक सिखाने की कोशिश में लगी रहतीं। एक बार जिले के डी एम ने कुछ सलाह मशविरे के लिए उन्हें बुला भेजा। उन्होंने फौरन अपना झोला उठाया, चप्पल पहनी और डी एम के दफ्तर के लिए निकल पड़ीं।

यह बड़ी बात थी कि डी एम किसी स्कूल की अध्यापिका को सलाह मशविरे के लिए बुलावा भेजे। बात उस गाँव से होते हुए कई गाँवों तक फैल गई। बहिन जी को डी एम दफ्तर जाते हुए एक झलक देख लेने के लिए लोग उत्कंठा से भर कर, अपना काम धाम छोड़ कर सड़कों के इर्द गिर्द खड़े होने लगे। बहुत छोटे बच्चों वाली औरतें अपने बच्चों को कनिया में लिए खड़ी थीं। जब तक बहिन जी निकलीं, कहते हैं कि भीड़ उमड़ चुकी थी। बहिन जी ने पहली बार लोगों के इतना निकट अपने को जाना था। वे भावुक हो उठी थीं और रास्ते भर कुछ ठीक होने की उम्मीद में लोगों को दिलासा देती चल रही थीं। उन्होंने लोगों को अपने काम पर लौट जाने की सलाह दी और डी एम के दफ्तर में घुस गईं।

"बहिन जी, हम चाहते हैं कि पुलिस और प्रशासन की छवि बेहतर बने। आम लोगों का विश्वास पुलिस पर बढ़े। आपकी सलाह इसी मसले पर लेना चाहते हैं।"

डी एम के माथे पर चिन्ता की लकीरें थीं।

"बताइए, क्या योजना है? अगर हमें लगेगा कि लोगों के हित की बात है तो हम आपका साथ देंगे, नहीं तो हमें माफ कर दीजिएगा। इलाके में अमन चैन हो, पुलिस अपनी बर्बरता छोड़ दे, इससे भली बात क्या होगी! मगर विश्वास नहीं हो रहा है साहब!"

डी एम समझ गए कि बहिन जी का विश्वास पुलिस पर नहीं बन पा रहा है। उन्हें कुछ खीज भी हुई कि स्वतंत्र भारत में पुलिस ने अपनी छवि ऐसी बना ली है कि किसी बेहतर काम के साथ उसे जोड़ कर देखना दुनिया के आठवें आश्चर्य जैसा है। उन्होंने इसीलिए जिले के एस पी को भी बुलावा भेजा था। मगर अपने परम्परागत चरित्र के अनुसार एस पी आते आते आए। आए तो बहिन जी को देखकर खुश नहीं हुए। लगा कि ये कौन देहाती को विचार करने के लिए बुलवा लिया है! डी एम भी एक नम्बर का सनकी आदमी है, इसे पता नहीं कि स्वतंत्र भारत में देहातियों की क्या औकात है! कम से कम विचार-विमर्श के मामले में उन्हें शामिल करना एकदम बेवकूफी है! पर एस पी अपनी नापसन्दगी दबा गया और बात-बात पर खीजते हुए बहिन जी से तर्क करने लगा कि सारे पुलिस वाले एक जैसे नहीं होते, सबको एक तराजू में तौल देना उसी तरह न्यायपरक नहीं है जैसे सभी ग्रामीणों को नक्सली मान लेना।

''बहिन जी, अगर रक्षाबन्धन के दिन पुलिस वाले बच्चों के स्कूल में जाकर राखी बँधवाएँ तो क्या इससे पुलिस वालों के मन में बच्चों के लिए अच्छे भाव नहीं पैदा होंगे? और क्या उनका व्यवहार आम लोगों के साथ, खासकर लड़कियों के साथ बेहतर नहीं हो जाएगा? लड़कियाँ राखी बाँधेंगी तो उनके मन में भाई के द्वारा बहिन की रक्षा करने जैसा भाव आ जाएगा।''

डी एम ने अपना प्रस्ताव कह सुनाया। डी एम अपने प्रस्ताव के साथ जितना आशान्वित था, बहिन जी उतना नहीं थीं।

''हम आपके प्रस्ताव का बहुत आदर करते हैं डी एम साहब। आप भला सोच रहे हैं। यहाँ तो लोग सपने में भी हमारा भला नहीं सोच पाते हैं। फिर भी हम आपके इस प्रस्ताव के व्यावहारिक पक्ष को देखते हुए खुश नहीं हो पा रहे हैं। अब तक के पुलिस के व्यवहार को देखते हुए पुलिस को स्कूलों में घुसाना ठीक नहीं लग रहा है। कुछ भी गड़बड़ हुई तो उसकी जिम्मेदारी कौन लेगा? क्या पुलिस वालों पर कोई कार्यवाही हो सकेगी? हम सहमत नहीं हो पा रहे हैं। बाकी सरकारी मुलाजिम होने के कारण सरकारी आदेश की अवहेलना नहीं कर सकते।''

''आप हमारे पुलिस के अनुशासन पर सवाल उठा रही हैं बहिन जी।''

एस पी गरजे।

''हम तो हकीकत बयान कर रहे हैं। आपने हमारे विचार माँगे तो हमने विचार दिए। स्कूल लड़कियों के लिए महफूज जगह है। पुलिस को देखते ही लोग डर जाते हैं। मास्टर भी डर जाएँगे। बच्चे भी। इसलिए राखी ही बँधवाना हो तब भी पुलिस का जाना उचित नहीं है।''

मणिमाला बहिन जी निडरता से बोलीं।

मगर डी एम आशावादी था और नया नया नौकरी में आया था। उसके पास प्रयोग और कल्पना की भरमार थी। वह अमन चैन के लिए रोज योजनाएँ बनाया करता था। लेकिन जमीनी हालात ऐसे थे कि उसकी ज्यादातर योजनाएँ सिर्फ कागज का मुँह देखकर रद्दी में जा पड़ती थीं। फिर भी डी एम हार नहीं मान रहा था। अपनी कल्पनाशीलता पर उसका भरोसा हैरान करने वाला था! कई लोग हैरानी कुछ इस अर्थ में जताते थे कि 'अब तक इसका ट्रांसफर क्यों नहीं हुआ? छः महीने से डटा पड़ा है! इस पर से नेताओं का ध्यान हट गया है क्या! या कि इसे पनिशमेंट पोस्टिंग पर डाल कर छोड़ दिया गया है!' जो भी हो डी एम फिर एक ऐसा प्रस्ताव लेकर आया था, जो अमन चैन की वकालत के लिए जनता और पुलिस के रिश्ते बेहतर बनाने की माँग करता था। बहिन जी डी एम के इस प्रस्ताव में छिपी नेकनीयती का सम्मान करते हुए भी पुलिस का लड़कियों से राखी बँधवाना पसन्द नहीं कर पा रही थीं। मगर डी एम को अपने इस प्रस्ताव में कोई दिक्कत की बात नहीं दिखाई पड़ रही थी, सो उसने जोर देकर कहा।

"आपकी चिन्ता जायज है बहिन जी। लेकिन यह एक अच्छी कोशिश है, इसमें आप हमारा सहयोग कीजिए। हम आपको एस पी साहब के साथ मिलकर आश्वासन देते हैं कि कोई गड़बड़ नहीं होगी। और अगर हुई तो गड़बड़ करने वालों को छोड़ा नहीं जाएगा। क्यों एस पी साहब ?"

डी एम ने अपने स्वप्न प्रस्ताव के लिए एस पी से समर्थन माँगा।

"हाँ, हाँ, क्यों नहीं। कोई गड़बड़ नहीं होगी। बेफिकर रहिए। जाइए, स्कूल में तैयारी करवाइए।"

एस पी ने जोश के साथ कहा।

"बहिन जी, अब आप निश्चिन्त होकर जाइए। कल नोटिस जारी कर दी जाएगी। सभी सरकारी स्कूलों में, उस इलाके के पास जो भी थाना पड़ेगा, वहाँ से पुलिस वाले राखी बँधवाने जाएँगे।"

सरकारी आदेश, सरकारी नौकरी वालों के गले की फाँस और पाँव की बेड़ी होते हैं। फिर भी लोग न तो इस फाँस को निगल पाते हैं, न बेड़ी पहन कर रुक जाते हैं! इसी बिना पर बहिन जी जोर देकर बोलीं।

"अगर जरा भी गड़बड़ हुई तो पूरा गाँव यहीं आपके दफ्तर के आगे धरने पर बैठ जाएगा डी एम साहब।"

"धमकी दे रही हैं! हम आपसे बिना सलाह लिए सीधा नोटिस थमा सकते थे।"

"नहीं अपील कर रहे हैं। आगाह भी समझ लीजिए।"

डी एम और एस पी ने बहिन जी को बार-बार आश्वस्त किया, तब भी मन में कुछ उलझन लपेटे बहिन जी लौट आई थीं। आकर उन्होंने अपने स्कूल में, कम संसाधनों के बावजूद भरसक पुख्ता इन्तजाम करने की कोशिश की और रक्षा-बन्धन के दिन, निर्धारित समय पर, बिना पलक झपकाए पुलिसवालों का इन्तजार करने लगीं। स्कूल कक्षा पाँच तक था। छोटी-छोटी लड़कियों ने अपने हाथ से राखी बनाई थी। स्कूल के मास्टरों की हिदायतों के साथ, हाथ में राखी पकड़े वे भी पुलिस वालों के इन्तजार में थीं। जो सरकारी प्राइमरी स्कूल लड़का-लड़की के भेद से रहित थे, उनमें छोटे लड़के भी राखी लिए इन्तजार कर रहे थे, जिस तरह लड़कियाँ।

कुल बारह पुलिस वाले निर्धारित समय से दो घंटा लेट आए। उनके बड़े अधिकारी नहीं आ पाए। तो कुल बारह पुलिस वालों के पहुँचते ही राष्ट्रगान गाया गया, सरस्वती वन्दना हुई और बच्चे लोक नृत्य कर, देशभक्ति के गीत गा कर अपनी प्रतिभा का प्रदर्शन करने लगे। लेकिन प्रदर्शन को पूरा देखने का समय पुलिस

वालों के पास नहीं था। इसलिए कार्यक्रम को बीच में रोक कर उन्होंने राखी बँधवाई, उनमें से जो सबसे सीनियर था, भावों से भरा और पहले से याद किया हुआ भाषण देने लगा।

"प्यारे बच्चो,

आप ही इस देश का भविष्य हैं। हमने यह जो पुलिस की वर्दी पहनी थी तब इस देश की व्यवस्था में सहयोग और इसकी रक्षा का संकल्प हमने लिया था। राखी का अर्थ हम जानते हैं और आप भी जानते हैं कि राखी का अर्थ ही रक्षा करना है। इस तरह राखी बँधवाने वाले का कर्तव्य बढ़ जाता है। हुमायूँ को कर्मवती ने जो राखी भेजी थी, हम आज भी उसे याद करते हैं और राखी बँधवा कर यह वादा करते हैं कि इस राखी की लाज हमेशा रखेंगे। और आप से भी हम उम्मीद करेंगे कि आप राखी बँधवाये हुए इन भाइयों को नुकसान नहीं पहुँचाएँगे।"

बच्चों ने करतल ध्वनि की और पूरा प्रांगण, जिसमें तेज धूप ने अपना साम्राज्य जमा लिया था, बच्चों की आँखों में तेज चकाचौंध करने लगा। कुछ बच्चे प्यास और पानी की कमी से बेहोश होकर गिरने लगे। पुलिसवालों को इससे कोई लेना-देना नहीं था। उन्होंने अपने समय की परवाह की और तेजी से कार्यक्रम से निकल कर अपनी बख्तरबन्द गाड़ियों में बैठ कर दूसरे स्कूल में राखी बँधवाने चल पड़े। रास्ते में वे एक दूसरे से स्कूल के इस अनुभव पर मजाक करते जाते।

"आज तो आपने जबरदस्त भाषण दिया सर!"

"जमा दिया आपने।"

वे अपने सीनियर की तारीफ करते।

"अरे, रजुआ हरामी, जो मास्टर लगा है न कोडरमा में, आया था अपने गाँव, वही हमारा भाषण लिख कर दिया।"

सीनियर ने अपनी खुशी का इजहार करते हुए कहा।

"अच्छा। ठीके लिख लेता है ससुर।"

"अरे वो क्या लिखेगा। हम उसको गाइड किया कि बच्चों के स्कूल का भाषण कैसा होना चाहिए।"

तुरन्त सीनियर ने अपना महत्त्व वापस पा लिया।

"आपके आगे किसी रजुआ फजुआ की क्या बिसात।"

फिर सब हँसे और कुछ अश्लील चुटकुले सुनने सुनाने लगे।

इधर मणिमाला बहिन जी ने पुलिस वालों के जाने से राहत की साँस ली और बच्चों को पानी पिलवाने के इन्तजाम में जुट गईं। स्कूल में छोटे छोटे दो कमरे थे, जिसमें कक्षाएँ नहीं चल सकती थीं। एक दफ्तर के तौर पर, जिसमें प्राचार्य भी बैठते थे, इस्तेमाल होता था, दूसरे में शिक्षक डटे रहते। सब कक्षाएँ जमीन पर और खुले में

होतीं। इसलिए ऐसी जगह नहीं थी कि घनघोर धूप से बच कर किसी छाँव में कार्यक्रम कराया जाए।

मणिमाला बहिन जी ने चापाकल में पानी चढ़वाने का प्रयत्न किया। चापाकल का पानी सूख कर बहुत नीचे चला जाता था और उसमें दो तीन बाल्टी पानी की बलि चढ़ानी पड़ती थी तब कहीं जाकर उसका नीचे गया पानी लौटता था। सरकारी वॉटर सप्लाई के पानी का भी एक नल स्कूल में लग चुका था जो और बहुत से स्कूलों में नहीं लगा था, और जो नए विकास का प्रतीक था! और जिसमें पानी आने का समय इतना अधिक तय था कि प्राय: अपने समय पर भी नहीं आ पाता था! इस तरह वह नल सूखा पड़ा रहता। लेकिन कभी वह दिन भी आ जाता जब उसमें सप्लाई के पानी की सम्भावना दिखने लगती। तब वह एक अजीब सी आवाज करता फट पड़ता। पहले बूँद बूँद फिर तेज आवाज में हरहरा कर पानी निकलता। नल का नॉब बन्द करने पर भी बन्द नहीं होता। बच्चे भीड़ लगाकर उसमें खेलते, उछलते, नहाते...

पानी चलता ही जाता...अन्तत: सरकार की मर्जी पर उसे छोड़ कर बच्चे अपने अपने घरों को लौट जाते और नल को भूल जाते।

तो पुलिस वाले वहाँ से निकल कर जिस दूसरे स्कूल में पहुँचे, वह कुछ दूर था पर इसी जिले की सीमा में आता था। उसमें कक्षा आठ तक की पढ़ाई होती थी। यह स्कूल सिर्फ लड़कियों के लिए था। यहाँ भी लड़कियों से कई दिन पहले से राखी बनवा ली गई थी और देश भक्ति के तमाम गाने तैयार करवाये गए थे। कुछ लोकगीत भी तैयार थे। कई दिन से इसी का अभ्यास कराया जा रहा था। कुर्सियों का अलग से इन्तजाम किया गया था। क्योंकि स्कूल में अध्यापिकाओं के बैठने के लिए भी पर्याप्त कुर्सियाँ नहीं थीं।

बच्चे तो जमीन पर बैठ कर पढ़ाई कर लेते थे मगर अध्यापिकाओं के लिए जमीन पर बैठ कर पढ़ाना मुश्किल होता था। इसके लिए लकड़ी के लट्ठे या किसी पत्थर का इन्तजाम था तो कई अध्यापिकाएँ ऐसी भी थीं जो अपने घर से स्टूल या कुर्सी लेकर आई थीं। पर अन्य स्कूलों की अपेक्षा इसमें तीन कमरे बने थे और एक लम्बा बरामदा भी था। बारिश के दिनों में सभी कक्षाएँ बारी-बारी से इन्हीं कमरों में चलती थीं। स्कूल के पास एक बड़ा अहाता भी था। इसी अहाते के भीतर दूसरे छोर पर कोने में लाइन से दो टॉयलेट बने हुए थे। हालाँकि ये टॉयलेट सफाई के अभाव में दुर्गंध से भरे रहते थे और आस-पास से गुजरने वालों के लिए साँस लेना मुश्किल बनाते थे। प्राय: बच्चे नाक दबा कर उधर से गुजरते थे। तब भी ये टॉयलेट स्कूल की अनिवार्य जरूरत थे और चाहे ये जैसे भी हों, इसकी परवाह से ध्यान हटा कर निरन्तर इस्तेमाल में बने हुए थे।

''बाप रे, इतनी दुर्गंध!''

पुलिसवालों ने स्कूल में घुसते ही नाक दबा ली और तेजी से उस कमरे में पहुँचे जहाँ स्कूल की कार्यवाहक प्राचार्य और अन्य अध्यापिकाएँ उनका इन्तजार कर रही थीं।

बारह पुलिस वालों के लिए अलग अलग घरों से मँगाई गई बारह कुर्सियाँ लगा दी गईं। इस बार पुलिस वालों ने राखी सबसे पहले बँधवा ली जिससे उन्हें कार्यक्रम के बीच से निकलने में सुविधा रहे। फिर वही भावुकता भरा भाषण दिया गया और करतल ध्वनि गूँजी। फिर सांस्कृतिक कार्यक्रम शुरू हो गए। साथ में चाय-पानी चलने लगा। चाय-पानी के लिए पुलिस वाले रुक गए। वे सांस्कृतिक कार्यक्रम का समय चाय पीते और तमाम मिष्ठान्न खाते हुए काट रहे थे। कुछ पुलिस वाले किसी काम से, शायद सिगरेट पीने के लिए बाहर निकले और स्कूल के अहाते में इधर-उधर टहलने लगे। कई आती-जाती लड़कियों को कभी हाथ से जरा सा छू कर, कभी कोई भद्दी बात बोल कर छेड़ने लगे। फिर वे टॉयलेट की तरफ बढ़ गए। वहाँ बदबू के बावजूद दो तीन लड़कियाँ खड़ी थीं। पुलिसवालों की बाछें खिल गईं। इन लड़कियों की राखियाँ अभी भी उनकी कलाइयों पर खिल रही थीं। मगर सामने लड़कियाँ थीं। कक्षा छः सात में पढ़ने वाली। लड़कियाँ किसी भी राखी से ज्यादा मायने रखती थीं। वे उन्हें खींच कर उसी टॉयलेट के भीतर ले जाने लगे। एक पुलिस वाला बाहर खड़ा पहरा देता, दूसरा खींचते हुए उनका मुँह बन्द करके, या उनके मुँह पर नाक से खून आने वाला थप्पड़ जड़ते हुए उन्हें अन्दर ले जाता। लड़कियाँ विरोध करने लगीं, राखियों का हवाला देने लगीं। मगर राखियाँ वे भूल चुके थे।

कितनी ही चीजें थीं जो आदमी की स्मृति से गिर चुकी थीं!
विस्मृति भौतिक सुखों का केन्द्र थी!

इस तरह जल्दी-जल्दी अपना काम निपटा कर, कलाइयों में राखियाँ बँधवाए पुलिस वाले अपने बाकी साथियों के साथ बख्तरबन्द गाड़ियों से फुर्र हो गए। इधर उनके जाते ही हड़कम्प मच गया। टॉयलेट के पास अस्त-व्यस्त हालत में तीन लड़कियाँ बेहोश पाई गईं। अध्यापिकाओं के प्राण मुँह को आने लगे। प्राचार्या का कार्यभार देख रही शिक्षिका ने हड़बड़ा कर कहा—

''कुछ नहीं हुआ है। बस, जरा सा बेहोश हुई हैं लड़कियाँ।''

लेकिन बाकी लोग सहमत नहीं हुए और हल्ला-गुल्ला मचने लगा। हालाँकि अभी तक बारह पुलिस वालों की वर्दी का खौफ हवा में बना हुआ था तब भी तमाम लोग, जो स्कूल के नहीं थे, अपने घरों से दौड़े चले आए। आस-पास के आदमी-

औरतें–बच्चे इकट्ठे होने लगे। स्कूल की बाकी लड़कियाँ दौड़ते हुए अपने घरों में यह किस्सा सुना आईं। हॉस्पिटल कैसे ले जाया जाए? यह समस्या थी। इससे भी बड़ी समस्या थी कि हॉस्पिटल कौन ले जाएगा?

बिल्ली के गले में घंटी बाँधने के जैसा प्रश्न आदमी की जान से जुड़ गया!

तब एक अध्यापिका को सूझा कि क्यों न मणिमाला बहिन जी को खबर कर दी जाए। उनका स्कूल बहुत दूर भी नहीं है। केवल वही हैं जो इस मुसीबत में सही का दीपक जला सकेंगी।

स्कूल से दौड़ती हुई दो लड़कियाँ, जो उन तीन लड़कियों की सहेलियाँ थीं और कुछ देर पहले ही पुलिस वालों ने उन्हें छेड़ने की कोशिश की थी, अहाते में थीं और भागने में सफल हो गई थीं, अभी तक उस गन्दी छुअन के गुस्से से भरी हुई थीं, वे ही तीन किलोमीटर पैदल दौड़ती हुई मणिमाला बहिन जी के स्कूल पहुँचीं। स्कूल की छुट्टी होने जा रही थी और बच्चे अपने टाट बोरे उठाए इधर–उधर भाग रहे थे। लड़कियाँ बदहवाश सी मणिमाला बहिन जी को खोजने लगीं। एक अध्यापक ने उन्हें रोक कर पूछने की कोशिश की।

''ए कहाँ से भागती आ रही हो तुम लोग?''

मगर लड़कियाँ रुकी नहीं।

''मणिमाला बहिन जी।''

वे जल्दी से बोलीं।

''बहुत जरूरी माट्साब।''

अध्यापक उनके साथ उसी दिशा में चल दिए जिधर से बहिन जी के मिलने की उम्मीद थी। मणिमाला बहिन जी झोला कन्धे पर डाले निकल रही थीं कि लड़कियाँ उन्हें पहचान कर रुक गईं।

''बहिन जी! ए बहिन जी!''

लड़कियाँ एक साथ चिल्लाईं। बहिन जी हाँफती हुई लड़कियों का चिल्लाना सुन कर रुक गईं। उन्होंने साथ चले आ रहे अध्यापक को भी देखा।

''बहिन जी, बहिन जी,'' लड़कियों ने बहिन जी को रोक तो लिया मगर आगे उनके मुँह से बोली नहीं फूटी।

''क्या बात है रे? कहाँ से आई?''

बहिन जी ने एकसाथ लड़कियों और अध्यापक दोनों से पूछा।

लड़कियाँ बहिन जी के स्कूल के बच्चों से उम्र में बड़ी थीं और आसानी से पहचान में आती थीं कि वे किसी दूसरे स्कूल की होंगी। लोग उन्हें देखकर कुछ सशंकित होकर रुक जा रहे थे। मणिमाला बहिन जी के रुकते ही अन्य अध्यापक अध्यापिकाएँ भी रुक गए। कई बच्चे भी चौंक कर खड़े हो गए। वे बहिन जी के रुकने से रुक गए और लड़कियों को देखकर चौंक गए थे।

लड़कियाँ बहिन जी के पास आकर हिचकी ले लेकर रोने लगीं। बहिन जी समझ गईं कि मामला कुछ गड़बड़ है।

"कौन स्कूल?"

उन्होंने तत्काल पूछा और लड़कियों का हाथ पकड़े स्कूल की दिशा में बढ़ गईं। उनके पीछे दो तीन अध्यापक स्वतः ही चल पड़े। लड़कियाँ भर रास्ता रोती जातीं, सारी घटना रो-रो कर कहती जातीं। स्कूल तक पहुँचते-पहुँचते सारी बात मणिमाला बहिन जी के आगे खुल चुकी थी। वे गुस्से और क्षोभ से भर उठीं। भरसक तेज चलते हुए स्कूल पहुँचीं और आनन-फानन लड़कियों को अस्पताल पहुँचवाया। इसके बाद सीधा डी एम ऑफिस पहुँचीं। उनके डी एम ऑफिस पहुँचने की खबर बिजली के करंट की तरह फैल गई। चारों तरफ अफरा-तफरी मच गई। रोती हुई लड़कियाँ दौड़-दौड़ कर आने जाने वालों को बतातीं।

"हे, एत्थी, मणिमाला भैन जी डीएमवा के दफ्तर पे ललकार रही हैं...ढेर आदमी पहुँच गया है, चलो, चलो, सब लोग चलो..."

लोग लड़कियों की बात सुनते और अपना काम धाम छोड़ कर डी एम ऑफिस के आगे इकट्ठा हो जाते। देखते देखते भारी जन समर्थन मणिमाला बहिन जी के पीछे खड़ा हो गया। डी एम साहब दफ्तर पर नहीं थे, लेकिन जहाँ कहीं थे, वहाँ इस घटना की हवा उन्हें मिल गई थी। वे दौड़ कर जनता के बीच पहुँच जाना चाहते थे मगर उनके पास उस समय साबू मरांडी बैठे हुए थे। वे विधानसभा चुनाव जीते हुए जनप्रतिनिधि थे, उन्होंने डी एम की बाँह पकड़ ली।

"जरा शान्त हो जाने दीजिए। नहीं जनता आपको धुन देगी।"

"क्यों परेशान हो रहे हैं? जैसे नाली के कीड़े मकौड़े बिलबिला कर शान्त हो जाते हैं, वैसे ये सब भी शान्त हो जाएँगे। आप तो भारी गलती कर बैठे हैं। घर जाइए महोदय और अपना बोरिया-बिस्तर बाँधिए।"

"क्या कहते हैं? हमारी जिम्मेदारी भी कुछ है।"

"सब आप ही की जिम्मेदारी मानी जाएगी।"

इस बातचीत के बावजूद डी एम ने संदेश भिजवाया कि तत्काल एफ आई आर दर्ज की जाए। हरकारा डी एम का आदेश लेकर घबड़ाता हुआ आया और जोर-जोर से संदेश चिल्लाने लगा। संदेश का असर हुआ। मणिमाला बहिन जी जन सैलाब को साथ लिए दिए थाने पहुँचीं। बिना किसी न नुकर के एफ आई आर दर्ज हुई और बार-बार आश्वासन दिया गया कि जल्दी ही दोषी पुलिसवालों को पकड़कर उन पर कार्यवाही की जाएगी। इसी के बाद यह भी देखा गया कि डी एम साहब सुबह सबेरे अपना अपना बोरिया-बिस्तर बाँधे ट्रांसफर पर चले गए। बाकी पुलिस वाले भी कहीं भेज दिए गए या भगा दिए गए या छिपा दिए गए, उनका सुराग ढूँढ़ना मुश्किल हो गया। उनकी जगह नए पुलिसवाले तैनात हो गए।

मणिमाला बहिन जी ने पुलिसवालों की गिरफ्तारी के लिए आन्दोलन छेड़ दिया। जत्थे के जत्थे लोग आते, थाने के आगे नारे लगाते और अँधेरा घिरते लौट जाते। बीच-बीच में खबर आती कि वे पुलिस वाले गिरफ्तार कर लिए गए हैं मगर गिरफ्तार करके कहाँ रखे गए हैं? कोई नहीं जानता। कोई-कोई यह खबर भी लाता कि वे दिल्ली के जेल में सड़ रहे हैं।

'दिल्ली की जेल काहे भाई? '

कोई न कोई सवाल उठा देता।

'यहाँ की जेल में बाकी सब और पुलिस वाले दिल्ली की जेल!'

'अरे भाई? हम कैसे जानें कि सच है?'

मामला यहीं अटका पड़ा था।

सच का गवाह सौ पर्दों के भीतर छिपा था।

बात इतनी बढ़ जाएगी, इसकी उम्मीद भी नहीं थी।

थाना प्रभारी अपने माथे का पसीना पोंछते जाते।

''इ ससुरी कुतिया कहाँ से टपक पड़ी बीच में?''

वे मणिमाला बहिन जी पर खीज उठते।

''अभी मत रियेक्ट करिए साहेब।''

उनका मातहत समझाता।

''कहाँ गया चायवाला लड़का? छोटुआ। ससुरा चाय नहीं लाता टैम से!''

वे अपनी खीज के विषय को शिफ्ट करते।

इस घटना ने मणिमाला बहिन जी की इज्जत बढ़ा दी थी। वे और ज्यादा आत्मविश्वास से चलतीं और तेज चलतीं। वही मणिमाला बहिन जी थाने के परिसर में बहुत तेज चलती हुई घुसी थीं। उनके साथ दो औरतें थीं, जो उन्हीं के जैसी दुबली पतली और नाटी थीं, जो उनकी तेज चाल के मुकाबले में हर कुछ देर के बाद, उनके साथ चलते हुए भी उनसे पीछे दिखाई पड़तीं।

उनकी तेज चाल वक्त की तेजी से नहीं बनी थी।

वह वक्त की तेजी के दूसरी तरफ थी।

चाल।

वह अपने आप से जूझते हुए लोगों की दिक्कतों से मिल गई थी।

चाल।

चुप के भीतर हौसले की धार

''ऐसे तो तू मर जायैगी बाभी! छठी बार है ये। डॉक्टरनी गुस्सा हो रही थी। के रह जायैगी तेरी देह?''

सन्तोष ने चुपके से दवा उसके हाथ में खोंस दी।

''ए री सन्तोष, तू हमारे लिए इतना करती है तो एक बार जहर क्यों नहीं ला देती?''

दुख की एक धीमी आवाज उभरी और छितरा गई।

इनारा ने झट से दवा अपने बिस्तर के नीचे छिपा दी।

''ऐसी बात मेरे सामने न करो। परिवार नियोजन के हजार उपाय हैं मगर ये मर्द ना अपनाना चाहते। न जाने कुण सी उनकी मर्दानगी छिल जावैगी! और तेरे यहाँ तो लड़के की दरकार है, लगी रहो पैदा करण में, मारती रहो कोख अपणी! इन दवाओं को खा ले, न तो खड़ी न हो पावैगी जणमभर।''

इनारा ने सिर हिला दिया। अभी भी उसे रह-रह कर चक्कर आ रहे थे।

''बाभी, तू समझै है कि मुझे पता न होवै। ये वही धरती है, पांडवों वाली। फर्क इत्ता सा आया है कि तब अर्जुन जीत कर लाया था द्रौपदी और सब भाइयों ने बाँट ली थी। अब खरीद कर लावै हैं और बाँट लेवै हैं।''

सन्तोष ने उसकी बाँह पकड़कर उसे किनारे की ओर खींचा तो तड़प उठी इनारा।

''के हुआ?''

इनारा ने अपने कुर्ते की बाँह उठा दिया। वहाँ स्टील के कड़े से उभर आया नीला लाल चित्र छपा था।

''राम जी!''

फिर सन्तोष बैठ गई और बुझे मन से कहने लगी।

''बाभी, मैं तो खुद बड़ी परेशान चल रही हूँ। संजू को कोई नौकरी लगवाणा चाहती थी। आज सरपंच जी से मिलणे गई थी। उन्होंने जो स्कूल खोला है, उसी में आया के काम पर रख लेते। बेचारी अपनी बच्ची का दवा, इलाज कैसे कराएँ? इतन दिन हो गए, अभी तक सरकार से कोई मदद न मिल पा रही। लोगों ने कितना हंगामा किया, मगर सरकारें तो गूँगी बहरी हो चुकी हैं! सोचो कि क्यों नहीं हो पाता

हरियाणा में महिलाओं के दमन के खिलाफ कोई आन्दोलन! जब-जब कोई जघन्य काण्ड होता है, तब बहुत शोर मचता है—आदमी लोग उसमें भी अपणा ही लाभ देखते हैं—राजनीति करते हैं—औरतों के हिस्से कुछ न आ पाता। पिछले दिनों हिसार में कैसे भयानक काण्ड हुए—किस बेरहमी से बलात्कार हुए—फिर बाद में क्या हुआ? दो बहनों को बलात्कार के बाद मार कर, पेड़ पर लटका दिया था, दिल्ली तक हल्ला मचा, लगा था कि इस बार दबंगों की खैर न...पाँच साल की बच्ची को रेप के बाद किस बेदर्दी से मारा...एक से एक भयानक कहानियाँ हैं बाभी, याद करके रोंगटे खड़े हो जाते हैं मगर फिर एक और कांड...फिर एक और... हम तो हरियाणा को देख पाते हैं मगर पूरा देश ही ऐसे कांड से पटा पड़ा है! न जाणै कौन सी संस्कृति है इस देश की जो औरतों को इतणा रौंदती है—औरतों की हत्यारिन संस्कृति! कैसे हम इस पर गर्व करें?''

''कहाँ जाएँ हम?''

''और सुनो, धासेड़ा गाँव में तुम्हारी बिरादरी की लड़की लाए थे। ब्याह कर लाए थे तो वो एक को अपना पति मानै। लेकिन यहाँ तो एक को मोल लाकर पूरा घर अपना काम चलावै है तो वो लड़की न माणै...''

''फिर क्या किया उन लोगों ने?''

''वही, जो तुम्हारी पड़ोसन के साथ हुआ।''

''मार दिया?''

''काट दिया। गले से रेता। सबके साथ सोणै को न माण रही थी।''

''बाप रे!''

''नरभक्षी, नरपिशाच, लेकिन गाली देकर हम इनका कुछ न बिगाड़ पाए हैं। खून खैलता है मेरा। सोचो बाभी, क्यों न हुआ तुम्हारे झारखंड में कभी औरतों को लेकर आन्दोलन? हुआ क्या? सोचो!''

इनारा सोच में पड़ गई। जहाँ इतनी बड़ी विपत्ति में औरतें फँसी हों, जहाँ औरतें कौड़ियों के मोल बेची जा रही हों, जहाँ धरती के गर्भ के साथ-साथ औरतों के गर्भ की लूट मची हो, ऐसी जगह एक भी महिला आन्दोलन नहीं!

''कोई जोखिम लेना नहीं चाहता! औरतों को इतनी जगह नहीं देना चाहते कि वे सिर उठा सकें। उन्हें तो जन्मते ही कुचल देना है तो कैसे, कौन उठाए उनके हक की आवाज? कौन लड़े उनके हिस्से की लड़ाई?''

''हाँ, सही कहती हो।''

''और ये औरतें, इनके दिमाग को मर्दों ने ऐसा आत्मबलहीन कर दिया है कि ये सोच भी नहीं पातीं कि इनके साथ हो रहे अन्याय पर क्या करें? औरतों को नीचा दिखाने में मर्दों के साथ जा खड़ी होती हैं! हे भगवान, कोई इनका दिमाग खोले? ये देख पाएँ कि ये खुद अपने ही पैर पर कुल्हाड़ी मार रही हैं।''

इनारा बस उसे देखे जा रही थी। उसे लग रहा था—कोई महान सत्य, कोई बड़ा ज्ञान आज उसे मिल रहा है। वह इसे समझ लेना चाहती थी। सन्तोष उसे औरतों के मानसिक अनुकूलन के बारे में बताने लगी।

''दिमाग पर कब्जा!''

सच, एकदम सच। बड़ा सच।

''यह तो बहुत बारीक चाल हुई?''

''हाँ। यही तो समझना चाहिए। नहीं समझेंगे तो अन्याय के खिलाफ खड़े होने का हौसला हम औरतें कैसे रख पाएँगी?''

''एरी सन्तोष, जो समझती हैं, वो डरती हैं।''

''हाँ, इसी डर से निकलणा है बाभी।''

डर से निकलना! कैसे? कैसे?

जब सब समझ में आ जाए तो डर भी समझ में आ जाता है।

डर भी समझना होता है।

डर भी।

अचानक सन्तोष बैठ गई।

''बाभी, आदमी सब समझ ले तो अपनों का मोह घेरता है। इस मोह से भी लड़ना पड़ता है। अपने ही सबसे पहले हमारा रास्ता रोके खड़े हो जाते हैं। अपनों से जूझना सबसे मुश्किल है। अब देखो के मेरे घर में दिन रात महाभारत मचा रहता है। मेरे पीछे क्या क्या होता है, क्या रासलीला चलती है, तुझे क्या कहूँ?''

''ऐसा न बोलो। तुम्हारा मर्द भला है सन्तोष। तुम भाग्यवान हो। तुम्हारा आदमी तुम्हें रोकता, टोकता नहीं, तुम्हें पढ़ने जाने देता है।''

''तुम्हें लगता है मैं भाग्यवान हूँ! तुम्हें कुछ पता नहीं बाभी। सही है कि मेरा पति मुझे ज्यादा न रोकता पर उतना ही बढ़ने देता है, जितने से मैं उसके हाथ में बणी रहूँ। अब देखो, छिप कर औरतों को दवा दे आओ, डॉक्टर से पूछ आओ तो ठीक है, पति के साथ या उसके कहने पर थाना कचहरी तक चले जाओ, वह भी ठीक, लेकिन जरा निकल कर अपने मन की कर लो तो देखो। उधर के गाँव में एक दलित लड़की को बलात्कार के बाद दबंगों ने जिन्दा जला दिया। लोग गुस्से में सड़कों पर उतर आए। औरतों को ऐसे मामले में तो निकलना चाहिए लेकिन केवल दलित औरतें निकलीं। सवर्ण औरतों की हिम्मत न हुई। डर के मारे घर में दुबकी रहीं। मैं तो हिल गई थी—किसी को जिन्दा जलाना हद दर्जे दरिन्दगी है—मैं चली गई उनका साथ देने। धरने पर मैं भी बैठी। बस, हो गया घर में महाभारत। देखो, कहीं मुझे मायके न भिजवा दें। बड़ी मुश्किल से तेरी ये दवा ला पाई हूँ।''

''घर में ही कमर तोड़ दी जाए तो आदमी क्या खाकर बाहर मुकाबला करे?'' इनारा ने मन ही मन सोचा।

"मेरी जिठाणी देखी है तूने?"

इनारा ने आँखों से 'हाँ' कहा।

"मेरे पति से कितनी बड़ी है। उसकी नीयत में खोट है कि मेरे पति की नीयत खोटी है? अब चाहती है कि मैं अपने पति पर कोई अधिकार ही न जताऊँ! हरदम बाहर रहूँ। छुट्टी के दिन घर में रहना दूभर हो जाता है। मैं कब से उसे झेल रही हूँ, जब से शादी होकर आई हूँ तभी से। तभी से इसे ऐसे ही देख रही हूँ। जब मैं रोहतक जाती हूँ तो बीच में मेरे बच्चों को खाना निकाल कर दे देती है, तो क्या हुआ? वो चाची है उनकी। मैंने कभी उसके बच्चों को कुछ कहा न। अब तो हद हो गई बाभी। अब माण ले मैं छुट्टी के दिन अपणे कमरे में बैठी अपणे बच्चों की कॉपी पर कवर चढ़ा रही हूँ।"

सन्तोष बिस्तर पर उसी ढंग से बैठ कर बताने लगी।

"यूँ मैं बैठी थी, मेरा पति उधर बैठा था। तभी वो आई और मेरे पति की तरफ बैठ गई। पहले मैं ध्यान न देती थी लेकिन इस बार मैं बोल पड़ी। अब पति कहने लगा—'तू जा के रसोई देख ले। बच्चों के लिए कुछ बना दे।' कभी कहते—'जाकर गोभी के पराँठे की तैयारी कर ले। मैं अभी आता हूँ।' मुझे बार-बार जाणे को कहे। मगर मैं भी न उठी। वो आ गई मेरे कमरे में तो मुझे उठकर जाणा होगा, ये क्या बात है? पहले मैं चली जाती थी, पति की बात मान लेती थी, पर इब मुझे समझ में आ गया है, मेरे पीछे के खेल चलै सै? मुझे हटाने की कोशिश है। चाहते हैं कि मैं पढ़ कर कमा कर लाऊँ और सब मौज मारैं। अब देखो, लड़ाई किस बात से शुरू हुई थी और लाकर कहाँ पहुँचा दिया। कहने लगे कि तू क्यों गई धरने पे? कहने लगे कि इब तू जुलूस निकालेगी? लड़ाई पहले भी हो जाती थी पर हाथ उसने कभी न उठाया था। इस बात पर हाथ उठाया। मारा मुझे। तीन दिन क्यों न निकली मैं घर से? इसीलिए न निकल पाई।"

"तुमने ससुर जी को बताया?"

"हाँ, बताया। पानी सिर के ऊपर चला गया तो बताणा पड़ा। मगर बूढ़ा तो और भी शातिर है। चाहता है कि कुछ न बदले। बात दबाने की बात करता है। कहता है कि बहूणी तेरा ही नुकसान होगा। कहता है कि जिठाणी कुछ दिन में सँभल जाएगी। वो नहीं चाहता कि उसकी सेवा टहल में कोई कमी आए। उसका ढोंग पकड़ लिया मन्ने। अब मन्ने भी ठान लिया है कि औरत की जान और सम्मान की लड़ाई खुल कर लड़ूँगी।"

इनारा उसे देखती रह गई।

धक्क्!

जलती हुई सन्तोष!

कुछ ठानती हुई सन्तोष!

धरने पर बैठी सन्तोष!

और महाभारत!

सूरजमुखी सा कोई अर्थ

थाने के परिसर में घुसते ही मणिमाला बहिन जी ने पेड़ के नीचे भूमि पर बैठी चन्दा को देख लिया। उनका देखना था कि चन्दा में गजब की स्फूर्ति दौड़ गई। वह इस तरह दौड़ी जैसे बहिन जी के भीतर से किसी चुम्बक ने उसे खींच लिया हो। बहिन जी ने तुरन्त उसे कन्धे से थपका। इसी के साथ निगरानी करता सिपाही भी कुछ चलकर आगे खिसक आया और उसने हल्का सा सिर हिला कर बहिन जी को अभिवादन भी किया।

''लो आ गई हमारी चामुंडा माई। अब होगा दूध का दूध पानी का पानी।''

चिल्लाता हुआ, खीसें निपोरता हुआ बीजू बहिन जी के निकट आकर चिल्लाया—

''जोहार बहिन जी! जोहार झारखंड!''

बहिन जी ने सिर हिला कर उसके अभिवादन का उत्तर दिया पर रुकी नहीं और सीधा थाने के भीतर जाकर ही साँस ली।

कुछ ही देर में बीजू को अन्दर बुलाया गया। जाने क्या-क्या पूछा-ताछा गया।

बीजू ने सुबह बताया हुआ अपना परिचय दोहराया।

''पाँच घंटे लग गए। सारा दिन स्वाहा हो गया। आज की मजूरी गई सो अलग।''

''छूट के जा रहे हो। भला समझो।''

पुलिस वाला गुस्सा कर बोला।

बहिन जी ने एक बार फिर चन्दा को कन्धे से थपथपाया और गवाही में कहा कि '' वे चन्दा नाम की इस औरत को और इसके पति बीजू महतो को जानती हैं। बीजू पहले खेतिहर थे, अब पत्थर तोड़ने का काम करते हैं यानी दिहाड़ी मजदूरी। चन्दा ने कुछ दिन उन्हीं के स्कूल में टेम्परेरी चपरासी का काम भी सँभाला था।''

''परेशान मत हो तुम लोग। जाओ तुम लोग। घर जाओ।''

बहिन जी ने चन्दा और बीजू से कहा।

इसके बाद बीजू और चन्दा को सचमुच जाने की अनुमति मिल गई।

आगे आगे चन्दा थाने से निकली। उसके चेहरे पर मौत से छूट आए आदमी के जैसा भाव था। वह आगे देखती हुई थाने के अहाते से गुजर कर बाहर लगा छोटा बोर्ड पार कर गई। उसके पीछे-पीछे बीजू चारों तरफ नजर दौड़ाते कुछ धीमी चाल से चले।

थाने से लगी मुख्य सड़क से होते हुए जल्दी ही वे दोनों अपने गाँव की पगडंडियों का रास्ता पकड़ चुके थे।

''जय हो बेरू गोसाईं!''

बीजू की आवाज गूँजी।

सूरज अपनी किरणें समेट कर किसी पहाड़ी की तलहटी में आराम करने उतर चुका था। किरणों के लौट जाने से सारे जहाँ को समेटता अपना कद लम्बा करता जाता अँधेरा चला आ रहा था। फैलता हुआ, बढ़ता हुआ, घेरता हुआ...धरती, आकाश, पालात...गाँव, नगर, देश...

अमावस का चाँद जाने कहाँ छिपा...घायल...अपमानित...पराजित...

''हाथ को हाथ न सूझेगा कुछ देर में...''

''हम खुशबू से चीन्ह लेंगे।''

''तुमको मसखरी बुझाता है! यहाँ जान जाये का हाल है।''

''हूँ...''

''देर करवा दिया करमजलों ने। हमारे कहे का कौनो असर नहीं है, हरदम डरो कि कब क्या बिपदा टूट पड़ेगी!''

''असर न है। असर बनाना पड़ेगा। जैसे लोहा लोहे को काट देता है वैसे ही अधिक डर, डर का नाश कर देता है।''

''कितना बोलता है तुम बीजू। सारा दिन बोल-बोल के थकता नहीं! तुम बोलता है और हमारा करेजा धकधकाता है!''

''हम क्या फालतू बोलते हैं?''

''न, न, तुम तो गुड़ की डली खाकर कूँकते हो... काली कोयलिया मतवाली हो रामा... कुँहुक कुँहुक...बोले...ले...''

चन्दा ने हथेली मुँह पर रखकर कूकने का अभिनय किया।

''कूँहू...कूँहू...इ डलिया...हो...इ रतिया...कोयलिया हमारी हो रामा...कूँहू...कूँहू...बोले...ले...''

बीजू ने कोयल बन कर कुँहुक किया।

संगीत की सुनहली लहर तैर गई।

''हम तो प्रेमगीत गाना चाहते हैं...हमारी चन्दा रानी के प्रेम में डूब जाना चाहते हैं... चाँदो रे...तोर बिन सूना सूना...कुआँ, पोखर, डाड़ी...चाँदो...ओ...चाँदो...रे...''

''सही में पगला है तुम।''

चन्दा के कहते ही 'पगला' शब्द का अर्थ बदल गया।

उसका अर्थ ध्वनित हुआ स्वर्ग से आया सुगंधित पारिजात पुष्प, जो रात में खिलता है...

फिर ध्वनित हुआ...चन्द्रमा से बह निकली चाँदनी...तिरती...बिखरती...

फिर...कोई अर्थ नहीं, बस, प्रेमगीत का कोई गहरा मधुर भाव...जो...जो सप्तसुरों के बीच से चमक उठा था...

फिर सूरजमुखी सा अर्थ करता वातावरण में खिल गया...

बहुत से पीले कनेर अपनी डाल से विलग होकर जमीन पर सुस्ता रहे थे, बहुत से पलाश अपना आसमानी आसन छोड़ कर भूमि को सजाने उतर आए थे, बहुत सी सफेद, बैंगनी, गुलाबी और नारंगी फूलों वाली लताएँ अलसाई सी झाड़ियों, पेड़ों के इर्द गिर्द लिपटी थीं...

दो जोड़ी पाँव चलते तो भूमि पर कालीन की तरह बिछ गए पत्ते मर मर ध्वनि से गाने लगते। फूलों पर पाँव न पड़ जाए, दो जोड़ी पाँव झिझक जाते, ठिठक जाते, पाँव के अँगूठे से फूलों को किनारे करके कदम रखते...पीले कनेर को एक एक करके दो हाथ चुनते और बिना चाँदनी की रात में, अमावस को पीकर बढ़ी चोटी में गूँथते जाते...

इस बदल आए से माहौल ने दिन भर की कड़वाहट और थकान के ऊपर कुछ देर को विजय पा ली थी...

"क्या करे, साला हालात का मारा आदमी...मुसीबत की जड़ है ये थाना, कचहरी, पुलिस...आदमी का करेजा निचोड़ लेता है..."

बीजू की अँगुलियों में फँसा पीला कनेर उलझा सा ठिठक गया।

"कौन हालात कभी अच्छे रहेंगे तो क्या जीना छोड़ दें?-!-?"

चन्दा प्रकृति के गलीचे पर बैठ गई।

"चन्दा रे..."

बीजू हँसे।

"धुत्त ससुर!"

चन्दा की चोटी से कि बीजू की हँसी से झर झर फूल झरे...

कि चन्दा की चोटी से कि बीजू की अंजुरी से मह मह फूल झरे...

चन्दा ने हाथ बढ़ा कर बीजू को खींच लिया।

बीजू धम्म से नीचे बैठ गए।

हाथ में एक सुनहरा जादुई हाथ थामे...

कौन हवा बही कि सारा जंगल दुलराने बढ़ आया...

अचैन फाँक धूप की

''अरे दी, ये गुलाब तुमने कब लगा दिया! चाहती हो जीवन गुलाब सा हो जाए? लाओ, इसे मेरे पास कर दो, इधर। मैं इसे छू तो सकूँ।''

संध्या के आवाज की चहक से ऐसा लगता था कि अभी इस फूल को देखकर वह अपना सारा दर्द भूल गई है। बिल्कुल एक ताजी और उजली सुबह में वह दुनिया को कुछ अचम्भे से देख रही है। पद्मजा को अच्छा लगा। उसने उठकर गुलाब को गुलदान सहित उसके सिरहाने लगे टेबल पर रख दिया।

फूल महक उठे। खुशबू से सुबह खिल उठी।

''संघर्ष में खिले रहने का माद्दा सबके पास कहाँ?''

''हाँ दी, संघर्ष तो जीवन की ताकत का अहसास है।''

संध्या हँस पड़ी।

''संध्या, यह जिजीविषा ही मनुष्य को गति देती है। प्राण सबके पास है पर प्राणवान तो वही है जिसमें जीवन हिलोरें लेता है। तुम हो प्राणवान। तुम जीवन से टकराती हो, जूझती हो और उसे लिए दिए निकल आती हो।''

''जूझना ही तो सूझना की तरफ ले जाता है। जूझ कर हम जीवन के मोल को पहचान लेते हैं दी।''

संध्या गम्भीर हो उठी। पद्मजा को पछतावा हुआ कि बहन के ऐसे हल्के मूड को उसने गम्भीर विचारों की तरफ जाने ही क्यों दिया! इतने कम क्षण आते हैं, जब दोनों बहनें अपने कष्टों को भूल कर पहले की तरह हास-परिहास करने लगती हैं।

तभी खाना बनाने आई कामवाली ने नीबू की चाय लाकर रख दी।

दोनों बहनों ने एक दूसरे को देखा और बिना कुछ बोले मुस्कराईं।

''लो आ गई बिन कहे तुम्हारी चाय।''

''आह, यह तुम्हारे साथ गपियाते हुए चाय पीने का सुख तो हमसे भगवान भी नहीं छीन सकता।''

संध्या की इस बात पर अचानक ही पद्मजा भावुक हो उठी।

''तुझे इस तकलीफ में देखा नहीं जाता संध्या। चलना, उठना, बैठना कैसा मुश्किल बन गया है। सालों से कोर्ट जाना नहीं हो पा रहा। घर बैठे काम देख रही हो...''

''अरे दी, तुम भी! लेकिन तुम्हारे इस मोह को बेकार कैसे कह सकती हूँ! मोह आदमी को बाँधता है, जकड़ता है, कई बार रोक कर ठस और यथावत की तरफ ले जाता है पर यही मोह सत्य की समझ पा जाने पर अपने को माँज लेता है, वह मुक्त ही नहीं करता, गाढ़े के सम्बल की तरह डटा खड़ा हो जाता है। तुम्हारा होना मेरे लिए ऐसा ही है। सच में, यही हमारे लक्ष्य प्राप्ति की राह में संघर्ष के जुझारूपन की धार कम नहीं होने देता। दी, यहाँ पड़े-पड़े मैं काम करती ही रहती हूँ, यह केस की फाइलें तैयार करना भर नहीं है। अपने होने की सार्थकता को पाना भी है।''

''और अब यह केस केवल पलाश को बचाने का नहीं रह गया। यह तो अब ट्रैफिकिंग की शिकार सब लड़कियों का हो गया है।''

''सही कहती हो, मनुष्य का जीवन बड़ी चीज है। उसे घास-फूस के मोल नहीं गँवाया जा सकता।''

''सोचो, यदि इस दुनिया में स्त्री न हो तो क्या होगा? कैसा शून्य होगा! ये बड़ी बड़ी इमारतें, सभ्यता के ये नए द्वीप—सब व्यर्थ होंगे—स्त्री नहीं तो प्रकृति नहीं, प्रकृति नहीं तो जीवन नहीं और इसी जीवन का आदर करना मनुष्य ने नहीं सीखा। इसी की महत्ता को पहचानने से भागता रहा।''

संध्या हिली और कराह उठी। इस कराह को सहने की आदत उसने अर्जित कर ली है। उसके दोनों जाँघों में लगी गोलियों ने उसका चलना मुश्किल बना दिया है। फिर भी वह हार नहीं मानती। किसी तरह व्हील चेयर पर बैठ कर जरूरत का काम पूरा करती है। उस हादसे में पद्मजा को भी बाँह पर दो गोलियाँ लगी थीं, पर मोहलत थी कि वह चलने और कुछ काम कर पाने में अब भी समर्थ थी। यह हमला तब हुआ, जब संध्या हाई कोर्ट से लौट कर अपने ही घर के सामने गाड़ी से उतर रही थी। जैसे ही वह उतरी , हमलावरों ने ताबड़तोड़ गोलियाँ बरसा दीं। पद्मजा उस समय गाड़ी में ही थी और उतरने का उपक्रम कर रही थी। उसने उतरते हुए झट संध्या को धक्का देकर गिरा दिया। मगर तब तक उसकी बाँह, कमर और जाँघों पर कई गोलियाँ लग चुकी थीं। लम्बे इलाज के बाद उसकी जान तो बच गई पर दोनों पैर बैसाखियों पर टिक गए।

करीब साल भर तक अस्पतालों के तरह तरह के चक्करों और गोलियों के छिद्रों को भाँति भाँति से भरने के प्रयत्नों ने संध्या के द्वारा लड़े जा रहे पलाश के केस को लम्बा खींच दिया। कई साल से दोनों बहनें अब अपने ऊपर हुए हमले के साथ-साथ पलाश का केस लड़ने में जी जान से जुटी हैं। पलाश का यह केस बढ़ता हुआ 'ह्यूमन ट्रैफिकिंग' और सेक्स रैकेट तक को अपने शिकंजे में लेने लगा। पूरे भारत और खासकर झारखंड में फैले ट्रैफिकिंग के गिरोहों का पर्दाफाश होने लगा। कई लोग, कई संस्थाएँ इस बीच संध्या का साथ देने भी निकल आए। भूख के इलाकों से लाई एक साथ सौ-सौ, डेढ़-दो सौ लड़कियाँ कई बार छुड़ाई गईं। इससे एक

तरफ दोनों बहनों की मुसीबतें बढ़ती गईं तो दूसरी तरफ दोनों बहनों की जिद। संध्या को धमकियाँ मिलतीं पर वह परवाह नहीं करती। पद्मजा ने ठीक इसी वक्त बहन होने के अपने दायित्व को पूरी तरह ओढ़ लिया और छाया की तरह संध्या के मिशन में उसके साथ हो गई।

''दी, तुम भी कुछ देर बैठ जाओ। बदन को जरा आराम भी उठाने दो। मेरे पीछे चकरघिन्नी बन गई हो तुम।''

''नहीं संध्या, कहाँ कर पाती हूँ कुछ, मन मसोस कर रह जाती हूँ। काश, कि मैं तुम्हारे हिस्से का चल पाती! तुम्हें अपने पैर दे पाती कि तुम फिर वैसे ही दौड़ो—तुम्हारा काम रुके नहीं, बस, यही मनाती हूँ भगवान से।''

''तुम मेरे हिस्से का चल रही हो दी। यही एक दूसरे की तरफ का चलना है।''

कुछ देर के लिए संध्या ने आँखें मूँद लीं, फिर इस तरह खोलीं जैसे इस बार फिर से संसार को जाना हो।

''हम लड़ेंगे दी, आखिरी साँस तक।''

''हाँ, न्याय की लड़ाई मुश्किल जरूर है पर असम्भव नहीं।''

''और लड़ाई में विश्राम कहाँ?''

दोनों फिर हँसी।

तभी दरवाजे की घंटी बज गई। बहनों की बातचीत का क्रम टूट गया। पद्मजा ने दरवाजा खोला और ड्राइंगरूम में किसी को बैठा कर आई।

''संध्या, तुम्हारा शागिर्द देवाशीष आ गया है। आओ, इस व्हील चेयर पर तुम्हें बैठा दूँ।''

''दी, तुमने अभी कहा था कि यह लड़ाई पलाश से आगे जा चुकी है। पलाश, जिससे हमने वादा किया था न्याय दिलाने का, सालों से वहाँ पड़ी हमारी राह देख रही होगी। उसे पता तक नहीं होगा कि हम यहाँ किन मुसीबतों से जूझ रहे हैं।''

''किसी दिन मैं उसे देखने जाऊँगी और बता दूँगी कि लड़ाई कितनी बढ़ चुकी है। तुमने ऐसी सभी लड़कियों को न्याय दिलाने के लिए अब खुद से वादा कर लिया है।''

''दी, उस तक खबर जरूर पहुँचवा दो, उसे हौसला मिल जाएगा। सारी लड़ाइयाँ हौसलों पर टिकी होती हैं। उसे बता दो कि ये ह्यूमन ट्रैफिकिंग मनुष्यता के लिए नृशंस अपराध है। और मनुष्यता के लिए लड़ने का मतलब ही अन्याय के खिलाफ होना है। यह भी कि अब मेरा वादा उससे भी अधिक अपने आप से है। लाओ, मेरी वह फाइल उठा कर दे दो। वे नीचे दबे कागज भी। मैंने सब आँकड़े निकाल लिए हैं। देखो, कैसे वीभत्स सच के बीच हम साँस ले रहे हैं—'युनाइटेड

नेशन्स' की रिपोर्ट है कि भारत मानव तस्करी का बड़ा बाजार बन चुका है। वर्ष 2009 से 2011 में 177660 लापता बच्चों की दर्ज गुमशुदगी, जिसमें चौंसठ फीसदी नाबालिक लड़कियाँ हैं। इसी समय लगभग एक लाख साठ हजार औरतें लापता हैं, जो फाइलों में दर्ज हैं, छप्पन हजार का अब तक कोई पता नहीं। और ये देखो, हमारे महिला एवं बाल विकास मंत्रालय की रिपोर्ट–2016 में बीस हजार औरतें और बच्चे मानव तस्करी का शिकार...हर साल झारखंड में तैंतीस हजार नाबालिक लड़कियों और बच्चों की तस्करी...बाकी हजारों, लाखों केस, जो दर्ज नहीं हैं...''

''बाप रे!''

''दी, तुम सोचती थीं कि हम अपना सारा धन झोंक कर भी ऐसी शारीरिक हालत में क्या यह केस लड़ सकेंगे? पर देखो, हमारा साथ देने को कैसे लोग बढ़े आते हैं! अभी कितने ही ऐसे लोग हैं, जिनकी जुबानों की तुर्शी बची हुई है, जो जीवन को व्यवस्था के सींखचों में जकड़ कर गँवा देने के यकीन से बाहर खड़े हैं। देखो देवाशीष को, यह युवा वकील हमारी मदद करने को आगे बढ़ आया है। ले चलो, मुझे ले चलो उस रोशनी तक...''

पद्मजा ने किसी तरह उठा कर उसे व्हील चेयर पर बैठाया और व्हील चेयर को ठेलती ड्राइंगरूम की तरफ मुड़ गई।

हाहाकार का सन्नाटा

रह-रह कर माथे पर पानी की गिरती बूँदों का गहरा आत्मीय स्पर्श उसे भर भर जाता था। रघु घबड़ा कर, पास रखी बाल्टी से अपनी अंजुरी में पानी लेकर धीरे-धीरे उसके माथे पर गिराता जाता था। कभी दौड़ कर उसके पैर के तलुओं को अपनी मोटी अँगुलियों से सहलाने लगता। वर्षों बाद किसी मानवीय स्पर्श ने उसे जीवन का अहसास कराया था!

वह कहता जाता था 'बहू जी, जल्दी जागो' मगर वह सो जाना चाहती थी—

एक लम्बी गहरी नींद—बस, अभी इसी क्षण—

एक नींद, जिसमें से जागना नहीं होता...

नाले से लौटने के बाद उसका बुखार उतरने का नाम नहीं ले रहा था। मौसी ने कोई काढ़ा बनाकर दिया था मगर काढ़े का कोई असर नहीं हुआ। अलबत्ता तबियत दिन-ब-दिन बिगड़ती चली जा रही थी। सन्तोष का भी कहीं पता नहीं था। सुना गया कि कुछ दिन पहले सन्तोष जबरदस्ती अपने मायके भेज दी गई थी—कोई झगड़ा उसके घर में बढ़ गया था या शायद कोई पुराना झगड़ा उखड़ कर नया रूप ले बैठा था या शायद सन्तोष ने जो ठान लिया था, उसी की प्रतिक्रिया थी। सन्तोष क्या गई, मोहल्ले में औरतों का छुपा हमदर्द चला गया। अब किससे वह उम्मीद करे कि दवा लाकर दे दे! इसी बिगड़ी हालत में घर का काम करते करते वह आँगन के पास गिर गई। दो पल के लिए बेहोशी घिर आई। घर में कोई नहीं था। मौसी नई बिआई गाय का ताजा गाढ़ा खीस लेकर पड़ोसी को देने गई थीं। घर में उसी समय नौकर का लड़का रघु आया था। मालिक के ट्रैक्टर से सम्बन्धित कुछ कलपुर्जे और तमाम खुर्पी, कुदाल बोरे में रखकर लाया था। उसने सब सामान बाहरी बरामदे के कोने में रख दिया कि तभी उसके गिरने की आवाज आई। वह भागा हुआ अन्दर आया और 'अरे बहू जी' कह कर आवाज लगाने लगा।

उसने मौसी को आवाज लगाई। मगर बेकार।

कहीं कोई हो तो सुने भी!

जब कोई नहीं दिखा तो उसने झट से आँगन के नल से वहीं रखी बाल्टी में पानी खींचा और अंजलि में लेकर बूँद-बूँद उसके माथे पर डालने लगा।

"अरे राम, बहू जी की तो नकसीर भी फूटी है! नाक से खून रिस रहा है।"

वह घबड़ा गया। दौड़ कर बाहरी गेट तक गया, जहाँ कुछ पौधों की क्यारियाँ लगी थीं। उनमें से गेंदा के पौधे का हरा पत्ता तोड़ कर, उसे हथेलियों पर मसल कर रस निकाला और इनारा की नाक में किसी तरह चुआ दिया। सिर थोड़ा नीचे किया, जिससे नाक में गेंदा पत्ता का रस जा सके। नकसीर रुक गई। खून बन्द हो गया। होश आ गया सा लगा। मगर शरीर ऐंठ रहा था।

"कैसे उठाएँ बहू जी को?"

बड़े संकट में पड़ कर रघु इनारा के पैरों का तलुआ सहलाने लगा।

"अभी उठकर खड़ी हो जाइएगा बहू जी।"

वह कहता जाता।

इनारा ने वर्षों बाद, मानो जन्मों बाद ऐसा स्पर्श पाया था। उसने मेहनत से उठने की कोशिश की मगर उठा न गया।

तभी मौसी हाथ में दूध का डोल थामे लौट आईं।

"हे...ए...के हुआ रघ्घू?"

इससे पहले कि वे पूछतीं, बड़े मालिक बन्नाराम चौधरी उनके पीछे आकर खड़े हो गए।

हथेलियों पर कन्दील

चन्दा ने वही सड़क पकड़ ली थी, जिस पर से मणिमाला बहिन जी गुजरी थीं। वह गुस्से की मशाल लिए, प्रशासन के खिलाफ नारे लगा रही थी। उसके साथ चल रहे सैकड़ों आदिवासी आदमी औरतों की आवाजें गूँज रही थीं...

'दीपा के हत्यारों को गिरफ्तार करो...'

'पुलिस प्रशासन होश में आओ...'

दीपा की हत्या हो चुकी थी। आनन-फानन उसकी लाश बिना पोस्टमार्टम के कब्र में दफन कर दी गई थी।

कौन थी दीपा?

एक आदिवासी ईसाई लड़की।

प्रकृति की एक खूबसूरत इकाई।

या कि एक बहुत छोटी सी सरकारी नौकरी करने निकली लड़की।

या कि अपनी छोटी बहन के साथ हुए पुलिसिया अत्याचार के खिलाफ लड़ने वाली हिम्मती औरत!

या कि अन्याय के खिलाफ लड़ते-लड़ते राजनेता-पुत्र के प्रेम में पड़ गई एक मासूम!

राजनेता पुत्र ने उसे शादी के सपने दिखाए—मदद का वादा किया—और एक दिन—शादी के झाँसे में उसका न्यूड वीडियो बना डाला—फिर शुरू हुई ब्लैकमेलिंग की कहानी—एक भोली भाली लड़की, जिसके परिवार में कोई सहारा नहीं बचा था, किसी तरह पढ़-लिख कर सरकारी दफ्तर में स्टेनो का काम कर रही थी, उसी दौरान उसकी बारह साल की बहन सुखमी के साथ पाँच पुलिस वालों ने थाने में एक सप्ताह तक बलात्कार किया—सुखमी फिर कभी भी बोलने और चलने की हालत में नहीं रह गई—घर में लाश की तरह पड़ी रहती—इस हादसे ने दीपा के दिल में क्रोध की ज्वालामुखी पैदा कर दिया—उसकी बहन का कोई कसूर नहीं था फिर भी पुलिस ने मौका देखकर उसे नक्सली गतिविधि में शामिल होने का आरोप लगा कर गिरफ्तार कर लिया था और थाने में भयानक यातनाएँ देते हुए हैवानियत की सब हदें पार कर डाली थीं। दीपा पुलिस, प्रशासन, सत्ता, व्यवस्था से टकराने उठ खड़ी

हुई। इसी बीच मदद के नाम पर भावुक प्रेम की डगर आ गई। दीपा ने भरोसा कर लिया। लेकिन जिसे उसने सच्चा दिल समझा था, वहाँ सिर्फ व्यापार और क्रूरताएँ थीं। राजनेता पुत्र ने उसे ब्लैकमेल कर अपने दोस्तों में बाँटा फिर एक ऐसी रात आई, जब उसे एक उम्रदराज ठेकेदार के हवाले किया गया, तब वह अपना आपा खो बैठी। उसने पुलिस और मीडिया में जाने की बात कही। जिस रात की पार्टी में उसने यह धमकी दी, उसी रात उसकी हत्या कर दी गई। बिना पोस्टमार्टम, बिना किसी एफ आई आर के लाश दफन कर दी गई।

चन्दा की टोली बढ़ी चली आ रही है। मणिमाला बहिन जी कहीं दूर गई हुई हैं। आज के प्रदर्शन की पूरी जिम्मेदारी चन्दा के कन्धों पर है। 'हार नहीं मानना है' यही लक्ष्य रखकर चन्दा टोली का नेतृत्व सँभाले हुए है। जेठ की चिलचिलाती धूप में पसीना-पसीना हुई टोली की आवाज में अंगारे बरस रहे हैं। टोली माँग कर रही है कि पटना में हुए 'श्वेतनिशा हत्याकांड' की तरह लाश को कब्र से निकाल कर पोस्टमार्टम किया जाए और हत्यारों को गिरफ्तार किया जाए।

यह टोली अब छोटी नहीं रह गई है—अन्याय के खिलाफ लड़ रही जनता का एक गैर राजनैतिक संगठन बन चुकी है। इसका नेतृत्व मणिमाला बहिन जी किया करती हैं और चन्दा उनके साथ मिलकर काम करते हुए, अब इस संगठन का अहम हिस्सा बन चुकी है।

कुछ ही समय पहले पुलिस ने बीहड़ जंगल में ले जाकर छः आदिवासी किसानों को नक्सली बता कर गोली मार दी थी—किसानों के घरों में घुस कर चावल, धान, बाजरा जैसे तमाम अनाज एक में मिलाकर बिखेर दिए थे—घरों को तोड़ दिया था—खेतों में आग लगा दी थी—मवेशियों को उठा ले गए थे—इस तरह गाँववालों को भुखमरी के कगार पर पटक कर गाँव छोड़ने को विवश कर दिया गया था। तब 'ह्यूमन राइट्स मूवमेंट' वालों के साथ मिलकर मणिमाला बहिन जी ने भी अपनी टोली के साथ धरना दिया था, चन्दा उनके साथ-साथ हर कदम पर बनी रही—लाठियाँ खाई गईं—मणिमाला बहिन जी घायल हुईं—चन्दा के माथे पर चोट का निशान इतना गहरा बना कि कभी मिट नहीं सका।

कुछ ही पहले यह भी हुआ था कि किसी लड़की को बहला फुसला कर शहर ले जा रहे एक दलाल को चन्दा और उसकी टोली ने मिलकर पीटा था और पकड़कर पुलिस के हवाले कर दिया था मगर वह छूट गया था और खुलेआम घूम रहा था। इसकी भी भारी नाराजगी थी टोली के भीतर।

बीजू जेल में था, मणिमाला बहिन जी कहीं दूर, और चन्दा इधर अकेले साथियों के साथ जूझ रही थी।

दुनिया भर में फैली, हक माँगती ये निहत्थी लड़ाइयाँ देखने में छोटी भले ही लगें पर कहीं न कहीं एक दूसरे से जुड़कर एक बड़ी और गहरी चेन बनाती चली जाती हैं...झारखंड से होती हुई उड़ीसा, छत्तीसगढ़, हिमाचल प्रदेश, उत्तराखंड...कर्नाटक,

तमिलनाडु, केरल...हरियाणा तक...या फिलिस्तीन...बंगलादेश...म्यांमार...सीरिया...रोम...अमेरिका...योरोप...तक...

तो आज फिर वही चन्दा अपनी टोली के साथ औरत के जीने के अधिकार की माँग लेकर निकल पड़ी थी—मशाल उठाए—मशाल जलाए—

एस एस पी कार्यालय के पास पहुँच कर नारे तेज हो गए—

'दीपा के हत्यारों को गिरफ्तार करो...'

'शासन की मनमानी नहीं चलेगी, नहीं चलेगी...'

'पुलिस प्रशासन होश में आओ...'

'औरतों पर अत्याचार बन्द करो...'

थाने पर बड़ी संख्या में हथियारबन्द पुलिस और रैफ के जवान तैनात थे। पास में ही फायर ब्रिगेड की गाड़ी खड़ी थी। जवानों ने उन्हें आगे बढ़ने से रोक दिया।

''पुलिस मुर्दाबाद...एस पी मुर्दाबाद...'' के नारे लगने लगे।

''ये साले सब के सब नक्सली बन गए हैं।''

अन्दर बैठे-बैठे एस एस पी साहब बड़बड़ाए। फिर काफिले के बढ़ते दबाव को देखकर बाहर निकले—

''क्या चाहिए?''

''इंसाफ...इंसाफ...''

''अदालत जाओ।''

''वहाँ भी जाएँगे। पहले आप हत्यारों को गिरफ्तार करिए।''

''उसकी डेथ नार्मल थी।''

''ये आप कह रहे हैं?''

''पुलिस रिपोर्ट यही है। अब जाओ तुम लोग।''

''झूठी है रिपोर्ट। सच आपको पता है एस पी साहब।''

चन्दा चिल्लाई।

''चुप! हद से आगे मत बढ़ो। भागो यहाँ से। कानून अपने ढंग से काम करेगा।''

एस एस पी साहब एक्शन का आदेश देकर फौरन लौट आए और तनाव कम करने के लिए कोई शीतल पेय जल्दी-जल्दी पीने लगे।

''इंसाफ...इंसाफ...'' पुकारती आवाजों को लाठियों की धमक, बन्दूकों की आवाज और आँसू गैस के गोलों से शान्त कर दिया गया...

चन्दा गिर कर उठने की कोशिश कर रही थी, उसके कन्धे की हड्डी टूट गई थी...

''इंसाफ...इंसाफ...'' चिल्लाती भीड़ इधर-उधर राह तलाश रही थी...

अमावस की काली रात गाढ़ी होती जाती थी

उसी समय एक काला गेंहुअन लहराता हुआ उसकी कोठरी में घुसा। वह तेजी से उछलना चाहता है, लेकिन हिल भी नहीं सका...तेजी से सरकते साँप के आस पास होने से अपने को बचा ले जाने की कोशिश में कुछ न कर सका। कोठरी में इस तरफ गेंहुअन तो उस तरफ वह, उस तरफ गेंहुअन तो इस तरफ वह। कभी कभी तो लगा कि गेंहुअन उनके दोनों पाँवों के बीच से सर्र से निकल गया। अब काटा कि तब काटा की स्थिति है, वह चीखना चाहता है, किसी को बुलाना चाहता है, लेकिन मुँह से जो आवाज निकलती है लगता है वह बाहर नहीं निकल पा रही है...सारा चीखना भीतर ही घुटा जा रहा है...वह पसीना-पसीना हो चुका है...बचने के सारे उपक्रम किसी भी तरह गेंहुअन से दूर नहीं कर पा रहे हैं...उछल कर अपने को बचा ले जाने की कोशिश भी बेकार जा रही है...नींद एक शापित आत्मा की तरह उसे जकड़े हुए है...वह हड़बड़ा कर अपनी कोठरी में चक्कर पर चक्कर लगाए जा रहा है—बेचैन—परेशान...उसकी कोठरी के भीतर जेल की कठोर सलाखों को चीर, कौन घुस आया था? कौन? कौन? वह बहुत निकट से आगन्तुक को निहारने लगा। खिलाड़ियों सा कपड़ा पहने, हाथ में हॉकी की छड़ी पकड़े यहाँ कौन?

"ऐसा जान पड़ता है तुम्हें कहीं देखे हैं?"

आगन्तुक मुस्कराया। इतनी गम्भीर मुस्कराहट—बीजू ने इससे पहले कभी नहीं देखी थी। वह हतप्रभ सा उन्हें घूर रहा था कि याद आया—

"हाँ, याद आया। आपको अखबारों में देखा है, तभी कहूँ कि पहचाने लग रहे हैं। जयपाल सिंह जैसे लग रहे हैं कि हमारी आँखें धोखा खा रही हैं?"

"ठीक समझ रहे हो। ये देखो हमारी हॉकी स्टिक।"

"हॉकी खिलाड़ी! हॉकी सम्राट!"

"हाँ।"

"लेकिन यहाँ कैसे आ गए आप?"

इस प्रश्न पर फिर वही गम्भीर मुस्कराहट।

"अच्छा, अपने देश का हाल चाल लेने आए होंगे?"

"ऐसा ही समझो। हमारा भी मन होता अपने लोगों से मिलने का।"

"अच्छा हुआ आ गए आप। हमारा मन बहुत बेचैन था जयपाल जी।"

बीजू ने एक नजर जेल की अपनी कोठरी को देखा। ऐसे आदमी को कहाँ बिठाए? कोई ऐसी जगह भी तो नहीं!

जयपाल सिंह ने भाँप लिया, बोले—"परेशान मत हो।"

"परेशान तो हम हैं। और क्यों न रहें परेशान?"

बीजू ने फिर से बेचैन कर देने वाला गुस्सा, उफान महसूस किया—कुछ पिघलता लावा सा—जलता—तिक्तता से भरता—

"परेशान हैं इसलिए आपसे पूछना चाहते हैं—हमारे मन में कब से ये सवाल खौल रहा था—हम अपने साथियों को इसका सही जवाब नहीं दे पा रहे थे—छोड़िए साथियों को जवाब देना, हम तो अपने मन को भी नहीं समझा पा रहे थे।"

बीजू ने फिर से जयपाल सिंह की तरफ देखा—दमकता चेहरा एकदम शान्तचित्त बना हुआ था।

"आप एक सदी के नायक थे—महानायक—आपने हमारे झारखंड का नाम दुनियाभर में रोशन किया था। फिर आपको झारखंडवासियों की सुध आई—उनकी समस्याओं पर ध्यान गया और आपने उनके हितों के लिए एक पार्टी बनाई—आन्दोलन किया—झारखंडवासियों ने आपकी आँखों से अपना सपना देखा—आप जानते थे कि ये सपना सिर्फ आपका नहीं था—पूरे झारखंड का था—फिर—फिर ऐसा क्या हुआ? हम जानना चाहते हैं कि वो कौन सी मजबूरी थी? केवल हम नहीं, पूरे झारखंड की जनता जानना चाहती है कि क्यों आपने अपनी पार्टी विलय कर दी कांग्रेस में? क्यों आपने अपनी पत्नी को सांसद बनाया जाना चुना? क्यों आपने अपनी ही आँखों से झारखंड के लोगों का सपना नोंच फेंका?...क्यों हमेशा घटोत्कच की तरह हमारे निश्छल विश्वास की बलि दी गई? महाभारत से लेकर आज तक छल, सिर्फ छल हमारे हिस्से...क्यों? अपने-अपने स्वार्थ पर हमारे सपनों को क्यों..."

"सियासत की कुछ मजबूरियाँ होती हैं।"

महानायक ने नीचे देखते हुए कहा।

"क्या? यही तो हम जानना चाहते हैं। क्यों हमारे नेता बिक जाते हैं? क्यों हमारा आन्दोलन कमजोर कर दिया जाता है? क्यों हर बार, हर बार हमारे सपनों का गला घोंट दिया जाता है?...क्यों? बताइए, बताइए, झारखंड आपसे जवाब माँग रहा है, बताइए..."

बीजू आगे बढ़ कर जयपाल सिंह को हिला कर पूछना चाहता है कि तभी उसे पैर पर कुछ सरकता महसूस हुआ। इस बीच वह गेंहुअन को भूल ही गया था! वह उछला और अपने को बचाते हुए दो कदम बगल की तरफ खड़ा हो गया। इस उछलने और खड़े होने के तुरन्त बाद उसने जयपाल सिंह की तरफ हाथ बढ़ाया, पर वहाँ कोई नहीं था!

सब हवा!

"धुत्!" उसे खुद पर खीज हुई।

तभी कोने की तरफ चमका धनुष, जिस पर कुचला के रस में डुबा कर बनाया विषबुझा तीर चढ़ाए खड़े दिखे तिलका माँझी—ऐसी भव्य मूर्ति—ऐसा जगमगाता तेज—बीजू ने दौड़ कर उनका पाँव पकड़ लिया—"आप हैं हमारे असली नायक। हमें राह सुझाइए। सबने हमें भटका दिया है—हजार राह लेकर लोग आते हैं—पार्टी बनाते हैं—नारेबाजी होती है—हजारों शहीद होते हैं—पर होता क्या है? परिणाम—शून्य! स्वार्थलिप्सा की आग में सारे सपने भस्म हो जाते हैं..."

तिलका माँझी ने उसे कन्धा थपथपा कर उठ जाने का संकेत दिया। भाव विह्वल से बीजू ने सिर उठाया—यह क्या! एक तरफ बिरसा मुंडा, वे लपके उधर, तभी दिखे दरवाजे के पास खड़े सिद्धू, कान्हू...

"अरे, आप सब! हम धन्य हो गए।"

भाव विह्वलता में बीजू के कंठ से आवाज नहीं निकल रही है।

"आपने ही कहा था—उलगुलान का अन्त नहीं। आप जानते थे कि अन्त नहीं होगा, हमें लगातार लड़ना है, लड़ना..."

वह बिरसा मुंडा से पूछ रहा था।

"हाँ, लड़ना ही उपाय है..."

"भाई, हम यह क्या देख रहे हैं? हमने तुम्हें कैसा झारखंड सौंपा था और ये क्या हाल हो गया हमारे 'सोना लेकन दिशुम' का? हमारा देश जल रहा है...कैसे हुआ ऐसा? रोका क्यों नहीं? बताओ, बताओ..."

यह कौन बोला? वह घूमा तो बिरसा मुंडा के साथ-साथ सिद्धू, कान्हू उससे सवाल कर रहे थे...

चारों तरफ से 'बताओ, हमें बताओ भाई...' की आवाजें ही आवाजें...

'हम क्या करते?'...'हम क्या बताएँ?'...'सबने हमें धोखा दिया...' 'हमसे छल किया...'

बीजू अपनी सफाई में छल का पूरा इतिहास उघाड़ देना चाहता है। तब भी—क्या तब भी सफाई दे पाएगा?

वह इधर-उधर घूम रहा है। अपने पेट पर हाथ रखे कहे जा रहा है—"हमें माफ कर दो दिशुम देव...हम भटक गए...हमें बार-बार भटकाया गया...हम सही सपनों के लिए लड़े—पर हमें बीच राह छोड़ दिया गया—हमारे शहीदों को अब कोई याद नहीं करता...कितने बलिदान होते जाते हैं, कोई हिसाब नहीं है...हमें स्वार्थ की प्रत्यंचा पर चढ़े तीर में बदल दिया गया है...हम दूसरों की सत्ता लिप्सा के लिए इस्तेमाल किए जा रहे हैं..."

बीजू चारों दिशाओं में घूम-घूम कर रो रहा था—माफी माँग रहा था—कि तभी...

वही गेंहुअन उसके पाँवों पर अपना ठंडा लिजलिजा स्पर्श छोड़ता...वह उछला पर इस बार सावधानी से—पहले से धीरे कि कहीं वह दृश्य से बाहर न कर दिया जाए—पर उसके उछलते ही गेंहुअन कहीं और जा पड़ा और दृश्य कहीं और...

वह सपने में जोर-जोर से रोने लगा—चिल्ला-चिल्ला कर...

किसी ने उसे सिर पर हाथ फेर कर चौंका दिया। ऐसा अपनत्व भरा स्पर्श—कुछ देर के लिए गेंहुअन के स्पर्श का लिजलिजा अहसास छिटक गया और वह रोना भूल कर टुकुर-टुकुर देखने लगा।

"कौन हो भाई?"

"महेन्द्र सिंह। उठो, चलना नहीं है धरना पर?"

"महेन्द्र सिंह! हाँ, हाँ, चलिए।"

वह उठ बैठा। आदर से हाथ जुड़ गए। महेन्द्र सिंह खुद कह रहे हैं तो भला टाला कैसे जा सकता है! अब चलते हुए वह तमाम बातें कर ले जाना चाहता है जो अब तक उसे परेशान किए हुए हैं। अचानक उसने महेन्द्र सिंह को रोक कर पूछ लिया—"आपके साथ अच्छा नहीं हुआ। हमने सुना था कि आपको अपने ही लोगों ने धोखा दिया। अब आप मिल गए हैं तो सच बता दीजिए आपको महाजनों ने मारा कि लालखंडी सेना के लोगों ने?"

"उद्देश्य को तो कोई मार नहीं सकता बीजू। उद्देश्य बड़ा सत्य है। सब जगह लालच रूपी दुश्मन ने घुसपैठ कर दी है—हम ऐसी हर चीज के खिलाफ होते चले गए—हम अकेले पड़ते चले गए—मूल्यों के साथ खड़े आदमी को यह व्यवस्था अकेला कर देती है—अकेला करके मारना आसान होता है..."

वे रोने लगे। बीजू कुछ और कठोर सवाल पूछ लेना चाहता था, पर ऐसा कद्दावर आदमी अकेले पड़ कर मर जाने के षड्यंत्र पर रो रहा था कि इस देश के हालात पर जार-जार हो रहा था...बीजू की आँखें छलक आईं...उसने महेन्द्र सिंह के आँसू पोंछने के लिए हाथ बढ़ाया...

पर महेन्द्र सिंह के आँसू इतिहास के आँसू थे, इसे पोंछने के लिए दूसरा इतिहास चाहिए था...

बीजू का हाथ हवा में लटका रह गया—

महेन्द्र सिंह का चेहरा विलीन हो चुका था, उसकी जगह हजारों हजार लोग 'जिन्दाबाद', 'जिन्दाबाद' चिल्लाते पास आ रहे थे...

वे जितना पास आते, उतने ही पहचाने हुए लगते—उसे अपने कितने ही साथी, दोस्त उनके बीच नजर आने लगे—कितने ही रिश्तेदार, कितने अरिचित-परिचित...कितने गाँवों के लोग उमड़े चले आ रहे थे...लोग निकट आते जा रहे थे...पर उनके निकट आ जाने पर बीजू हैरान रह गया!!! सबके हाथ कटे हुए—वे केवल मुँह से चिल्ला रहे थे...बीजू उनसे बताना चाहता है अपनी ऐसी मुलाकातों

के बारे में...बीजू बोल रहा है पर पता नहीं क्यों लग रहा है कि मुँह की बात वहाँ तक नहीं पहुँच रही है, जहाँ वह पहुँचाना चाहता है— !!

फिर वही गेंहुअन—फिर वही भय—फिर वही खीज...

फिर वही अपने को बचाने का उपक्रम...

तभी जेल परिसर में हलचल मच गई—एक खास तरह की हलचल—

बीजू दो कदम दौड़ कर सीखचों तक चला आया—लोग तेज कदमों से आ-जा रहे थे...कोई कह रहा था कि गुरु जी इसी जेल में लाए जा रहे हैं। उन पर अपने निजी सचिव शशिनाथ झा की हत्या का आरोप है। बीजू हतप्रभ! क्या सचमुच, आज उसे गुरु जी से मिलने का, पूछने का मौका मिल पाएगा! पता नहीं कितने दिन रुकेंगे गुरु जी इस जेल में? जो भी हो, उनके आने की खबर ने ही चारों तरफ के एकरस माहौल में तरंगें पैदा कर दी हैं—सब उन्हें एक नजर देख लेना चाहते हैं...

और बीजू, वह तो सबसे आगे खड़े हो जाना चाहता है।

तभी गुरु जी बेहद थके और शान्त मुद्रा में जेल के प्रांगण में दाखिल हुए। पुलिस और लोगों से घिरे वे उसी बैरक में आ रहे हैं जहाँ बीजू है। बीजू व्यग्र हो उठा—सचमुच, गुरु जी से मिलने का मौका उसे मिलने जा रहा था! वह बेचैनी से एक दो कदम अपनी ही कोठरी में चलते हुए गुरु जी का इन्तजार करने लगा। कितने सवाल थे जो खदबदा रहे थे, जिनके जवाब गुरु जी से चाहिए थे। तमाम सवालों ने उसे गुरु जी के प्रति गुस्से से भर दिया था—वह सोचते हुए क्रोध से काँपने लगे—फिर यह भय उभरा कि कहीं ऐसा न हो कि गुरु जी सामने पड़ें तो वह अपने गुस्से को काबू में न कर पाए और उन पर हमला कर बैठे, पर नहीं, वह अपने को जब्त करेगा—वह बेचैनी से एक दो कदम चलते अपने गुस्से को जब्त करने की कोशिश करने लगा। उसे तिलका माँझी, बिरसा मुंडा के शब्द याद आए—'कैसा सौंप गए थे हम तुमको अपना जंगल, जमीन...'

वह गुरु जी को झकझोर कर पूछना चाहता है—क्यों? गुरु जी क्यों?

तभी गुरु जी उसके करीब से गुजरे। उसने जैसे तैसे गुस्से को जब्त किया—लेकिन आँखों से लाल जलता लावा नहीं हट सका—गुरु जी ने उसकी घूरती जलती आँखें देख ली थीं पर वे देर तक अपने चेले-चपाटों से घिरे रहे। उनके चेले उन्हें चमचागिरी में तरह-तरह से बेकसूर बताते रहे। उनकी गिरफ्तारी को राजनीतिक रंजिश का नाम देते रहे। गुरु जी गम्भीर बने रहे। मसीहाई चादर ओढ़े चुपचाप सुनते रहे। जब सब चले गए तब जाकर बीजू को उनके पास आने का मौका मिल पाया। वह तेजी से उन तक पहुँचा पर गुस्से और क्षोभ से कुछ बोलने की बजाय जलती नजरों से उन्हें घूरता खड़ा रहा।

"तुम हजारीबाग के हो न?"

गुरु जी ने नरम लहजे में पूछा।

"हाँ।"

"हमें पता है तुमको नक्सली बता कर यहाँ डाला गया है।"

"हाँ।"

"बहुत गुस्से में मालूम होते हो।"

"हाँ, हम बहुत गुस्से में हैं।"

"इस सिस्टम में गुस्सा लाजिमी है। हम सब गुस्से से भरे हुए हैं।"

ये क्या कह रहे हैं गुरु जी!

कुछ पल के लिए बीजू के मुँह से आवाज नहीं निकली।

"लेकिन हमारा गुस्सा आपको लेकर है।"

बीजू ने धीरे से कहा।

"गुरु जी, जो मेरे साथ किया जा रहा है, उसे छोड़िए, मेरे जैसे छः हजार से ज्यादा बेकसूर लोग नक्सली बता कर जाने कितनी जेलों में ठूँस दिए गए हैं। आप हमें हमारे झारखंड का हिसाब दीजिए।"

"हम समझे नहीं।"

"समझ हम भी नहीं पा रहे हैं।"

"क्या चीज?"

"हम परेशान हैं। इधर कई दिनों से हमारे सपने में हमारे पूर्वज आकर हमारे झारखंड, हमारे आन्दोलन का हिसाब माँग रहे हैं।"

"कौन आते हैं?"

"हमारे सभी पूर्वज, जिन्होंने झारखंड के लिए जान की बाजी लगाई—संघर्ष किया—बिरसा मुंडा, सिद्धू, कान्हू...सब...वो कहते हैं बीजू देखो, क्या हो रहा है? आन्दोलन को बार-बार चन्द और मामूली सुविधाओं के लिए बेचा जा रहा है...जनता को ठगा जा रहा है। जनता के नाम पर सत्ता पाने का खेल कल हमारे सपने में ओलम्पिक के महान खिलाड़ी जयपाल सिंह आए—हमने देखा कि वो गेंद को ड्रिबल करते हुए तेजी से आगे बढ़ते जा रहे हैं—रफ्तार और उनका कौशल ऐसा है कि कोई भी उनको रोक नहीं पाता है...फिर हमने देखा कि गेंद झारखंड में बदल गई—वो हमारे झारखंड को हॉकी की गेंद की तरह ड्रिबल करते हुए आगे बढ़ते जा रहे हैं—लेकिन वो दुश्मन के गोल पोस्ट में गोल नहीं करते—वो हमें जीत नहीं दिलाते—उन्होंने अपने स्वार्थ के गोल पोस्ट में झारखंड आन्दोलन की गेंद को झटके से डाल दिया।"

"ये तो बहुत बुरा हुआ हमारे साथ। हमें अफसोस है कि हमारे आन्दोलनकारी नेताओं ने ऐसा किया।"

"अफसोस मत कीजिए गुरु जी। आपने क्या किया? तीर-धनुष लेकर आप आए—महाजनी सभ्यता के खात्मे के लिए आन्दोलन चलाया—धनकटिया आन्दोलन

को कौन भूल सकता है—हमें लगा कि हमें हमारा नायक मिल गया—हम आपको नायक नहीं देवता मानते थे—लेकिन आप भी वही निकले...हमारे आन्दोलन को बेच दिया। क्या हम केवल बिकने के लिए बने हैं ? हमने सुना कि बिहार विधान सभा में आपकी पार्टी के लोग कुछ लाख और टाटा सूमो पर बिक गए थे, आप बताइए सच है कि नहीं ? मजाक में नारा बनाया गया—'टाटा सूमो, झामुमो...''

''वह बहुत बुरा समय था।''

''यह कह कर आप पल्ला नहीं झाड़ सकते गुरु जी। लोग कहते हैं कि आप भी तो देश हित में अटैची भर पैसा कांग्रेस से लेकर आ गए। हम सब देखते रह गए। हमको बेचने से पहले, हमारे सपनों की नीलामी करने से पहले हमसे पूछा आपने ?''

''गुस्सा थूक दो बीजू। हमने जो भी किया, झारखंड के हित में किया। यहाँ की जनता के विकास की खातिर किया।''

''झूठ बोलते हुए आपकी आत्मा घायल नहीं होती ? मीडिया, अखबार के सामने झूठ बोलते हैं—अपने लोगों में तो झूठ मत बोलिए। सच कहिए, ज़मीर नाम की कोई चीज अब भी सलामत है आपके भीतर ? जानता हूँ नहीं होगी ! अटैची भर पैसा लेने से पहले उसे मारना पड़ा होगा। मारने—काटने की ही क्रान्तिकारी छवि रही है आपकी। नहीं मालूम था कि हमारा योद्धा सत्ता के साथ जा मिलेगा—सत्ता हो जाएगा।''

''शान्त हो जाओ बीजू।''

''हम क्यों शान्त हों ? हम तो उसी समय से उबल रहे हैं, जब अपनी माँ के गर्भ में थे। माँ कहती थी कि जब हम उसके गर्भ में थे, तब वह आपको सुनने चीरूडीह गई थी। वहाँ वह घायल भी हुई थी। तब से हम उबल रहे हैं गुरु जी। पहले सिर्फ सत्ता के खिलाफ उबलते थे लेकिन नेताओं की असलियत जान लेने के बाद अब हम अपने नेताओं को लेकर भी उबल रहे हैं। अलग झारखंड राज्य बन कर क्या हुआ ? बताइए ?''

''कैसी बात करते हो बीजू ! अपना राज्य मतलब अपना शासन।''

''एक बात बताइए गुरु जी, क्या हमारे पूर्वजों ने इसलिए संघर्ष किया ताकि एक दिन सत्ता मिले ? सारा संघर्ष सत्ता के लिए था ? आप एक कुशल तीरंदाज हैं, पहले लोहे के तीर चला कर जनता का भरोसा जीत कर नायक की छवि गढ़ी, फिर स्वार्थ के धनुष पर जनता और आन्दोलन को ही तीर की तरह चढ़ा दिया ? सामने निशाने पर कोई दिकू, कोई दुश्मन नहीं, आपके अपने ही स्वार्थ का रास्ता है। हमें तीर की तरह इस्तेमाल करना बन्द करिए गुरु जी !''

गुस्से में उसके नथुने फड़क रहे हैं...

''तुम गलत समझ रहे हो। तुम हमारे छोटे भाई हो।''

"यही कह कर आप हमें बहलाते रहे हैं। ठीक है, अगर आप ऐसा मानते हैं तो मेहरबानी करके बता दीजिए कि हम अपने पूर्वजों को क्या जवाब दें? हमें आपका जवाब चाहिए। हमें समझाइए कि क्यों सत्ता के खिलाफ छोड़ा गया तीर, सत्ता के किले में जाकर चिपक जाता है और उसको ही मजबूत करने लगता है?"

"तुम बहुत जानकार हो गए हो बीजू। जाओ, सो जाओ। सुबह हम इस मुद्दे पर बात करेंगे। कोई न कोई रास्ता जरूर निकलेगा।"

"नींद ही तो नहीं आती। आप सुबह की बात करते हैं! वह आती ही कहाँ है? उसका इन्तजार भर है। सुबह का सपना बार-बार दिखाया गया है—आजादी से लेकर अब तक... न नींद आती है, न सुबह आती है...क्या करें? हम अपने पूर्वजों के सवालों की सलीब पर टँगे हुए हैं!"

गेंहुअन फिर निकल आया है। उसके पाँवों पर फिर अपना लिजलिजा और ठंडा स्पर्श छोड़ता जा रहा है...इस बार बीजू हिलना भी नहीं चाहता—एकदम जड़वत—वह गुरु जी से आज जवाब पा लेना चाहता है—पर...

काली अमावस्या की रात घिरती जा रही है...

जनता चली आ रही है—'जिन्दाबाद', 'जिन्दाबाद' के नारे सुनाई पड़ रहे हैं, पर जनता केवल मुँह से चिल्ला पा रही है—हाथ कटे—कटे हाथ इंकलाब में कैसे उठें? बीजू तड़प कर नींद के भीतर से उठता है—वह हाथ उठा कर उन्हें इंकलाब का अर्थ बता देना चाहता है—पर हाथ! हाथ कहाँ हैं? उसके अपने हाथ कटे हुए—! कैसे हाथ उठाएँ?—'आइए, हाथ उठाएँ हम भी कि हम जिन्दा हैं अभी...' उसके कानों में गूँज रहा है—पसीने के समुद्र में वह डूब रहा है—भय और साँप का लिजलिजा स्पर्श—हाथ कटी जनता पास आ रही है—जिन्दाबाद, जिन्दाबाद...हाथ... हाथ...कहाँ हैं हाथ?...इंकलाब...कहाँ है इंकलाब?

अमावस्या की काली रात गाढ़ी होती जा रही है...

बीजू नींद में बड़बड़ा रहा है—उलगुलान का अन्त नहीं...गुरु जी हमें जवाब चाहिए...नारे लगाने के लिए, इंकलाब लाने के लिए हाथ चाहिए...

आइए, हाथ उठाएँ कि हम...

संवासिनियों का गीत

"ढर ढर ढरकत बा लोर मोर हो बाबू जी...
गिरिजा कुमार, कर...अ...दुखवा हमार पार...
सउदा बेसाहे में ठगइला...अ...हो बाबू जी...
केइ अइसन जादू कइल...
पागल तोहार मति भइल
नेटी काटि के बेटी भसिअवल...ह...हो बाबू जी...
रोपेया गिनाइ लिहल...अ...पगहा धराइ दिहला...अ...
चेरिया के छेरिया बनवल...अ...हो बाबू जी..."

गूँजती हुई स्वर लहरियाँ 'नारी निकेतन' के सारे वातावरण में व्याप गईं। बुझे रंग में पुती किसी पुरानी परछाईं सी दीवारें स्पन्दित हो उठीं...

हल्की-हल्की सिसकी की धुन...
हाहाकार का संगीत...
लहराता...चीरता...
तिहाड़ जेल के लौह द्वार से टकरा कर लौटता...
'निर्मल छाया' की तपती-जलती धूप में तैरता...

किसी ने पीछे से स्वर मिलाया—

"कवना करनियाँ में चुकलीं हो बाबू जी...
वर खोजे चलि गइल...अ...
माल लेके घर में धइल...अ...
अइसन देखवल...अ...दुख...
सपना भइल सुख...हो बाबू जी...
सोनवा में डलल...अ...सोहगवा हो बाबू जी..."

कन्धे पर आकर किसी ने हाथ रखा तो गाने वाली के रुंधे कंठ से हिचकी फूट पड़ी।

किसने मिलाया था स्वर में स्वर!
वह अकेला नहीं रह गया।
कई स्वरों का साथ उसमें जुड़ता चला गया था।
समवेत नाद...हाहाकार का समवेत गीत...

"ढर ढर ढरकत बा लोर मोर हो बाबू जी...
रोअत बानि सिर धुनि...
इहे...अ...छ्छनल सुनि...
बेटी मत बेचे दिह...अ...केहू के हो बाबू जी...
ढर ढर ढरकत बा लोर मोर हो बाबू जी..."

"बिहार?"

"न, झारखंड।"

रुंधे स्वर ने रुक कर देखा।

पहला स्वर मिलाने वाली कुछ दूर खड़ी थी। लँगड़ाते हुए वह नजदीक चली आई और अचानक ही उसे गले लगा लिया।

"रुला दिया रे।"

वह धक् से रह गई। पल भर को दुनिया की सारी घड़ियां रुक गईं!

सन्न!

सन्नाटा!

"पलाश!"

"इनारा!"

"सपने में भी नहीं सोचा था कि कभी तुम हमको मिल जाओगी बहिना।"

नदी का जल सारे तटबंध तोड़ कर बह निकला।

तमाम औरतें उनके इस रुदन में रो उठीं।

यहाँ बिछड़े नहीं मिलते।

यह अप्रत्याशित का वास्तव कैसे!

नन्ही गुड़िया सी दिखने वाली नेपाल की लड़की पिंकी गुमसुम खड़ी थी। उसके भीतर का रुदन बेआवाज और इतना निरीह था कि जड़ सी वह न जाने कहाँ देखती रहती थी। हाथ बढ़ा कर उसे अपने पास खींच लिया इनारा ने।

"ये बेचारी अकेली पड़ जाती है। पुरानी सब इसे जब देखो हड़काती रहती हैं। इतना क्या डरती है पिंकी, इधर आ!"

इनारा ने उसे अपनों में शामिल कर लिया।

'नारी निकेतन' के भीतरी परिसर में बहुत कम ही मौके आते कि वे एक दूसरे से कुछ सुख दुख की बात कर लें। अलग अलग प्रकोष्ठ के अलग अलग द्वन्द्व फन्द। जब से इनारा यहाँ आई, आज पहली बार इस तरफ एक आवाज से खिंच कर, अपने लँगड़ाते कदमों से वहाँ पहुँच गई, जहाँ आँगन की सीढ़ियों पर बैठ कर एक कोई गा रही थी...

गा ही रही थी!

आवाज का दर्द इतना पहचाना हुआ था कि इनारा की तरह ही कितनी लड़कियाँ उस दर्द के निकट सिमट आईं।

"तुम इधर कैसे चली आई पलाश? कौन दुर्भाग्य खींच कर तुम्हें भी यहाँ पटक गया। हम यही सोचते रहे कि तुम सब गाँव में जैसे भी हो, बहुत ठीक हो। गाँव अपना गाँव है, अपनी जगह है। हमारी तरह नरक में तो नहीं बिलबिला रहे। आज तुम्हें यहाँ देख कलेजा फटा जाता है।"

पलाश इस अचानक की, इतने लम्बे वर्षों बाद की भेंट से अचंभित खुशी से भरी थी लेकिन यह खुशी उल्लास से भर सकने की क्षमता नहीं रखती थी।

यह खुशी विषाद को चीर कर अनावृत्त कर देने वाली थी—नग्न—पूरा नग्न—पलाश! हाँ, पलाश, अपनी इस सखी के गले लग कर मर जाना चाहती थी!

"अब नहीं जीया जाता।"

कोई बुदबुदाया।

"अब जीने को कुछ नहीं बचा इनारा। जीने की सब जगहें हमसे छीन ली गई हैं। गाँव, घर, परिवार...पूरी दुनिया...हमारा देस नहीं रह गया...छीन लिया गया सब हमसे...हमारी देह तक हमारी नहीं रही..."

"हमारा अपना कुछ नहीं, न जंगल, न जिस्म..."

"कभी हम जिस्म होते हैं, कभी भूख..."

वर्षों की जमी शिला बह निकली।

दो सहेलियाँ, इतने वर्षों बाद अचानक यहाँ मिल जाएँगी, इसकी कल्पना तक नहीं की जा सकती थी!

"इनारा, हमारा हाल जिबह किए जा रहे बकरे जैसा है, जिसकी गर्दन धीरे-धीरे रेती जाती है, जो अपने ही खून में नहाया पड़ा होता है और मौत के बाद भी जिसकी धड़कन चल रही होती है। हम कहाँ फेंक दिए गए बहिन अपनी जमीन से उखाड़ पखाड़ कर?"

इनारा अपने लँगड़े पैर के कारण कुछ कठिनाई से उसकी बगल में बैठ पाई थी। फिर उसने पलाश का सिर अपनी गोद में रख लिया। धीरे-धीरे उसका माथा, उसके गाल, उसके बाल सहलाने लगी।

'ढर ढर ढरकत बा लोर मोर हो बाबू जी...'

कई और लड़कियाँ जो आस पास इकट्ठा हो गई थीं, मिलन के इस दृश्य को देखकर सिहर उठीं—उनका भी कोई जीवन था—उनकी स्मृति में धँसा—जो इतनी, इतनी तहों में दब चुका था, कहाँ से कौंध उठा!

एक जीवन!

जीवन जिसे वे भूल चुकी थीं!

उन्हें इस संवासिनी गृह में इकट्ठा खड़े होने और बतियाने की इजाजत नहीं थी। तुरन्त कोई न कोई चिल्लाने आ जाता। चपरासी का काम करने वाली औरत तक, जो दरवाजे पर पहरेदारी करने के लिए तैनात रहती, उन पर हुकूमत चला लिया करती। वार्डन की सीटी बज जाती। उन्हें हमेशा तितर-बितर रहना है। लेकिन इधर-उधर काम करते, वे कभी किसी मामूली सी बात पर झगड़े के बहाने, कभी नाराजगी और गुस्से से टकराते हुए कुछ न कुछ बतिया ही लेतीं। कुछ वहाँ पुरानी हो चली थीं मगर कुछ एकदम नई थीं।

वहाँ तीन तरह के प्रकोष्ठ थे, जिसमें अलग-अलग तरह के कामों में पकड़ी गई लड़कियाँ थीं। कम दिनों के लिए रहने वाली लड़कियाँ अलग थीं तो अपराधी औरतें बगल के तिहाड़ जेल में रखी जातीं। यहाँ ज्यादातर ऐसी थीं, जिनका मामला या तो कोर्ट कचहरी में लम्बित पड़ा था या रेडलाइट एरिया से पकड़ी गई थीं। लेकिन सभी हालात की सताई औरतें थीं। यहाँ तमाम तरह के किस्से भी थे और तमाम तरह की बाहर से अदृश्य लगने वाली दारुण यंत्रणाएँ भी।

"इनारा, हमारी सखी रानी। हम तो बार-बार बिके। निकले थे नौकरी करने। आँखों में नौकरी करने का सपना आंजे। सोचते थे कमाएँगे तो बाबा की मदद कर देंगे। भाई को पढ़ाने राँची भेज देंगे। छोटी बहिन को पढ़ाएँगे फिर धूमधाम से उसकी शादी करेंगे। तुम्हें क्या बताएँ हमारे साथ तो पूरी टोली निकली थी लड़कियों की। पन्द्रह सोलह लड़कियाँ चलीं हम वहाँ से। सब नौकरी पा जाने की खुशी में डूबी थीं। गनेशी को जानती हो न, गनेशी तो अपना गोद का बच्चा लिए चल पड़ी थी। पता नहीं सब कहाँ खो गए! हमें देह के नरक में धकेल दिया गया। ऐजेंसी वालों से लेकर हर कोई, जो भी राह में भेंटाया, सबको देह दिखी—सबका एक ही ध्येय रहा—देह से आजिज आ गए हैं हम इनारा। इसे फूंक दें कि डुबा दें। कोई उपाय करें कि देह न रहे रे..."

विलाप—विलाप—विलाप—

शब्द की कोई जगह है तो भूकम्प आ जाए...

शब्द की कोई सत्ता है तो हिल जाए...

शब्द का कोई अर्थ है तो इसी क्षण जलजला ला दे...

पलाश अपनी आपबीती कहती जाती और इनारा की आँखों से झरना बहता जाता।

पास बैठी लड़कियों की कहानियाँ भी कम भयानक नहीं थीं।

कहाँ कहाँ से आई थीं ये लड़कियाँ?

कहाँ से माने?

भूख का कोई अलग देश नहीं!

भूख के देश से आई लड़कियाँ!!!

जिन-जिन क्षेत्रों में भूख थी, वहाँ-वहाँ से आई थीं ये लड़कियाँ। उड़ीसा, नेपाल, छत्तीसगढ़, बांग्लादेश...झारखंड की लड़कियाँ ज्यादा थीं। भाषा, बोली, रहन सहन अलग-अलग रहा होगा कभी इनका...अब कुछ अलग नहीं था—अब सब देह थीं—देह से अलग कुछ देखा जाता तब किसी सांस्कृतिक भिन्नता की बात होती?

यह एक देश था!

भूख के देश से आई लड़कियों का देह-देश!

"हम भी नौकरी करने निकले थे दीदी। चार साल पहले। तब से सिर्फ हाट में खड़े हैं। छः महीने से यहाँ रखा गया है। कौन यहाँ रहना सजा से कम है! मेरठ के कबाड़ी बाजार में रहे पिछले साल भर, तब कहीं कुछ नहीं। लेकिन जब वहाँ से निकलने का एक मौका हाथ लगा तो जिस रिक्शा पर बैठ कर भागे, उसी रिक्शेवाले ने बता दिया। पता चला कि वहीं बाहर दुकान लगाने वाला दुकानदार, जो कैसी मीठी बातें किया करता था, मेरे पीछे चला आ रहा था...पकड़कर वापस लाए गए। पिटाई हुई अलग।

तभी पता चला कि जो लड़कियाँ यहाँ से भागने की कोशिश करेंगी, उनके ऊपर तेजाब डाल दिया जाएगा। दिखाया गया हमें बाहर भीख माँगने वाली औरतों को, वे पहले वहीं थीं...ऐसी भी औरतें थीं कि जिन पर तेजाब डाल दिया गया था...फिर वे कहीं की नहीं रहतीं...जिन्दा लाश तो यहाँ भी थीं मगर खाने को मिल जाता था...तेजाब डाली गई औरतें तो बेछत थीं...जाड़ा, गर्मी, बरसात में सड़ने को मजबूर...कहाँ जाते दीदी? ये तो 'रेड' डाल कर हमें यहाँ ला पटका...।"

इनारा ने उसका हाथ पकड़ लिया। उसकी सिसकियों को अपनी बाँहों में भर लेने की कोशिश करने लगी।

"किसी से कह भी नहीं सकते दीदी..."

पिंकी रोती जा रही थी।

पिंकी, जो नेपाल से लाई गई थी, इतनी छोटी और कोमल दिखती थी मानो मक्खन की बनी हो, उस मक्खन देह पर कितने ही नीले, लाल जख्मों के निशान

सजे थे, भीतर से इतनी त्रस्त, इतनी पीड़ा से भरी थी कि इनारा का जरा सा स्पर्श पाकर फूट पड़ी थी।

"बहिन, हमारे लिए यह देश मंडी है। हम जहाँ जाएँगे, वहीं कोई हमें बेचने को खड़ा मिलेगा...हाथ में तेजाब लिए हमें डराता, धमकाता...

कोई है, जो हमारी लड़ाई भी लड़ ले? कहाँ हैं वे लोग, जो इस देश को बिकने से बचा लें?...

कहाँ हैं वे लोग, जो औरतों के हक की आवाज उठाते हैं? आन्दोलन और नारे कहाँ हैं?

किसी दल, किसी संगठन, किसी पार्टी की राजनैतिक घोषणाओं में हमारा मुद्दा कहीं नहीं..."

"इनारा, बहिन, ऐसे लोग संकट में घिरे होते हैं। वे इतने कम हैं कि बाकी लोग उन्हें खतरे के निशान के ऊपर नहीं उठने देते। तुम्हें क्या बताऊँ ऐसी ही एक मैडम हमें मिली थीं। उन्हीं के कारण लगा था कि कुछ न कुछ बदलेगा। उन्हीं के कारण हम यहाँ पहुँचे।"

"उनके कारण? फिर उन्हें भला कहती हो?"

"हाँ बहिन, हमारी बात को समझो। वो तो एक भली औरत थीं, संध्या मैडम। वो हमारी मदद करना चाहती थीं। हमें पाँचवीं बार एक बूढ़े आदमी ने अपना घर बसाने के इरादे से खरीदा था...रोज दारू पीकर मारे पीटे...कहे कि जल्दी बच्चा दो...हमारा बच्चा इतनी बार गिराया गया कि सब हमारी देह से निकस गया...बच्चा कहाँ से आता?

जब बच्चा आता है तो उसे गिरा देते हैं, जब नहीं आता तो माँगते हैं!

अजब है इस देश का व्यौपार!...

संध्या मैडम ने हमारा इलाज कराना चाहा। हमें घर भिजवाना चाहा। हमारी तरफ से कोरट में अपील की। बाकायदा लड़ाई की...मुकदमा चला...किस मुश्किल से हमें छिपा कर कोरट तक पहुँचाती, हमीं जानते हैं। संध्या मैडम जीतने लगीं। लोग पकड़े जाने लगे। मैडम रोज बतातीं कि कैसे हम न्याय पाकर रहेंगे। पता चला कि बेचने वालों के गिरोह के गिरोह पूरी दुनिया में फैले हैं—कहाँ बचे औरत! कहाँ बचे देश!...

आदेश मिला कि जब तक हमारा मुकदमा पूरा नहीं होता, हमें, हमारे घर नहीं भेजा जा सकता। हमारे माँ बाप को खबर भेजने की बहुत कोशिश किया संध्या मैडम ने। मगर वहाँ कोई होगा तो खबर पहुँचेगी? सब बिखर चुका बहिन...पता नहीं घर वाले कहाँ भटक रहे होंगे?...सब टूट गया...छूट गया हमारे ही हाथ से हमारा ही देस...हमको यहाँ लाकर डाल दिया गया। उसी समय पता चला था कि संध्या मैडम और उनकी बहिन पद्मजा मैडम पर जानलेवा हमला हुआ है। पता नहीं मैडम का क्या हुआ? घायल बहुत थीं। उसके बाद कभी हम जान नहीं पाए।

तब से कितने ही साल बीत गए। यहीं पड़े हैं—कभी इस 'नारी निकेतन' में, कभी वहाँ 'संवासिनी गृह' में...मगर सब जगह भीतर ही भीतर गोरखधंधा है...कहीं शिफ्ट कर दो हमें...देह पीछा नहीं छोड़ती..."

जाने कितने झरने, कुएँ, पोखर, बावड़ी का जल था कि कम, कम पड़ जाता था। इतना-इतना जल लिए फिरते थे यहाँ लोग!!!

"बहिन, सब सपने चूर हो गए। आँखें पथरा गईं। घर जाने का कोई उपाय नहीं बचा। घर ही न बचा। और आज देखो उस ऊपर वाले का करिश्मा कि तुम यहाँ, इस जगह भेंटा गईं..."

दो लड़कियाँ सूनी आँखों से उनकी कहानी सुन रही थीं। सुबह ही कपड़े धोने को लेकर उनमें खूब झगड़ा हो चुका था। दोनों 'नारी निकेतन' के भीतर रहने वाले कर्मचारियों के यहाँ चौका-बरतन करने जाती थीं। यह जाना छिपा हुआ जाना था। यानी यह भीतरी सामंजस्य था, जो बाहर के लिए अदृश्य था। इन्हीं में से लड़कियाँ चुन कर किन्हीं अन्य कामों के लिए भी भेज दी जातीं। यह भी अदृश्य होता। एक ही कमरे में बहुत पुराने गन्दे गद्दे बिछे होते—कभी पहले की आई कुछ चारपाइयाँ भी थीं, मगर वे इतनी कम थीं कि सबको नहीं मिल सकती थीं। तो जमीन पर बिछे गद्दों पर वे इस तरह लेटतीं कि एक दूसरे के पैरों से पैर टकरा जाते—तलुए और पैर की अँगुलियाँ छू जातीं तो इतने पर ही झगड़ा हो जाता, गाली गलौज शुरू हो जाती। या बड़बड़ाहट या खीज उतरने लगती।

"कौन जानता था कि यहाँ इतनी लड़कियाँ हो जाएँगी?"

वार्डेन या सुपरिंटेंडेंट किसी भी शिकायत के जबाव में कहतीं।

तो दोनों लड़कियाँ सूनी आँखों से निहार रही थीं—संवेदना से चुक चुकी आँखें!

जिनमें अब कहीं का कोई जल शेष नहीं रह गया था!

"दीदी, हमारा तो बच्चा नहीं दिया। इसी से कहीं जा नहीं सकते। पैर बाँध दिया हमारा। पता नहीं देंगे भी कि नहीं?"

"अरे! तुमको बोलना चाहिए था बहिन। वे क्या जाने बच्चे का मोल? वे तो बच्चे को मंडी के लिए तैयार कर रहे होंगे या बेच चुके होंगे। हमें बचपन में स्कूल में बहिन जी ने बताया था कि बच्चे देश का भविष्य हैं। कौन से बच्चे? यह नहीं बताया? बच्चे अगर मंडी में पहुँचाए जा रहे हैं तो कौन सा भविष्य हैं ये बहिन? तुम्हारा बच्चा कहाँ है? कुछ पता चला था?"

इनारा के चेहरे पर उम्र की छाया तैर रही थी पर अभी भी हिम्मत और गुस्सा कम नहीं हुआ था। काल की सारी पटखनी ने उसे मुरझा जरूर दिया था और एक मुरझाया भाव उसके चेहरे पर स्थायी रूप से चिपक भी गया था, जो कैसी भी रात आए, कैसा भी सूरज उगे, छूटता नहीं था।

मानो पराजित भाव कोई अब भी आग सुलगा ले जाना चाहता है!

''नहीं बोल सकते दीदी। मेरठ के कबाड़ी बाजार में, सबके बच्चे दिल्ली से सटे 'लोनी' में रखे जाते हैं। हमसे बहुत दूर। जैसे ही कोई नई लड़की लाई जाती है, सबसे पहले, पहले ही साल में, उससे जल्दी से जल्दी बच्चा कराया जाता है। फिर उसका बच्चा हटा कर 'लोनी' भेज दिया जाता है। वहाँ दलाल उसे देखते हैं। कभी-कभी हमसे मिलाने लाया जाता है, जिससे हमारा मोह बना रहे। बच्चा तड़पता है, माँ को छोड़ कर जाना नहीं चाहता, माँ तड़प कर रह जाती है मगर उससे खींच कर फिर उन्हें 'लोनी' लेते जाते हैं।

हमारी बहुत छोटी सी प्यारी परी जैसी बेटी है बहन। तीन साल की है। हम उसके बिना नहीं आना चाहते थे। मेरठ के 'संकल्प' संस्था की अतुल मैडम जी अपने दल के साथ आई थीं। उनके दल की एक लड़की ने हमारा हाथ पकड़कर सहलाया। हम काँप गए। पहली बार ऐसी छुअन महसूस हुई, जैसे हमारे घर के किसी ने छुआ हो—ऐसा आत्मीय, ऐसा विश्वास से भरा। हमारी आँखें भर आईं। हमने उसका हाथ पकड़ लिया। उसने हमारे हाथ में एक पर्ची खोंस दी। बाद में देखा तो उस पर एक फोन नम्बर लिखा था।

हमने मौका देखकर, दिन में बाहर की दुकान से फोन लगा दिया। मन में जाने कैसी खलबली उठ रही थी। संजो मैडम ने फोन उठाया, सारी बातें पूछीं। वे लोग अगले ही दिन आए और बहुत सी लड़कियों के बीच से मुझे पहचान कर, छुड़ा कर ले गए। और भी कई लड़कियों को उन लोगों ने निकाला। लेकिन गेट तक आते-आते हम रुक गए। मेरा बच्चा तो कहीं दिख नहीं रहा था! हम रोने-चिल्लाने लगे कि हमारी बेटी लाओ, तभी जाएँगे।''

''तुम निकलना चाहती हो इस नरक से कि नहीं?''

अतुल मैडम पूछतीं।

मैं 'हाँ' में सिर हिलाती मगर अपनी बेटी के बिना नहीं निकल सकती थी। पता नहीं मेरी फूल सी बच्ची के साथ ये लोग क्या करें? अतुल मैडम ने मेरा हाथ पकड़ा—''तेरी बच्ची भी निकाल लेंगे। पहले तू अपने को बचा, तभी बच्ची को बचा पाएगी। चल जल्दी। हम 'लोनी' से तेरी बच्ची जरूर लाएँगे।''

बात ठीक थी। अन्दर रह कर तो हम अपनी बच्ची कभी नहीं पा सकते थे। हम उनके साथ चले आए। जिनके घर वाले मिल गए, वे लड़कियाँ घर चली गईं। कुछ के माँ बाप को खबर पहुँची पर वे लेने नहीं आए, क्योंकि वे चकले से निकली लड़की को घर में नहीं रख सकते थे। पर हम कहाँ जाते? हमारे घरवालों का तो कुछ पता ही नहीं चला। कभी इस नगर मजदूरी, कभी उस नगर, कैसे उन तक खबर पहुँचे? हमारे जैसी घरों से छीन ली गई लड़कियाँ कहाँ जाएँ?''

पिंकी फूट-फूट कर रोने लगी।

''रो मत नेपालिन।''

सूनी आँखों वाली लड़कियाँ हिलीं और उसके कुछ निकट आ गईं। वे दोनों शायद उड़ीसा की थीं, बहुत मुश्किल से हिन्दी बोलती थीं। मगर दु:ख की कोई अलग भाषा नहीं थी।

इनारा ने पिंकी को अपने कन्धे से सटा लिया।

''हम सब मंडी में खड़े हैं। इधर भी, उधर भी। हमारे लिए न कोई जगह है, न कोई देस। न कोई कानून, न कोई व्यवस्था...हम सिर्फ अय्याशी का सामान हैं बहिन। खटते हैं और रौंदे जाते हैं...

हमीं हैं ये देस, हमीं हैं ये धरती...

हमीं हैं रौंदी जाती, रगेदी जाती प्रजाति...''

''ऐ पलाश, जा तेरे माँ बाप आए हैं। वो देख, वार्डेन का बुलावा आ गया।''

अचानक सूनी आँखों से कहीं देखते रहने वाली दोनों लड़कियों में से एक ने कर्कश आवाज में कहा। उसकी आवाज तक से सारा जल सूख चुका था। केवल आवाज बची थी। जो आवाज मानी नहीं जाती थी। जो अपनी नमी खो कर सिर्फ और सिर्फ कर्कश सी गूँजती थी।

''वो हमारे माँ बाप नहीं हैं। सब जानते हैं। बार-बार बुलाने आ रहे हैं। पता नहीं कौन लोग हैं? रोज कहते हैं कि पहचानो और निकलो हजारीबाग के लिए। लेकिन बहिन, इस बात ने हमें इतना ठगा है कि हम अब मान ही नहीं सकते। जो हमारा माँ बाप है ही नहीं, उसे कैसे मान लें? तुम तो अब आई हो, तुम्हें नहीं मालूम, यहाँ कैसे कैसे दबाव बनाते हैं, परेशान करते हैं कि हम मान लें किसी को भी अपना माँ-बाप और यहाँ से निकल भागें!''

''ऐ इनारा, तू नई आई है न। इसीलिए बड़ी-बड़ी बातें तेरे मुँह से फूटती रहती हैं। दिल्ली के जी टी बी नगर इलाके से आई है न। तुझे खूब पता होगा। यहाँ रोज ही ये कोठे वाले दलाल किसी न किसी के माँ-बाप बन कर आते हैं। असली माँ-बाप कहाँ आ सकते हैं? इतने कागज बनवाने पड़ते हैं कि असली माँ-बाप के छक्के छूट जाएँ। बेचारे, हमारे असली माँ बाप, इतने अमीर तो नहीं हैं कि गाँव से आकर महीनों दिल्ली में रुक कर कागज बनवाते फिरें? न इतने सोरस वाले हैं कि उनकी अर्जी झट सुन ली जाए। हमें खोजते आते भी होंगे तो थक-हार कर लौट जाते होंगे। और ये लोग, सारे कागज जाने कैसे बनवा कर रखते हैं! हमारा पहचान पत्र इनके पास होता है! पुलिस वाले भी इनका साथ देते हैं।

जो तुम कानून व्यवस्था कह रही हो न, जान लो सबका पैसा बँधा है यहाँ से। और कागज कागज मामूली नहीं हैं—लड़की का पहचान पत्र, माँ बाप होने का कोरट का, वो क्या नाम है—एफिट-एफिडेफिट कि एफिडेविट...और वो...गुमशुदा होने की पुलिस रिपोरट और भी जाने क्या-क्या...अल्लम-बल्लम कागज...कहाँ से

पाएँगे असली माँ-बाप ये सब? यही दलाल बनवाते हैं और माँ-बाप बन कर निकाल ले जाते हैं लड़कियाँ...

मैं भी एक बार ऐसे ही जा चुकी हूँ...क्या करूँ? कब तक सड़ूँ यहाँ? यहाँ रोटी के लाले हैं, कपड़े नहीं मिलते...वहाँ कम से कम खाना तो है...कपड़ा मिल जाता है...यहाँ तो मासिक धर्म के लिए मिला एक कपड़ा धो-धो कर इस्तेमाल करते-करते घाव हो जाता है...छाले पड़ जाते हैं, तमाम बीमारियाँ हो जाती हैं, लेकिन दूसरा नहीं मिलता...कोई आ जाता तो मैं चली जाती...

मगर जानती हूँ अब उम्र हो रही है न मेरी...इसलिए अब जल्दी लेने आना नहीं चाहते—चमड़ी का दाम अब पहले जैसा कहाँ रहेगा...''

सूनी आँखों वाली दूसरी लड़की ने बिना किसी भाव के शून्य में देखते हुए वह कह दिया, जिसे सुन कर, कहीं कोई ईश्वर है तो उसके कान फट क्यों न गए?

''बहिन।''

इनारा ने उसका हाथ सहलाया।

''हम यहाँ अभी आए हैं मगर न जाने कितने जन्मों से तुम्हीं लोगों के बीच भटक रहे हैं, कितने चकलों की खाक छान कर...''

इनारा से आगे बोला न गया।

सूनी आँखों वाली लड़की ने कोई प्रतिक्रिया नहीं दी। जीवन उससे इतना दूर जा चुका था, जिसका कोई अहसास नहीं प्रकट होता था!

''समझती हूँ बहिन। हम सब दुखियारिन हैं। हम तो जाने कितने सालों से भटक रहे हैं। कहीं ठौर नहीं! कभी-कभी ख्याल में आता है कि हमारे बाबा, हमारा भाई बीजू क्या कभी आ पाएगा ऐसे? कहाँ से बनवायेंगे इतना कागज? सही कह रही हो बहिन। मगर सोचती हूँ कि एक तरफ कुआँ और दूसरी तरफ खाई हो तब भी जिल्लत की जिन्दगी में रुके रहने से अच्छा है इधर-उधर रास्ता खोजना—भागो या मरो। या भाग कर मरो या सड़-सड़ कर मरो...''

इनारा ने जैसे-तैसे अपने को सँभालते हुए कहा।

सूनी आँखों वाली लड़की के हाथ में हल्की सी जुम्बिश हुई लेकिन वह इतना जड़ हो चुकी थी कि अपनी जगह से हिल भी न सकी। इनारा ने फिर से उसके हाथ को सहलाया। फिर पलाश के सिर पर धीरे-धीरे हाथ फेरते हुए अपने जीवन को खोला—

''हमको चलने में थोड़ी तकलीफ होती है बहिन। लोग लँगड़ी बुलाते हैं तो बुरा नहीं लगता। घर से भागने की सजा मिली थी। पिटाई—हाड़ तोड़ पिटाई। ऐसी कि अब तक रग-रग दुखती है।''

''घर?''

पलाश चौंकी।

"तुम तो शादी करके चली गई थीं इनारा, हमें यही बताया गया!"

"हाँ शादी। हाँ घर। 'घर' सोचकर ही घिन आती है। तुम्हें याद होगा कि नहीं? गोपाल कुंडू काका हमें हजारीबाग पढ़ाने के लिए ले आए थे। सोचा था छठी कक्षा में यहाँ दाखिला मिल जाएगा। मगर वहाँ तो दलालों की आँख लगी हुई थी। स्कूल तो जा नहीं पाए। मगर आनन-फानन एक अमीर घर वालों ने हमको 'बहू' के रूप में खरीद लिया। हरियाणा में जींद के थे। शादी हुई। लगा कि 'घर' मिला। लेकिन नहीं। 'मोल की बहू', 'मोलकी' सुनते-सुनते कान दुखते थे। जानवरों से भी बदतर जिन्दगी थी। हम वहाँ से भागे पलाश। उस 'घर' से भागे मगर पकड़े गए।

वहाँ कहने को ससुराल थी मगर सूरज की पहली किरन उगते ही काम में जुत जाना होता। यह मत समझना कि हम काम से भागे। न, बहिन, मेहनत करने में हम पीछे रहने वाले नहीं थे, तुम तो जानती हो। मगर वहाँ...अलस्सुबह से गाय-गोरू से लेकर रोटी थापने तक के काम में खटना होता और रात होते ही पाँच गिलास दूध ले कर, एक एक के पास दूध का गिलास पहुँचाना होता। समझ रही है न? पाँचों हमें जानवर भी न समझें। जानवर पर आदमी जरा दया कर जाए मगर औरत पर नहीं। तो ऐसी चीत्कार निकलती हमारी कि घर हिल जाए लेकिन पाँचों मरदों के कान पर सौ पर्दे पड़े रहते।

एक दिन मौका देखकर निकल भागी। सड़क चलते जिस आदमी से बस अड्डे का पता पूछा, उसी ने खबर कर दिया। पकड़ी गई। फिर तो इतनी कुटाई हुई कि लँगड़ी हो गई। फिर हर दो तीन महीने पर गर्भ गिर जाता...अपने हाथ से हटाना पड़ता...एक रोज कमजोरी और बुखार में पड़ी काम करते-करते गिर गई—बेहोश हो गई—घर में कोई न था—वहीं नौकर का लड़का रघु काम से आया था, उसने पानी छिड़का, तलुए सहलाए तो जरा होश आया, मगर उसको पानी छिड़कते, तलुए सहलाते हमारे ससुर और मौसी सास ने देख लिया फिर...सोचो कि फिर क्या शामत आई हमारी—मार डालने की योजना बनने लगी, वो तो कहो कि हमने एक दिन रात में सब योजना सुन ली—अब बचा नहीं जा सकता था—मन ही मन अपने को मरने के लिए तैयार करती पर बहिन ये जीवन! मरने भी न दे—हम मरना नहीं चाहते थे—

हम जीना चाहते थे—जीना!

जीवन की धड़कन महसूस करना चाहते थे—जीवन!

लेकिन हमारे हिस्से में जीना था ही कहाँ?..."

"तब कैसे बचा पाईं तुम अपने को?"

"क्या करते? नरक में जीते-जीते फिर भागे... इधर गाँव घर का कुछ पता नहीं। सोचते थे भाग कर किसी तरह हजारीबाग तक पहुँच जाते तो वहाँ से कैसे न कैसे गाँव तक चले ही जाते मगर...पकड़े गए। तभी जो पिटाई हुई कि जनमभर के लिए लँगड़े हो गए। हम भागे। लेकिन कहाँ भागते? हम एक जंगल से दूसरे

जंगल की तरफ भागते हैं। हर बार पहले से ज्यादा खतरनाक जंगल की तरफ...हम एक दूसरे जंगल में चले आए बहिन। इस बार फिर भागे कि मौत सामने खड़ी थी। एक मौत से बच कर दूसरे मौत के मुँह में गिर गए।''

''लेकिन मौत क्यों?''

''सुनो तो, जिस दिन नौकर के लड़के ने बेहोशी की हालत में हमारे सिर पर पानी छिड़का, पैर का तलुआ भिगाया, सहलाया, और मालिक ने देख लिया, फिर होने लगी हमारी मौत की तैयारी...हमने सुन लिया...लड़का हम पैदा नहीं कर पा रहे थे—लगातार मादा भ्रूण मारते जा रहे थे, इसलिए हम उनके किसी काम के रह भी नहीं गए थे। अब तो बस, इज्जत के लिए हमें मार कर छुट्टी पानी थी...''

तभी शोर मच गया। कोई मोटी सी औरत थुल-थुल कदमों से चलती हुई इधर आ रही थीं शायद वह यहाँ की इंचार्ज थी। दूर से ही हाथ से सबको अपनी-अपनी जगह जाने का इशारा करती आ रही थी—'चलो, चलो यहाँ से। गोल बाँधे खड़ी हो तुम सब। हटो, हटो यहाँ से।'

लड़कियाँ तितर-बितर होने लगीं।

दुख में जो जरा एक दूसरे से कह भर लेने की तसल्ली का मौसम आया था, वह छितरा गया।

''क्यों? क्यों? कैसे?''

जैसे प्रश्न आँखों में यहाँ नहीं खिलते थे।

इनारा, पलाश एक दूसरे से दूर नहीं होना चाहती थीं। वे एकाध कदम इधर-उधर होकर एक दीवार की तरफ, जरा आड़ करती हुई खड़ी रह गईं। पिंकी भी ज्यादा दूर नहीं गई। यहाँ तक कि सूनी आँखों वाली दोनों लड़कियाँ भी इधर-उधर घूम कर वापस आ गईं।

''इस रात के अँधेरे में कभी कोई दौरा करने नहीं आया?''

वार्डेन इधर-उधर दौड़ रही थीं।

''कोई तो आया है! अभी शान्ति छा जाएगी। देर तक कौन रुकता है यहाँ?''

''खानापूर्ति का दौरा होगा और क्या।''

सूनी आँखों वाली लड़की ने तटस्थता से टिप्पणी की।

इसके बाद लड़कियाँ खाने के लिए अपनी-अपनी रोटियाँ सेंकने दौड़ गईं।

''एक बड़े से तवे पर एक साथ बीस-तीस रोटियाँ उतारी जातीं। कई तरफ से खड़े होकर लड़कियाँ अपनी-अपनी रोटी उतार लेतीं—मोटी-मोटी दो रोटियाँ—पानी जैसी दाल...सब्जी के नाम पर सड़ी-गली पानी वाली सब्जी। लड़कियाँ खुद बनातीं। बेमन से बनातीं। बेमन से झाड़ू बुहारू करतीं। कपड़े मैले हो जाते तो दूसरे कपड़े नहीं मिलते। जिस दिन कोई आता, उस दिन साफ-सुथरा दिखने के निर्देश जारी किए जाते। पानी की सप्लाई कभी होती, कभी नहीं। लैट्रिन कभी भी ज्यादा

दिन तक सही नहीं रहती। उसे बनवाना, कम्पलेंट डालना कितना मुश्किल होता...कौन सुनता हमारी बात?''

पिंकी ने मेरठ का अपना अनुभव बताया।

सबके अनुभव में लगभग ऐसी ही चीजें थीं।

''कीड़े मकौड़ों से बदतर।''

''जैसे लोहे की जाली वाले सलाखों के रिक्शों में भर कर मुर्गियाँ ले जाई जाती हैं, जिन्हें इस तरह ठूँस-ठूँस कर भरा जाता है कि अपने पंख भी फड़फड़ा सकने की जगह न पा सकें। वही हालत हमारी है। एक बन्द गाड़ी में, एक ट्रक में ठूँस कर सौ, डेढ़ सौ क्या, पाँच सौ लड़कियाँ लाई जाती हैं—बेची जाती हैं—जिबह की जाती हैं—गोश्त का मोल भाव होता है—गोश्त!''

''तो सीना-पिरोना क्यों नहीं सीख लेती? आती तो हैं सिखाने वाली मैडमें।''

''कौन बोली रे? अपना सद्वचन अपने पास रख।''

सूनी आँखों वाली गुर्राई।

एक क्षण का सन्नाटा!

सन्नाटे में हाहाकार!

''क्या करेंगे रे हम सीना-पिरोना सीख कर? पता है कि फिर बैतलवा वही डाल...। हाँ, सीना-पिरोना सिखाने चली है! अरे, सीना-पिरोना तो तब काम आएगा, जब जीने के लिए जगह मिलेगी।''

पलाश ने उसके गुर्राने को खोला।

सहमति में बहुत से सिर डोले।

''चुप, चुप, एक आवाज नहीं। सब अच्छा बोलेंगे। समझी। कोई शिकायत नहीं। कोई चूँ चपड़ नहीं। कोई फालतू बोला तो सोच लेना।''

यह मौखिक आदेश गूँजा। हालाँकि यह मौखिक आदेश था मगर इसका प्रभाव किसी भी लिखित आदेश से बढ़ कर था।

''न जाने कौन आ जाता है? बेवजह। विजिट इनकी, विजिट उनकी। हँ, बेकार में।''

''पिंकी, तू जाएगी?''

अचानक धीरे से किसी ने पूछा।

''हाँ।''

''क्यों जा रही है?''

''नहीं दीदी, मेरा बच्चा है उन लोगों के पास।''

''उन्हें पता होता है इसीलिए तो बच्चे को माँ से दूर रखवा देते हैं। बच्चे के मोह और चिन्ता में लड़की अपने आप नहीं भाग पाती। हे मनुष्य, जालिम होने की क्या कोई हद नहीं है!''

''कोई और तरीका सोचेंगे पिंकी।''

''भूखे पेट तरीके नहीं सूझते।''

''मैं जानती हूँ वो मेरे माँ-बाप नहीं हैं। मेरे बाप-भाई कभी यहाँ तक नहीं पहुँच पाएँगे। अगर पहुँच गए तो क्या किसी कोठे से अपनी बेटी को ले जाकर, अपने पास रख पाएँगे। मेरी बेटी छुड़ाने के लिए लड़ पाएँगे। नहीं न। इसलिए मुझे इन्हीं के पास जाना होगा। मैं इस मंडी के चक्रव्यूह को नहीं काट सकती दीदी।''

रुआँसी सी आवाज का मद्धम और कातर स्वर तैरा।

''चले गए। अरे, वही जो आए थे विजिट पे। पता तक नहीं चला। उधर से ही लौट गए।''

''गाड़ियाँ तो आती रहती हैं। कब किस काम से आएँ क्या पता?''

सूनी आँखों वाली लड़की की आवाज में अब इतना, इतना सूनापन था कि उसकी कर्कशता भी बेकार लग रही थी।

''जिल्लत और आतंक—दोनों में जीते रहे हैं हम सब। इससे अच्छा मर जाना है। मरना ही इसमें सत्य है। तो कोशिश भी एक सत्य है। जब भविष्य का कुछ पता न हो तो क्या डरना—जब कोई रास्ता नहीं तो यही रास्ता...''

इनारा ने समझाना चाहा।

''इतना सब हम नहीं जानते। जानते हैं कि भाग कर यहाँ से निकलें भी तो कौन सा जीवन बाँहें फैलाए मिलेगा? नरक से भाग कर नरक में पहुँचेंगे। बाहर हमारे लिए कुछ नहीं। सिर्फ जाल है। जेल और जाल! जेल या जाल! इस जाल को लेकर हम सब उड़ चलें तो बाहर का जाल हमें तितर-बितर कर देगा। बताओ! कितनी बार भागी हूँ मैं। तुम सबने भी कभी न कभी चाहा होगा कि भाग जाओ। कितनों ने कोशिश भी की होगी। कुछ लोग डर से नहीं कर सके होंगे। बहिन, प्राण बचे हैं। नरक बचा है। तो कोशिश भी बची है...''

पलाश ने भरपूर निराशा के भीतर से निकल कर उसका हाथ पकड़ लिया।

''हमको अब दूर न करना।''

''हमें भी।''

अचानक सूनी आँखों वाली वह लड़की, जिसके हाथों में हल्की सी जुम्बिश हुई थी, उठ खड़ी हुई।

उसके उठने के साथ ही सूनी आँखों वाली दूसरी लड़की ने भी उठकर इनारा की बाँह पकड़ ली।

फिर वे कौन से तरीके थे? कोई जान नहीं पाया!

चारों तरफ कोई नहीं था, सिर्फ चार लड़कियाँ।

''मेरा बच्चा लोनी में है...''

पिंकी का विलाप धरती की नस-नस को चीर रहा था...

कुछ ही दिनों बाद इतिहास का पन्ना एक नई घटना अंकित कर रहा था। दिल्ली सरकार के एक मंत्री का ऐसा विडियो वॉयरल हो गया था, जिसमें 'नारी निकेतन' से लाई गई किसी लड़की के साथ वे संभोगरत दिखाई पड़ रहे थे।

कौन थी वह संवासिनी?

चारों तरफ सवालिया निशान थे!

महिला आयोग की अध्यक्ष तत्काल 'नारी निकेतन' की जानकारी लेने पहुँच गई थीं।

तब भारतीय समाचार जगत ने समय का एक यादगार पन्ना पलटा।

पता चला कि मशहूर जनप्रतिनिधियों से जुड़ी 'जेनी' की कहानियाँ जिन्दा थीं!

'जेनी' जिन्दा थी!

पता चला कि कुछ चीजें मार दिए जाने पर भी नहीं मरतीं!

आखिर स्मृति भी कोई चीज है!

और उसी को मिटाना है— !

एक खबर यह भी थी कि संवासिनी गृह से चार संवासिनियाँ भाग निकली थीं।

रात अँधेरी थी!

जाङ बाहात्र हालाङ लेत्...अस्थि फूल मैं लूँगी

'धड़ धड़...खड़ खड़...थप थप...'

'टप्प, टप्प' बूटों की आवाजें...दौड़ने और चीखने की हृदय-विदारक ध्वनियाँ...

आग की लपटों से उठता धुआँ—काला—गहरा काला—धुएँ से भरता सारा आकाश...सारा घर खलिहान...सारा जीवन...

'धड़ धड़...खड़ खड़...थप थप...'

दरवाजा पीटा जा रहा है—बन्दूक के कुन्दे से, जूतों से, डंडों से...

आवाजें...डरावनी...दिल को दहलाती हुई...आत्मा को चीरती...

लगता है दरवाजा तोड़ दिया जाएगा!

बस, अभी-अभी तो खाकर सोए थे लोग। रात भी कोई इतनी गहराई नहीं थी। यही कोई सात, साढ़े सात का समय हो रहा था।

"दरवाजा खोल! बाहर निकल! नहीं तो बाहर से ही जला देंगे।"

सिंह गर्जना से अलग गर्जना थी।

लोग हड़बड़ा कर अधनींद में उठ बैठे हैं—काल का साक्षात नृत्य!!!

लोग जानते हैं—दरवाजा बन्द रखकर भी अपने को नहीं बचाया जा सकता!

जो दिन दहाड़े बिना किसी कसूर के गोली मार सकते हैं—जो जब चाहें, बलात्कार कर सकते हैं—जो जब चाहें, किसी को—युवा, बच्चा, बूढ़ा किसी को भी उठा कर ले जा सकते हैं...जो जब चाहें...जो बहुत शक्तिशाली हैं...जो ईश्वर से भी बड़े हो चुके हैं...

जो जंगल में आग लगा चुके हैं—धूँ धूँ कर जंगल धधक रहा है...जो उनके घरों को राख करते आ रहे हैं—

अधनींद में उठे लोगों की नींदों में इतिहास उठ बैठा है...

खट् खट् धड़ धड़...की आवाजें बढ़ती जा रही हैं...

कहीं फायरिंग की आवाज—लगता है गोली चल रही है...कौन गया?

चन्दा हड़बड़ कर उठी है। उसके उठते ही, उससे चिपकी सोई बच्ची रो उठी। लेकिन बाहर थाप इतनी तेज थी कि बच्ची का रुदन उसके आगे टिक नहीं पा रहा था। दरवाजा कभी भी टूट कर छिटक सकता था। दरवाजे की थाप और बेटी के

रोने की आवाज से बीजू भी उठ बैठा। चारों तरफ की आवाजों और दरवाजे की थाप ने उन्हें चिन्ता में डाल दिया। भय से लगा उनकी साँस रुक जाएगी। उन्होंने दरवाजा खोलने के लिए आगे बढ़ती चन्दा को हाथ के इशारे से रोका।

"हम देखते हैं।"

भय से चन्दा को देखते हुए बीजू ने कहा।

"नहीं। हम देखेंगे।"

चन्दा का चेहरा पीला पड़ गया था। तब भी उसने अपने चेहरे का डर पोंछा और दरवाजा खोल दिया। न खोलने का कोई उपाय था भी नहीं।

दूर जलते हुए जंगल की चिरायंध घर में घुस आई।

"बाहर निकलो! घर में जितने लोग हैं, सबको बाहर निकालो।"

पुलिस वाला चिल्लाया।

"बाहर निकलो नहीं तो घर में घुस कर गोली मार देंगे।"

दूसरा पुलिस वाला गुर्राया।

सामने कई पुलिस वाले बन्दूकें लिए खड़े थे—गरजते, गालियाँ बकते।

आस-पास गाँव के लोग डरे सहमे खड़े थे...कुछ दूर गाँव के किशोर लड़के सोहना का निर्जीव शरीर पड़ा था...

कई लोग जख्म और गोली लगने से तड़पते हुए पड़े रह-रह कर हिल रहे थे...

लोग कुछ बोलने के लिए मुँह खोलते थे पर उनकी आवाज रुंध चुकी थी...वे अपनों को आँखों के सामने कराहते देखकर भी कुछ नहीं कर पा रहे थे—एक लाचार रुदन जंगल के धधकने में धधक रहा था...

चन्दा पीछे मुड़ी—घर के भीतर -

घर, जो कितने प्यार से लाल रंग से पुता था, जिस पर सफेद रंग से चित्रकारी उकेरी गई थी...इन झोपड़ियों, मिट्टी के इन घरों की सुन्दरता, इनकी रचनात्मकता—हिंसा की विकरालता के आगे निरीह सी पड़ी थी—अपनी विवशता की आग में जलती—लाल—कुछ घरों को आग अपने कब्जे में लेती जा रही थी...लोग उसमें से निकल कर चिल्लाते हुए बाहर आ रहे थे...पर बाहर—बाहर बन्दूकें तनी थीं!!

चन्दा बीजू के साथ वापस आकर दरवाजे के पास खड़ी हो गई। बीजू ने गोद में नन्ही बिटिया को उठा लिया था और सुलाने की एक बेकार सी कोशिश में थपक रहा था। मगर बच्ची उठ चुकी थी और अब रोना भूल कर हैरान निगाहों से पुलिस वालों को घूर रही थी।

"और कौन है अन्दर?"

"एक हमारे चरवाहा काका हैं, पिछवाड़े जमीन पर सो रहे हैं, बहुत बूढ़े हैं। और कोई नहीं है।"

इतने में चरवाहा काका घर के बाहर से किनारे-किनारे चलते हुए आकर पीछे खड़े हो गए। बूढ़े चरवाहा बड़े उद्विग्न और लाचार से सारे दृश्य को समझना चाह रहे थे।

''तो ये है वो आदमी, जिसे तुम लोगों ने छिपा रखा है?''

''नहीं साहब, ये तो वर्षों से हमारे साथ काम करते हैं। घर के आदमी हैं।''

बीजू ने चरवाहा काका के हाथ को हल्का सा छू कर कहा। फिर सामने जलते झाड़ियों, वनस्पतियों, पेड़ों को देखने लगा। दूर शाल और सखुआ के जले पेड़ों से धुआँ उठ रहा था। उसका मन दौड़ कर आग बुझाने का हुआ मगर लाचार सा वो पुलिसवालों को देखता खड़ा रह गया।

''इस इलाके में तो कोई नक्सली नहीं है साहब। सब गाँव के लोग मेहनत मजदूरी करने वाले लोग हैं।''

''अच्छा, तू नक्सलियों की वकालत करता है?''

''अरे दिखा इसे कौन नक्सली है।''

इसी के बाद अचानक वह गोली छूटी थी, जिसने बीजू की दुनिया के चाँद को हमेशा के लिए लोप कर दिया था। इतने अचानक यह गोली चली थी कि इस पर विश्वास कर ले जाना मुश्किल था कि चन्दा, जो बच्चे को बीजू की गोद से लेने के लिए जरा सा झुकी थी, हमेशा के लिए एक दूसरी दुनिया की तरफ चल पड़ेगी।

दूसरी गोली भी छूटी थी, जो बूढ़े चरवाहा की बाँह पर लगी थी। फिर कितनी ही गोलियाँ छूटीं—लोग इधर-उधर भागने लगे, मगर जंगल आग से धधक रहा था...

''अरे, अरे, यह क्या किया? घरवाली है हमारी। हमारा क्या कसूर है? इसका क्या कसूर था?''

बीजू तड़प कर चीखा।

लेकिन भयानक काली आँधियों के बीच मानवीय चीख कहीं नहीं पहुँचती थी!

बीजू बच्चे को गोद में लिए जमीन पर दीवार के सहारे बैठ कर जोर जोर से रोने लगा। पुलिस वाले ने उसे बन्दूक के कुन्दे से मार कर किनारे किया और घर में घुस गए। घर में पीछे की तरफ कोई दरवाजा नहीं था। इसलिए पीछे से किसी के भागने का कोई रास्ता हो ही नहीं सकता था। फिर पुलिस वाले किसी के पीछे से भागने की बात कर रहे थे। घर में सामान भी बहुत कम था। फिर भी पुलिस वालों ने सारा सामान बिखरा डाला—बरतन भाँड़े, कपड़े लत्ते उठा कर इधर-उधर फेंक डाला। आस-पास के घरों में यही दृश्य बार-बार दुहराया जा रहा था...रात के इस अँधेरे में जंगल की चीख में सैकड़ों ग्रामीणों की चीख मिल गई थी...

केवल सुनाई पड़ती थी—पुलिस के जूतों की धमक और बन्दूक की धाँय...धाँय...

सारी चीखों को, सारी पुकारों को ध्वस्त करती!

"इसे मत ले जाओ। अब तो इसके प्राण नहीं रहे। इसे कहाँ ले जा रहे हो साहब?"

बीजू तड़प रहा था, रो रहा था, रोक रहा था...

नन्ही बच्ची उसके रोने के स्वर में स्वर मिला रही थी...

उसके आस-पास खड़े लोग अपने स्वजनों के शव को रोक लेने की विनती कर रहे थे...

मगर पुलिस वाले बाँस के डंडे में हाथ-पैर बाँध कर शवों को लटका कर ले जा रहे थे...

जैसे मरे मवेशी को ले जाया जाता है...

पुलिस वालों ने बाँस के डंडे में चन्दा के हाथ-पैर, उसी के दुपट्टे से बाँध कर लटकाया तो बीजू से नहीं सहन हुआ—वो चीखने लगा—

क्या इस देश की कोई तहजीब भी थी?

क्या इस देश में मृतकों के साथ व्यवहार का कोई तरीका भी था?

घायलों को पुलिस वाले खींचते हुए ले जा रहे थे—

लोग रोकने के लिए दौड़े—

बीजू रोकने के लिए दौड़ा—

"ये तो जिन्दा हैं साब। छोड़ दो इन्हें साब।"

"साले तुम्हें गोली खाने का बड़ा शौक चढ़ा है। लगा इसे दनादन।"

पुलिस वाले बन्दूक के कुन्दे से बीजू को पीटने लगे। गोद की बच्ची इस सब में जमीन पर गिर गई।

"इस पिल्ले को लेकर भाग, नहीं तो भून देंगे।"

बन्दूक तान कर एक पुलिस वाला चिल्लाया।

बीजू ने जमीन पर औंधे मुँह गिरी बच्ची को उठा कर छाती से चिपका लिया और...

मृतकों को बाँस पर टाँग कर ले जाए जाते...चन्दा को बाँस पर टाँग कर ले जाए जाते...और घायलों को, चरवाहा काका को खींच कर ले जाए जाते...और, और...जमीन पर बनते लाल खून के निशान के पीछे बीजू भागा।

लेकिन इस बार वो, उनका पीछा नहीं कर पाया, क्योंकि कुन्दे की मार तेज थी और बच्ची समेत वो जमीन पर गिर गया था। उसके साथ कितने ही लोग दौड़े थे और मार खाकर गिर गए थे...

कुछ देर तक गिरे-गिरे तड़पने के बाद हिम्मत करके बीजू ने अपने को उठाया—रोते-रोते बच्ची का गला सूख गया था और अब वह रोने के मूक अभिनय की तरह रो रही थी—हल्का सा गला हिच करता और पता चलता कि रुदन जारी है...

बीजू जब अपने घर की तरफ पलटा तो पल भर को जड़ हो गया—उसका बड़ा लड़का, जो मुश्किल से अभी चार साल का था और जिसका नाम चन्दा

और बीजू ने बड़ा विचार करके 'धीरजू' रखा था, जाने कब से आकर दरवाजे पर सहमा सा खड़ा था। उसकी आँखें भय, दहशत और रक्त से लाल थीं और आँसू सूख चुके थे...

अबकी बार की 'थाप' अलग थी। यह गाँव के हर व्यक्ति के हाथों की थाप थी—गाँव के हर दरवाजे पर...

"निकलो काकी, निकलो भइया...अरे दिदिया, अरे मौसी, निकलो रे..."

"देखो क्या हो गया—पुलिसवाले सब तहस-नहस कर गए रे..."

रुदन की थाप...

गाँव के हर व्यक्ति का क्रन्दन—हर व्यक्ति के दरवाजे पर विलाप—

जंगल भस्म होता हुआ—धुआँ छोड़ता...

बीजू बढ़ा जा रहा है...

लोग बढ़े जा रहें हैं...

जाने कब वह छोटा लड़का धीरजू भी बीजू के साथ-साथ चल पड़ा...

सुबह तक थाने में जनता उमड़ आई थी। मृतकों के शवों की माँग और घायलों को अस्पताल ले जाए जाने की माँग करते लोग धरना दिए बैठे थे।

दर्जनों लोग घायल थे—किसी की जाँघ पर गोली लगी थी तो किसी की आँख पर—कोई सिर पर बन्दूक के बट की चोट से अब तक बेहोश था तो कोई पेट में जूतों के धँसने से खून की उल्टियाँ किए जा रहा था...

चार औरतें, एक चार साल का बच्चा और सात मर्द मारे गए थे—

दर्जनों पकड़कर लाए गए और जेलों में ठूँस दिए गए...

पुलिस को बड़ी सफलता मिली थी!

नक्सली सर्च अभियान—ऑपरेशन ग्रीन हंट!

"न्याय करो! न्याय करो!" की आवाजें गूँज रही थीं।

लोग भूखे प्यासे इंसाफ की बाट जोह रहे थे।

"रिहा करो, रिहा करो..."

बीजू को मणिमाला बहिन जी की याद आई।

"अरे कोई मणिमाला बहिन जी को खबर करो रे...इतना बड़ा अन्याय हो गया...पूरा गाँव उजड़ गया...हमरी चन्दा को मार दिया...हमरी आँखों के सामने मार दिया..."

"कौन? मणिमाला सोरी?"

"हाँ, हाँ, बुलाओ उन्हें।"

"कल रात गिरफ्तार कर लिया उन्हें। नक्सली होने का आरोप लगा है उन पर।"

"क्या!"

"क्यों?"

"बहिन जी को कौन नहीं जानता?"

"बहिन जी को कैसे?"

"ऐसा कैसे कर दिया?"

"हमें तो बेसहारा कर दिया।"

लोग हैरान, परेशान, दुखी...बेहाल...

मणिमाला बहिन जी के लिए भी इंसाफ चाहिए। कितने ही इकट्ठा लोग मणिमाला बहिन जी की गिरफ्तारी का विरोध करने आए थे और नारा लगा रहे थे। अब कल रात हुई इस वारदात को जान कर वे मृतकों के शव के लिए की जा रही माँग और घायलों के इलाज के समर्थन में भी खड़े हो गए।

"अँधेर मचा रखा है।"

लोग एक दूसरे से कहते।

"मणिमाला बहिन जी को क्यों? इतने भले मानुष को क्यों?"

बीजू लोगों को हिला कर पूछता।

"उन्हें कोई बता आओ कि हमरी चन्दा चली गई। मार दिया हमरी आँखों के सामने..."

लोगों के विलाप से पेड़ काँपने लगे...

घास-फूस तक के सिर झुक गए...

थाने की दीवारें हिलने लगीं...

लेकिन वे जाने किस तरह के लोग थे कि...उन्हें कुछ छू नहीं पाता था!!!

यह विलाप सिर्फ विलाप नहीं था!

सदियों का सन्ताप इसके भीतर समाया था...

सदियों की सिसकी...

सदियों का प्रश्न...

यह प्रश्नों का जलता पुंज था।

"क्या बतावें भाई? हमरी कौन सुनेगा? जब मणिमाला बहिन जी को नहीं छोड़ा! सबके भले के लिए दौड़ती थीं बहिन जी। मगर इनको क्यों भाएगा? हमारी तरफ से कोई बोलने वाला होगा तो उसे क्यों जीने देंगे? कल रात अचानक 'रेड' डाल कर कह दिया कि बहिन जी नक्सलियों से मिली हैं। उन्हीं के इशारे पर काम करती हैं। दो चार पुलिस वालों ने हुमच-हुमच कर उन्हें मारा...धाँय धाँय गोली दागी, मगर

बहिन जी जैसा जिगरा था कि तनिको नहीं घबड़ाईं। कहती रहीं—हम न्याय के लिए लड़ रहे हैं। लड़ते रहेंगे।''

''इंसाफ चाहिए...न्याय चाहिए...'' की आवाजें फैलने लगीं।

''रिहा करो, रिहा करो...''

''हम हिंसा और अन्याय से बनी दुनिया में रहते हैं बीजू भाई।''

बीजू जमीन पर सिर पटक कर रो रहा था। अचानक रुक गया।

इधर वामपंथी दलों ने फर्जी मुठभेड़ के नाम पर निरीह ग्रामीणों का वध करने के खिलाफ गाँव वालों के साथ हुई इस वारदात में, उनके पक्ष में समर्थन दे दिया। देखते देखते इंसाफ की लड़ाई बढ़ती चली गई। पलक झपकते तमाम वामपंथी कार्यकर्ता पहुँच गए। बीजू के साथ आए गाँव वालों, मणिमाला बहिन जी की गिरफ्तारी के विरुद्ध जुटे लोगों और कार्य कर्ताओं के साथ मिलकर 'इंसाफ के लिए विलाप' 'इंसाफ के लिए आन्दोलन' में बदल गया। तमाम पत्रकार जुट आए। खबरें बनने लगीं।

किसे कैसे मारा गया? सामने से गोली मारी गई—दौड़ाया और खदेड़ा गया—अपने दरवाजे पर खड़े लोगों को मार दिया गया—जंगल जलाए गए...इसका विवेचन, विश्लेषण किया जाने लगा। फर्जी मुठभेड़ की जाँच की माँग जोर पकड़ने लगी...

शवों को परिजनों को सौंपने की माँग जोर पकड़ने लगी...

घायलों के इलाज की माँग जोर...

घटना ने पूरे जिले को आन्दोलित कर दिया—गाँव के गाँव उमड़ कर आने लगे—लोगों का विलाप क्रोध में बदल गया—लोग प्रलाप करने लगे—

''मार दो हमें। ये देखो, खोल दी है हमने अपनी छाती। आओ, गोली मारो...उखाड़ लो हमारी जमीन...लड़कियों को बेच दो...जो बच जाएँ, उन्हें गिरफ्तार कर लो...उन्हें मार दो...प्रकृति को रौंद दो, प्रकृति का जीवन छीन लो, नष्ट कर दो...जंगल का इतना बड़ा इलाका जला दिया तुम लोगों ने...सोचा नहीं तुमने? केवल जंगल नहीं जलाया है, जीवन जलाया है...जीवन, जो तुमने नहीं बनाया...इतने जीव-जन्तु...इतने पेड़-पल्लव...इतनी जड़ी बूटियाँ...सब खाक में मिला दिया...जंगल और औरत...ये प्रकृति के दो रूप...दोनों पर तुम्हारा कहर...जहाँ जंगल नहीं, जहाँ औरत नहीं, वहाँ जीवन नहीं...मूर्खो, फिर मत कहना तुम एक शापित भूमि पर पैदा हुए...जहाँ औरत नहीं, प्रकृति नहीं...भोग, भोग...सिर्फ भोग...लालच के नाले में बजबजाते कीड़े में तब्दील होने से अपने को बचाओ...''

''शान्त हो जाओ भाई।''

''जिनको सुनना है, उनके कान में तो तेल पड़ा है।''

''हमारे लिए जीना ही सबसे बड़ा अभिशाप हो गया है। इन्हें नहीं पता ये क्या कर रहे हैं प्रकृति के साथ? ये क्या कर रहे हैं मनुष्य के साथ? और भाई इन्हें नहीं

पता ये अपने साथ क्या कर रहे हैं? नर पिशाच बन कर ये अपनी आगे आने वाली नस्लों को बर्बाद कर देंगे।''

''हिंसा इस देश का स्वभाव है भाई।''

''और हम हैं इनकी बलि का बकरा।''

''हाँ भाई, ऐसे समझो कि कैसे हिंसा भी है इस नई संस्कृति की जड़ में। प्रकृति को नष्ट करती है ये नई संस्कृति! सब कुछ हिंसा से नियन्त्रित करती है ये संस्कृति। यह नया नहीं है। बहुत पुराने समय से ही व्यक्ति को, समाज को नियन्त्रित करने के लिए हिंसा का सहारा लिया जाता रहा है। चाहो तो परिवार के भीतर देख लो, चाहे परिवार के बाहर।

हिंसा एक भारी मूल्य है इस देश की संस्कृति का।

माँ बच्चे को मारती है, आँख दिखाती है, डराती है—यह स्वीकृत हिंसा है। बाप मारता है और भय पैदा करके अपनी मनचाही राह पर पूरे घर को चलाता है। स्कूल मास्टर मारता है और जो चाहता है दिमाग बन्द करके रटा देता है। लड़कियाँ बाहर निकलती हैं तो उन्हें डराने के लिए, अपनी मुट्ठी में रखने के लिए बलात्कार, हत्या, भय...तुम देखो कि पुलिस मारती है, शासन मारता है, बड़ा छोटे को मारता है...युद्ध मारता है...हिंसा, हिंसा, हिंसा...सब कुछ हिंसा के बल पर...जितनी हिंसा बढ़ेगी, शिकंजा उतना ही मजबूत होगा...''

''हिंसा-देश के नागरिक हैं हम!''

''नागरिक मत कहो, कहाँ हमें नागरिक समझा जाता है?''

एक कार्यकर्ता समझा रहा था। तो एक आदमी कुछ दुखी, कुछ भयभीत, कुछ विचलित सा लोगों को सान्त्वना दे रहा था। पर वह खुद ही रो पड़ा।

''नहीं चलेगा, नहीं चलेगा...अत्याचार नहीं चलेगा...''

''निर्दोषों की मौत का बदला...''

''अपराधियों को सजा दो...''

उधर मुख्यमंत्री ने इस आन्दोलन का संज्ञान लेते हुए तत्काल एक-एक लाख रुपए मुआवजे की घोषणा कर दी।

मगर न्याय?

मगर जाँच?

''मिलेगा मुआवजा। कैसे नहीं मिलेगा?''

किसी आन्दोलनकारी ने कहा।

''भाई, मुआवजे से जिन्दगी नहीं लौटती। हमें तो इस फर्जी मुठभेड़ की जाँच चाहिए और अपराधियों को सजा।''

''न्याय हमारा हक है।''

''अजी, हक की बात नहीं जाती इनके कानों में!''

फर्जी मुठभेड़ की यह घटना पूरे राज्य में फैल गई। जगह-जगह आन्दोलन होने लगे।

लोग इस तरह की अनेक वारदातों को याद करने लगे। छिपी हुई सारी स्मृतियाँ सामने पलटने लगीं।

''एक बार 2010 में भी इसी तरह जनता के उबाल पर फर्जी मुठभेड़ की जाँच के लिए नेता जी ने सी बी आई जाँच की माँग उठाई थी। लगा था कि जाँच होगी लेकिन नेता जी सत्ता में आए तो खुद ही भूल गए।''

''राजेश सिंह मुंडा की हत्या वाला मामला था भाई।''

''तब लगता था कि जाँच जरूर होगी।''

''जाँच! तुम उम्मीद करते हो, तो बड़े भोले हो!''

''हमारी हत्या पर तो सिर्फ राजनीति होनी है भाई।''

''सिर्फ राजनीति...''

''राजनीति!!''

भीगी हुई धरती से, पुलिस की निगरानी में घायलों को लेकर कुछ लोग अस्पताल की तरफ चले गए। अँधेरा गहरा रहा था, पर माँग पर अमल का कोई चिह्न दिखाई नहीं पड़ता था। सारा दिन भूख-प्यास से बेहाल छोटे बच्चे लिए औरतें, आदमी अपने परिजनों की मृत देह का इन्तजार करते, धरना दिए बैठे रहे थे...

पानी तक नहीं है—एक टोंटी थी सरकारी, अब उसमें पानी चला गया है—किसी को चाय की याद आई।

''किसी को देखो, कहीं चाय मँगाओ। सबेरे से बैठे हैं सब जनी।''

''एक आता तो है इधर। वो छोटू चाय वाला। आज दिखा नहीं?''

''क्या भाई, आपको तब परसों की खबर का कुछ अन्दाजा नहीं! लगातार पुलिस वाले ऑपरेशन में लगे हैं। नक्सली सफाई अभियान चल रहा है। गाँव, गाँव में छापे, उसी में बेचारे छोटू की बलि चढ़ा दी गई। मारे गए नक्सलियों की गिनती बढ़ गई।''

''क्या उस चाय वाले को? वो तो छोटा बच्चा था?''

''तो क्या बच्चा नक्सली नहीं माना जाएगा?''

''अरे! क्या कह रहे हो भाई?''

''ठीके है। हम सब नक्सली हैं—हर आदमी नक्सली कह कर मार दिया जाएगा। जो भी जंगल से, जमीन से चिपकेगा, नक्सली कहलाएगा—वो बच्चा भी नक्सली...वो औरत भी...मणिमाला बहिन जी भी...''

“पुलिस वालों का तो मेडल पक्का हो गया होगा! बहादुरी का इनाम!”

“बाप रे!”

दूसरे ने माथा पकड़ लिया।

एक हाथ में नीबू पकड़े, दूसरे हाथ में शीशे के गिलासों में भरी चाय से सजा स्टैंड पकड़े, आधे बाजू की मटमैले रंग की बुशर्ट और हॉफ पैंट पहने एक छोटा सा लड़का—

दूसरा छोटू थाना परिसर में घुस रहा था...

चाहत के चाँद का फ़ना होना

लाशें अभी तक नहीं मिली हैं।

"हर जोर जुल्म की टक्कर में संघर्ष हमारा नारा है..."
'आदिवासियों की दुश्मन सरकार, मुर्दाबाद, मुर्दाबाद...'

नारे तेज हो रहे हैं—भाषण दिए जा रहे हैं—भीड़ उमड़ी चली आती है...लगता था पूरा झारखंड आज अपने गुस्से को दिखा देना चाहता है—हजारीबाग से उठता हुआ आन्दोलन राँची पहुँच गया है—गुस्सा, जोश और भीड़ का विस्तार होता जा रहा है...

गुस्सा और जोश इतना बढ़ता चला जाता है कि कब और कैसे नारेबाजी धक्कामुक्की और पत्थरबाजी में बदल गई कोई समझ नहीं पाया। शायद यह लम्बे समय से पुलिस और प्रशासन को लेकर जनता के भीतर जमा गुस्सा था, जो अंजाम की परवाह किए बिना आज फूट पड़ा है...आखिरकार जिसका डर था, वही हुआ, पुलिस ने पानी की बौछार की—आँसू गैस छोड़ी...लाठी चार्ज किया और फॉयरिंग...धाँय...धाँय...

कितने ही लोग एक दूसरे से टकराते, एक दूसरे के ऊपर गिरते-पड़ते लहूलुहान इधर-उधर बिखरने लगे...

लाठी चार्ज से कितनों के घुटने टूट गए, कितनों की रीड़ की हड्डी बैठ गई...

अब धरती लाल हो गई है...
लाल, जो आदिवासियों के खून का रंग है।
लाल, जो शहादत और सलाम का रंग है।
लाल, जो इंकलाब का रंग है।
लाल, जो मोहब्बत का रंग है।
लाल, जो अब डूबते सूरज का रंग है।
लाल, जो चन्दा के सबसे प्रिय फूल पलाश का रंग...

दुकानें बन्द...लोग सड़कों पर...सामने लाठी गोली बरसाती पुलिस...

लाश की माँग कर रहे लोग लाश में बदल रहे थे...

इस आन्दोलन के खून का पहला कतरा गिरा बिरसा मुंडा चौक पर...
एलबर्ट एक्का चौक पर निर्ममता से औरतों पर लाठियाँ बरसीं...
देर रात लाशें परिजनों को सौंप दी गईं—क्षत विक्षत...
बदबू से नगर चौक, राज्य परिसर और देश का कोना-कोना भर गया...
ले जाइए यहाँ से, उठाइए जल्दी!
ले जाइए यहाँ से अपने-आप को!!!

रुकम काका, काकी की मृत देह के पास बैठे धीमे-धीमे रोते हुए लेकिन साफ शब्दों में कहने लगे—"कैसा भोला विश्वास था कि सब बदलेगा, सब ठीक होगा...इंसानियत पर कैसा भरोसा था...सरकार से उम्मीद थी...नेताओं से उम्मीद थी...समाज की तरफ आँखें लगी रहती थीं...कि बदलेगा...न्याय-अन्याय की पहचान जरूर होगी...बन्द होगा यह कत्लेआम...लेकिन नहीं, हमें धोखा हुआ है—यह समाज लँगड़ा हो चुका है—इसका खून नहीं खौलता- सरकारें अंधी-बहरी हो चुकी हैं—इनके मुँह आदमी का खून लग गया है—अरे, इतने नौजवानों की मौत किसका न दिल दहला देगी! इतने उजड़ते घर—इतनी औरतों की खरीद फरोख्त—इतने बच्चों की दुर्दशा...जब-जब लोग उठकर आए मशाल थामे- तब तब लगा कि उम्मीद बची है—पर कहाँ? हर बार सब बिखरा टूटा...कुछ भी नहीं रुका...कुछ भी बन्द नहीं हुआ...ऐसा लगता है जैसे किसी महाविनाश की तैयारी चल रही है..."

गणेश ने बैठे बैठे उनका हाथ पकड़ लिया। रुकमा काकी की बगल में उसका चार साल का बच्चा ईश्वरीय नींद में सोया था। उसी के पास खड़ा हिम्मत मुरमू हिलक हिलक कर रो रहा था, वह अपने भाई के निर्जीव शरीर की तरफ देख तक नहीं पाता था। विषाद की काली छाया में पक्षी विलाप कर रहे थे...

बीजू कुछ दूर बैठा था, वहीं से बोल पड़ा—"सही कहते हो काका, महाविनाश की तैयारी है यह। ये धोखा, छल, लूट खसोट, हत्याएँ...धरती का सीना चाक किए हैं...हम सब इस महायुद्ध में झोंक दिए गए हैं...इसकी समिधा हैं हम—न चाहते हुए भी, न जानते हुए भी इसमें झोंके जाने को विवश!!"

बीजू ने अपना माथा झटका और पास के सूखे पेड़ पर हाथ से मारने लगा—किसे? पता नहीं किसे?

तमाम शवों के बीच चन्दा की मृत देह की सूख चुके खून से सनी हथेली, अपनी हथेली में थामे बीजू गाँव लौट रहा था...

बालों की एक पगली लट उसकी आँखों पर गिर आई थी। कहीं चन्दा की आँखों में गड़ने न लगे, इसलिए बीजू ने उसे धीरे से उसकी आँखों पर से हटा दिया।

न आँख, आँख थी, न समन्दर, समन्दर रह गया था...

एक अन्धा बूढ़ा दुख में डूबी बाँसुरी बजा कर गा रहा था—

"माराङ बुरू रानाकाप्
गातिञ् तिञ् को माक् केदे
जिरी हिरी मायॉम नातू एन...
लोक् कान दो लालेर गमछा...
लोक् कान दो पायेर जुता...
लोक् कान दो होड़मो डिगिरे...
गिदी छिन तिञ् नांड़गो लेना...
जाड़ बाहाञ् हालाङ लेत्...
गातिञ रेयाक् निसाना दोञ दाहोय गेताया..."

(बड़े पहाड़ की ढाल पर
मेरे प्रियतम की हत्या हुई
रक्त की धारा फूट निकली
जल रहा है लाल गमछा...
जल रही है पाँव की पनही...
जल रही है काया तिल तिल...
गिद्ध वेष में मैं झपटूँगी...
अस्थि फूल को लूँगी...
प्रियतम की निशानी मैं अवश्य रखूँगी...)

इस सबके बीच धीरे-धीरे चलता हुआ एक बच्चा, जिसका नाम धीरजू था, चन्दा के शव वाली गाड़ी को छू रहा था, तब उसे एक बूढ़ी औरत ने, जो गोद में नन्ही बच्ची थामे थी, पीछे से पकड़कर अपनी आत्मा से चिपका लिया...

कौन थे गाँव के ये लोग?

खेतिहर किसान?

जिनकी जमीनें सरकार ने कारखाना लगाने के लिए ले ली थीं।

दिनभर मेहनत मजदूरी कर के, खाना खाकर बस अभी सोए थे कि...

नक्सली बताए गए!

कौन थी चन्दा?

बीजू के प्रेम में डूबी, सवाल पर सवाल पूछती बीजू के साथ एक सुन्दर दुनिया रचने भाग आई थी?

जो दो छोटे बच्चों की माँ थी?

जो फूल की एक-एक पंखुडी बचा-बचा कर धरती पर पाँव धरती थी!

पुलिस फाइल में थी—

सबसे बड़ी नक्सली—चन्दा!

दिल्ली दर्शन वाया पक्षी बोलते हैं

''ये कौन सी भाषा बोल रहे हैं ये लोग?''

लोग एक दूसरे की तरफ देखते, उन्हें घूरते और आगे बढ़ जाते।

''मिट्टी की भाषा है बाबू, जिसे आप लोग पहचानना नहीं चाहते!''

सुजन महतो बड़बड़ाया।

उसके पास ठिठक कर खड़ा बीजू चारों तरफ अजनबी नजरों से देख रहा था।

तो यही थी दिल्ली?

इसी के बारे में सुन-सुन कर लगता था कोई ऐसी नगरी होगी, जहाँ सब काम तरतीब से हो रहा होगा, इतना साफ-सुथरा होगा और इतना इत्मीनान से भरा होगा...ये तीनों ही चीजें नहीं मिल रही थीं!

सड़कों पर कहीं-कहीं कचरे का ढेर जमा था। शायद कुछ पहले ही हल्की बारिश हुई थी। अगस्त के महीने की बारिश। रुक-रुक कर अस्त-व्यस्त सी बारिश। जिसने दिल्ली की बची हुई पोल खोल दी थी। बारिश की हल्की फुहारें भी घंटों सड़कों पर जाम लगाने के लिए काफी होतीं। और जो जरा झूम कर बादल कृपा दृष्टि बरसा दें तो पानी सड़कों पर जमा हो जाता...कहीं-कहीं सड़कें धसक जातीं, तमाम दुर्घटनाएँ होने लगतीं—नाले का पानी और बरसात का पानी मेल जोल बढ़ाने लगते...दुर्गंध जगह-जगह इतनी गहरी थी कि दूर से ही आदमी नाले का अन्दाजा लगा लेता था। ऐसे ही जमा कचरे और नाले के पानी की हमजोली दौड़ में सुजन महतो का पाँव बिछलते-बिछलते बचा।

''दिल्ली नाले पर बनी है।''

यही पहला ख्याल बीजू को दिल्ली में घुसते ही आया था।

दूसरा ख्याल आया कि इमारतें ताश के पत्तों से बनी लगती हैं—एक के ऊपर दूसरी, तीसरी...ढेरों ढेर...छूने भर से छितरा जाएँगी—जरा भय भी हुआ, अपने लिए नहीं, इमारतों के लिए। इमारतों पर कहीं टँगे फूल-पौधे भी चींटियों की तरह दिख रहे थे। इधर-उधर कुछ पेड़ दिखते थे, पेड़, जिनका हरा रंग प्रदूषण की मार से ढँक गया था! बड़े-बड़े पार्क और सुलभ शौचालय दिखते थे। इमारतों के गेट पर पहरा

था और गेट अपनी सज्जा में किसी को भी डरा सकता था। नकलीपन अपनी पूरी भव्यता और विकरालता में पसरा था। जंगल किसी स्वप्न की तरह शहर की जड़ों में सूख गया था।

नकली जीवन।

यही दूसरा ख्याल बीजू के मन में गूँजा।

जंगल को उजाड़ कर बनाए गए शहर!

इसीलिए यहाँ सब बनावटी है—नकली है जीवन। नकली जीवन में असली जीवन की चमक कहाँ से आएगी? कागज के फूल ऐसे कि असली को भी मात कर दें और असली? असली फूल तमाम ठेलों पर बिक रहे हैं—सुन्दर रंग रँगीले, मगर खुशबू के लिए अलग से छिड़काव किया जा रहा है।

खुशबू खो चुका है शहर!

"हम समझते थे दिल्ली बड़ा साफ सुथरा होगा?"

"न रे बाबा, सब कचरे का सोता यहीं है रे तो सुथरा कैसे? हमें तो बुझाता ही नहीं कि यही हमरा देस है..."

"इ सब त जनता का खातिर है। उधर देखो, रायसीना रोड की तरफ, क्या चकाचक दिखेगा। दिल्ली में कई दिल्ली हैं बाबू, एक नगर में कई नगर, बुझाया? हम भी बिहार के हैं। आप सब लोग बिहार कि झारखंड?"

ऑटो रिक्शा वाले ने उन्हें समझाने के विचार से पूछा।

"झारखंड भाई।"

"अच्छा, अच्छा।"

"देखो भइया, यहीं उतर लो। हमारा रिक्शा यहीं तक जाएगा। आगे बड़ी भीड़ है। रास्ता मोड़ दिया है। आज अन्ना की हुंकार रैली है न।"

"कौउन अन्ना भाई?"

"अरे वही, जो खुला चैलेंज दे रहे हैं सरकार को, जनलोकपाल विधेयक लाने के लिए। ऐसा कानून बनेगा कि सब नेता लोगों की जबावदेही तय हो जाएगी और जो जनता का काम न करेंगे तो उनको भी दंड मिलेगा। बूझे। इतने दिनों बाद एक गांधी फिर पैदा हुआ है इस देश में। बापू को याद कर रहे हैं लोग बाग। हिम्मतवाला है भाई, जनता की तरफ से हुंकार रहा है। भ्रष्टाचार तो अब यही आदमी खत्म करायेगा। भाई देखो, हम रुक नहीं सकते। तुम देख लो किधर जाना है? पचास रुपया हमें दे दो।"

इतना कह कर ऑटोरिक्शा वाले ने अपने ऑटो में से कहीं से एक सफेद टोपी निकाली, जिस पर लिखा था—'मैं भी अन्ना'। उसने अन्ना टोपी पहनी और नारा लगाया—"मैं भी अन्ना...जनलोकपाल बन के रहेगा। अन्ना तुम संघर्ष करो, हम तुम्हारे साथ हैं। अन्ना हजारे जिन्दाबाद! जिन्दाबाद!..."

इतनी दूरी का पचास रुपया! बीजू थोड़ा हैरान, परेशान से हो रहे थे। उधर ऑटोवाला पूरी तरह आन्दोलन के मूड में आ चुका था।

"इतनी दूरी का पचास न लो।"

सुजन महतो ने जरा नरम आवाज में उसके सिर की टोपी की तरफ देखते हुए कहा।

"अच्छा चालीस दो। अन्ना के कारण कम कर दिया। जल्दी करो। रिक्शा किनारे लगा कर हम अन्ना आन्दोलन में जा रहे हैं। पेट का सवाल न होता तो क्यों लेते। और भइया तुम लोग दिल्ली घूमोगे और पैसा टेंट से न निकालोगे।"

"हम दिल्ली घूमने नहीं आए। मुसीबत के मारे हैं भाई। हम तो इंसाफ माँगने आए हैं। हमारे देस की औरतों के लिए। हमारी बीबी के लिए, जिसकी हत्या कर दी गई। हमारी बहिन के लिए, जिसको गायब कर दिया गया। उसी को खोजने आए हैं। पता चला है कि इसी दिल्ली में है। जिस पुलिस स्टेशन जाते हैं, वो हमें कहीं और के पुलिस स्टेशन भेज देते हैं। तुम बताओ हम क्या करें?"

"तो वहाँ रपट क्यों नहीं लिखवाई?"

"वहाँ नहीं लिखा। कहते हैं, जहाँ से गुम हुई, वहीं लिखवाओ।"

"इसमें तो पुलिस ही कुछ कर सकेगी। दिल्ली तो समुद्र है भाई। ऐसे कहाँ खोजोगे? ऐसा करो, यहाँ से कनॉट प्लेस थाना चले जाओ। वहीं बताओ। वही कुछ कर सकते हैं।"

उसकी गाथा का इतना छोटा टुकड़ा सुनते ही ऑटो वाला घबड़ा गया। जाने कौन मुसीबत पड़ जाए, वाला भाव उसके चेहरे पर आया, फिर वह सँभल गया और एक मिनट रुक कर सिर खुजाने के बाद चालीस रुपया लेकर अन्ना आन्दोलन की हुंकार रैली की भीड़ में गुम हो गया।

जिधर सुजन महतो और बीजू बढ़े, वह रामलीला मैदान की तरफ जाता रास्ता था। लेकिन भीड़ का दबाव ऐसा था कि आदमी अपना मनचाहा रास्ता पा ले, यह फिलहाल मुश्किल था। बूँदाबाँदी फिर होने लगी थी। लोग भीगते हुए भी अन्ना के साथ हो जाना चाहते थे। एक आदमी गा रहा था—धीरे-धीरे किसी मिली जुली धुन पर—'अन्ना तुम...अ...संघर्ष करो...हम तुम्हारे...ए...ए...साथ हैं...'

कुछ लोग उसकी धुन पकड़कर गाने लगे...'तुम्हारे...ए...साथ...'

बा़रिश से बनी फिसलन थी कि भीड़ से बनी, कि दिल्ली का अपना दिल्लीपन था, सुजन महतो का पैर फिर बिछला और इस बार वे हाथ में पकड़ा चनाजोर गरम का कागज नहीं बचा पाए। कागज भी बिछला और उसके भीतर बहुत कम मात्रा में बचा चना उछल कर पास खड़ी एक लड़की के ऊपर गिरा। लड़की मोबाइल फोन पर

किसी से बात कर रही थी, अचानक चौंक कर चीखी। उसके मुँह से तड़ तड़ अंग्रेजी में गालियाँ फूटीं जैसे गोली छूट रही हो। सुजन महतो या बीजू को शहर के चलन के हिसाब से कुछ कहना नहीं आता था तो वे किसी तरह की क्षमायाचना नहीं कर पाए और बेचारगी से उसकी तरफ देखने लगे। सुजन महतो ने पास में लगी रेलिंग का सहारा लेकर अपने को पूरा नीचे पड़ जाने से बचाया पर उनका पैर मुचक चुका था और दर्द की लहरें उठने लगी थीं।

"नहीं चल सकते।"

उन्होंने आँखों से कहा।

वहाँ विद्यार्थियों का एक दल खड़ा था। फोन पर बात करती लड़की भी शायद उसी दल का हिस्सा थी। दौड़ कर कुछ लड़के लड़कियाँ उन्हें सँभालने लगे।

"ही इज वेरी ओल्ड। पूअर गॉय।"

लड़के-लड़कियाँ और भी कुछ कह रहे थे जो दोनों की समझ से परे था।

"बच के, रेलिंग की छड़ अभी आपके पेट में घुस जाती।"

"बच गए न?"

"लगी तो नहीं?"

"सॉरी, सॉरी..."

इधर-उधर से विद्यार्थियों के दल ने उन्हें घेर लिया। फोन पर बात करने वाली लड़की भी अब इस चिन्तातुर दल में शामिल हो गई थी। बीजू ने लड़कों की सहायता से सुजन महतो को उसी रेलिंग के नीचे की जमीन पर बैठाया। हालाँकि बारिश अब रुक सी गई थी फिर भी बूँदें रह-रह कर टिपटिपा उठती थीं। बीजू के बैठने के लिए भी लड़कों ने जगह कर दी। जमीन पर कराहते हुए बैठे सुजन महतो अचानक रेलिंग पर हाथ मार-मार कर रोने लगे।

"कहाँ चोट लगी बाबा?"

"हॉस्पिटल ले जाना चाहिए।"

पैर मुचक गया था। लगता था पैर का अँगूठा टूट गया। जरा सा हिलने से तेज दर्द उठ रहा था मगर उस तेज दर्द से भी ज्यादा बड़ा दूसरा दर्द था, जिसे वे पाँच दिन से दिल्ली में यहाँ-वहाँ भटकते हुए दबाए हुए थे और अब जब एक दर्द ने फूट कर दर्द का रास्ता खोल दिया था तो दूसरा दर्द भी बह निकला था।

सुजन महतो अपनी ही रौ में जाने क्या-क्या कहे जा रहे थे।

"ये कोई और भाषा बोल रहे हैं!"

"कहाँ से हैं आपलोग?"

"क्या बताया?"

"हमने कभी नहीं सुना। हाँ, आदिवासी सुना है।"

"बहुत भाषाएँ थीं, मगर सब खतम होती चली गईं, ऐसा पढ़ा है हमने।"

फोन वाली लड़की की रुचि जाग गई।

"भाषा का मरना केवल एक भाषा का खत्म होना भर नहीं होता साथियो। एक भाषा मरती है तो एक तहजीब मर जाती है—जिन्दगी जीने का एक तरीका मर जाता है—सोचने विचारने का एक लहजा मर जाता है—दुनिया में तुम्हारी कहानी सुनाने वाले सब कथाबाज झूठे-बेमाने हो जाते हैं—झूठे पड़ जाते हैं—तुम्हारा साहित्य चूर-चूर हो जाता है...तुम्हारा संगीत बिखर कर धरती की छाती में समा जाता है...तुम्हारे कुल देवता, कुल देवियाँ...उनके ऊपर से हजारों ट्रक निकलते हैं—काला सोना खोजते—खोदते, हरा सोना काटते—उखाड़ते—दूर तक...दूर तक..."

विद्यार्थियों का दल अचानक बीजू की बातों में दिलचस्पी लेने लगा।

"भाषा तो अंडमान पर भी खत्म हो रही है। हमने कभी सोचा नहीं कि वे कौन लोग होंगे?"

"उड़ीसा में भी..."

"छत्तीसगढ़..."

"हाँ, हाँ, केवल हमारी भाषा का सवाल नहीं है भाई, उन सबकी भाषा मरती जाएगी, जिन्हें इस देश के नक्शे से बाहर ढकेला जाएगा...विलाप करती भाषाएँ...विलाप करती संस्कृतियाँ हैं...विलाप...बड़ी हैरत होती है कि अनपढ़ आदमी तो अपने देस जवार से लेकर पाँच छ: भाषाएँ सीख जाता है मगर पढ़ा-लिखा आदमी अनपढ़ हो जाता है—केवल एक भाषा! भाषा का दरिद्र— !"

लड़के-लड़कियाँ एक दूसरे की तरफ देखने लगे।

"सारी भाषाओं को एक भाषा लील रही है। सोचो, सिर्फ एक भाषा—हिंसा की भाषा!"

लड़के-लड़कियाँ आपस में खुसर-पुसर करने लगे।

"हिंसा की भाषा!"

उनके लिए अचानक कोई नया कपाट खुल रहा था!

तभी सुजन महतो ने उठने का प्रयास किया और उनके मुँह से दर्द की एक चीख निकल गई।

"क्या बताएँ दोस्तो, हम लोग मुसीबत के मारे पाँच दिन से दिल्ली दर्शन करते जा रहे हैं।"

बीजू ने सुजन महतो को उठा कर खड़ा किया।

"आपने दिल्ली देख ली?"

एक लड़का भोलेपन से बोला।

"आप बताइए अपनी कहानी। यह नहीं समझता।"

दूसरे लड़के ने टोका।

"मतलब भइया सीधा है कि भटकने में ही हमें दिल्ली दिखती चली गई। इस दिल्ली में कोई रास्ता सीधा नहीं दिखता। जिधर से जाओ, घूम-घाम कर कहीं और पहुँच जाते हैं। मगर वहाँ का रास्ता नहीं मिलता, जहाँ जाना होता है। ऐसी उलझन भरी है तुम्हारी दिल्ली। हम तो परेशान हो गए भइया। सब पैसा रुपया इस दिल्ली ने खा लिया मगर कमाल देखो कि हम अभी तक कहीं पहुँचे नहीं।"

"मामला क्या है, बताइए?"

एक किशोरवय लड़का, जो अभी-अभी अन्ना के भाषण और 'इंडिया अगेंस्ट करप्शन' के प्रभाव में था, आदर्श बन जाने के लिए विकल हो उठा।

"मामला बताते-बताते जुबान में छाले पड़ चुके हैं भइया।"

"एक बार और कहिए।"

"कोई चुटकुला है क्या?"

"नहीं, नहीं, हम आपकी मदद करना चाहते हैं।"

"अरे, इनके लिए चाय मँगाओ।"

"ए, ए, चायवाले।"

लड़के-लड़कियाँ चाय मँगाने लगे।

"हम यहाँ इंसाफ के लिए आए हैं। हमारी बीबी को मार दिया गया। हमारी बहिन दिल्ली में कहीं है, पता नहीं कहाँ है? गाँव से बिआह करके जींद गई थी, पता नहीं क्या हुआ वहाँ कि दिल्ली की तरफ भाग गई। वो कहते हैं उनके लिए मर गई। मगर हमारी तो बहिन है, हम कैसे मरा मान लें? कोई कहता है कोठे पर बेच दी गई, कोई कहता है कि अब तक मर गई होगी। उसी को खोजने निकले हैं। कुछ अता-पता नहीं कि कैसे खोजें?"

"किसी के साथ भागी थी?"

"शादी करके भेजा था? फिर क्यों भागी?"

"नहीं। वैसा कुछ मत समझो। बहुत नेक थी हमारी बहिन।"

"ओह! झारखंड से तो बहुत ह्यूमन ट्रैफिकिंग होती है। ओह, च...च..."

"रुकिए, मैं अपको कुछ फोन नम्बर देती हूँ, एन जी ओ के हैं। ये लोग मदद करेंगे। इनका काम ही है आप जैसे लोगों की मदद करना।"

"ए गोलू, इंटरनेट से निकाल जरा।"

"इनके पास फोन कहाँ? तू ही बता।"

"ये देखिए, 'शक्तिशालिनी' संस्था है खास ट्रैफिकिंग करके लाई गई लड़कियों की मदद करने के लिए और ये देखिए...गोलू, पेन कागज निकाल, इन्हें नम्बर नोट करके देते हैं।"

"क्या सिम्मी, ये लोग कैसे करेंगे? न इनके पास पैसे हैं न मोबाइल। उसे बुला काबेरी को। काबेरी, अपने मोबाइल से लगा जरा, इनकी बात करा।"

काबेरी 'शक्तिशालिनी' का नम्बर मिलाने लगी –'ट्रिन...ट्रिन...ट्रिन...घंटी जाती रही, जाती रही, जाती ही रही। फोन नहीं उठा। फिर दूसरे लड़के लड़कियाँ अपने अपने मोबाइल से मिलाने लगे। फिर वही, घंटी जाती मगर कोई फोन नहीं उठाता...फिर इंटरनेट पर दूसरी ऐसी संस्थाएँ खोजी गईं। फिर उनका नम्बर लगाया गया, मगर नहीं, रिंग जाती रही, कोई उठाता नहीं था...

इन संस्थाओं का नम्बर इनके परिचय और बैनर और तमाम उपलब्धियों के साथ इंटरनेट पर चमक रहा था मगर...

''कोई उठा नहीं रहा।''

लड़कों ने निराश होकर कहा।

चाय आ गई। चाय पी गई। कोई मूँगफली बेचने वाला आस-पास मँडरा रहा था, उससे मूँगफली ली गई और बाप बेटे को भी खाने को दिया गया। ब्रेड पकौड़ा वाले का ब्रेड पकौड़ा खूब बिका। दल ने भी खाया और बाप-बेटे को भी खिलाया। ब्रेड पकौड़ा खाते ही लगा अकाल में कहीं से जल फूट पड़ा है। अचानक सामने खड़े लोग साफ दिखने लगे। जमीन पर बीमार से बैठे सुजन महतो टक-टक पूरे दल को ताकने लगे।

''हमने कई संस्थाओं को हजार बार फोन किया। रिंग बजती है लेकिन कोई उठाता नहीं। इस तरह अगर कोई मुसीबत की मारी लड़की इन्हें रिंग करके मदद माँगना चाहे तो क्या होगा? या कोई आदमी इन्हें कुछ सूचना देना चाहे तो...ये हाल है इस देश में मदद के नाम पर चलने वाली संस्थाओं का?''

''फिर क्या करें?''

''एक रास्ता है। आप को हमलोग यहाँ से राजीव चौक के मुख्य पुलिस स्टेशन भेजने में मदद कर देते हैं। आप वहाँ जाकर कहें, वही कुछ कर सकते हैं।''

लड़के लड़कियाँ आपस में दस, दस रुपए इकट्ठा करने लगे। उसी समय उनका कोई शिक्षक आकर चिल्लाया।

''वापस चलना है।''

विद्यार्थियों के दल ने इकट्ठा किए रुपए बीजू को पकड़ा दिए और एक कागज पर लिखा हुआ फोन नम्बर भी।

इसके बाद दौड़ते हुए बच्चे किसी बस में बैठने लगे, जो सामने होते हुए भी अदृश्य जैसी थी।

''बॉय बाबा जी। बॉय फ्रेंड्स।''

''दे मेड ऑवर डे।''

''वेरी इंटरेस्टिंग पीपल।''

बस में बैठा विद्यार्थियों का दल आपस में इस तरह से बात कर रहा था जैसे वे कुछ बहुत खास, रुचिकर और नया देखकर—कोई तमाशा या जादू जैसा...

या कोई बिछड़ चुकी दुनिया का अचानक प्रकट दृश्य...देखकर लौट रहे हों—खुश—खुश...

बीजू ने रुपए जेब में रखे और बाप को सहारा देकर उठाने की कोशिश करने लगा पर सुजन महतो से उठा न गया। उन्होंने हाथ से जरा ठहरने का इशारा किया।

"मदद का सपना!"

बीजू भुनभुनाया।

उसने जेब से फोन नम्बर लिखा कागज निकाला और वहीं गिर जाने दिया।

रात की टहनी पर उगी चिंगारियाँ

सन्तोष उन पगडंडियों से गुजर रही थी, जो उसकी पुरानी परिचित थीं, पर अब नए अन्दाज में अपना परिचय देने अकुलाई सी बढ़ आई थीं।

मायके के गाँव की पगडंडियाँ—मिट्टी की चिकनाई लिए—भोर के सुनहले उजास से धुली—

इन्हीं पर पाँव बढ़ाती, अपनी सहेली पूजा के बुलावे पर उससे मिलने की उत्कंठा से भरी चली जा रही थी सन्तोष।

दूर तक कोई दिखता नहीं था—पर यही वह वक्त हो सकता था जब दो सहेलियाँ अपना मन खोलकर रख सकती थीं—दोनों अपने मन की बात कह लेने को कुछ इस तरह दौड़ी थीं कि सारी कायनात ठगी खड़ी रह गई—सहेलियों का ऐसा प्रेम!

सन्तोष अचानक रुक गई—धक्!

समने का दृश्य बदल चुका था—

नीम के विशाल पेड़ की जिन डालों पर झूले की रस्सियाँ बाँधी जाती थीं—उन्हीं पर गले में लाल दुपट्टे का रस्सा लटकाए झूल रहा था कोई!

दो पैर आपस में जुड़े हुए हिल रहे थे—एक चप्पल जमीन पर गिरी पड़ी थी—दूसरी का कुछ पता नहीं—चेहरा इस कदर झुका हुआ कि दिखता नहीं था—चोटी के बाल आधा बिखरे, उलझे से चेहरे पर गिरे थे—पीले छींटदार कुर्ते पर खून के धब्बे चमक रहे थे—उसके नीचे कहीं कहीं खून से चिपक गई सलवार भरसक लटकाई गई लग रही थी—क्या कुकर्म!!

लगता था कठपुलती नचाने वाले कोई अदृश्य हाथ बस, अभी डोर खींचेंगे और लटकी हुई कठपुलती जमीन पर उतर आएगी—नृत्य कला का कोई अभिनव रूप रचते हुए—दृश्य बदल जाएगा—

सम्भावना में दृश्य का बदलना हमेशा बना रहता है!

पर दृश्य नहीं बदला।

''पूजा!''

यह चीख इतिहास पर गिरी—एक पल को इसी का सहारा लिए समूचा मानव इतिहास अपने गूँगेपन की चादर से बाहर खड़ा हो गया।

लाल रंग की कई लकीरें, कुछ बूँदे धरती पर गिर कर, कभी न मिटने वाले धब्बे की तरह सूख चुकी थीं।

यह धब्बा मामूली नहीं था।

यह इतिहास की गवाही देता—मनुष्य की क्रूरताओं की गवाही देता—सारी संस्कृति, सभ्यता, कला और धर्म पर नासूर धब्बे की तरह चिपक गया था।

गन्ने के पेड़ खड़े थे—हवा से हिलते।

दो जोड़ी पाँव लटके थे—हवा से हिलते।

''पूजा...पूजा...''

सन्तोष ने गन्ने की पतली सी देह पकड़ ली। फिर छोड़ दिया। लगा शरीर काँप रहा है...लगा बेहोशी छा रही है...

''पूजा!''

प्रेम की लाश पेड़ से लटकी है—

लड़की के गले से खून रिस रहा है—

पेड़ के तने से आँसू—

पेड़ अब सूख जाना चाहता है—

वह अपने होने पर शर्मिंदा है—

पेड़ खाप पंचायत के बीचोबीच खड़ा है—उसी की छाँह में बैठे हैं पंच—न्याय के ठेकेदार!

भीड़ जुटती है—फरमान जारी किए जाते हैं—

प्रेम को नष्ट कर दो!

इस धरती से मिटा दो प्रेम का आखिरी निशान!

पेड़ों पर लटका दी गई हैं प्रेम की सारी निशानियाँ!

प्रेम अपराध है!

गोपियाँ रो रही हैं।

राधा का क्रंदन हाहाकार कर रहा है।

कृष्ण! कृष्ण कहीं नहीं!

कृष्ण से खाली बनाई जाती धरती!

मथुरा, वृन्दावन से बहुत नजदीक की यह धरती प्रेम के कत्लगाह में तब्दील की जा रही है!

''पूजा!''

काँपती हुई सन्तोष स्थिर हो गई है।

पूजा, जो उससे मन की कुछ बातें कर ले जाना चाहती थी।

पूजा, जो कुछ रोज पहले ही पकड़ कर घर लाई गई थी।

जिसने प्रेम करने का अपराध किया था।

जो बदलना चाहती थी लड़कियों के लिए बनाए गए नियम—कानून।

पूजा, जिसे खाप पंचायत ने मृत्यु की सजा सुनाई थी।

पूजा, जो कुछ रोज पहले ही घर की नजरबन्दी से मुक्त कर दी गई थी।

जो खाप पंचायत के फरमान से अंजान थी, आज ही बाहर निकली थी।

जो अपनी प्रिय सहेली से मिलने को कुछ इस तरह विकल हो आई थी मानो यह जो समय अचानक उसकी मुट्ठी में चला आया था, उसे पूरा का पूरा उड़ेल कर देखना चाहती हो—अपनी प्रिय सहेली को अपने जीवन की कहानी मुट्ठी में बाँध कर पकड़ा देना चाहती हो—सन्तोष ही तो थी, जिससे जुड़कर दुनिया के साथ सम्बन्धों की एक डोर वह फिर से पकड़ लेना चाहती थी—एक तिनका—एक सूत्र—एक सहारा...

और सन्तोष, जो अपने ससुराल से निकाल दी गई थी, बच्चे छीन लिए गए थे और वह दुख, अपमान में डूबी मायके में चुपचाप पड़ी थी कि सहेली का अचानक आया यह बुलावा—

सन्तोष चली आ रही थी—इतने सबेरे, जब प्रकृति भी सब कुछ सँवारने के जतन में थी, मनुष्य ने यह क्या कर डाला था?

यही वह दृश्य था, जिसमें से निकल कर सन्तोष दूसरे दृश्य में जा खड़ी हुई थी—निर्णय लेती—हिम्मत धरती—लाल आँखों से चिंगारियाँ फेंकती—खाप पंचायत के निर्णय पर प्रश्नचिह्न लगाती—पुलिस में एफ आई आर दर्ज करती... एक बिल्कुल दूसरी सन्तोष थी। उसके मन में बचपन की सहेली विभा की हत्या का क्रोध आज पूजा हत्या कांड के साथ जुड़कर दहक रहा था। तब जो दबा गई थी अपना गुस्सा, तब जो नहीं कर पाई थी कोई विरोध,, आज वह भी, इज्जत के नाम पर हो रही अनगिनत लड़कियों की हत्याओं में शामिल हो, अपना हिसाब लेने उठ खड़ा हुआ था...

उसके पीछे जाने कहाँ-कहाँ के गाँव-देहातों से निकल कर अनगिनत औरतें चली आ रही थीं...

'इज्जत के नाम पर हत्याएँ बन्द करो...'

'जीने का अधिकार, संविधान से मिला अधिकार हमारा है...'

'जीने दो...जीने दो...'

'इंसाफ दो...इंसाफ दो...'

'पूजा के हत्यारों को गिरफ्तार करो...'

सन्तोष ने हाथ उठा कर सरपंच को रोक दिया था—"बहुत हो गईं इज्जत के नाम पर हत्याएँ। बन्द करना होगा चौधरी जी ये गलत चलन।"

चौधरी और उनके साथियों ने लाठियाँ खड़काईं, बन्दूकें उठाईं पर औरतों का काफिला टस से मस न हुआ।

"चौधरी जी, यही गलत समझ लिया आपणे। पहले से मान लिया कि आप मारते रहोगे, हम मरते रहेंगे। नहीं, अब नहीं सहेंगे। पूजा के हत्यारों को जेल में जाना ही होगा। हम औरतों की हत्याओं का इंसाफ माँगने उठ खड़े हुए हैं।"

जिधर सन्तोष चलती, उधर औरतों का काफिला चल पड़ता। अपनी धोती में हाथ पोंछती, गोद में बच्चा उठाए, सताई, दबाई, कुचली औरतें सड़कों पर उतर आईं...धरना, प्रदर्शन बढ़ता चला जा रहा है...शासन की नींद में खलल की तरह गिर रहा है अचानक उठ खड़ा यह आन्दोलन...

गुस्से में फुफकारती सन्तोष के शब्द चिंगारियों की तरह फूट रहे हैं—

"हमें मुर्दा समझ लिया! हमें खाली जिस्म समझ लिया! उपेक्षा के गर्त में दबे हम अगर रत्नगर्भा हैं तो ज्वालामुखी भी हैं। एक जगह मारोगे, लूटोगे तो दूसरी जगह तबाही का जलजला फूटेगा..."

चारों तरफ से आवाजें उठने लगीं—'इंसाफ..इंसाफ..'

सरपंच अपनी गद्‍दी से उठ खड़े हुए। उनके नथुने क्रोध से फड़फड़ा रहे हैं। उनके साथ बैठे लोग भी उठ खड़े हुए।

"ये लुगाइयों को के हो गया?"

कहाँ से मिला इतना हौसला?

ये कौन कर रहा इनका नेतृत्व?

अंजाम नहीं पता इसे?

सन्तोष!

जींद वाले भीकम भाई की लुगाई!

देखा इसे पढ़ाने लिखाने का नतीजा! आ गई बहस करने!

आ गई पुलिस थाना करने!

इसे छोड़ मत, मार दे, कुचल दे, रौंद दे...सिर न उठाने पाए...

'इंसाफ..इंसाफ..'

'पूजा के हत्यारों को गिरफ्तार करो...'

गुहार...गुहार...

पुकार...पुकार...

ललकार...ललकार...

इधर नारे, उधर माथे पर बल...

इधर तख्तियाँ, मशालें...उधर बन्दूकें, लाठियाँ...

पुलिस गाड़ियों से ठक् ठक् उतरती है—

सरपंच के सख्त चेहरे पर फिर से ताकत चमकने लगती है...

'लाठीचार्ज कर दे थाणेदार इन सिरफिरी लुगाइयों पे...'

वे गरजते हैं। मगर पुलिस उनकी तरफ बढ़ती आ रही है। पूजा के पिता, भाई सब भागते हुए इधर–उधर छिप रहे हैं...

'इंसाफ..इंसाफ..'

सन्तोष की आवाज सरपंच के कानों से टकरा रही है—

"हम औरतें अगिनपाखी हैं चौधरी जी। हम अपनी ही राख से जन्म लेती हैं। हमें जला कर राख में बदल दिया जाएगा, लेकिन हमें राख में बदल कर खतम मान लेने वालों, जान लो कि राख में हमेशा अधूरे रह गए सपनों की आग छिपी रहती है। दुनिया की कोई राख बिना आग की सम्भावना के नहीं होती। राख का होना, कभी भी खत्म हो जाना नहीं होता। वह बुझती है, मिटती नहीं..."

दिल्ली वाया जनलोकपाल

"आजादी के बाद हमें बहुत देर हो गई, लेकिन इतने समय के बाद भी पूरी दुनिया को आप लोगों ने जो बताया है कि आज जो चर्चा चल रही है संसद में, वो संसद में...जन संसद ही सबसे बड़ी है। इस संसद में जन संसद सबसे बड़ी है, क्यों?..."

बीजू के कान खड़े हो गए। उसने सुजन महतो के चनाजोर गरम खरीदते हाथ को इस तरह रोका मानो चनाजोर गरम खरीदने से शब्दों के सुनने में कुछ व्यवधान पड़ जाएगा! लेकिन सुजन महतो भूख से बेहाल हो रहे थे और उनके लिए भाषण में रमे रहना मुश्किल हो रहा था। भूख उन्हें उठने तक नहीं होने दे रही थी, ऊपर से पैर की मोच। उन्होंने बीजू का हाथ झटक दिया और बैठे-बैठे ही चनाजोर गरम वाले से पैकेट ले लिया।

सुजन महतो एक हाथ से चनाजोर गरम खाते हुए अपना मुचका पाँव सहला रहे थे। नारों की आवाजें गूँज रही थीं और टोपियों से सजे बहुत से सिर दूर तक नजर आ रहे थे। बसों में, ऑटो में भर भर कर लोग चले आ रहे थे। किसी मुश्किल से मिलने वाली एक दुकान के आगे लगी भीड़ के बीच खड़े होकर कुछ लोग भीड़ छटने और बारिश रुकने का इन्तजार कर रहे थे। मैदान में कोई ऐसा इन्तजाम नहीं था कि इतने लोग भीगने से बच सकें। बारिश हल्की हो गई थी पर बीच-बीच में कोई मोटी बूँद 'टप्प' से गिरती थी। एक आदमी थोड़ा सा टेंट का आसरा लेकर कुछ किताबें बेच रहा था—'अन्ना का जीवन' या 'अन्ना का संघर्ष' जैसा...तो कोई अपने हाथ में छतरी का डंडा पकड़े, गले में बाजा की तरह सामान लटकाए चनाजोर गरम या मूँगफली या कोई सॉफ्ट ड्रिंक या चाय बेच रहा था। कोई उपाय नहीं था। बाप-बेटे खड़े खड़े अन्ना का तिहाड़ जेल से आना और उनका हजारों की भीड़ से स्वागत किया जाना देखते रहे। फिर उनका भाषण सुनने लगे जो लाउड स्पीकर से निकल कर उनके कानों से टकरा रहा था।

"देखो, इ है दिल्ली! हम कुछ और बूझ रहे थे। कैसा विरोध कर रही है जनता!"

"जब भूख लगी हो तो सब बेमाने होता है बीजू। लो, तुम भी खा लो।"

लेकिन बीजू भाषण में डूब रहा था।

"यहाँ देखो बाबा, जनता जनार्दन ने सरकार की नींद उड़ा दी है। ये होती है जनता की ताकत। जरूर हमारा काम यहाँ होगा। जरूर हमें इंसाफ मिलेगा बाबा।"

इधर अन्ना के भाषण की ध्वनियाँ अमृत मंत्र की तरह कानों में गिर रही थीं—"...छब्बीस जनवरी उन्नीस सौ पचास में जिस दिन प्रजासत्ता दिन मनाया हमने, उस दिन प्रजा इस देश की मालिक हो गई। देश की मालिक है जनता। और सरकारी तिजोरी में जमा होने वाला पैसा इस देश की जनता का है।"

क्या बात है! बीजू उछल पड़ा।

"बाबा सुनो, हम तो अन्ना से मिलकर रहेंगे। वही हमें बताएँगे इंसाफ पाने का सही रास्ता।"

एक क्षण को उसे लगा कि वा अपनी मंजिल के निकट आ गया है।

क्या आदमी है! इसी की तो तलाश थी उसे!

"क्या सुने रे! इतनी बड़ी-बड़ी बात। हमरी दिक्कत इससे कहाँ हल होगी? हमरी कौन सुनेगा? पाँच दिन हो गया यहाँ भटकते। कहीं पहुँचे? जितना उधार लेकर चले थे, सब खत्म होने आ गया। तुमरी बात मान के निकल लिए हम भी दिल्ली। मूरख की तरह भटक रहे हैं।"

बाबा की ऐसी फटकार से बीजू कुछ निराश हुआ मगर अन्ना से मिलने का उसका हौसला बढ़ता ही जा रहा था...भाषण के सुनहरे शब्द...चले ही आ रहे थे...

"संविधान में क्या कहा है—'हम भारत के लोग', ऐसा कहा है...'हम पार्लियामेंट के लोग' ऐसा नहीं कहा है। अभी जन संसद खड़ी हो गई है देश में...आगे आने वाले दिनों में ये जन संसद भ्रष्टाचार मुक्त भारत का निर्माण करेगी...संविधान के मुताबिक किसानों को न्याय देगी, किसान, हमारे मजदूर...यह जो समस्या है, वो समस्या को न्याय देगी..."

बीजू की बगल में एक लड़का सपनीली आँखों से दुनिया को देख रहा था।

"आखिर अब जाकर होगा इस देश में न्याय।"

उसके सपनों में उमड़ते घुमड़ते बोल फूटे।

"कैसे भइया? हम बहुत मुश्किलों में पड़े हैं, हमें भी बताओ।"

सुजन महतो उससे सट आए।

"देखते नहीं, दूसरा गांधी पैदा हो गया है। भ्रष्टाचार मुक्त भारत बनेगा..."

"कब? कब मिलेगा भूखों को खाना?"

लड़का झुँझला गया। सपने से जगने में उसे मुश्किल हो रही थी। गुस्सा कर बोला—"ए, क्या तू एंटी अन्ना है? किसने भेजा है तुझे? अन्ना के खिलाफ बोलता है?"

विस्मय से भर कर उस युवा लड़के को सुजन ने देखा, इससे पहले कि सुजन कुछ बीजू से बोलते कि बीजू भाषण के शब्दों को पकड़े भीड़ को चीरते अन्ना के करीब पहुँच चुका था।

''मुझे दुख से कहना पड़ रहा है आज के संसद में एक सौ पचास मेम्बर गुनहगार हैं। एक सौ पचास गुनहगार हैं, जिस पर गुनाह है...किन लोगों ने भेजा उनको...ये हमारी गलती हो गई—अभी देश के उज्ज्वल भविष्य के लिए फिर से ऐसी गलती नहीं करना है...जो जन लोकपाल बिल का विरोध करने वाले लोग हैं, इनको संसद में जाने से रोकना है...क्यों?...''

''अन्ना बाबा! हमें अन्ना जी से मिलना है। जरूरी है भाई। आप लोग समझिए।''

अन्ना जैसे ही रुके, बीजू उनसे मिलने पहुँच गया लेकिन वालंटियरों ने उसे रोक लिया।

''हम इंसाफ के लिए लड़ रहे हैं। हमें रोकिए मत, मिलने दीजिए। हमारे लिए इंसाफ पाने के रास्ते जानना उतना ही जरूरी है जितना साँस लेना। हमारी साँस रुकी हुई है। हमें मिलने दीजिए...''

बीजू समझाए जा रहा था पर लोग रोक रहे थे। फिर जाने किस टीम लीडर ने उसे आगे आकर मिल लेने का इशारा किया और वालंटियरों ने उसे छोड़ दिया। बीजू तीर की तरह जाकर अन्ना के सामने झुक गया।

''आप महान सन्त हैं अन्ना। आपका भाषण सुन कर लगा कि लोग जो आपको दूसरा गांधी कह रहे हैं, वो सच कह रहे हैं। इस देश को फिर से गांधी की बहुत जरूरत है। हम बहुत दूर झारखंड के हजारीबाग से आए हैं। किसान का लड़का अपने को कहते हैं पर न खेती रह गई है न किसानी। सब छीना जा रहा है हमसे। सब लूटा जा रहा है हमसे। हम पर भारी विपत्ति आ पड़ी है। इंसाफ की माँग करते हुए हम दिल्ली तक आए हैं...''

''जल्दी, संक्षेप में कहिए। अन्ना अनशन पर हैं।''

''हाँ, हाँ,'' बीजू जरा सा हड़बड़ाया लेकिन तुरन्त ही उसने हस्तक्षेप करने वाले को नजरअन्दाज कर दिया और अपनी बात कहने लगा।

''अन्ना जी, हम मुसीबत में हैं। हमारी मदद कीजिए। हमारी जमीन, हमारे जंगल लूटे जा रहे हैं। हमारे लोगों की बेवजह हत्या की जा रही है। हमारी औरतों को...''

''अरे भाई, ये राज्य का मैटर है। अब जाइए। अन्ना को रेस्ट करने दीजिए।''

''ऐसे कैसे चले जाएँ? इतनी दूर से आए हैं हम। और ये राज्य का मैटर क्या होता है? ये हमारा मैटर है, जनता का मैटर है। हमारी जान पर बनी हुई है और आप राज्य का...''

बीजू गुस्सा पड़ा। अन्ना ने उसे बैठ जाने को कहा। लेकिन वो नहीं बैठा।

''अन्ना जी, हमारी बीबी को बिना किसी वजह के पुलिस ने मारा और नक्सली का आरोप लगा दिया। हमारी बहिन गायब हो गई। हमारे यहाँ से लगातार औरतें लाई जा रही हैं—कोई नौकरी के नाम पर लाई जाती हैं, कोई शादी के नाम पर, फिर

वे कभी नहीं मिलतीं...हमें हमारे जीने का अधिकार चाहिए अन्ना...हमारी औरतों की, हमारी जमीनों की लूट बन्द हो...हमें इंसाफ चाहिए अन्ना...''

कहते कहते बीजू की आँखों से आँसू छलक पड़े।

''चित्त को शान्त करिए और समझिए, इस देश में बहुत भ्रष्टाचार है। हम भ्रष्टाचार के खिलाफ लामबन्द हुए हैं। हम जनलोकपाल बनवाएँगे। फिर आपकी समस्या भी हल हो जाएगी।''

''लेकिन अन्ना जी, हमें इंसाफ चाहिए। अभी हम क्या करें? इसी इंसाफ की आस में हमारी अम्माँ चल बसी। हमारा बाबा रात भर सो नहीं पाता है। यहाँ आपको देखकर उम्मीद जगी है। हम इंसाफ की लड़ाई के लिए निकले हैं...''

अन्ना शान्त रहे। फिर धीरे-धीरे बोले—''हमारी बात समझिए। आप जैसे नौजवानों के सहयोग से ही 'इंडिया अगेंस्ट करप्शन' काम करती है। आप भी अपना नाम लिखवा लीजिए। जनलोकपाल बिल लाने के लिए हम सरकार पर दबाव बना रहे हैं, आप भी हमारा साथ दीजिए। युवा ही देश का भविष्य बदल सकते हैं। जनलोकपाल बन गया तो यह देश भ्रष्टाचार से मुक्त हो जाएगा। आपको इंसाफ क्यों नहीं मिल पा रहा है? भ्रष्टाचार। भ्रष्टाचार है उसके मूल में। मूल को पहचानना होगा, उसे खत्म करना होगा तभी आपको भी इंसाफ मिलेगा।''

''लेकिन अन्ना...''

तभी एक वालंटियर ने उसे खींच लिया।

''रूकिए, छोड़िए हमें, अन्ना से पूछने दीजिए...''

लेकिन वालंटियर ऐसे नासमझ नहीं थे। वे उसे दूर ले आए और उसे बहुत सुनहरे शब्दों में आन्दोलन का महत्त्व बताने लगे। वहीं पास में चन्दा देने का भी स्टॉल बना था। कोई आदमी वहाँ से संकेत कर रहा है कि भाई इतने बड़े यज्ञ में कुछ तो आप भी डाल जाइए।

''जाइए और अपनी इच्छानुसार चन्दा दीजिए। दस रुपए से लेकर दस हजार तक। जो भी आप चाहें।''

बीजू चन्दा देने की स्थिति में नहीं था। वो वहाँ से छिटक कर राह तलाशने लगा कि एक वालंटियर ने उसे दबोचा।

''अपना नाम बताइए। एक फोन नम्बर दिया गया है, उस पर मिस्ड कॉल कर दीजिए, बस, आप रजिस्टर्ड हो जाएँगे हमारी संस्था में। जितने ज्यादा लोग अपना नाम दर्ज कराएँगे, उतना ही सरकार पर दबाव बढ़ेगा।''

''डटे रहिए साथी। देखिए, बारिश में भी लोग अन्ना के समर्थन में डटे हैं।''

''बैठ जाइए। बैठ जाइए।''

कोई माइक से जनता को बैठने को कह रहा था।

इसी बीच मंच पर आकर कुमार विश्वास गीत गाने लगे। फिर किरण बेदी किसी का गमछा ले कर, उसे सिर पर घूँघट की तरह ओढ़ कर भ्रष्ट नेताओं की नकल करके जनता को हँसाने लगीं। फिर अरविन्द केजरीवाल का भाषण होने लगा। वे जनता को भ्रष्ट नेताओं के बारे में समझाने लगे।

बड़ा आन्दोलन! बड़ा सपना!

भ्रष्टाचार मुक्त भारत का सपना!

''धत्! यहाँ भी वही सपना!''

बीजू ने सिर झटका।

''सपने के सौदागर...यहाँ भी, वहाँ भी...''

''चल रे बीजुआ।''

फिर वही सपना!

फिर फिर वही सपना!!

सब टिका है सपने की सौदागरी पर, कहीं यहाँ, कहीं वहाँ, जितना बड़ा शहर, उतना बड़ा सपना...सपना—सत्ता, सत्ता—सपना, सत्ता के लिए सपना...हाट में सपना...हाट में सत्ता...

सपना...न कभी अपना...

जनसैलाब से गुजरते हुए, चनाजोर गरम का लिफाफा हाथ में लिए बीजू और सुजन महतो किसी किसी से अपनी समस्या बता कर पूछते कि 'क्या करें?' दिल्ली में नए हैं, किससे मिलें?

लेकिन लोग इस समय सपनों में खोए थे!!!

गुज़रना दिल्ली के दिल से

"क्या नाम बताया था?"

"इनारा।"

"अच्छा, लगता है यहीं दिल्ली के संवासिनी गृह में है—इनारा। इसकी कोई फोटो है तुम लोगों के पास?"

दोनों ने नहीं में सिर हिलाया। फोटो के बारे में तो कभी सोचा ही नहीं था।

"और वो दूसरी। क्या नाम बताया था, हाँ, हाँ, पलाश। उसका कुछ पता नहीं चल रहा है। जो टाइम बता रहे हो, उसके हिसाब से केवल एक ग्रुप में पकड़ा गया लगता है, वह भी मेरठ में। हमारे यहाँ कुछ जानकारी नहीं है। क्या पता, नाम बदल दिया गया हो उसका। तुम लोग मेरठ के 'राजकीय महिला शरणालय' में पता कर लो। हो सकता है वो दूसरी माने क्या नाम बताया, पलाश, वहीं पड़ी हो।"

इस पुलिस स्टेशन पर, पिछले किसी भी पुलिस स्टेशन से अलग दृश्य था। एक एस आई खुद उनकी पूरी दास्तान सुनने के लिए बैठे रहे। एस आई भावुक आदमी थे। उन्होंने फाइल पर फाइल उलटवा कर जानकारी निकलवाई कि अगर कि जैसा उन्होंने नाम बताया है, उस नाम की कोई लड़की दिल्ली में है और कभी पकड़ी गई है तो जरूर उनके रिकार्ड में कहीं न कहीं दर्ज होगा। हालाँकि पुलिस रिकार्ड में अक्सर ही इनके नाम नकली लिखाए जाते हैं। फिर भी एस आई ने मेहनत की और जल्दी ही उनके हाथ जरूरी जानकारी लग गई। उन्होंने दो तीन रोज बाद बीजू और सुजन महतो को आने को कहा था। दोनों बाप बेटे जब दो दिन बाद फिर उनके पास पहुँचे तो संयोग से वही एस आई उन्हें मिल गए। उन्होंने तत्काल फाइल मँगवा ली थी।

बीजू के बुझे हुए चेहरे पर कौंध चमकी। उसने सुजन महतो का हाथ पकड़कर हिलाया।

"बाबा, जिन्दा है इनारा। हमारी बहिन जिन्दा है।"

सुजन महतो हतप्रभ सी आँखों से मानो स्वप्न में कोई बात सुन रहा हो। दो पल कुछ समझे बूझे बिना टुकुर-टुकुर ताकता रहा। फिर कोई रुकी पड़ी बरसात उसकी आँखों के रास्ते बरस पड़ी।

"हम कैसे उससे मिलें साहब?"

"ऐसे थोड़े ही मिल लोगे भाई!"

दोनों आशा से भर कर उनकी तरफ देखने लगे।

"ये तो पुराना रिकार्ड है। नए सिरे से पता करना पड़ेगा कि एकदम अभी कहाँ है? पहले उसका कोई फोटो, पहचान पत्र लाओ। पहचान कैसे होगी?"

"साहब, हम उसे ऐसे ही पहचान लेंगे।"

"ऐसे पहचानने से कुछ नहीं होगा। तुमको साबित करना पड़ेगा कि तुम उसके रिश्तेदार हो।"

"साहब, इसमें क्या साबित करना! खून का रिश्ता है। हमारी बहिन है इनारा। ये देखिए, ये तो उसके बाप हैं।"

"ये सब कानून नहीं समझता। उसे प्रमाण चाहिए। न,न, ये सब तो कोई भी कह देगा।"

"हमें बताओ साहब, हम क्या करें?"

"कागजी कार्यवाही। जरा लम्बी है लेकिन करनी तो पड़ेगी। पहले जो मैंने कहा फोटो पहचान पत्र लाओ लड़की का और अपना भी। अपना जाति प्रमाणपत्र गाँव के पटवारी से बनवा कर लाओ और कचहरी से एक एफिडेविट बनेगा कि तुम ही उसके असली बाप हो। ये भी बनवाओ। और ए, क्या नाम बताया?"

"जी, सुजन महतो।"

घबड़ाते हुए सुजन महतो ने कहा। उनका गला सूख रहा था और आवाज बमुश्किल निकल रही थी।

"हाँ, ठीक है। सुजन महतो, तुमने उसकी गुमशुदगी की रिपोर्ट लिखाई थी? तो उसकी भी कॉपी लगेगी।"

"रिपोर्ट तो नहीं कराई साब। हमें देर में पता चला कि गुम हो गई है। जब हम जींद पहुँचे, तब।"

"ये कागज तो लगाना पड़ेगा। फिर इसका भी कोर्ट से एक एफिडेविट बनवाओ।"

"ये क्या होता है साहब?"

"वकील बता देगा।"

"और हाँ, नया एफ आई आर करवाओ, पहले अपने गाँव में, फिर जींद में, फिर..."

"साहब, यह सब कैसे हो पाएगा? गरीब आदमी हैं हमलोग। दिल्ली में अजनबी हैं। जैसे तैसे एक एक दिन बीत रहा है।"

एस आई ने इस गिड़गिड़ाने का कोई उत्तर नहीं दिया।

"साहब, उसके बारे में कुछ खबर मिली? पलाश, हमारे ही घर की है। वो तो नौकरी करने आई थी। कितनी खुश थी। सब लोग उसे विदा करने गए थे। उसके साथ पन्द्रह लड़कियाँ थीं। सब कहाँ हैं? उनसे शायद कुछ पता चल जाए?"

"ये दिल्ली है। तुम्हारी मर्जी से नहीं चलती। समझे। कानून का पचड़ा है इसमें। कोई क्या कर सकता है? जाओ, पहले कागज तैयार करवाओ।"

"इतने कागज तैयार करवाने में तो साहब, उमिर बीत जाएगा। कुछ आप ही मदद कर दीजिए।"

"हम यहीं बैठ जाएँगे साहब, जब तक हमारा कुछ काम नहीं होगा।"

बीजू दुख और रुदन के बीच, एस आई की दया पाने के लिए बोल गया।

भावुक से लगने वाले एस आई खीज उठे। उनकी भावुकता पुलिस महकमे में चर्चा का विषय हुआ करती थी। लोग उन्हें दयालु और करुणा के सागर के रूप में याद कर लेते थे। पर इससे ज्यादा करुणा करना उनके वश में नहीं था।

"जाओ, हमने दया करके तुम लोगों को सही रास्ता बताया तो मुझे ही आँख दिखाने लगे।"

"साहब, आपने दया की। मगर हमारे लिए तो मुश्किल है। फोटो कभी खिंची नहीं। न उसका, न हमारा। राशन कारड बना नहीं—न राशन आता है न कारड की जरूरत पड़ती है। पटवारी से जाति प्रमाणपत्र बनवाना, आकाश कुसुम ले आने जैसा है। बहुत टेम लग जाएगा। हम फिर दिल्ली कैसे आ पाएँगे? इस बार कर्जा उठा कर किसी तरह यहाँ तक पहुँचे हैं। कोई और उपाय करिए साहब। हम यहाँ का कोरट कचहरी क्या जानें!"

"वो हमें देखेगी तो पहचान लेगी साहब।"

सुजन महतो ने हकलाते हुए कहा और एस आई के पैर पकड़ लिए।

एस आई को इस तरह के काम में बहुत आनन्द आता था। वे जब चाहते थे डरा कर कोई खास केस लेकर आए आदमी को वापस कर देते थे। लेकिन इस बार बात खिंचती ही जा रही थी। खीज कर एस आई ने अपना पैर छुड़ाया और थाने के बाहर कुछ कदम टहलने लगे। फिर मोबाइल पर बात करने लगे। फिर लौट कर आए मगर उस जगह नहीं बैठे, जहाँ पहले बैठे थे। अपने को अति व्यस्त दिखाते हुए कहीं भीतरी कमरों में विलीन हो गए।

तब एक सिपाही प्रकट हुआ।

"जाओ भइया। सर तो निकल गए। कुछ दूर सीधा हाथ चलोगे तो ऑटो मिल जाएगा।"

कहते हुए वह कुर्सी इस तरह झाड़ने लगा जैसे उस पर कुछ गहरा चिपक गया हो।

''किसी से इतनी बात करते नहीं हैं सर, तुम लोगों के लिए इतनी मेहनत की। फाइल पे फाइल पलटवाई। कोई करता है इतना? इतने दयालु हैं साहब।''

वे उठ गए।

''धत्! साला पहचान का सबूत अपने ही देस में लेकर घूमो। अपने ही घर में परदेसी...बेगाने...अपने ही घर में पहचान का सबूत? फोटो पहचान पत्तर...अपनी बेटी को पहचानने के लिए सबूत देना होगा कि हमीं उसके बाप हैं...''

बीजू बड़बड़ाते चला जा रहा था...

हब से लगातार बीजू सुजन महतो को सँभाले दौड़ रहे हैं। कभी इस ऑफिस, कभी उस ऑफिस, कभी कचहरी में वकील के पीछे एफिडेविट बनवाने, कभी पुलिस के पीछे एफ आई आर दर्ज करवाने...कभी फोटो पहचान पत्र, तो कभी जाति प्रमाणपत्र...लेकिन नारी निकेतन पहुँचने पर पता चलता है कि कागज पूरे नहीं हैं—कागज पूरे हो ही नहीं सकते! इस दुष्चक्र में कागज का जाल है...

जो आम आदमी को भटकाता है...रुलाता है...दौड़ता है...तोड़ता है...

हमें भीड़ में तब्दील किया जा रहा है, ताकि बेशिनाख्त मारा जा सके...

मनुष्यता के सारे द्वीप ध्वस्त होते जा रहे हैं...

अराजकता की बाढ़ में सब डूब रहा है...

हमें भगाया, दौड़ाया, रगेदा जा रहा है...

हम गले तक कीचड़ में धँस चुके हैं और हमारे सपने छितरा कर दलदल के भीतर मटियामेट किए जा रहे हैं...हमारा छीना हुआ सपना...

हम, तुम छीना हुआ सपना पाने के लिए दौड़ रहे हैं...

बीजू संसद भवन के आगे धरने पर बैठने के लिए अड़ा हुआ है। पर नहीं बैठ सकता। उसे वहाँ से हटाया जा रहा है। पता चलता है कि धरना प्रदर्शन के लिए एक जगह तय कर दी गई है। एक तय जगह पर जाइए—धरना प्रदर्शन करते रहिए...

लेकिन सावधान! क्या आपने इस तय जगह पर बैठने की अनुमति सरकार से ली है?

बिना अनुमति के तो आप यहाँ भी नहीं बैठ सकते।

''कौन देगा हमें अनुमति?''

''अरे भाई, मुँहजबानी नहीं चलेगा, अनुमति का पक्का कागज चाहिए।''

यहाँ भी कागजी कार्यवाही!

"हम पढ़े लिखे नहीं हैं, कैसे लिखें कागज? कैसे पढ़ें कागज की इबारत?"

"फिर? कैसे अपनी बात पहुँचाएँ सरकार तक?"

"फिर? कहाँ बैठ कर कहें अपनी समस्या?"

"फिर? फिर? फिर?"

"कहाँ बैठ कर दिखाएँ अपना कलेजा?"

बीजू सवाल करता है।

सुजन महतो साथ खड़े रहते हैं।

बीजू जगह जगह सड़क पर बैठ कर धरना देने लगता है।

सुजन महतो साथ धरना देते हैं।

बीजू पकड़कर थाने ले जाया जाता है।

सुजन महतो साथ थाने ले जाए जाते हैं।

बीजू कोर्ट कचहरी के आगे बैठ जाता है।

सुजन महतो भी...

"जन संसद जागो!..."

वहाँ से उठा कर लॉकअप में डाल दिया जाता है।

सुजन महतो भी...

बीजू 'संवासिनी गृह' के आगे धरने पर बैठ जाता है।

सुजन महतो का मुचका पैर और मुचक जाता है।

'संवासिनी गृह' की सुपरिंटेंडेंन पुलिस को बताती हैं कि खतरा है—संवासिनियों को खतरा!

पुलिस फौरन आ जाती है। ऐसा खतरा टाला नहीं जा सकता—

ऐसे खतरे पर तुरन्त ऐक्शन लेना होगा—बीजू को वहाँ से उठा कर कहीं और छोड़ दिया जाता है—

बीजू वकील साहब के सामने बैठ जाता है।

सुजन महतो अपने बहुत ज्यादा दर्द करते पाँव से कठिनाई से चलकर बीजू के पीछे खड़े हो जाते हैं।

नहीं, नहीं, अनुमति लेनी होगी सरकार से!

आप नहीं कर सकते अपनी मर्जी से कहीं भी धरना-प्रदर्शन!

भागिए यहाँ से! वहाँ से भी भागिए!

वहाँ से भी...

और वहाँ से भी...

भव्यता के अन्धकार चिह्न

ठीक सामने विज्ञापन चिपका था—खाना, बस एक क्लिक की दूरी पर—जो चाहें, जब चाहें, जहाँ चाहें...

आगे किसी कम्पनी का नाम था और एक सुन्दर खानसामा का चित्र—शेफ, जो मजेदार सी ऊँची टोपी लगाए हाथ में तश्तरी पकड़े खड़ा था—तश्तरी भरी हुई थी—

बहुत बढ़िया खुशबू से नाक सुँघिया रही थी।

दोपहर का गर्म दिन और भूख की गहमागहमी से भरा ढाबा—एक दूसरे को काटती आवाजें और सड़क से गुजरती गाड़ियों का तेज शोर—

गनीमत है कि दिल्ली में हजारीबाग की तरह गाड़ी वाले प्रेशर हार्न नहीं बजाते।

बीजू ने विज्ञापन से नजरें हटा लीं और खाने का पहला कौर मुँह में डाला कि तभी सामने लगी छोटी सी टी वी स्क्रीन पर दृश्य बदल गया।

बीजू ने पास बैठे सुजन महतो को कन्धे से टहोका मारा कि देखो, टी वी की तरफ देखो। सुजन महतो की नजरें उठीं और टी वी स्क्रीन पर ठहर गईं।

दोनों ने सामने रखे पानी के गिलास से घूँट भरा पर पानी पीने के बाद भी कुछ था जो गले में अटकता महसूस हो रहा था—गले से होता—दिल में उतरता—एक चुभता तीखा नश्तर—

टी वी पर न्यूज एंकर बड़े जोश खरोश के साथ बोले जा रहा था...'झारखंड को बने डेढ़ दशक से ज्यादा हो गया—इस दौरान कई सरकारें आईं और गईं लेकिन झारखंड की जनता वहीं की वहीं ठहरी हुई है—जंगल के पेड़ के किसी ठूँठ की तरह। अलग राज्य के नाम पर झारखंड सत्ता का नया केन्द्र जरूर बन गया। लेकिन इसका मकसद? क्या यह अपने मकसद को हासिल करने की तरफ बढ़ पाया? अगर यह नहीं बढ़ पाया तो इसका एकमात्र कारण लगता है कि इसका मकसद अब जनता का विकास नहीं बल्कि राजनेता, अधिकारी और ठेकेदारों के गठजोड़ को मजबूत कर यहाँ की लूट को आसान करना है—आज के सर्वेक्षण बताते हैं कि यह प्रदेश आर्थिक रूप से सबसे निचले पायदान पर है और इस प्रदेश के सिस्टम में जनता सबसे निचली पंक्ति में। कान्हा का हूल, बिरसा का उलगुलान...सब बेअसर साबित हो रहा है। इन दिनों प्रदेश के नए मुख्यमंत्री रघुवर दास हैं, जो दिकू हैं...' एंकर रुकता

है। जैसे कोई चीज फेरीवाला चिल्ला-चिल्ला कर बेचता है, उसी तरह चिल्ला-चिल्ला कर किन्तु आवाज के जोश को भरपूर बनाए हुए एंकर फिर बोलना शुरू करता है—

पूर्व मुख्यमंत्री और झामुमो नेता शीबू सोरेन का आरोप—

जानिए कि क्या कह रहे हैं गुरु जी और क्या कह रहे हैं उनके प्रतिपक्षी ?

गुरु जी का आरोप है कि रघुवर दास सरकार आदिवासियों की जमीन बेचने की साजिश कर रही है। इस बावत झामुमो नेता शीबू सोरेन ने नए राष्ट्रपति को एक ज्ञापन भी सौंपा है। इससे भाजपा में नाराजगी है। आपको बताते चलें कि इस सम्बन्ध में क्या राय है मुख्यमंत्री रघुवर दास की ?...'

स्क्रीन पर कभी बोलते हुए मुख्यमंत्री रघुवर दास दिखाये जा रहे हैं तो कभी झामुमो नेता शीबू सोरेन की नई पुरानी फुटेज आ रही हैं। एंकर की आवाज गूँज रही है—'मुख्यमंत्री का मानना है कि झारखंड को हमेशा ही आन्दोलन के नाम पर बेचा गया। वे कहते हैं कि 'हमसे पहले बाप-बेटा की सरकार थी, क्या किया उन लोगों ने ? क्रान्तिवीर बनने वाले नेता गुरु जी ने अपने राजनीतिक स्वार्थ के लिए हमेशा ही यहाँ की जनता को ठगा है। बहुत हो गया। कब तक गुरु जी को ढोते रहेंगे ? वे अप्रासंगिक हो गए हैं। झामुमो ने हमेशा ही आदिवासियों को वोट बैंक समझा है। हम वोट बैंक नहीं, विकास की राजनीति करते हैं। परिवारवाद नहीं, परिवर्तन की बात करते हैं।'...

न्यूज एंकर की आवाज का जोश बढ़ता जा रहा है। तस्वीरें आ जा रही हैं। अब वह बता रहा है—'झारखंड के मुख्यमंत्री गुस्से में दिख रहे हैं। उन्होंने गुरु जी को 'आउट डेटेड' बता दिया है। उन पर परिवारवाद का आरोप भी लगाया है। लेकिन गुरु जी भी चुप नहीं हैं। उन्होंने इन आरोपों का प्रतिवाद किया है...'

अब गुरु जी पर कैमरा टिक गया है। वे बोलते हुए दिखाई पड़ रहे हैं। उनसे ज्यादा बोलने के लिए न्यूज एंकर मचल रहा है। मगर गुरु जी की आवाज सौ आवाजों पर भारी है—

'राजनीति में हम नहीं आएँगे तो क्या कुक्कुर आएँगे ? मतलब जब डॉक्टर का बेटा डाक्टर, वकील का बेटा वकील तो पॉलिटीशियन का बेटा पॉलिटीशियन क्यों नहीं बन सकता ?...हम ईमानदारी से मानते हैं कि झारखंड में शहीदों का सपना आज भी अधूरा है। भाजपा सरकार शहीदों के सपनों के साथ अन्याय कर रही है...'

''कुक्कुर... !!!... ???''

बीजू ने गुस्से में पानी भरा गिलास टी वी स्क्रीन की तरफ दे मारा मगर गिलास उसी के हाथ में टूट गया—

अँगुलियाँ चिर उठीं—

जिस गिलास में कुछ देर पहले पानी था—

अब वहाँ खून था...

सलीब पर टँगी पृथ्वी

चमकता हुआ विशाल किले सा गोल पृथ्वी जैसा भवन...मंडी सजी है वहाँ। बड़ी मंडी। दुकानदार अलग-अलग स्टॉल में, अलग-अलग टोकरियों में अपना लाया सामान बेच रहे हैं। दुकानदार आते जाते हैं, टोकरियों की संख्या बढ़ती जाती है...मंडी फैलती जाती है...बड़ी होती...विकराल होती...जाने कहाँ-कहाँ तक...दुनिया के इस छोर से उस छोर तक टोकरियाँ ही टोकरियाँ...!!!

बेचने वालों के चेहरे साफ नहीं हैं। भाव साफ है। उसका फैलना साफ है...उसका चमकना साफ है...बिकने वाली चीजें साफ हैं...

किन्हीं टोकरियों में आम लदा है...जो पहले रुपए में सैकड़ा के हिसाब से बिका करता था, अब किलो के हिसाब से बिक रहा है...इसमें कोई बीजू आम नहीं है, सारे के सारे कलमी हैं—एक जैसे आकार वाले। एक जैसे स्वाद वाले।

किन्हीं टोकरियों में खिलौने हैं। स्फटिक पत्थर की तरह चमकते शीशे जैसी प्लास्टिक से बने उज्ज्वल! और न जाने कितने रंगों और आकार प्रकार से ध्यान खींचते...

मिट्टी के खिलौने स्मृति में बीत रहे हैं—सिर पर घड़ा रखे, एक घड़ा कमर पर उठाए कामकाजी पनिहारिन मिट्टी की बात की तरह मिट्टी हो चुकी है...

मशक से पानी उड़ेलना चाहता भिश्ती बहुत पीछे छूट गया है...उनके रंग, रोगन, उनकी कलाकारी, नहीं, नहीं, याद नहीं, यहाँ एक से एक चमकदार और लुभावने खिलौने हैं...तरह-तरह की तेज रफ्तार मोटर गाड़ियों की नकल में छोटी चमकदार मोटरगाड़ियाँ, क्रेन, ट्रक, बन्दूकें...पिस्तौल...ए के 47 भी यहाँ आपको मिल जाएगी, जरा सा आगे तो हथियारों का पूरा जखीरा टोकरियों में सजा है...कौन से बम, गोला, बारूद और मिसाइल चाहिए...कौन सा रॉकेट छोड़ा जाना है...ढेरों टोकरियों पर विज्ञान का लेबल लगा है...जाने कौन से लोग आँखों पर मोटा चश्मा लगाए, बाल बिखराए, सिर झुकाए, अपने बूढ़े और जर्जर शरीर को मात देते नए हथियार बनाने में जुटे हैं। ढेरों वैज्ञानिक, इंजीनियर, डॉक्टर, पत्रकार, नेता, बौद्धिक अलग-अलग टोकरियों में बैठे हैं।

इन्हीं के आगे की टोकरियों में किसी सामान की तरह औरतें बैठी हैं। उनको

भी बेचा जा रहा है। किलो के हिसाब से नहीं, उम्र और देह के रंग, कसाव और उतार चढ़ाव के हिसाब से। टोकरी में बैठी लड़कियाँ न उदास है न रो रही हैं। उनकी आँखों में बस एक भाव है, वही, जो कसाईबाड़ा ले जाए जाते मवेशियों की आँखों में होता है। जिन्हें मालूम होता है कि वे कत्लगाह में हैं—अपने कत्ल के इन्तजार में।

उसके आगे कुछ ऐसी दुकानें दिख रही हैं, जिनकी टोकरियों में एक साथ बहुत से लोग हैं। हक और हकूक की उठती हुई आवाजें हैं, नारे हैं, सपने हैं, पसीना है, रक्त है, पुलिस है, आदिवासी हैं, जंग है...

खनिज सम्पदा के लिए लड़ाई हो रही है। बड़ी-बड़ी कम्पनियों के लेबल चमक रहे हैं। आन्दोलनकारी नेताओं को तराजू पर तौल कर बेचा जा रहा है। तराजू के एक पलड़े पर आन्दोलनकारी नेता हैं तो दूसरे पलड़े पर उनके वजन बराबर नोट!

तेज आँधी चल रही है—जंगल, पहाड़, नदी, निर्झर... मनुज... सबको उखाड़ती, पछाड़ती चली जा रही है...लेकिन बाजार पर इसका कोई असर नहीं, वह अपनी तेज रफ्तार से उसी तरह बढ़ता—फैलता—विकराल होता चला जा रहा है...न दुकानों से कोई दुकानदार हट रहा है न उसकी साज-सज्जा में कोई कमी आ रही है—इतनी तेज आँधी में भी कोई टोकरी न उड़ रही है न ही उसमें रखी चीजें गिर पड़ रही हैं...

बाजार की आँधी है!
आँधी में बाजार है!
कितनी टोकरियों में मनुष्य के शरीर के अंग बिक रहे हैं—

एकदम ताजा किडनी
ताजा लिवर
धड़ धड़ धड़कता दिल
टक टक ताकती आँखें...
टटका दिमाग...

टह टह ताजे सपने

टोकरियों में सपने बिक रहे हैं—
ताजे फूल!
शवयात्राओं से उठा कर लाए गए फूल...
लोग उसे सजा रहे हैं
अपने घरों में!!!

एक फूल सा शिशु कुछ हैरान परेशान इस विकराल मंडी में घूम रहा है। उन टोकरियों में कुछ ढूँढ़ता...फिर आगे बढ़ता हुआ...

आगे एक हरा-भरा, सुन्दर किन्तु नकली वृक्ष है—महावृक्ष! जिसके नीचे

असली बूढ़ा बैठा है—सिर में कम बाल, घनी सफेद दाढ़ी, सुनहरे चमकते वस्त्र। वह भी कुछ बेच रहा है। उसकी टोकरी में देश का मानचित्र है। सिर्फ कहने को कागज का टुकड़ा नहीं है, बल्कि असल में भी देश उसी के हाथ में है। उसके पास उसी की तरह सुनहरे चमकते वस्त्र पहने कुछ खरीदार खड़े हैं—जो देशी भी हैं और विदेशी भी।

फूल सा शिशु ठिठक कर रुक जाता है। झुक कर मानचित्र को पहचानने की कोशिश करता है—इतना जाना पहचाना सा कुछ आत्मीय... माँ की मुस्कान की तरह खिला खिला...शिशु उसे पहचान जाता है। वह उसे उठा लेना चाहता है—जैसे देश को सौदागरों के हाथ बिकने से बचाने की कोशिश कर रहा हो। मगर हरे भरे, सुन्दर किन्तु नकली महावृक्ष के नीचे बैठे बूढ़े के कान खड़े हो जाते हैं, आँखें चौकन्नी, दिमाग खबरदार! वह शिशु को मार कर भगाने लगता है।

शिशु रोता हुआ आगे बढ़ जाता है। उसके आँसू की हर बूँद से एक और शिशु जन्मने लगता है। अगले जन्मे शिशुओं के आँसुओं से और, और...ढेरों शिशु जन्मते चले जाते हैं। इस तरह पृथ्वी का एक बहुत बड़ा हिस्सा रोते हुए शिशुओं से भरने लगता है...

रोते हुए शिशुओं का लगातार विस्तार होता जाता है...

अचानक बाजार में हलचल होती है। टोकरियाँ बिखरने लगती हैं। सौदागरों के माथे पर चिन्ता की रेखाएँ गहरी होने लगती हैं। शिशुओं का काफिला संसद की तरफ कूच कर रहा है।

संसद में हड़कम्प!

अभी-अभी संसद में हंगामा हुआ था।

अभी-अभी संसद में नोट फहराए गए थे।

अभी-अभी पैसा लेकर सवाल पूछने के आरोप लगाए गए थे।

जाने कहाँ से आग का झोंका रह रह कर गिर रहा है... जंगल जल रहे हैं... धधक रहे हैं... यह प्रकृति का दिया नहीं, मनुष्य का दिया दावानल... प्रचंड से प्रचंडतर होता जा रहा है...जंगल छोड़ कर वहाँ के बाशिन्दे भाग रहे हैं...हवा में उड़ते पक्षी बेचैन हैं...भेड़िए, बाघ, लोमड़ी, साँप...वहाँ से निकल कर नगरों में अपने मनोनुकूल मनुष्यों के भीतर पनाह पाते जा रहे हैं। उन जंगली जीव-जन्तुओं का कायान्तरण हो रहा है। उनके भीतर की शिकार को दबोचने की अदम्य लालसा आदमी के भीतर दाखिल हो गई है...

भेड़िया आदमी के भीतर दाखिल हो गया है...

साँप आदमी के भीतर रेंग रहा है...

लोमड़ी आदमी के भीतर...

आदमी के भीतर ही बाघ अपने पंजे पैने कर रहा है...

जल, जंगल, जमीन की रक्षा में सदियों से लगे आदिवासी भाग रहे हैं...

जंगल खाली हो रहा है...

ठीक इसी वक्त आसमान से हेलीकॉप्टर उतरता है...

कुछ लोग चमकते हुए उसमें से उतरते हैं...

फिर...

हेलीकॉप्टर ही हेलीकॉप्टर मँडराते हैं

जैसे गिद्ध!!!

आसमान हेलीकॉप्टरों से भरता जाता है!

ये कौन से सौदागर उन हेलीकॉप्टरों से उतर रहे हैं, जो मनुष्य के लिबास में गिद्ध लग रहे हैं!

इधर-उधर तमाम नक्शे फैलाए जाते हैं

इधर-उधर तमाम नाप जोख होती है!

इधर-उधर तमाम संयंत्र लगाए जाते हैं!

इधर-उधर तमाम डायनामाइट की आवाज में भूधरों के चीथड़े उड़ रहे हैं!

तमाम कम्पनियों के चमकते नाम उभर रहे हैं!

जंगल के नए मालिक आ गए हैं...

अब यहाँ नया जमाना आएगा -!

अब यहाँ नई कम्पनियाँ खुलेंगी।

खनन होता चला जाएगा...

पृथ्वी के इस छोर से उस छोर तक, जहाँ भी एक कतरा बचा रह जाएगा प्रकृति का...जंगल का, जमीन का, घास का, औरत का...

खनिज सम्पदाएँ यहाँ से बाहर ले जाई जाएँगी। बड़े बाजार में। नए आए सौदागरों की रक्षा में पुलिस और सेना का महकमा पहुँच रहा है। इनके विरोध में लोग निकल आए हैं। नारे लगा रहे हैं। विरोध की सारी आवाजों को गोली की आवाज से दबाया जा रहा है।

इधर शिशुओं का बढ़ता हुजूम...

बढ़ता हुआ...

उधर संसद में हंगामा अब गहरी चिन्ता के रूप में बदल रहा है। अध्यक्ष समेत सभी सांसदों, हुक्मरानों के माथे पर सिलवटें लगातार गहरी हो रही हैं।

शिशुओं का हुजूम बढ़ता जा रहा है...

उनके तेज कदम संसद की तरफ बढ़ रहे हैं...

मुम्बई में किसान विधान सभा की तरफ बढ़ रहे हैं...

बनारस में लड़कियाँ प्रधानमंत्री से गुहार करती बी.एच.यू. गेट पर उमड़ रही हैं...

राजस्थान जल रहा है...हरियाणा...कर्नाटक, उड़ीसा, कश्मीर, मेघालय...आग जंगल में सब तरफ लग चुकी है...

टोकरी में बिकने को बैठी पलाश, इनारा, पिंकी, गनेशी...गोल भवन की सीढ़ियों पर अपने जिस्म की खाल को नोंच नोंच कर अलग कर रही हैं—मांस को खुरच खुरच कर फेंक रही हैं। अपनी हड्डियों को नुकीला कर रही हैं...वहाँ बहुत से गिद्ध, जो इनके जिस्म को नोंच नोंच कर खाने को आतुर थे, अब भयभीत हैं। उनकी आँखों में वासना की लहरें नहीं, बल्कि लड़कियों के अपनी हड्डियों से हथियार बना लेने के इरादे से खौफ छा गया है।

लड़कियों ने अपने जिस्म से खाल और मांस नोंच कर हड्डियों से हथियार बना लिया है। वे इन हथियारों की बदौलत अपने सपनखोरों के साथ जंग को तैयार हैं।

बाजार के गोल भवन का गोलपन अचानक एक बड़े वृत्त में समा गया है।

फिर उसने पृथ्वी की शक्ल अख्तियार कर ली है।

रोते हुए शिशुओं के हुजूम और संसद के बीच पल-पल दूरी कम होती जा रही है...

ooo

आभार

1. अतुल शर्मा, संकल्प संस्था, मेरठ
2. संथाली लोकगीत, संग्रहकर्ता—अशोक सिंह
3. संथाली लोकगीत, संग्रहकर्ता—प्रसन्न चौधरी
4. झारखंड आन्दोलन के दस्तावेज, सम्पादक—वीरभारत तलवार
5. वोल्गा से गंगा, राहुल सांकृत्यायन, किताब महल, इलाहाबाद
6. क्रासफायर, ग्लैडसन डुंग डुंग, संजय कृष्ण
7. संथाली लोक कथाएँ, संग्रहकर्ता—डोमन साहू 'समीर'
8. पलामू, सम्पादक—संजय कृष्ण
9. 'द हिन्दू' समाचार-पत्र, 'नवभारत टाइम्स' समाचार-पत्र
10. 'द संडे पोस्ट' समाचार-पत्र, 20 मार्च 2005
11. 'जनसत्ता' समाचार-पत्र, 5 मई 2009
12. 'न्यूज़ ब्रेक' पत्रिका, नवम्बर 2000
13. 'विचार मीमांसा', अक्टूबर 1996
14. 'राष्ट्रीय सहारा', 17 फरवरी 2001, जून 2001
15. भिखारी ठाकुर रचनावली, बिहार राष्ट्रभाषा परिषद्, पटना
16. BBC Hindi.com अप्रैल 2007
17. कोडरमा-चतरा भास्कर, समाचार-पत्र
18. द लास्ट ट्रेन लोहरदगा (फिल्म)
19. दैनिक भास्कर, झारखंड